BASTEI LÜBBE TASCHENBUCH

Weitere Titel der Autorin:

Frau Schick räumt auf
Frau Schick macht blau
Teatime mit Tante Alwine
Ein Rentner kommt selten allein
Rentner halten heute länger

Mordsjubiläum
Mordsüberraschung

Über die Autorin:

Ellen Jacobi, 1960 am Niederrhein geboren, entdeckte als Tochter einer Bibliothekarin und Märchenbuchsammlerin früh ihre Liebe zu Büchern und zum Geschichtenerzählen. Nach einem Literatur- und Anglistikstudium arbeitete sie als Reiseleiterin und Lehrerin in England. In Deutschland war sie als Redakteurin für Tageszeitungen und Magazine tätig. Heute lebt sie mit ihrer Tochter in Köln.

Ellen Jacobi

RENTNER GÜNSTIG ABZUGEBEN

Roman

BASTEI LÜBBE
TASCHENBUCH

BASTEI LÜBBE TASCHENBUCH
Band 17694

Dieser Titel ist auch als E-Book erschienen.

Originalausgabe

Dieses Werk wurde vermittelt durch die
Michael Meller Literary Agency GmbH, München.

Lektorat: Dr. Stefanie Heinen
Titelillustration: © Gerhard Glück
Umschlaggestaltung: U1berlin / Patrizia Di Stefano
Satz: Dörlemann Satz, Lemförde
Gesetzt aus der Goudy
Druck und Verarbeitung: CPI books GmbH Leck – Germany

ISBN 978-3-404-17694-6

5 4 3 2

Sie finden uns im Internet unter www.luebbe.de
Bitte beachten Sie auch: www.lesejury.de

Das Beste sollte nie hinter uns,
sondern immer vor uns liegen.
Bertrand Russell

1.

Helmut gießt die Brühe ab. Goldbraun strömt Flüssigkeit durchs Sieb in die Schüssel, die in einer alterskrummen Spüle steht. Immerhin ist es dank des runden Fensters über dem Wasserkran eine Spüle mit Ausblick. Es erinnert an ein Bullauge und erfreut Helmut als ehemaligen Kombüsenchef doppelt. Lang ist's her, aber unvergesslich. Zwar geht das Glasrund nicht aufs Meer, aber zumindest auf ein Kirchenschiff – das von St. Bruno in Köln-Klettenberg samt kupferspangrünem Glockenstuhl.

Der Herr ist sozusagen jetzt sein Lotse. Bislang haben sie einander höflich ignoriert. Na, es gibt miesere Aussichten als die auf eine Kirche und schlechtere Schlafplätze als seine Mansarde. Bis vor sechs Monaten war ein verbeulter Sprinter Helmuts Zuhause. Tagsüber klapperte er mit der Rostlaube als Entrümpler und Trödler Haushaltsauflösungen und Flohmärkte ab. Nächtens parkte er den Transporter unter Rheinbrücken und schlief zwischen Gerümpel, Gaskocher und Waschgelegenheit. Als Strandgut eines rastlosen Weltenbummlerlebens. Das ist dank Madame Lambert vorbei und gut so.

Mit bald 66 Jahren ist es an der Zeit, vor Anker zu gehen und sesshaft zu werden. Er hat genug Abenteuer für drei Leben gehabt. Ist endlos rumgestromert zu Wasser und zu Lande. Was er jetzt anstrebt ist Ruhe. Endlich Ruhe. Nicht die ewige, versteht sich, und – so Gott will – Nicoletta.

Helmut schüttet die abgeseihte Brühe zurück in den Topf, sein Blick streift die Turmuhr. Die Zeiger glänzen in vollkommenem Septemberlicht. Gleich elf. Jetzt aber fix, die Bügelwäsche für die Witwe Käsmacher von nebenan wartet, und zum Mittwochsmarkt will er auch noch. Für den Abend benötigt er noch eine Seezunge für seine Vermieterin Madame Lambert drei Stockwerke tiefer, und mit der reizenden Polin vom Reibekuchenstand lässt es sich nett schäkern. Er muss in dieser Hinsicht wieder in Übung kommen. Jahrelang war er als Charmeur und Gentleman völlig eingerostet.

Aus gutem Grund.

Ein Grund, an den er nicht mehr denken will. Nie mehr. Zwei Jahre Trauer und Erstarrung auf Kreta waren genug. Trostloser als Knast – und er weiß, was Knast ist – war diese Zeit. Helmuts Gesicht verschattet sich trotzdem, seine Seele flaggt reflexhaft Trauer. Das hat er nun davon, dass er sich wieder auf die Liebe einlassen will.

Der Geruch von Bleichmittel will ihm in die Nase steigen, in seinen Erinnerungen flackert Neonlicht, quietschen Gummisohlen auf Krankenhauslinoleum.

Nichts da, wehrt sich Helmut gegen die ohnmächtige Wut, anbrandende Schuldgefühle und alten Schmerz, die ihn anspringen wollen wie ein scharf gemachter Kettenhund. Er schüttelt energisch den Kopf. Das Ganze ist über zwanzig Jahre her. Er hat endlich eine Chance, wieder richtig Tritt zu fassen, und wird sie nutzen. Denn jetzt gibt es Nicoletta. Er wird das Ruder noch mal rumreißen, sein Leben endlich in ruhiges Fahrwasser lenken.

Hoppla, nautische Metaphern sind ihm gewöhnlich zuwider, und er klingt wie ein komplett vernarrter Trottel. Fehlt nur noch der Hafen der Ehe. *Nun, warum nicht?*, denkt Helmut kampflustig. Diesmal wird er alles richtig machen, wird »auf jeden Regentropfen achten«, der seine Liebste erschlagen könnte, wie es sehr frei nach Brecht heißt.

Sein Herz wagt einen zaghaften Freudenhüpfer. So was, dass es das noch kann! Helmut erlaubt sich ein krumm-seliges Griemeln. *Wunder gibt es immer wieder*, summt Katja Ebstein in ihm und nimmt vor seinem inneren Auge Gestalt an – in ultraknappem Minirock, wallendem Maximantel und silbernen Glamrockstiefeln. Ganz wie weiland 1970, als sie beim Grand Prix in Amsterdam zumindest optisch die höchste Punktzahl erreichte.

Nicht, dass er Katja Ebsteins Schlager sonderlich schätzt, aber ungefähr so wie die Ebstein hat Nicoletta früher ausgesehen. Ein Mädchen wie ein Blitzeinschlag. Sie schien nur aus Haaren und Beinen zu bestehen, ein Rotschopf mit großen grasgrünen Augen war sie ebenfalls. Die dürften ihr geblieben sein – oder?

Hoffentlich postet sie bald ein Bild. Er will da nicht drängeln, Frauen sind in Fragen des Alterns bekanntlich heikel, aber sein Foto hat sie schon. Mit gestutztem Vollbart, schlohweißer Mähne, Schlips, Kragen, Sonntagslächeln und überreichlich Wetterfalten hat er im Drogeriemarkt zwischen Tiernahrung und Gesundheitstee Porträt gesessen. Der Kodak-Automat hat die zerfurchte Wahrheit biometrietauglich ausgespuckt. Sie hat Nicoletta nicht abgeschreckt. Im Gegenteil mailt sie nun fast täglich, und es gibt niemanden mehr, der ihre Post an ihn und seine an sie abfangen kann – wie damals im fromm vermuckten Wermelskirchen.

Egal und vorbei. Alte Liebe rostet nicht. Nicht seine und vor allem nicht so eine. Er war sein Leben lang ein rastloser Streuner, aber auch ein treuer Hund. Wenn es um das größte aller Gefühle geht, war er immer schrecklich unmodern. Von Jugend an. Häufig ist er der großen Liebe freilich nicht begegnet, streng genommen nur zweimal.

Zum letzten Mal auf Kreta. Helmut blendet die Sonnenbilder der ersten Begegnung mit Penelope aus, bevor deren jäher Tod sie wieder eintrübt, und zoomt alte Schulhofszenen von erstaunlicher Schärfe heran. Er sieht sich als Teenager und Milchbart neben Hildchen Trautwetter, seiner besten Freundin, auf einer Bank sitzen, um Geheimnisse, Albernheiten und Brote zu tauschen. Dabei hat ihn die Liebe zum ersten Mal erwischt! In Gestalt von Nicoletta, dem Blitzschlag, dem Schulschwarm. Das vergisst man nicht. Noch weniger die heimlichen Küsse hinter dem Hausmeisterkiosk. Seine ersten Küsse überhaupt.

Sentimentaler Hund!, ruft Helmut sich zur Ordnung. *Vor der Liebe kommt die Pflicht*. Und das Geldverdienen. Dank Finesse, Facebook und ein paar Kleinanzeigen hat er nicht nur Nicoletta und alte Seekameraden wieder aufgespürt oder ist – wie im Fall vom guten alten Hildchen Trautwetter – gefunden worden, er hat sich auch reichlich Minijobs an Land gezogen.

Schließlich will er Nicoletta, die finanziell in Bedrängnis geraten zu sein scheint, mehr als seine karge Seemannspension bieten, wenn er sie demnächst, hoffentlich bald, trifft. Zum ersten Mal nach fast fünfzig Jahren!

Sein Neffe Alexander hatte ausnahmsweise recht: Das Internet schafft in jedem Alter grenzenlose Möglichkeiten. Gut, dass er dem nassforschen Spund gestattet hat, den Computer-Kladderadatsch hier oben in der Mansarde für ihn einrichten zu lassen. Samt Smartphonegedöns, Laptop, Freisprechanlage und Headset für die telefonische Logistik und seine Heimarbeiten.

»Homeoffice-Jobs per Inboundcalls«, nennt Alexander das. Der Junge kennt sich aus in Sachen Web und hat Helmuts virtuelle Angebote im Google-Ranking geschickt nach oben manipuliert. Alexander macht richtig dickes Geld mit irgendwelchem Softwarequatsch und damit ihrem gemeinsamen

Familiennamen – Gier – alle Ehre. So wie schon sein Vater, Helmuts Bruder, und davor sein Großvater, also Helmuts Vater. Kaltherzige Geldscheffler und Raffzähne vom Stamme Nimm waren das. Leider kommt Alexander – obwohl früher ein reizender Bengel – inzwischen ganz nach denen.

Nur er, Helmut Gier, ist aus der Art geschlagen. *Ist auch besser so*, findet Helmut und hebt das Sieb aufs Abtropfblech. In seiner kurzen Phase als erfolgreicher Gastronom und Clubkönig auf Kreta hat er nur schlechte Erfahrungen gemacht. Nichts zerstört den Charakter mehr als Geld. Gier ist nichts anderes als fehlgeleitete Sehnsucht, wie seine Familie immer wieder aufs Schönste bewiesen hat.

Helmut greift zu einem Löffel, schmeckt kurz die Suppe ab. Donnerlittchen, Schweinerippchen! Hat schon richtig Wumms, seine Brühe. Das kommt vom Ochsenschwanz, der nun im Sieb ausdampft. Madame Lambert legt heute wieder Wert darauf, *un peu malade* zu sein und nur Schonkost in Form von Kraftbrühe zu vertragen. »Und abends Seezungenröllchen in Zitronenbutter.«

Pünktlich um halb zehn wie jeden Morgen hat sie telefonisch ihre Essensbestellung bei ihm aufgegeben. Mit einer Stimme fragil wie Glas.

Angesichts der halben Flasche Lillet mit Kirschwasser, die sie gestern Abend nach eigenem Bekunden mit einer Freundin verkümmelt hat, und ihres Alters von fast 86 Jahren muss man sich über eine gewisse Zerbrechlichkeit am Morgen danach nicht wundern. Madame Lambert, verarmt geborene Freiin Anike zu Polwitz und Diva aus Leidenschaft, zwitschert sich gern einen und macht hernach das Meiste und Beste aus jedem Anflug von Unwohlsein – ob eingebildet oder echt. Als geschiedene Gattin eines französischen Botschafters, die in der ganzen Welt zu Gast war und an dienstbare Boys, Chauffeure,

Haushälterinnen und Kindermädchen gewöhnt ist, lässt sie sich völlig schamfrei betüddeln.

Ihren Hang zu Schnaps und Likör und das Talent zum genüsslichen Krankfeiern hat sie sich – so mutmaßt Helmut – nach ihrer unschönen Scheidung vor zwanzig Jahren angeeignet. Neben der halben französischen Diplomatenpension ihres Ehemaligen und einem Jugendstil-Mietshaus in Klettenberg. Einem Viertel, in dem es von betuchten älteren Damen zu wimmeln scheint und wo sie einst das Licht der Welt erblickte.

Aller Malaisen zum Trotz ist Madame zäh wie Ziegenleder und eine unverwüstliche Kämpferin, die kein Scharmützel scheut – was Helmut imponiert, auch wenn er dem Gefecht oft zum Opfer fällt. Madame Lambert wird ihn gewiss um Jahre oder gar ein Jahrzehnt überleben.

Na, noch lebt er und hat gut zu tun. Das Bügelbrett wartet, und die Brühe muss zum Reduzieren auf den Herd. Helmut streift sich Backhandschuhe über, hievt den heißen Topf vom Abtropfblech und will ihn gerade mit Schwung zurück zum Herd tragen, als ihn mit noch mehr Schwung, Fanfarenton, schmetternden Trompeten und Trommelgerassel ein Infanterieregiment samt Musikkorps ins Stolpern bringt.

Heiliges Kielschwein, ist das laut!

Kein Wunder. Das Regiment marschiert in Surround-Sound mitten durch beide Gehörgänge. Eine ganze Strophe lang. Dann legt es eine Verschnaufpause ein. Helmut knallt den Topf auf den Tisch und haut sich mit dem rechten Backhandschuh aufs Ohr. Dieses vermaledeite Headset, das sein Neffe Alexander ausgesucht hat, macht Telefonieren mitunter zum akustischen Albtraum. Warum hat er alter Esel eigentlich die *Marseillaise* als Klingelton für Madame Lamberts Anrufe gewählt? Helmut beantwortet sich die Frage gleich selbst: Weil

Frankreichs Nationalhymne zu dieser frankophilen Henne passt und er am Klingelton erkennen muss, wer anruft, um sich entsprechend zu melden.

Wahlweise als Madame Lamberts Personal Caterer, als Callcenter-Mitarbeiter für TV-Shoppingprodukte, als Tarot-Online-Berater oder als Chef und einziger Mitarbeiter seines »Haushaltsservice Heinzelmännchen«. Der läuft dank Mund-zu-Mund-Propaganda via Madame Lambert und seiner Kleinanzeige im Wochenblatt – Stichwort »Rentner günstig abzugeben« – beim Klettenberger Witwenzirkel bombig. Fast so gut wie die Wahrsagerei, für die er zudem im öffentlichen Bereich seines Facebook-Profils wirbt.

Madames Musikkorps nimmt erneut Anlauf. Verdammt, er hat den Abschaltknopf nicht getroffen! Helmut reißt sich die Handschuhe von den Händen und drückt auf den Empfangsschalter am Ohr.

»Madame?«, meldet er sich fragend und zieht das schwenkbare Mikrofon dichter an seinen Mund.

»Mir fiel ein«, zwitschert es am anderen Ende der Leitung, »dass ich nach der Consommé gerne ein kleines Dessert hätte. Nichts so Aufwendiges wie damals auf unserer lieben *Arcadia*«, sinniert Madame, »*seulement quelque chose de doux avec vanille*. Sie kennen mich, nur kein Chichi.«

Irgendetwas Süßes mit Vanille und kein Chichi – soso. Darauf fällt er nicht mehr rein. Mit Vanillepudding etwa darf man ihr nicht kommen. Dabei ist sein selbstgekochter Pudding Weltklasse. Er hat ihn im Kühlschrank immer auf Vorrat und schlägt Madame Lavendelcreme vor. Dafür muss er den Pudding nur mithilfe von Bunsenbrenner und Rohrzucker flambieren und mit Lavendelblüten aufpeppen. Die wird er aus einem Tütchen von Madames Beruhigungstee rausfriemeln. Fertig ist der Lack. Aber Madame ist noch immer unzufrieden.

»En français, s'il vous plaît«, verlangt sie eine französische Bezeichnung für das von Helmut avisierte Lavendeldessert. Er kratzt sich ein *»Crème brûlée à la lavande«* zusammen.

»Parfait«, pariert Madame.

»Halbgefrorenes? Das dauert aber entschieden länger«, warnt Helmut.

»Ich meinte ›perfekt‹ wie ›vollkommen‹, nicht ›Parfait‹ wie ›Eiscreme‹, *mon cher*«, kontert Madame. Ihr *mon cher* übersetzt Helmut im Stillen, wie es gemeint ist – mit »Trottel«. Ein Wort, das sie als ehemalige Diplomatengattin nie in den Mund nehmen würde, sie beleidigt auf gehobenem Niveau.

»Ihr Französisch war auf der *Arcadia* wesentlich besser«, befindet Madame. »Ihr charmanter Wiener Akzent übrigens auch, man hört ihn so gar nicht mehr.«

Sie legt grußlos auf. Das ist die Höchststrafe.

War sie damals als Gast an Bord der *Arcadia* wohl auch so ein verwöhnter, starrsinniger Snob?

Helmut zuckt mit den Schultern und stellt den Rest Suppe zurück auf den Herd. Er erinnert sich nur dunkel an seine kurze Episode auf dem Luxusliner und überhaupt nicht an Madame. Schließlich war er 1969 nur als *Commis de Cuisine* – zu Deutsch: als Topfspüler und zum Gemüseschnippeln – an Bord. Tief im Bauch des Schiffes und meilenweit entfernt vom Erste-Klasse-Deck, wo Madame damals nebst ihrem Diplomatenheini logierte. Er war für sie somit vollständig unsichtbar.

Was Madame nicht davon abhält, ihn für ihren damaligen Kellner zu halten, der offenbar Österreicher und im Charmieren so begabt wie im Französischen war. Weshalb sie ihn penetrant mit Franz-Josef anredet und nach zwei, drei Lillets mit »Ach, Franzl«.

Die Verwechslung ist kein Anzeichen altersbedingter Vergesslichkeit, sondern der Tatsache geschuldet, dass Madame, sobald sie sich etwas in den Kopf setzt, stur daran glaubt. Sie ist ohnehin am liebsten ihrer eigenen Meinung.

So viel entspricht immerhin den Tatsachen: Im Mai 1969 hatte er wegen einer Jobflaute im Frachtverkehr auf einem Luxusliner der britischen Reederei Peninsular & Oriental Steam Navigation Company – kurz P&O – angeheuert. Auf der Transpazifik-Route London–Australien. Die *Arcadia* war ein schnittiges Schiff, außen und innen elegant und majestätisch wie ein Schwan.

Trotzdem hat er nach der Tour frohen Herzens abgemustert. Ein Job als erster Koch auf einem Schiff für echte Kerle lockte. Ohne Serviceoffiziere in schnöseligen Uniformen mit Epauletten und dem Gehabe von Luftwaffengenerälen. Bärbeißige Teerjacken, Brikettgestank und fliegende Pfannen in einer Frachterkombüse waren mehr nach seinem Geschmack. Also ist er unter Mitnahme von ein paar *Arcadia*-Souvenirs – alte Menükarten, Besteck und zwei Eierbecher mit *Arcadia*-Schriftzug – von Bord gegangen. Genau dieses Logo hat Madame im März dieses Jahres bei einem Sonntagsbummel über den Klettenberger Flohmarkt in helles Entzücken versetzt.

Hinter seinem Trödeltisch hockend hat er ihren Erinnerungen an die *Arcadia* gelauscht und sich als ehemaliges Crewmitglied vorgestellt, woraufhin Madame ihn spontan als »Franzl« erkannt und Menükarten, Besteck und Eierbecher als Memorabilien erworben hat – und ihn gleich mit dazu.

Helmut leckt den Zeigefinger an und legt ihn prüfend ans Bügeleisen. Temperatur stimmt. Mit spitzen Fingern greift er sich einen von Witwe Käsmachers Großraumschlüpfern und streicht ihn auf dem Bügelbrett glatt. Vier Unterhosen und einen Stapel Taschentücher später bimmelt sein Headset erneut. »Das bisschen Haushalt«, trällert eine Stimme den Uraltschlager von Johanna von Koczian in sein Ohr.

Eine TV-Homeshopperin wünscht Informationen zum 24-teiligen Keramikmesserset »Klingon« mit Japanschneide und zum Mikrowellenreiniger »Saubere Sonja«, einem mit Essigwasser befüllbaren Plastikpüppchen, das sich neckisch das Näschen zuhält.

Es ist eine sehr gesprächsfreudige Kundin, die sich mit ihrem Haushalt ziemlich zu langweilen scheint, merkt Helmut, während er die Saubere Sonja verbal auseinandernimmt und von japanischer Messertechnik schwärmt. Unter Einflechtung seiner als Chef de Cuisine bei der Handelsmarine in Japan erworbenen Kenntnisse mit asiatischen Messern. Seemannsgarn kommt bei älteren Damen gut an und veranlasst die Anruferin, ihre liebste *Traumschiff*-Folge mit Klaus-Jürgen Wussow und Udo Jürgens an Bord zu rekapitulieren. Kapitänsdinner inklusive.

Immerhin bestellt sie die Japan-Messer und ein Set Bratfix Pfannenschoner in Herbsttönen. Drei Anrufe und sieben Bestellungen später ereilt Helmut eine gewisse Schläfrigkeit. Zeit für frische Luft und den Markt. Er will sein Headset gerade ablegen, als es darin wieder summt. Mitten hinein in drei wuchtige Viertelstunden-Schläge von St. Bruno.

Verärgert drückt Helmut auf Empfang: »Herzlich willkommen bei *Homeshopping Happy Hausfrau*, Helmut am Apparat, womit dürfen wir Ihr Leben leichter machen?«

Am anderen Ende raschelt es, dann folgen Geklapper und ein dumpfer Knall. Es klingt, als fiele jemandem der Telefonhörer aus der Hand. Endlich meldet sich eine ältliche weibliche Stimme. »Bin ich da nicht bei *Drittes Auge – Tarot für alle Lebenslagen?*«

Helmut beißt sich auf die Lippen. Böser Patzer, er hat die Klingeltöne verwechselt. Lag an dem dämlichen Glockendröhnen.

»Oh, kleiner Leitungsfehler. Ich werde Sie sofort zu den Kollegen weiterschalten. Hervorragendes Team. Bleiben Sie dran«, rettet sich Helmut hastig und hofft, dass dieses Gespräch nicht zwecks Überprüfung der Servicequalität mitgeschnitten wird. Er drückt zweimal kurz für die Begrüßungsansage von *Drittes Auge – Tarot für alle Lebenslagen*.

Er hechtet zum Laptop, ruft sein Online-Tarot-Programm auf und nimmt auf dem Bürostuhl Platz. Wieder drückt er auf Empfang und meldet sich sodann mit sonorer Bassstimme als »Sandalphon, Ihr Tarot-Berater in allen Lebenslagen. Einfühlsam, seriös und anonym. Wie lauten Ihre Fragen?«.

»Das ist doch wirklich anonym?«, nuschelt die Stimme undeutlich. Klingt, als würde die Anruferin durch einen Wattebausch sprechen oder das Gebiss sitzt nicht. Vielleicht ist sie auch angeschickert. Hat er alles schon gehabt.

»Aber natürlich ist das anonym und wie bei jedem Erstanruf kostenlos«, versichert Helmut-Sandalphon. Für mehr als Erstgespräche reichen seine Kenntnisse ohnehin nicht. Die Schulung bei der Hotline war dürftig. So viel jedenfalls ist hängengeblieben: bei Anfängern immer positiv bleiben und vage. Am Ende müssen viele Fragen offen sein, auch bei aussichtslosen Fällen muss noch Hoffnung bestehen und der Drang, erneut anzurufen – dann gegen saftige Gebühren.

»Worum geht es, wenn ich fragen darf?« Hoffentlich ein leichtes Thema, sonst sind die Seezungen weg.

»Den Tod meines Mannes«, schlingert es leicht lallend durch die Leitung. Kein Wunder, dass die wohl einen hinter der Binde hat.

Verdammt! Der Tod eines geliebten Menschen ist das schwerste Thema überhaupt und eines, über das er so gar nicht mehr nachdenken, geschweige denn zu dem er alberne Karten legen will. Aber einfach auflegen, das bringt er nicht übers

Herz. Sein Ruf als »Sandalphon, der Seelentröster für ältere Damen« ist dank Madame legendär.

»Genauer gesagt, geht es um Mord«, zischelt kaum hörbar die Gesprächspartnerin in seine Gedanken.

Wie bitte?

2.

Helmut räuspert sich. Das kann nicht sein, er muss sich verhört haben.

»Äh, sind Sie mit dem Tarot vertraut, oder darf ich es kurz erläutern?«, fragt er, um Zeit zu gewinnen und sich zu sammeln.

»Ich habe mir die Karten bereits selbst gelegt«, wehrt die Wattestimme forsch ab. Und klingt plötzlich erstaunlich nüchtern. »Das Liebesorakel. Ich brauche nur eine zweite Meinung bezüglich der Quintessenz.«

Puuh! Helmut atmet erleichtert auf. Das Liebesorakel. Er muss sich eben völlig verhört haben. Die Dame nuschelt wirklich gewaltig. Mord. Also wirklich! Und was den Tod des Gatten angeht – vielleicht spricht ja am anderen Ende eine Witwe, die sich neu verliebt und darum ein schlechtes Gewissen hat.

Das Liebesorakel ist eine leichte Legung mit vier Karten. Sehr überschaubar. Dürfte schnell gehen. Bei Erstberatungen sind ohnehin maximal zehn Minuten Gesprächszeit erlaubt, dann schaltet sich das Band ein.

Das scheint auch die Anruferin zu wissen, die bereits die Namen der vier gezogenen Karten und ihrer Positionen herunterrattert wie der Dealer eines Black-Jack-Casinos die Kartenwerte.

Helmut stellt die Legung auf seinem Bildschirm per Mausklick nach. Heiwei, schön sieht das nicht aus: eine grausame Schwertkarte, eine todtraurige Kelchkarte und »Der Gehängte«. Nicht gut. Na, immerhin liegt an erster Stelle und somit als Themenkarte der Beziehung das Bild der Liebenden aus. Nackt wie im Paradies steht ein Paar beieinander, gesegnet von Erzengel Michael.

Helmut gratuliert zu den tiefen Gefühlen, die zwischen der Anruferin und ihrem Partner schwingen, fabuliert von einer Beziehung zwischen Seelenzwillingen und ruft per Rechtsklick das Stichwortkästchen »Kartenbedeutung« auf, als ihm die Worte auszugehen drohen.

Wie er nicht anders erwartet hat, ist von Hochzeitsglück, beständiger Liebe und traumhaften Aussichten die Rede. Einziger Wermutstropfen: Erzengel Michael ist unter anderem für den Rauswurf aus dem Paradies zuständig. Das könnte auf Trennung hinweisen. Den Aspekt lässt er besser weg. Jetzt muss er sein detektivisches Gespür bemühen, um persönlicher zu werden. Hm, der fallengelassene Telefonhörer beim ersten Anruf und die brüchige Stimme deuten auf eine ältere Dame hin. Sein Spezialgebiet.

Er wagt einen Schuss ins Blaue: »Ihre Ehe ist von einzigartiger Harmonie geprägt und das seit, äh, vielen, vielen Jahren.«

»Sparen Sie sich die Gefühlsduselei, das habe ich nach fünfundvierzig Jahren Ehe hinter mir«, schnappt die Anruferin dumpf. »Wir sind seit 1972 verheiratet.«

Helmut gerät ins Schwitzen. Er würde die letzten Gratisminuten gern bei Harmonie und Liebe verweilen, aber alles, was die Karten für das Paar in petto haben, ist schwer bis gar nicht schönzureden. Falls am Tarot irgendetwas dran sein sollte, droht eine Katastrophe. Die Karte »Fünf der Kelche« auf Position zwei steht für die Gefühle der Anruferin und ist ein Bild von grenzenloser Einsamkeit und Kummer – wie sein virtuelles Stichwortverzeichnis verrät.

Er sieht es auch selbst: Vor einem grauen Himmel, so grau,

dass man ihn trösten möchte, wie Jacques Brel mal gesungen hat, steht vom Betrachter abgewandt eine trauernde Gestalt. Wie versteinert steht sie da, eingehüllt in einen schwarzen Umhang und Schmerz. Vor ihr liegen drei umgestoßene Kelche, blutrot versickert der Inhalt im Boden. Er wird sich auf die kleine Brücke im Hintergrund konzentrieren müssen und auf die zwei noch gefüllten Kelche, die die trauernde Gestalt nicht sieht, weil sie hinter ihr aufgereiht sind.

»Ihnen stehen eine Reise und ein Neuanfang bevor«, beginnt Helmut aufmunternd.

»Das ist mir nicht neu«, stöhnt die Anruferin, »am Samstag fahren wir ins Kloster Sternthal im Westerwald, aber wie geht's da weiter?«

Gar nicht gut, wenn man der Karte »Drei Schwerter« Glauben schenkt. Drastischer kann man den jähen Tod einer Liebe nicht darstellen: Drei scharfe Klingen durchbohren ein signalrotes Herz, am farblosen Himmel dahinter regnet es aus schweren Wolken. Sieht aus wie ein Seemannstattoo und erinnert Helmut spontan an seine Zeit auf Kreta nach Penelopes plötzlichem Tod.

Ach was, Tarot ist blanker Unsinn!

»Sie reisen in ein Kloster? Ein wundervoller Ort, um einmal ganz mit sich selbst in Kontakt zu kommen.«

»Wohl kaum. Ich reise mit meinem Mann«, kontert die Kundin bitter. »Zum allerletzten Mal«, fügt sie an.

Helmut wird wieder mulmig zumute. In der Stimme schwingt Zorn mit. Das kann vorkommen bei Ehen, die in die Jahre kommen, aber dieser Zorn klingt nach Schiller und Weibern, die zu Hyänen werden.

»Bleiben wir bei der Klosterreise«, sagt er so milde wie möglich. »Im Zusammenhang damit scheint mir die etwas erschreckende Herzkarte dringlich den Weg nach innen zu empfehlen.

Vielleicht sollten Sie Ihre seelischen Wunden einmal erforschen. Überdies könnten Sie sich fragen, ob Sie Ihrem Mann vielleicht auch Verletzungen zugefügt haben …«

Wenn er weiter so rumsülzt, wird ihm schlecht.

»Das kommt erst noch«, geht die Anruferin brüsk dazwischen.

»Was?«

»Die Verletzungen. Das zeigt die nächste Karte ja wohl klarer als glasklar.«

Die nächste Karte ist der Gehängte. Kopfüber baumelt ein Delinquent an einem T-förmigen Galgen aus Baumstämmen. »Himmel, was hat das wieder zu bedeuten?«, hört Helmut sich selbst laut fragen. Er steht unter Schock.

»Dass mein Mann sterben wird. So sicher wie das Amen in der Kirche«, kommt die Antwort. »Können wir endlich zur Quintessenz kommen?«

Je schneller, desto besser, findet Hermann, dem das Telefonat richtig unheimlich wird.

Verdammt, ausgerechnet jetzt streikt das komplette Programm, es reagiert nicht auf den Befehl »Quintessenz anzeigen«. Da heißt es Kopfrechnen. Wie ging das noch? Ach ja. Die Quintessenz – und damit die Schlussfolgerung und die Zukunftsaussicht der Legung – ergibt sich aus der Quersumme der Kartenzahlen. Mal sehen: Fünf Kelche plus drei Schwerter sind zusammen acht, plus die Zahl sechs für die Liebenden und zwölf für den Gehängten, macht sechsundzwanzig, und das ergibt als Quersumme acht.

Er entsinnt sich dunkel, dass die Acht eine vertrackte Karte ist. Bei manchen Decks steht sie für Mut und Leidenschaft und zeigt eine Frau, die einem Löwen so furchtlos wie beherzt das Maul aufreißt. Aber das ist historisch falsch, und bei *Drittes Auge – Tarot für alle Lebenslagen* gilt die traditionelle Kartenzählung nach dem Marseille-Tarot von 1713. Aber wofür stand da noch mal die Acht?

»Sind Sie noch dran?«, fragt es am anderen Ende ungeduldig, ganz so, als stünde die Anruferin kurz vor einer Explosion. Hoffentlich hört die Servicekontrolle nicht mit.

»Ich hab's!«, entfährt es Helmut, als vor seinem inneren Auge das Bild der Karte entsteht. Es zeigt eine Justitia mit dem Schwert in der rechten und der Waage in der linken Hand, aber ohne Binde vor den Augen. »Es geht um wahre Gerechtigkeit.«

»Bedeutet das, ich komme dafür in den Knast?«, kommt es vom anderen Ende.

»Wofür?«

Ein hohles Schluchzen dringt durch die Leitung. »Sie sind so hellsichtig wie ein Maulwurf – für den Mord an meinem Mann natürlich!«

»Ihre kostenlose Erstberatung ist beendet«, mischt sich säuselnd die elektronische Bandansage ein. Sphärenklänge wabern durch die Leitung, kraftvoll untermalt von St. Brunos Glocken, die zwölf Uhr Mittag läuten.

Helmut starrt entsetzt auf seinen Laptop, mit zitternder Hand reißt er sich das Headset vom Kopf. Wurde ihm da wirklich gerade ein Mord angekündigt? Hoffentlich hat die Servicesicherung das alles mitgeschnitten!

3.

»Wir müssen sofort los und etwas unternehmen, Herr Gier«, verlangt Hildchen Trautwetter und nimmt nicht, wie gebeten, vor seinem Schreibtisch Platz. Sie nimmt überhaupt nie vor ihm Platz, wenn er sie darum bittet, und pflegt ihren Schrubber resolut wie einen Marschallstab vor sich herzutragen. Man könnte meinen, sie nimmt ihn nicht ernst.

Für eine Putzfrau – zugegeben eine äußerst gründliche, sie entstaubt sogar die Tastaturen und poliert die Telefone – ist diese Frau verdammt selbstbewusst und vereinnahmend. Was bitte schön soll das Wörtchen »wir«? Und der Koffer?

Statt ihres Schrubbers umklammert Hildchen diesmal die Teleskopstange eines silbern blinkenden Samsonite-Spinners. *Seines* Samsonite-Spinners. Frechheit! Alexander Gier deutet über seinen Schreibtisch hinweg auf den Bordkoffer. »Darf ich fragen, wo Sie den herhaben?«

Er fragt möglichst lässig. So cool und unbeteiligt, wie sich das gehört für einen erfolgreichen Entwickler medizinischer Software, dessen Startup-Firma zwar nur in einem bescheidenen Mehrzweckbau in einem Wermelskirchener Gewerbepark residiert, dafür aber auf dem Sprung nach oben ist. Das Donnerwetter hebt er sich für den Schlussakkord auf, wenn er Frau Trautwetter aus seinem Büro werfen wird. Am besten für immer.

Ja, beschließt Alexander spontan, er wird sie rausschmeißen. Es langt. Dinah, seiner persönlichen Assistentin – aka Tippse – wird er ebenfalls gehörig den Kopf waschen. Was fällt der ein, diese Nervensäge überhaupt zu ihm vorzulassen?

Hildchen wirft einen kurzen Blick auf den Koffer. »Den Koffer? Na, den habe ich natürlich aus Ihrem Schlafzimmer«, erwidert sie mit angriffslustigem Blick im herzförmigen Gesicht und lässt den rechten Zeigefinger wie einen Lift in Richtung Decke hin- und hersausen. Über ihnen liegt sein Firmen-Appartement. Leider putzt sie da auch.

Und nicht nur das, wie Frau Trautwetters nächste Worte beweisen.

»Ich habe alles Notwendige für eine Woche eingepackt. Viel brauchen Sie im Kloster ja nicht. Die zerknüllte Unterwäsche Ihres letzten Damenbesuchs, die neben dem Koffer lag, habe ich übrigens entsorgt. Sie liegt bereits vier Monate unter dem Bett. Davon wird sie ja nicht schöner. Oder kommt die Dame noch mal wieder? Dann kann ich sie natürlich auch zu den Hinterlassenschaften Ihrer anderen Bekanntschaften legen. Ziemlicher Haufen. Man weiß gar nicht, was da zueinander gehört. Oder blicken Sie noch durch?«

Alexander stöhnt innerlich auf. Was für unverschämte Fangfragen! Jetzt bloß nicht reagieren. Seine gelegentlichen Damenbesuche gehen die Trautwetter nichts an. Überdies kann er sich an die meisten Damen – na ja, viele *Damen* werden nicht darunter gewesen sein – kaum erinnern. Irgendwann wird er mal an seinem Frauengeschmack feilen, aber jetzt geht der Deal mit London vor.

»Herr Gier?«, fragt die dreiste Trautwetter fordernd in die Stille. »Hören Sie mich noch?«

Alexanders Blick kehrt demonstrativ zum Bildschirm seines Laptops zurück, er muss die neuesten Einschätzungen seiner Analysten prüfen. Beim letzten Meeting hatten sie noch Bedenken bezüglich der Marktreife seiner Verschlüsselungs- und Abrechnungssoftware für Krankenhäuser, trotzdem liegt ein Übernahmeangebot aus London vor. Für seinen kompletten

Laden. Ein Millionending. Wenn er das durchzieht, ist er frei und kann endlich machen, was er will.

»Ich würde es begrüßen, wenn Sie mit mir sprechen würden«, verlangt Hildchen Trautwetter dreist. »Immerhin geht es um Leben und Tod.«

»Ich kann gleichzeitig lesen und reden«, bekundet Alexander. Leben und Tod – die hat sie ja nicht alle!

»Wie effizient. Vielleicht sollte ich es mit ein paar Kapiteln *Vom Winde verweht* versuchen, während wir uns unterhalten?«

Er hätte diese penetrante Putzlappen-Plage niemals einstellen dürfen. Auch nicht Helmut zuliebe, und schon gar nicht, weil er selbst in ferner Vergangenheit mal bei ihr in den Kindergarten gegangen ist und sie »Tante Hildchen« nennen musste oder wollte. Mit vier, fünf Jahren ist so was Usus. Mit 34 hingegen braucht man keine Kindergartentanten mehr. Gleichgültig, was er seinem Onkel gelegentlich zu schulden glaubt, die Trautwetter ist eine Heimsuchung.

»Haben Sie wenigstens noch mal versucht, mit Helmut zu sprechen?«, verlangt sie zu wissen.

»Ich habe vor drei Tagen mit ihm telefoniert und ihm geraten, die Polizei einzuschalten, die – wie er mir später mitgeteilt hat – nichts zu unternehmen gedenkt. Was zu erwarten war. Seither habe ich nichts mehr von ihm gehört.« Und das ist auch gut so.

»Und was gedenken *Sie* zu unternehmen?«, fragt Frau Trautwetter.

»Dasselbe wie die Polizei: nichts.«

»Das lasse ich nicht zu!«, schnaubt die Trautwetter. »Sie kommen jetzt sofort mit mir mit. Wir reisen nach Sternthal!«

Unfassbar, was diese Frau sich rausnimmt. Ständig belästigt sie andere Menschen mit ihrer übergriffigen Fürsorglichkeit. Bringt Süßes und Selbstgebackenes für seine Mitarbeiter mit und für Dinah kunterbunte Blumen aus dem Schrebergarten, die im Nu verwelken und seinen Heuschnupfen triggern. Zu allem Überfluss liegt sie ihm ständig in den Ohren, er solle sich mehr um Helmut kümmern. Aber das heute ist der Gipfel.

Zeit für Klartext.

Alexander löst kurz den Blick vom Bildschirm. »Frau Trautwetter, Ihre Anteilnahme und Ihr Interesse für die Angelegenheiten meines Onkels ehren Sie, aber diese Tarot-Geschichte ist ausgemachter Blödsinn. Niemand ruft bei einer Hotline an, um einen Mord anzukündigen! Das Ganze war ein schlechter Scherz.«

»Und wenn nicht?«

»Frau Trautwetter, mein Onkel sagt selbst, die Frau klang ziemlich seltsam oder betrunken.«

Und Helmut ist prompt auf sie hereingefallen. Sein innerer Abenteurer muss mal wieder mit ihm durchgegangen sein. Außerdem hat er ein seltenes Talent, sich in Schwierigkeiten zu bringen. Erst recht, wenn es um Frauen in Not geht. Wie damals in der Türkei. Oder auf Kreta, wo er vor zwanzig Jahren betrunken seinen Club abgefackelt hat. Fest steht: Seit er mit siebzehn von zuhause abgehauen ist, um zur See zu fahren, hat Helmut nichts als Ärger gemacht. »Ein geborener Taugenichts«, hat schon Helmuts Vater, also sein Großvater, ihn immer genannt. Okay, na ja … Alexander richtet sich auf. Sein Großvater war ein verhärmter Griesgram, kalt wie Hundeschnauze. Herrje, mit was er sich plötzlich alles beschäftigt, seit der Onkel wieder im Lande ist.

Familie ist einfach nur lästig.

»Betrunken oder nicht«, meldet sich Frau Trautwetter erneut zu Wort. »Wir müssen los!«

»Ich arbeite!«

Alexander schielt zurück zum Bildschirm seines Laptops,

eine Mail poppt auf. London! Frau Trautwetter ist vergessen. Das könnte das Angebot sein. Er tippt auf Öffnen. *Dear Mr. Gier …*

Weiter kommt er nicht.

Hildchen Trautwetter klappt von hinten – schwupps – den Laptop zu.

»Frau Traut…«, fährt Alexander hitzig auf. Hitziger, als ihm als geschultem Pokerface lieb ist. Gefühlsbekundungen wirken entsetzlich unsouverän. Erst recht vor seiner ehemaligen Kindergartentante.

»Das muss warten«, nutzt Frau Trautwetter seinen emotionalen Ausrutscher und fällt ihm resolut ins Wort. »Hier geht es um Ihren einzigen noch lebenden Verwandten.«

»Das kann *nicht* warten«, zürnt Alexander bemüht verhalten. »Ich bin mitten in äußerst sensiblen Verhandlungen über einen Softwaredeal.«

»Herr Gier, wir müssen einen Mord verhindern«, beharrt Hildchen Trautwetter auf Helmuts fixer Idee.

Gute Güte, kommt für alte Leutchen nichts Spannendes mehr im Fernsehen? Oder vielleicht zu viel?

»Ich würde es begrüßen, wenn Sie jetzt mein Büro verlassen würden. SOFORT!«, wird Alexander laut, sehr laut, manchmal hilft nichts anderes.

»Ich gehe nur, wenn Sie mitkommen. Die Klosterwoche beginnt morgen, Anreise ist bereits heute ab 17 Uhr, und wir haben von Wermelskirchen bis in den Westerwald gut drei Stunden Fahrtzeit vor uns. Das Kloster liegt sehr einsam, inmitten von Wäldern. Ein idealer Ort für einen Mord. Schau an, das reimt sich sogar.«

Und klingt wie eine schlechte Folge *Polizeinotruf* oder einem uralten *Derrick*, findet Alexander. Er erhebt sich hinter seinem Schreibtisch, stützt die Hände auf, beugt sich bedrohlich vor, hebt die rechte Braue. Bei seiner stattlichen Größe von einem Meter neunzig und dank seiner sorgsam erarbeiteten Fitnessstudiofigur reicht das normalerweise, um Mitarbeiter einzuschüchtern.

Frau Trautwetter weicht keinen Zentimeter.

Es ist eindeutig von Nachteil, dass er schon mal als Krepppapier-Pusteblume beim Frühlingsfest der »Kleinen Kröten« vor ihr gestanden hat und *Alle Vögel sind schon da* singen musste. Da hilft nichts, er muss das Donnerwetter vorziehen.

»Ich sage es Ihnen jetzt zum letzten Mal: Es gibt keinen Mord im Kloster oder sonst wo, und ich denke nicht daran, wegen Helmuts Hirngespinsten in irgendeiner Form aktiv zu werden«, ereifert sich Alexander. Zu seinem Ärger muss er feststellen, dass sein Tonfall etwas Schrilles bekommt. »Und außerdem: Sie sind gefeuert!«

Klingt fast wie Trotzanfall.

Hildchen zieht den Koffer in einer eleganten Kurve direkt vor ihre Knie, reckt das Kinn, strafft die Schultern, setzt eine halb tadelnde, halb enttäuschte Kindergärtnerinnen-Miene auf. Was kommt jetzt? Will sie ihn auf die stille Treppe verbannen?

»Helmut weiß genau, wovon er redet«, sagt sie ruhig. »Er kennt sich bestens aus mit Mördern. Schließlich hat er dank Ihrer Familie zwei Jahre lang mit übelsten Vertretern dieser Spezies im türkischen Knast verbracht.«

Oh nein, nicht wieder diese Platte!

»Das kann man so nicht sagen«, trotzt Alexander und bemerkt zu spät, wie kläglich abwehrend, fast nachgiebig er klingt.

»Ach nein? Wie denn dann? Helmuts Vater und sein Bruder – Ihr Vater – haben ihn damals jedenfalls nicht da rausgeholt. Nicht mal einen Anwalt hat Ihre Familie bezahlt, stattdessen hatte sie nichts Eiligeres zu tun, als Helmuts Erbanteil zu streichen. Wenn es nach denen gegangen wäre, wäre Helmut dort unten verreckt! Ihr eigener Onkel! Und wie war das nach der Sache auf Kreta? Eine Tragödie, aber niemand aus Ihrer Familie hat sich gekümmert, keiner hat kondoliert. Ich denke, Sie schulden ihm was. Sie schulden ihm sogar eine ganze Menge.«

»Ich habe ihm oft genug Geld angeboten«, verteidigt sich Alexander erzürnt. »Seinen kompletten Erbteil samt Zinseszins. Er nimmt es nicht.«

»Weil er etwas anderes von Ihnen möchte«, sagt Hildchen mit einer Stimme, die klingt, als sei Honig reingetropft. Sie pausiert kurz, um Luft zu holen. »Von gewissen Dingen kann man sich nicht mit Geld freikaufen, Herr Gier. Das wissen Sie doch. Schließlich haben Sie ein Herz. Da kommen sie ganz auf Helmut. Na ja, ein bisschen jedenfalls.«

4.

Gut zehn Minuten später findet sich Alexander – kaum wissend, wie ihm geschehen ist – auf dem Parkplatz des Mehrzweckbaus wieder. Dinah, dieses Luder, hat ihm frech »schöne Ferien« gewünscht, während Hildchen Trautwetter das Kommando übernommen hat.

Sie rollert mit seinem Samsonite in der rechten Hand und ihrer Reisetasche über dem linken Arm auf einen schwarzen Mercedes SUV zu. Vor dem protzigen Geschoss steht ein ältliches Pärchen. *Das darf nicht war sein, noch mehr Rentner!* Und anscheinend die Fahrzeughalter.

Hildchen winkt ihnen unter Huhu!-Rufen zu.

Alexander wundert sich. Woher hat Helmut plötzlich so viele Freunde? Noch dazu lauter bekloppte: Das Pärchen ist offensichtlich in ein Streitgespräch verwickelt, und beide sehen aus wie Witzfiguren. Der männliche Teil des Duos erinnert an eine Edelparodie auf einen Eintänzer beim Tanztee im Altenheim: Maßanzug mit Weste, Lackschuhe, Einstecktuch und ein Panamahut bilden sein Outfit. Die üppige Dame neben ihm präferiert eine Art späten Space-Hippie-Look: Hennarot gefärbte Locken und ein Klimbim aus Federn und Perlen um den Hals kombiniert sie mit kreischbunten Gewändern und einer Tücherwolke. Könnte es sich um eine alte Bekannte aus Helmuts Tagen als Magic-Bus-Fahrer auf dem Hippie-Trail Richtung Indien handeln?

Früher, ganz früher, als er ein kleiner, dummer Junge war, hätte ihn diese Frage ohne Zweifel brennend interessiert, so wie Seemann Helmuts ganzes abenteuerliches Leben, jetzt wahrt Alexander lieber einige Meter Abstand, als er und Hildchen bei den beiden ankommen.

»Darf ich vorstellen?«, ruft eine mittlerweile sehr fröhliche Frau Trautwetter und schiebt, ja, schubst ihn geradezu auf die Henna-Hippie-Tante zu, die ihn mit silberblauem Laserblick einem anzüglichen Body-Scan unterzieht.

»Das sind Veronika Dornbusch-Bommelbeck, eine alte Schulfreundin von mir, und ihr Partner Lothar E. Schuknecht, ehemaliger Oberstaatsanwalt in Köln. Die beiden betreiben in Veronikas Postfiliale in Biblinghausen bei Dabringhausen eine Detektivagentur und haben bereits erfolgreich zwei Mordfälle bearbeitet. Ich bin mir sicher, sie werden uns und Helmut bei der Aufklärung des mysteriösen Anrufes eine große Hilfe sein! Ihre Honoraransprüche sind zivil – von den Reisespesen einmal abgesehen. Das *Monastère* im Westerwald ist leider ein sehr hochpreisiges Klosterhotel.«

»Für dich, Hildchen, mache ich deinem Chef einen Freundschaftspreis«, versichert Veronika Dornbusch-Dingsda und zwinkert ihm zu.

»Heißt das etwa, ich soll diese Senioren-Kaffeefahrt für Bekloppte auch noch bezahlen?«, zischt Alexander empört in Hildchens Ohr.

Seine Wischmoppfee überhört ihn geflissentlich und öffnet die Kofferraumklappe. Dafür holt der Eintänzer zu scharfem Protest aus. »Sie müssen überhaupt nichts bezahlen, weil es nichts zu bezahlen geben wird. Zum Teufel nochmal!«, bemerkt der Oberstaatsanwalt a. D. erbost. »Ich bin als Privatier unterwegs und habe nicht vor, irgendjemandem irgendwobei eine Hilfe zu sein. Schon gar nicht im Westerwald.« Er spricht den Namen der Mittelgebirgsregion so aus, als handele es sich um eine Krankheit oder ein Seuchengebiet.

»Womit Sie Ihrem edlen Charakter auf das Schönste treu bleiben«, giftet Frau Dornbusch und wuchtet Alexanders Bordkoffer in den SUV. »Aber hier auf dem Land läuft das anders. Man hilft einander in allen Lebenslagen.«

Der Oberstaatsanwalt antwortet mit mordlustigem Seitenblick: »Frau Dornbusch-Bommelbeck, Sie haben mir eine Überraschungsreise in Form einer Vier-Sterne-Schlemmerwoche in denkmalgeschützter, intimer Umgebung avisiert. *A deux!* Ich weigere mich, an irgendeinem gruppendynamischen Blödsinn in der finstersten Provinz teilzunehmen, der auf einer Ihrer absonderlichen Verbrechensfantasien fußt. Der Westerwald ist doch ein weißer Fleck auf der kulinarischen Landkarte.«

Oha, scheint ganz so, als habe er mit dem juristischen Eintänzer einen Mitstreiter in Sachen Vernunft gefunden!

»Keine Bange, Sie bekommen Ihre Überraschungsreise, Schuknecht«, pariert Frau Dornbusch ungerührt, »mit ein paar klitzekleinen Programmänderungen. Und jetzt steigen Sie ein, ich will nicht im Dunkeln ankommen. Man muss Verbrechervisagen bei Tageslicht unter die Lupe nehmen. Außerdem gibt es heute noch eine Olivenöl-Verkostung mit dem Chefkoch Vittorio Lambaste. Er ist Italiener und geprüfter Sommelier für Weine und Gourmetöle.«

»Lambaste, Sie meinen *den* Lambaste?«, horcht Herr Schuknecht auf, und seine Augen bekommen einen glückseligen Glanz. »Und Olivenöl«, fügt er allem Anschein nach völlig überwältigt hinzu.

»Unter anderem toskanisches, aus Frantoio- und Leccino-Oliven, sorten- und standortrein, händisch gesammelt und direkt nach der Ernte kalt extrahiert«, rattert Frau Dornbusch-Dingsda herunter. Das muss sie auswendig gelernt haben.

»Wir fahren wirklich zum Gott der *Cucina Italiana?*«, will Schuknecht wissen, und der Glanz in seinen Augen bekommt etwas Fiebriges. »Der Herr der weißen Trüffel, des Ossobuco und des einzig wahren *Ragù alla bolognese*, der vom Gault-Millau zum Koch des Jahres gekrönt wurde, in München kurz vor einem Stern im Guide Michelin stand und dann – nach seinen bedauerlichen TV-Abenteuern – komplett von der Bildfläche verschwunden ist?«

Frau Dornbusch nickt langsam. »Lambaste ist zurück«, haucht sie. Ihr Blick bekommt etwas Verführerisches, oder täuscht Alexander sich da? Überhaupt liegt plötzlich eine Art Knistern zwischen beiden in der Luft, das er gewöhnlich nicht mit Essen in Verbindung bringen würde.

»Das nenne ich einen spannenden Fall! Warum haben Sie das nicht gleich gesagt«, freut sich Schuknecht.

»Ich wollte Sie doch überraschen«, schnurrt Frau Dornbusch sanft wie ein Kätzchen, das soeben den Sahnetopf ausgeschleckt hat. »Vittorio Lambaste hat im Westerwald vor wenigen Monaten und nach aufwendigen Renovierungsmaßnahmen einen exklusiven kleinen Gourmettempel samt Wellnesshotel auf dem historischen Gelände des Klosters Sternthal eröffnet. Jetzt veranstaltet er seine erste große Schlemmerwoche. Mit ausgewählter Prominenz und Liebhabern seiner Kochkunst, heißt es. Da müssen Sie doch dabei sein!«

Zu Alexanders Erstaunen steigt der Staatsanwalt ohne weiteren Protest ins Auto. Er hopst geradezu ins Körbchen.

Essen scheint tatsächlich die Erotik des Alters zu sein.

Garniert mit komplett absurden Mordphantasien.

5.

Veronika Dornbusch nimmt die nächste Haarnadelkurve und wirft einen verstohlenen Blick in den Rückspiegel. Sehr gut, das Olivenöl tut nach wie vor seine heilsame Wirkung: Schuknecht schmökert auf dem Rücksitz glückselig in Gourmetmagazinen und einem Kochbuch des angeblich legendären Asturi Pellegrino, einem Landsmann Lambastes aus der Emilia-Romagna. Beides hat sie ihm aus ihrer Biblinghauser Postfiliale und Zeitungshandlung mitgebracht. Teures Zeug, keine ollen Remittenden, aber was tut man nicht alles, um einen Mord zu verhindern.

Schuknechts Sitznachbar Alexander Gier wischt hektisch auf einem Tablet herum und schmollt, weil der Staatsanwalt a.D. ihm gleich zu Beginn der Fahrt das Telefonieren verboten hat.

»Fernmündliche Privatgespräche sollten privat bleiben und keine Unbeteiligten belästigen«, hat er verfügt. »Schon gar nicht mit inhaltsleerem Geschwätz.«

»Ich habe keine Zeit für Geplapper, ich muss Geschäftsgespräche führen«, hat Alexander Gier zurückgekläfft und sein Tablet herausgeholt.

»Wussten Sie übrigens, dass es inzwischen wissenschaftlich nachgewiesen ist, dass Smartphones und Touchpads zu einer mentalen Demenz führen?«, hat Schuknecht mit maliziösem Unterton gekontert. »Es soll Kindergartenkinder geben, die beim Anblick von Aquarien die Finger auf die Scheiben legen, darüberwischen und sich wundern, dass die Fische sich nicht automatisch vergrößern lassen. Ich halte diesen ganzen digitalen Unsinn – mit Verlaub – für ein Verbrechen an der Zivilisation.«

»Dieser digitale Unsinn ist unsere Zukunft«, hat Alexander geschnaubt. »Also meine, Sie haben ja nicht mehr allzu viel davon.«

Hildchen Trautwetter hat das unschöne Duell mit einem tadelnden Blick beendet, den Alexander noch aus seinen Kindergartentagen kennen müsste.

Kurzfristig hatte es auf dem Parkplatz ja so ausgesehen, als könnten Schuknecht und dieser Alexander sich verbrüdern und die Reise torpedieren, aber das Handyverbot hat Herrn Gier in einen überzeugten Gegner Schuknechts verwandelt. Sich Feinde zu machen ist eine von Schuknechts leichtesten Übungen.

Gleich wird sie dem ollen Knötterpilz den Prospekt der Klosteranlage Sternthal nach hinten reichen und die klitzekleinen Programmänderungen in Sachen Schlemmerwoche erläutern müssen.

Das wird noch mal heikel. Als sie Schuknecht vorhin auf dem Parkplatz in Wermelskirchen verraten hat, dass der eigentliche Anlass ihrer Reise der mögliche Hotline-Mord ist, ist der zum Rumpelstilzchen mutiert. Dummer Kerl! So einen spannenden Fall kann man doch nicht ausschlagen.

Veronikas Blick streift das eingebaute Navigationssystem. Es zeigt eine äußerst kurvenreiche Berg- und Talfahrt und eine verbleibende Fahrtzeit von einer halben Stunde bis Sternthal an. Na, fünf Minuten wird sie mit dem Prospekt und ihren Erläuterungen noch warten, dann hat der Staatsanwalt a. D. nicht allzu viel Zeit für seinen nächsten Tobsuchtsanfall.

Und der ist garantiert.

Die Straße wird schmaler, windet sich tiefer in einen Wald,

als suche sie darin ein Versteck. Biblinghausen ist ja schon reichlich abgelegen und schwer zu finden, aber hier sind sie wirklich mitten im Nirgendwo angekommen.

»Da, das erste Hinweisschild für Sternthal«, reißt ihre Beifahrerin Hildchen Trautwetter Veronika aus ihren Gedanken.

Tatsächlich steht am Straßenrand zwischen schwindelerregend hohen Tannen und einer Schlehenhecke ein braun-weißes Schild mit einem Klosterpiktogramm. Es ist ein zweigeteiltes Piktogramm, denn Sternthal ist ein zweigeteiltes Ensemble, ein ehemaliges Doppelkloster mit einem prachtvollen barocken Gebäude für Mönche und einem weniger prachtvollen für Nonnen, dabei waren die schon seit dem Mittelalter hier. Die Gebäude, oder das, was davon übrig ist, liegen recht weit auseinander und inmitten eines einsamen Tals. Früher, also ganz, ganz früher, haben Sternthal mal der halbe Wald, riesige Ackerflächen und sogar ein paar Weinberge am Rhein gehört. Ein Netz von Pilgerwegen kreuzte sich hier.

»Sie wollten mir noch den Prospekt des Klosters geben«, erinnert sich auf der Rückbank Schuknecht.

Er fragt zu früh. Eine halbe Stunde will sie sich sein Gemecker nicht zumuten. Veronika nimmt die nächste Kurve absichtsvoll mit leichtem Schlingern und ausreißendem Heck. »Hoppala, das ist aber eine tückische Straße!«

Alexander Gier entfährt ein abfälliges Stöhnen.

»Momentchen noch«, vertröstet Veronika Schuknecht. »Ich muss mich auf die Fahrbahn konzentrieren. Ist wirklich eine hakelige Strecke.«

»Ich habe auch einen Prospekt«, mischt sich dummerweise ihre Beifahrerin ein und wird damit ihrem wahren Charakter als »hilfreiches Hildchen« mal wieder gerecht. Strenge Miene und resolutes Auftreten sind bei der leider nur Fassade. Hildchen kramt in ihrer Handtasche und reicht dem Staatsanwalt die Broschüre nach hinten, bevor Veronika es verhindern kann.

Mist! Bislang hat Hildchen arglos als Ablenkungsprogramm funktioniert. Mehr als anderthalb Stunden haben sie sich kichernd über ihre gemeinsame Jugendzeit in der Oberstufe des Gymnasiums, Schulhoferlebnisse, erste Küsse und grässliche Lehrer, Negerkussbrötchen und Pfuschzettel und die Umgehung des zeitweise bestehenden Hotpants-Verbots ausgetauscht. Damit hatte Hildchen eigentlich nie Probleme, weil sie keine Hotpants trug. Veronika schon. Sie hatte damals eine ganze Kollektion und einen sehenswerten Knackpo. Ach, waren das noch Zeiten! Zwar haben sie und Hildchen nur anderthalb Jahre gemeinsam die Schulbank gedrückt, da Veronika vorher ein anderes Gymnasium besucht hatte, aber die Zeit hat gereicht, um ein festes Band der Freundschaft zu knüpfen. Zumal sich Hildchen damals ganz verloren fühlte, weil ihr bester Schulfreund Helmut dem Gymnasium zugunsten der Seefahrt den Rücken gekehrt hatte.

Wie auch immer. Der Austausch von Schulanekdoten hat die Männerfraktion im Fond bislang entnervt weghören lassen – und jetzt macht Hildchen diesen Patzer.

Veronika gibt Gas und verlegt sich noch energischer auf einen schleudernden Fahrstil. Hoffentlich wird Schuknecht so schlecht, dass er sich nicht aufs Lesen konzentrieren kann.

Leider kann er das doch.

»Himmel!«, entfährt es ihm gleich nach der ersten Seite entsetzt. »In Sternthal leben ja noch *Nonnen*! Zwölf Stück sogar!«

Schuknecht hält viel auf seine philosophischen Neigungen, ist ein Fan von Immanuel Kant und strikt antiklerikal. Alles, was mit Religion und Kirche zu tun hat, ist ihm ein Graus. Ein paar harmlose Nonnen offenbar auch.

»Ich hoffe nur, dass wir keiner dieser antiquierten Betschwestern begegnen«, fügt er voll Abscheu hinzu.

»Das wird sich in einem Kloster wohl kaum vermeiden lassen«, mischt sich Alexander Gier eifrig ein.

Will der schon wieder die Reise torpedieren?

Er will.

»Hören Sie, Schuknecht. Ich habe vorhin mal per Google nachrecherchiert. Wir können uns von Asbach aus ein Taxi zum Kloster bestellen. Das wird zwar knapp ein Stündchen brauchen bis in diese Walachei, aber so können wir den absurden Ausflug beenden. Soll ich kurz anrufen?«, er zückt sein Handy und beginnt bereits, eine Nummer einzutippen. »Ich zahle die komplette Rückfahrt nach Wermelskirchen.«

Schuknecht scheint zu schwanken, wiederholt aber sein Handyverbot nicht.

»Verdammt, ich bekomme hier keine Verbindung!«, knurrt Alexander nur Sekunden später.

»Ja-ha«, trällert Veronika erleichtert, »der wunderschöne Westerwald ist stellenweise ein finsteres Funkloch. Das liegt an den Bergen und Tälern.«

»Das liegt am beschissen bescheidenen Netzausbau in Deutschland!«, wettert Alexander.

»Na, na, na«, wirft Hildchen – wieder ganz die routinierte Ex-Kindergärtnerin – ein, »wir wollen doch nicht fluchen! Und zu Ihrer Beruhigung, Herr Schuknecht: Das Kloster war ein Doppelkloster und ist noch heute zweigeteilt. Das barocke Haupthaus, in dem früher die Mönche lebten und heute das *Monastère* von Herrn Lambaste residiert, ist vollständig säkularisiert. Die Nonnen von Sternthal leben abgeschieden in einem historischen Fachwerkensemble samt Kirche und Klausur. Ihr Gebäudetrakt ist über zwei Kilometer entfernt vom Haupthaus. Es wird also kaum Berührungspunkte geben.«

Veronikas Hände werden feucht. *Wird es doch. Vor allem für Schuknecht*. Es hilft nichts, sie muss jetzt mit der Wahrheit raus.

»Ähem«, räuspert sie sich und fasst das Lenkrad fester. »Also, so ganz ohne Begegnungen mit den Schwestern wird es nicht abgehen ... Wir müssen unsere Ermittlungsarbeiten auf dem gesamten Gelände durchführen, schließlich ist noch nicht klar, wo sich die mögliche Mörderin mit ihrem Gatten einquartiert hat. Auch die Nonnen empfangen Gäste und bieten Seminare an. Äußerst interessante Seminare, wie ich finde. Es gibt sogar Restaurierungskurse für Kirchenkunst.«

»Ich bin Gast des begnadeten Vittorio Lambaste und führe weder Ermittlungs- noch Restaurierungsarbeiten durch«, stellt Schuknecht noch einmal kategorisch fest. »Ich muss mich auf das Essen konzentrieren. Und auf Lambastes Seminare. Der Weinanbau im Mittelalter und die fürstbischöfliche Geflügelküche in Florenz erfordern meine gesamte Aufmerksamkeit. In den Pausen werde ich mich meiner kulinarischen Lektüre widmen und mich – ich zitiere den Prospekt – in den ›luxuriös ausgestatteten Suiten und den zahlreichen Ruheoasen des angeschlossenen Klosterhotels‹ entspannen.« Schuknecht schnaubt. »Vor allem während der Pilzwanderung. In dieser feuchten Gegend ist das ein zu zweifelhaftes Vergnügen. Erst recht für meine Schuhe. Das abschließende Renaissancefest im alten Refektorium von Sternthal – ich nehme an, damit ist die Nonnenabteilung gemeint – streiche ich ebenfalls. Alberner Mummenschanz. Ich muss gestehen, das Programm hat Schwächen, hier steht sogar etwas von ›zeitgemäßer Kostümierung beim Bankett‹. Ich werde gewiss nicht in albernen Strumpfhosen herumlaufen.«

Veronika räuspert sich erneut. »Nun ... äh ... also die beiden Suiten im *Monastère* waren leider ausgebucht, und die Schlemmerwoche ist äußerst beliebt, sogar das Fernsehen kommt, und auf den letzten Drücker hat sich noch ein Stammgast mit Vorrang angemeldet. Irgendeine französische Diplomatengattin«, sagt sie vorsichtig und reckt den Kopf in Richtung Windschutzscheibe. Ganz so, als behindere Nebel ihre Sicht und erfordere hochkonzentriertes Fahren.

»Ausgebucht? Was soll das heißen?«, verlangt Schuknecht – jetzt äußerst alarmiert – zu wissen. »Muss ich mich etwa mit einer Juniorsuite ohne Whirlpool begnügen?«

»Äh, nein, das nicht. Genau genommen mussten wir auf einige Zimmer bei den Schwestern ausweichen«, erklärt Veronika und schüttelt resolut ihre Locken. Noch genauer genommen müssen nur Hildchen und Schuknecht auf die Zimmer ausweichen, und das ist auch gut so, denn so nah bei Lambaste würde ihn das Essen von seinen Aufgaben ablenken. Sie selbst ist Gott sei Dank immun gegen solch einen Gourmetzirkus.

Schuknecht durchblättert hektisch die Broschüre.

»Oh, mein Gott!«, stößt er wenig später – sich unvermittelt und völlig untypisch des Allmächtigen entsinnend – aus. »Wir sollen in Besenkammern mit Sperrholzmöbeln hausen?«

Offenbar hat er die Bilder mit den zu Gästezimmern umfunktionierten Klosterzellen entdeckt.

»Also ›Sperrholzmöbel‹ geht zu weit«, findet Veronika. »Es handelt sich um eine geschmackvolle Kombination von Ikea-Möbeln in heller Fichte und einigen Möbelspenden. Schlicht, aber schön. Außerdem werden Sie sich in den Zimmern kaum aufhalten. Ihre Ora-et-labora-Woche umfasst ein strammes Programm von sechs Uhr morgens bis zur Komplet um neun. Drei gehaltvolle Mahlzeiten aus klostereigenen Produkten inklusive, auf Wunsch auch Kaffee und Kuchen, aber das kostet extra.«

So, jetzt ist's raus und das Wesentliche gesagt.

Schuknecht ist sekundenlang sprachlos. Kommt selten vor,

und der Oberstaatsanwalt a.D. findet auch nur stammelnd zur Sprache zurück.

»Ora-et… wie bitte? Soll das heißen … Sie, Sie meinen doch nicht … Frau Dornbusch!«

Geht in Deckung. Hilft nichts. Von hinten schlägt ein erboster Schuknecht seine sehnige, verdammt kräftige Altmännerhand auf ihre rechte Schulter.

Aua! Veronika fährt erzürnt herum: »Jetzt seien Sie mal ein Mann, Schuknecht! Ein bisschen Gartenarbeit, Gebete und schlichte Kost haben noch keinem Menschen gescha–«

»BREMSEN!«, schreit neben ihr Hildchen Trautwetter auf. Und noch mal: »BREMSEN!« Mit sich überschlagender Stimme fügt sie hinzu: »Da liegt was auf der Straße! Oh, Himmel, ein Toter!«

Veronika reißt den Kopf zur Windschutzscheibe herum und gehorcht. Im Bruchteil einer Sekunde sieht sie es: Vor ihnen liegt tatsächlich jemand auf der Straße. Jemand, der auch tatsächlich sehr tot aussieht. Knapp hinter ihm liegt – mit noch rollendem Hinterreifen – ein E-Bike auf dem Asphalt. Der Radsturz muss sich eben erst ereignet haben. Und das wahrscheinlich bei rasendem Tempo, die Straße hat hier ordentlich Gefälle. Veronika steigt in die Bremsen.

Knapp einen Meter vor der Unfallstelle bringt sie den SUV mit quietschenden Reifen zum Stehen. Das Auto stellt sich beim Bremsvorgang leicht quer. Besser so, als den armen Kerl zu allem Überfluss auch noch zu überfahren. Einmal tot genügt.

6.

Energiegeladen packt Helmut seinen Koffer aus, stapelt Jeans, Hemden und Pullover in den Ablagefächern eines kompakten Ikea-Schranks, hängt seine warme Allwetterjacke auf einen Drahtbügel. Zum Schluss stopft er Unterwäsche und Socken in die Bodenschublade. Fertig. Als er die Schublade mit dem Fuß zuschiebt – na ja, eher zutritt –, wackelt der Schrank. Da müsste man mal ein paar Schrauben nachziehen. Ikea eben. Schade, dass er keinen Schraubendreher zur Hand hat.

Ansonsten gefällt ihm das überschaubar möblierte Zimmer im ersten Stock vom Gästehaus des Nonnenklosters Sternthal gut. Ein Schrank, ein Tisch, ein Stuhl, ein Bett. Mehr steht nicht drin. Die Nüchternheit des Raumes und die klösterliche Stille haben nach den Aufregungen der letzten Tage hoffentlich eine beruhigende Wirkung auf ihn.

Wobei ihm zu viel Ruhe nicht bekommt.

Untätigkeit schon gar nicht. Er ist nun mal der zupackende Typ. Erst recht, wenn es Probleme zu beseitigen gilt. Aber Ruhe und Geistesgegenwart dürften entscheidender sein, um das Rätsel um den angekündigten Mord zu entschlüsseln.

Den möglichen Mord, melden sich Zweifel in ihm.

Helmut fährt sich mit der Hand durchs Haar und beginnt nervös, im Zimmer auf und ab zu gehen. Vielleicht ist er ja wirklich nur einem üblen Streich aufgesessen, wie sein Neffe und die Polizei annehmen. Auf das Stichwort »Tarot-Hotline« haben die Beamten sofort sehr ungläubig reagiert.

Als er dann dummerweise noch seinen Beraternamen Sandalphon erwähnte, den die Hotline ihm verpasst hat, war die Sache komplett vorbei. Die haben ihn für einen armen Irren mit religiösen Wahnideen gehalten. Kann man verstehen. Sehr gut sogar. Sandalphon klingt nach esoterischem Hirnschaden. Erst recht, wenn man so einen Namen laut ausspricht und sich – wie er – auf einem Polizeirevier in Erklärungen zu den zehn Erzengeln der Kabbala verstrickt und als mutmaßlichen Tatort des Verbrechens überdies ein Kloster nennt.

Trotzdem ist und bleibt ihm die Sache mit dem Anruf unheimlich. Genau wie Hildchen Trautwetter und Madame Lambert, die ihn tatkräftig unterstützen wollen. Beide glauben ihm und daran, dass am heutigen Freitag eine Mörderin auf Sternthal eintreffen könnte und Gefahr im Verzug ist. Also Schluss mit Zweifeln, die stören ihn nur beim Nachdenken.

Genauer gesagt geht es um Mord, tönt es wie zur Bestätigung noch mal in Helmuts Ohr. Er bleibt stehen. Inzwischen ist er sich sicher, dass er die Anruferin gleich beim ersten Mal richtig verstanden hat, und die Frage *»Bedeutet das, ich komme dafür in den Knast?«* hat sie nun wirklich gestellt. Das schien ihre größte Sorge zu sein.

Helmut nimmt seinen unruhigen Gang durchs Zimmer wieder auf. Ob die Dame betrunken war, weiß er noch immer nicht mit Bestimmtheit zu sagen. Dass sie ihre ältliche Stimme verstellt oder gedämpft hat und ein unbändiger Zorn darin mitschwang, steht hingegen fest. Ob er die Stimme im unverstellten Zustand wohl wiedererkennen könnte?

Für fünf Uhr ist eine Vorstellungsrunde für alle Teilnehmer des Ora-et-labora-Seminars angesetzt. Hoffentlich weiß er danach mehr. Es ist der einzige Workshop, der diese Woche in Sternthal stattfindet, und wird vorwiegend von Ehepaaren reiferen Alters gebucht, wie er der Schwester an der Pforte bei der Ankunft entlocken konnte. Das würde schon mal passen.

»Aber vor zwei Tagen haben sich neben Ihnen noch ein weiterer männlicher und ein weiblicher Einzelgast angemeldet«, hat sie hinzugefügt. Der weibliche Gast ist Hildchen, wie Helmut sehr gut weiß, aber nicht gesagt hat.

»Sie müssen also nicht befürchten, ein Außenseiter unter lauter Paaren zu sein«, hat ihm die ahnungslose Nonne freundlich versichert. »Außerdem achten wir sehr darauf, dass eine harmonische Gruppe entsteht.«

Das dürfte angesichts einer potenziellen Mörderin in ihrer Mitte schwer werden. Helmut schaut auf seine Armbanduhr. Noch eine halbe Stunde bis zur Ora-et-labora-Vorstellungsrunde. Hildchen ist leider noch nicht auf Sternthal eingetroffen. Sie musste sich noch eine passende Mitfahrgelegenheit organisieren, hat sie gesagt. Hoffentlich klappt das. Er ist per Zug und Taxi zusammen mit Madame angereist, die im *Monastère* logiert. Wo sonst.

»Wir müssen in diesem Doppelkloster schließlich zweigleisig arbeiten, gell, Franzl? Und mit handfesten Arbeiten kennen Sie sich besser aus als ich. Das würde bei mir wenig glaubhaft wirken. Ich kann ja nicht mal Teewasser kochen, ohne dass was anbrennt, geschweige denn eine Harke schwingen.«

In der Tat.

Helmut hat Madame in die Nach-Anruf-Mord-Geschichte eingeweiht, weil der Tarot-Hotline-Anbieter nichts von dem erschreckenden Gespräch mitgeschnitten hatte und grundsätzlich keine Telefonnummern von Kunden rausrückt, damit Berater keine Privatberatungen vereinbaren können. Ihm blieb die vage Hoffnung, Madame könne eine Idee haben, wer die Anruferin gewesen ist. Immerhin empfiehlt sie die Tarot-Hotline gern und lebhaft in ihrem weiblichen Bekanntenkreis weiter, immer mit dem Hinweis auf Sandalphon. Doch Madames Bekanntenkreis ist riesig, und leider hatte sie keine Idee. Dafür war sie auf Anhieb begeistert von der Aussicht auf ein Abenteuer mit Franzl und hat unverzüglich eine Schlemmerwoche im *Monastère* für sich selbst und das Sternthaler Ora-et-labora-Seminar für ihn gebucht.

Von möglichen Gefahren für Leib und Leben will sie nichts wissen. »*Mon cher*, die einzig ernstzunehmende Gefahr in meinem Leben besteht darin, mich zu Tode zu langweilen«, hat sie gemeint. »Wenn die Polizei nicht aktiv wird, dann müssen eben wir handeln.«

In der Tat.

Wenn sie nur endlich damit loslegen könnten. Wenn er nur wenigstens schon mal einen konkreten Verdacht hätte. Dann würde er sich erheblich wohler fühlen. Macht ihn ganz hibbelig, diese Anspannung und die nutzlose Warterei. Ähnlich muss sich ein Sprinter vor dem Startschuss fühlen.

7.

Nach einem kurzen Schockmoment erwacht Veronika aus ihrer Erstarrung und löst den Blick von dem Toten vor ihrem Auto. Im Fond hinter ihr werden bereits die Türen aufgerissen. Zeitgleich springen Alexander Gier und Schuknecht auf die Straße, rennen zu dem Mann am Boden. Veronika windet sich aus ihrem Sicherheitsgurt. Hildchen betätigt bereits den Türhebel. »Wo ist dein Erste-Hilfe-Kasten?«, will sie wissen. »Vielleicht kann man noch was tun.«

Wohl kaum.

»Im Kofferraum«, bellt Veronika trotzdem und ist mit zwei Sätzen bei den Männern, die neben dem bedauernswerten Opfer knien. Veronika erkennt blutig geschürfte Arme und Knie und mag kaum zum Kopf des Opfers schauen, den ein gespaltener Fahrradhelm umschließt. Ziemlich teurer Helm in einer Art Darth-Vader-Look. Noch grotesker sind die hautengen dreiviertellangen Radlerhosen und die burgunderfarbene Sweat-Jacke des Mannes, auf der in weißen Lettern der Schriftzug *Le Monastère – Schlemmerwoche 2017* prangt. Sie hat das gleiche Shirt; alle Gäste der Schlemmerwoche bekommen es zusammen mit einer Schürze vorab zugesandt.

Das Gesicht des Mannes liegt auf dem Asphalt. Vermutlich schrecklich zerschmettert. Sie kann gar nicht hinsehen. *Unfassbar! So rasch hat dann doch keiner mit einem Toten gerechnet*, blitzt es in ihr auf. Ehrlich gesagt haben die beiden Männer mit gar keinem Toten gerechnet. *Männer!*

Alexander Gier streckt die Hand nach dem Radler aus.

»Halt!«, warnt Schuknecht mit scharfer Stimme und aufmerksamem Blick. »Nicht anfassen! Bei Schädelverletzungen muss man äußerste Vorsicht walten lassen und darf keinesfalls den Helm abnehmen.«

»Ist mir klar«, fährt Alexander schroff auf. »Ich hab nicht umsonst mal ein paar Semester Medizin studiert, ich will nur seinen Puls fühlen.«

Er legt vorsichtig zwei Finger auf das rechte Handgelenk des Mannes.

»Und?«, fragt Hildchen.

Alexander schüttelt den Kopf. Dann schiebt er behutsam, so behutsam, als würde er Mikado spielen, Zeige- und Mittelfinger unter das Kinn des Radfahrers. Scheint ganz, als taste er nach der Halsschlagader, die ein weit verlässlicherer Ort ist, um eine funktionierende Kreislauftätigkeit festzustellen.

»Vorsicht«, mahnt Schuknecht erneut.

»Er hat noch Puls«, sagt Alexander aufatmend.

»Rufen Sie die Notfallnummer an«, verlangt Schuknecht. »Soweit ich weiß, geht das auch in Funklöchern – oder?«

Alexander nickt. »Ich habe eine entsprechende App.« Er eilt zum Auto, um sein Smartphone zu holen. Schuknecht begutachtet mit Adleraugen das E-Bike, dessen Motor noch summt und dessen Hinterrad noch immer rollt. Er hebt mit einem Stöckchen, das er von der Straße aufliest, die Bremskabel an. Eines scheint angerissen. Schuknechts Miene verholzt.

»Da hat unter Umständen wer nachgeholfen«, murmelt er.

Na endlich!, freut sich Veronika. Da ist er wieder, ihr umsichtiger, nervenstarker, scharfsinniger Freund und Helfer: Oberstaatsanwalt a. D. Lothar E. Schuknecht.

Die Jagd kann beginnen.

8.

Helmut wartet immer noch. Und wird immer ungeduldiger. Wenn das so weitergeht, dreht er noch durch. Sein Blick wandert zu dem Holzkreuz über dem schmalen Bett und erinnert ihn an die Karte des Gehängten. Wenigstens haben sie die Figur des Gekreuzigten weggelassen. Den lebensechten Anblick des Gemarterten samt Dornenkrone, Blut und Wundmalen braucht er nicht. Macht ihn nur wütend. Auf seinen Fahrten rund um den Erdball hat er genug Grausamkeit und Leid gesehen, um zu wissen, wie das aussieht.

Und wie es sich anfühlt.

Verdammt. Auch das noch. Klösterliche Stille, das Holzkreuz und die blöde, tatenlose Warterei lassen ihm viel zu viel Raum für Erinnerungen.

Vor seinem inneren Auge taucht flüchtig das Gesicht von Penelope auf. Es war ein lebhaftes, nicht unbedingt hübsches Gesicht, aber eines, das er geliebt hat. So sehr geliebt. Das Gesicht eines griechischen Arztes schiebt sich vor ihres. Er schüttelt bedauernd den Kopf. Und er selbst steht am Bett der Toten, mit Rosen in der Hand und dem Ring in der Tasche, um ihr endlich zu zeigen, wie vernarrt er in sie ist. Zu spät. Der Tod war schneller und Penelopes Krebs so aggressiv, dass vier Wochen nach der ersten Diagnose Schluss war. Die Tumore waren über Monate schmerzlos gewuchert, wie es häufig im Fall der Bauchspeicheldrüse geschieht.

Trotzdem: Er hätte etwas merken können, sie zwingen müssen, zum Arzt zu gehen. Penelope war häufig so erschöpft, so müde und so blass. Und sie beide waren so sehr mit dem Club und Geldverdienen beschäftigt.

Helmuts Hände ballen sich zu Fäusten. Für Sekunden setzt sein Herzschlag aus, genau wie damals am Krankenhausbett, über dem ebenfalls ein Holzkreuz hing. Im Bett lag Penelope – bleich und ausgezehrt vom Todeskampf.

Rasch tritt er an das hohe Fenster an der Stirnseite des Raumes. Das Fenster geht auf den ummauerten Klostergarten von Sternthal hinaus. Der Garten ist ein Bild vollkommenen Friedens, ein Paradies, aber Paradiese sind trügerisch. So wie die unfassbar blaue Lagune von Gramvousa, wo sein erfolgreicher Club stand, den er nach Penelopes Tod kurzerhand abgefackelt hat. Die Wut, der Schmerz und seine Schuldgefühle sind leider nicht mitverbrannt. Mitten im Paradies hat er damals die Antarktis seiner Tatkraft erreicht. Er, ausgerechnet er, der Tausendsassa in allen Lebenslagen, der Kraftkerl und Glücksritter, der bei Gegenwind sein Leben lang zur Bestform auflief. Der Tod hatte ihn besiegt. Leider war es nicht sein eigener.

Energisch ruft Helmut sich in die Gegenwart zurück und zwingt sich, den Garten nüchtern zu begutachten. Er muss sich hier schließlich auskennen, jeden Winkel erforschen, wissen, wo und wie eine Mörderin auf Sternthal zuschlagen könnte, wenn er dem Tod die Stirn bieten will.

Und das will er. Punktum!

Der Garten ist ein weitläufiges Gelände mit Gewächshäusern, ausgedehnten, von Buchsbaum sauber eingefassten Kräuter- und Blumenbeeten und einer Obstbaumwiese. Die dürfte eines der Betätigungsfelder für die nach und nach eintrudelnden Teilnehmer des Ora-et-labora-Seminars sein. Mehrere Apfelbäume biegen sich im Licht der Spätnachmittagssonne unter ihrer Erntelast. Der Herbstschnitt dürfte ebenfalls anstehen.

Gut so, denn eine besinnliche Meditationswoche wäre sein Untergang.

Nagelnde Motorengeräusche dringen an sein Ohr. Von rechts tuckert ein Kleintraktor ins Bild. Gesteuert wird er von einer robust aussehenden Nonne mit flatterndem Kurzschleier und in einem blauen Gewand – wahrscheinlich eine Art Arbeitshabit. Die Pfortenschwester, die ihn vorhin im Klostershop beim Tor begrüßt, seinen Namen in den Computer eingegeben und ihm den Zimmerschlüssel ausgehändigt hat, war klassisch schwarz gewandet.

Apropos Computer: Den kann er doch schon mal auspacken und in Betrieb nehmen. Sternthal verfügt nämlich über hauseigenes WLAN. Froh, etwas zu tun zu haben, befreit Helmut Laptop, Headset und Smartphone aus einer schwarzen Polyestertasche und legt alles auf dem kleinen Tisch zurecht. Nicht, um auf Sternthal Haushaltsgeräte zu verkaufen – beim TV-Shopping-Kanal hat er sich Urlaub genommen, seine Heinzelmännchen-Servicenummer ist auf Anrufbeantworter geschaltet –, aber die Tarot-Hotline wird er vorerst weiter bedienen.

Dazu hat Madame Lambert geraten. »Wer weiß, vielleicht ruft die verwirrte Gattenmörderin ja noch mal an, *mon ami*.«

Entschlossen verstöpselt Helmut die Kabel, fährt den Laptop hoch und gibt das WLAN-Passwort ein. Ein Antennensymbol auf der Tastatur leuchtet blau auf. Er ist auf Sendung. Helmut schaltet sein Smartphone ein.

Ein Klopfen an der Zimmertür lässt ihn aufhorchen.

»Herr Gier? Hier ist Schwester Amabilis«, sagt eine freundliche Stimme. »Ich wollte Sie zur Vorstellungsrunde bei unserer Äbtissin abholen.«

Na endlich.

»Komme sofort«, antwortet Helmut, eilt zur Tür und öffnet.

Die Schwester – eine zierliche Japanerin mit weißem Haar – nickt ihm freundlich zu. Helmut tritt in den Gang, schließt ab und macht sich mit der Nonne auf den Weg nach unten. Mit wenigen Schritten erreichen sie das Treppenhaus.

»Haben Sie noch meditiert?«, fragt Schwester Amabilis interessiert.

»Äh, musste ich das?«, fragt Helmut verwirrt zurück. »Ich habe mir den Stundenplan noch nicht durchgelesen.«

Die Nonne lächelt amüsiert. »Sie müssen hier gar nichts. Ich nahm es nur wegen der Meditationsmusik an, die Sie in ihrem Zimmer angelassen haben.«

»Welche Musik …«, beginnt Helmut, als über den Flur plötzlich vertraute Sphärenklänge an sein Ohr dringen.

»Heiliger Klabautermann!«, ruft er. »Das ist mein Smartphone.«

Er wirbelt herum und rast zu seiner Zimmertür zurück. Mit zitternden Händen fummelt er den Schlüssel ins Schloss. Die Sphärenklänge schwellen einem Crescendo entgegen, brechen abrupt ab. Die Bandansage von *Drittes Auge – Tarot für alle Lebenslagen* muss angesprungen sein. Zum Teufel, ist der Schlüssel widerspenstig! Endlich ist die Tür entsperrt. Mit einem Hechtsprung ist er beim Tisch, reißt sein Smartphone ans Ohr. Hoffentlich ist der Anrufer noch in der Warteschleife. Er drückt die Tastenkombination für den Hotline-Empfang.

»Ja«, bellt er in das Gerät. Den Sandalphon lässt er in der Eile weg, aber die Stimme hat er passgerecht auf Bass runtergeregelt.

Am anderen Ende raschelt es. Sein Herz beginnt zu rasen, rumpelt wie ein Wäschetrockner mit Turnschuhen darin. Das Rascheln klingt genau wie vor drei Tagen.

»Ist da Sandalphon?«, kommt es endlich dumpf vom anderen Ende.

Herrje, das ist sie, das ist die Anruferin. Wahrscheinlich hat es geraschelt, weil sie erst das Taschentuch zurechtnesteln musste.

»Ja, hier ist Sandalphon«, sagt er so ruhig wie möglich. »Wir haben schon mal miteinander gesprochen, nicht wahr?«

»Vor drei Tagen. Es ging um den Tod meines Mannes. Ich wollte Ihnen nur sagen, die Sache hat sich erledigt.« Irgendwo im Hintergrund schlägt eine Standuhr. Fünf Mal und das sehr durchdringend.

Moment mal, hat er diesen durchdringenden Ton nicht schon einmal gehört?

»Bitte vergessen Sie den dummen Anruf«, kommt es hastig vom anderen Ende, dann klickt es in der Leitung. Die Anruferin hat aufgelegt.

»Wir müssen los, Herr Gier«, drängt in der Zimmertür sanft Schwester Amabilis. »Sonst kommen wir zu spät.«

Scheint schon passiert zu sein.

Oder ist am Ende gar nichts passiert?

Die Sache hat sich erledigt.

Das wäre natürlich am besten.

9.

»Er bewegt sich!«, kreischt Veronika Dornbusch auf. »Er bewegt sich. Das darf nicht wahr sein. Der Mann lebt wirklich noch.«

»Lass mich vorbei«, verlangt Hildchen und drängt ihre Freundin energisch beiseite. »Wir müssen endlich was tun. Ich hab den Sanitäterschein und kenne mich mit Erster Hilfe aus.«

»Nicht anfassen«, warnt neben ihr Schuknecht erneut und gebärdet sich wie ein offizieller Ermittler. Er inspiziert in Sherlock-Holmes-Manier und mit einer Taschenlupe den E-Bike-Motor, murmelt was wie: »Der scheint intakt zu sein.«

»Der Krankenwagen kommt sicher gleich«, erklärt Alexander, klingt jedoch skeptisch. »Wir sollten wirklich auf die Sanis warten.«

Ach was, die können sie alle beide mal! *Hier ist Hilfe gefragt*, entscheidet Hildchen. Als Kindergartenleiterin wird man darin bestens geschult. Aus gutem Grund. Unternehmungslustige Vier- bis Sechsjährige neigen zu Unfällen. Von der Holzperle im Nasenloch, verschluckter Knete oder Muggelsteinen im Ohr bis zum Loch im Kopf nach einem Sturz von der Schaukel oder dem Kletterturm hat sie alles gesehen. Im Laufe ihres Lebens hat sie Dutzende Kinder verbunden, geklammert und getröstet – das vor allem.

Zunächst gilt es, die Ruhe zu bewahren und so besonnen wie entschlossen zu handeln. »Die Bühle un Schramme, die fleck m'r zosamme, dann es et vorbei« lautete frei nach den Bläck Fööss ihr zupackendes Motto. Nur kein Drama machen.

Die impulsive Veronika Dornbusch ist in dieser Hinsicht keine sonderliche Begabung, als aufgescheuchtes Huhn samt Klimbim-Ketten und Federschmuck hingegen die Idealbesetzung. Ihr Hang zur Theatralik hat ihr schon bei den Schultheateraufführungen stets die Hauptrolle gesichert.

Hildchen geht neben dem am Boden liegenden Radler in die Knie.

»Hören Sie mich?«, fragt sie sanft und legt dem Verletzten eine Hand auf den Rücken.

»Ich höre sehr gut«, brummt der verärgert und mit vom Asphalt gedämpfter Stimme. Und dann passiert ein Wunder, ein regelrechtes Wunder! Der Mann winkelt Ellbogen und Knie an, stemmt sich nach oben, dreht sich auf halber Höhe um und plumpst in eine Sitzposition.

»Scheißbremsen!«, flucht er und wischt sich feuchtes Laub von den Wangen.

Solche Spontanheilungen kennt Hildchen aus dem Kindergarten, ihre Schützlinge hatten häufig erstaunlich biegsame Knochen und elastische Schädel, aber dieser Mann ist dem Kindergartenalter deutlich entwachsen. Er hat das leicht verschrammte Gesicht eines 65- bis 70-jährigen Mannes, für den das Wort »distinguiert« erfunden worden sein muss. Auf seiner Stirn klafft quer ein blutender Riss. Nichts Schlimmes, das sieht sie sofort, aber eine Wunde, mit der er angeben könnte, wie sie ihren Jungs nach solchen Unfällen zu versichern pflegte. Die Jungs waren meist sehr stolz auf ihre Blessuren, garantierten die doch die Aufnahme in den Klub der starken Kerle.

»Sie sind nicht tot«, stößt Veronika verblüfft aus und klingt in Hildchens Ohren fast ein wenig empört. Vielleicht eine Berufskrankheit. Na ja, könnte auch der Schock sein.

»Stört Sie das?«, will der Radfahrer wissen und mustert Veronika verächtlich bis angriffslustig. Mit einem Ruck entfernt er den gespaltenen Darth-Vader-Helm von seinem Kopf.

»Aua«, entfährt es Veronika, »tut das nicht weh?«

»Haben Sie Schmerzen, ist Ihnen schwindelig?«, fragt Hildchen deutlich professioneller und klappt den Erste-Hilfe-Koffer auf.

»Das weiß ich erst, wenn ich stehe, würden Sie mir bitte aufhelfen«, verlangt der Mann in gebieterischem Ton in die Runde und streckt eine Hand aus. Der muss es gewohnt sein, Befehle zu erteilen.

»Wir sollten auf den Krankenwagen warten«, mischt sich Alexander ein.

»Ich brauche keinen Krankenwagen!«, herrscht ihn der Radfahrer an. »Ich bin topfit und habe schon ganz andere Unfälle überlebt. Der Tod hatte mich in letzter Zeit schon mehrfach im Fadenkreuz.«

Aha, schließt Hildchen, *der gehört wohl auch zur Fraktion »starke Kerle«*.

»Wir müssen wenigstens die Wunden reinigen«, bestimmt sie, streift sich Latex-Handschuhe über und greift zu Desinfektionsspray und sterilen Kompressen. Der Radfahrer macht Anstalten, sich zu erheben.

»Sitzen bleiben!«, weist Hildchen ihn an und zeigt ihm, dass auch sie den Befehlston beherrscht. Dann macht sie sich an die Arbeit.

»Erinnern Sie sich an den Unfallhergang?«, mischt sich der bis dahin stumme Schuknecht ein. »War ein anderes Fahrzeug daran beteiligt?«

»Nein, nur mein verdammtes E-Bike. Ich habe gebremst, weil es steil bergab ging, die Bremsen haben versagt, und ich habe eine Art Salto über den Lenker gemacht.« Er schnaubt. »Das hat man davon, wenn man sich von der Gattin zum Geburtstag ein Rad wünscht. Frauen haben einfach keine Ahnung von vernünftiger Technik. Meine schon gar nicht.«

Hildchen hält im Betupfen der Stirnwunde inne, Veronika saugt hörbar Luft ein, Alexander stößt einen Laut der Überraschung aus. Nur Schuknecht bewahrt die Ruhe. »Ihre Ehefrau hat Ihnen also dieses Rad geschenkt?«, hakt er wie beiläufig nach.

»Heute Morgen. Und dazu eine Schlemmerwoche im *Monastère*. War eine echte Überraschung, ich bin gerade erst aus Genf zurückgekommen«, brummt der Radfahrer, erhebt sich und klopft sich die Knie ab. »Meine Frau meinte, ich solle vor der Völlerei bei Lambaste noch ein wenig trainieren, darum das Rad. Nicoletta schätzt keine dicken Männer.«

»Nicoletta?« Hildchen schreckt hoch. *Das darf nicht wahr sein, das kann nicht wahr sein, das ist unmöglich … oder?*

»Sie meinen doch nicht etwa Nicoletta Pischkale?«, fragt sie schroff.

Der Mann stutzt nun ebenfalls, seine Augenbrauen schnellen hoch wie zwei Kaninchen, die aus einem Nickerchen aufgeschreckt wurden. »Ich meine Nicoletta von Donath, geborene Pischkale. Woher kennen denn *Sie* meine Ehefrau, wenn ich fragen darf?«

In dem *Sie* schwingt viel mit, was Hildchen seit Schulhoftagen kennt: *Eine wie sie* passt nicht zu der Welt einer Nicoletta Pischkale oder der eines Herrn von Donath. *Eine wie sie* ist eine Person, die man in seinen Kreisen gewöhnlich übersieht, ach was, nicht einmal das, man nimmt sie überhaupt nicht wahr.

10.

Die Kirche riecht nach klammem Stein und Weihrauch. Im Abendlicht, das durch hochgelegene, milchige Fenster bricht, tanzt der Staub aus Jahrhunderten. Tiefe Stille senkt sich über die Klostergäste im östlichen Querschiff. Ein kurzes Summen, dann klingt hell und rein wie ein Silberglöckchen der Sopran der Vorsängerin vom westlichen Hauptschiff herüber.

Klingt schön, muss Helmut zugeben. Der Antwortgesang der dem Blick entzogenen Schwestern kräuselt sich dagegen als leicht atonale Zitterpartie gen Kreuzgewölbe.

Ist ja auch kein Wunder, denkt Helmut gnädig. Von den letzten zwölf Benediktinerinnen, die im Wald von Sternthal die Stellung halten, ist die Hälfte jenseits der siebzig, manche sogar biblisch alt. Da rutschen Stimmen schon mal in Schieflage und werden so brüchig wie Oberschenkelknochen.

Kann sogar sein, dass das so klingen muss, sinniert er mit Blick in das blau gebundene Liederbuch *Benediktinische Antiphonale, Band III* auf seinem Schoß. Die angestoßenen Ecken des Dünndruckpapiers zeugen von den vielen Tausend Fingern, die über Jahre vor- und zurückgeblättert haben. Auf vier Notenlinien hopsen kleine schwarze Vierecke statt Notenzeichen auf und ab und bilden für ihn ein kryptographisches Rätsel. Von mittelalterlichen Stundengebeten und liturgischen Wechselgesängen hat er als praktizierender Heide und getaufter Protestant keine Ahnung.

Textlich verliert er nach dem Eröffnungsvers der Vesper, dem *Amen*, *Halleluja*, einem Hymnus und zwei Psalmen den

Faden. Die Nummern der zu singenden Lieder und Psalmen aus dem Buch sind zwar unter einer Marienstatue angeschlagen, aber der Hall im Kirchenschiff verwischt die gesungenen Wörter. Kaum hat er einen Vers akustisch halbwegs dechiffriert und macht sich im Buch auf die Suche nach einprägsamen Begriffen wie »Hinde« oder »Huld«, um den vorgetragenen Psalm zu identifizieren, ist der Chor längst drei Kehrverse weiter.

Seine Banknachbarin ist text- und glaubensfester. Sie steht zielsicher auf und verneigt sich Richtung Kreuz im Hauptschiff, sobald es um Gottvater und den Heiland und den Heiligen Geist geht. Vorsichtig linst er rüber, um bei ihr die gerade genutzte Buchseite zu entdecken. Aber Abgucken fällt in den Augen dieser frommen Helene offenbar unter schwere Sünden. Sie klappt das Buch demonstrativ zu. So viel zu christlicher Nächstenliebe.

Da betreibt er doch lieber die anliegende Detektivarbeit, denn ganz sicher ist er sich nicht, dass sich die Sache erledigt hat, wie die Anruferin behauptet hat. Es gibt durchaus verdächtige Teilnehmer unter den verheirateten Ora-et-labora-Rentnern. Angefangen bei seiner Banknachbarin.

Mit weltlicher und ehelicher Liebe scheint die Dame nämlich auch auf Kriegsfuß zu stehen. Und das erheblich. Bevor sie zwecks Lobpreisung des Herrn aufsteht, stößt sie ihrem Gatten, der eingesunken neben ihr sitzt und kurz vor dem Einschlafen zu stehen scheint, verstohlen ihren rechten Ellbogen – einen sehr spitzen Ellbogen – in die Rippen. Vermutlich, damit auch er im Namen des Herrn aufsteht. Was er nicht tut, wofür sie ihn mit zornblitzenden Blicken straft und noch nachdrücklicher »Halleluja« singt.

Szenen einer Ehe. Manchmal bedarf es nur einer Skizze, um das Gesamtbild zu erahnen, und in kleinen Gesten zeigen sich mitunter die Abgründe menschlicher Charaktere. Der Mann darf sich in der anstehenden Ora-et-labora-Woche in jedem Fall auf einiges gefasst machen.

Wenn Helmut sich recht entsinnt, heißt die fromme Gattin Ilse und erinnert frappierend an die schreckliche Ilsebill, »die nicht will, als ick wohl will« aus dem Grimm-Märchen *Der Fischer und seine Frau*. Ihr hart geprüfter Mann hört auf den vergleichsweise neutralen Namen Dieter und wirkte bereits in der Vorstellungsrunde bei Äbtissin Lioba kurz vor der Vesper todmüde. Was Ilse durch unablässiges Geplapper über innere Einkehr, den Segen der Stille und mit ostentativ eingestreuten Bemerkungen über die enorme berufliche Verantwortung und Bedeutung von Dieter als frühpensioniertem Sparkassendirektor – »Er war kurz vor Kreissparkasse, Kreissparkasse!« – zu kompensieren wusste.

Helmut findet es ziemlich offensichtlich, dass Ilse ihre vorzeitige Außerdienststellung als potenzielle Kreissparkassendirektorengattin nicht verwunden hat. Wenn in dieser Beziehung jemand gute Gründe hätte, den anderen zu erschlagen, wäre das eigentlich Dieter, findet Helmut, aber der wäre zu müde für einen Mord.

Irgendwie merkwürdig, diese Erschöpfung. Dieter ist höchstens Anfang sechzig. Warum wurde er vorzeitig in den Ruhestand versetzt? Hat er kurz vor »Kreissparkasse, Kreissparkasse« ein krummes Ding gedreht? Da wäre er ja nicht der erste Banker. Vielleicht hat er Kundengelder veruntreut? Bei der Kreditvergabe gemogelt? Irgendwas nimmt diese Kneifzange Ilse ihm jedenfalls entsetzlich übel.

So übel, dass sie ihn loswerden will?

Nein. Helmut schüttelt fast unmerklich den Kopf. *Das haut nicht hin.* Eine offensichtlich tiefgläubige Christin ruft nicht bei einer windigen Tarot-Hotline an, um mit einem Scharlatan namens Sandalphon über einen geplanten Gattenmord zu plaudern.

Oder doch?

Immerhin hat er am Nachmittag im Klostershop beim Eingangstor Engel-Tarot-Karten entdeckt. Was auch immer das sein soll. Die Pfortenschwester hat ihm versichert, die Karten seien ein Bestseller und zwei Teilnehmerinnen der aktuellen Ora-et-labora-Woche hätten sie bereits gekauft. Nur welche, das wollte sie nicht verraten. Ganz davon abgesehen: Auch Christen können Mörder sein. Das haben sie jahrhundertelang bewiesen, und in den hier vorgetragenen alttestamentarischen Psalmen ist ständig von Feinden, Mord und Totschlag die Rede. Gott wird diesbezüglich um tatkräftige Mithilfe gebeten. Seltsame Sache, das.

Aber Ilse als Mörderin?

Es bleiben noch fünf andere Paare, die sein Seminar besuchen, und dazu natürlich die verheirateten Gäste im noblen *Monastère*, die leider nicht am Abendlob teilnehmen. Sie verkosten lieber Olivenöle und im Anschluss ein Vier-Gänge-Menü. Madame Lambert hat versprochen, die Gourmet-Touristen scharf unter die Lupe zu nehmen. Hoffentlich trübt dabei kein Lillet mit Kirschwasser ihren Blick. Na, wahrscheinlich reißt sie sich am Riemen.

Helmuts Blick wandert weiter durch die Kirchenbänke. Bei den meisten Seminarteilnehmern handelt es sich um unauffällige Paare, die vertraut und herzlich miteinander umgehen. Aber es gibt eben auch Ausnahmen wie Ilse und Dieter.

Schräg rechts vor ihm sitzt ein Hobbygärtner-Duo, das hauptsächlich des Gemüses wegen hier zu sein scheint, beim Apfelbaumschnitt im Klostergarten helfen will und ihm beim Kennenlernen ebenfalls unangenehm aufgefallen ist. Was in diesem Fall eindeutig am Ehemann liegt.

Bohnen-Gerd – wie Helmut den Mann getauft hat – ist bei der Begrüßung sofort in medias res gegangen, nämlich in die Geheimnisse der Kompostherstellung. Er hatte in diesem Zusammenhang Fragen zu einem klösterlichen Wunderpulver namens Humofix, dessen Wirkkraft er in Zweifel zog, und zwar speziell in Bezug auf seine beim Längenwettbewerb des Kleingartenvereins Bilberstedt-Bublingen mehrfach preisgekrönten Bohnen und Gurken. In diesem Jahr seien seine Gurken nach Verwendung von Humofix-Kompost erstmals durchgefallen. »Da kann was nicht stimmen«, hat er sich empört.

Äbtissin Lioba – eine durch und durch reizende Frau mit zartem Porzellangesicht, von schwer zu schätzendem Alter und mit einer Engelsgeduld gesegnet – hat auch Bohnen-Gerd mit freundlichem Lächeln gelauscht und die Beantwortung sämtlicher Kompostfragen durch die »fabelhaften Gartenschwestern und unsere Tara« zugesagt. Wer auch immer »unsere Tara« ist.

Die Äbtissin gefällt Helmut. Sie umschifft menschliche Untiefen und Klippen mit sicherer Hand. Nichts Menschliches scheint ihr fremd. Sie ist die rechte Frau am rechten Ort, so durch und durch durchstrahlt von liebender Güte.

Selbst, wenn es ums Thema Gartenabfall geht.

Bohnen-Gerds Frau – eine verhuschte Rosa oder Rosemarie mit unkleidsamem Topfhaarschnitt – wirkte nicht ganz so enthusiastisch wie ihr Mann, was dessen Gurken und Kompost anging. Sie freute sich aber auf die Dahlienbeete im Klostergarten und einen Bischof Landaffe, bei dem es sich – wie Helmut erst im Nachhinein kapiert hat – um eine alte Dahliensorte namens *Bischof von Llandaff* handelt.

»Du und deine albernen Blumen! Nehmen nur Platz fürs Gemüse weg und sind im Grunde doch nichts anderes als zur Schau gestellte Geschlechtsorgane«, hat Bohnen-Gerd die Schwärmerei seiner Angetrauten abgetan, und Rosa oder

Rosemarie welkte sichtlich unter seinen Worten. Der Rest der Runde hat peinlich berührt geschwiegen. Wahrscheinlich wegen des Wortes »Geschlechtsorgane«. Ganz intakt kann jedenfalls auch diese Bindung nicht sein.

Während sich der Nonnenchor erneut zu einem strahlenden *Halleluja* vereint, unterdrückt Helmut einen Seufzer. Liebe scheint ein schwieriges Geschäft zu sein, wenn sie auf Dauer angelegt ist. Er hat in Sachen dauerhafte Bindungen und Bund der Ehe ja zu wenig Erfahrung sammeln können – schicksalshalber.

Schon beginnt sich sein innerer Kettenhund wieder zu regen, fletscht beißfreudig die Zähne. *Nichts da! Aus und Platz!*

Rasch flüchtet sein Blick zu einem Paar zwei Bänke links vor ihm. Die beiden sind ein Beweis dafür, dass Liebe in einer langen Ehe gelingen, reifen und wachsen kann. Wirklich ein beeindruckendes Paar. Und ein leidgeprüftes. Helmut schluckt. Henry, so heißt der Mann, sitzt eingesunken in der Kirchenbank. Er kann nur noch sehr unsicher und mit Rollator gehen. Schmal bis zur Zerbrechlichkeit und blass sitzt er da, mit maskenhaftem Gesicht, verdrehten Gliedern und unablässig zitternd.

Der hartnäckige Tremor in beiden Händen verrät, dass er unheilbar krank ist. Morbus Parkinson in fortgeschrittenem Stadium. Anscheinend kurz davor, endgültig zum Rundum-Pflegefall zu werden. Henry murmelt die Psalmen tonlos und unter großer Kraftanstrengung mit. Seine Frau – Mechthild heißt sie – hält ihm das Buch, tupft wie selbstverständlich den Speichel aus seinen Mundwinkeln und legt ihm einen Schal um die Schultern, nicht ohne ihn dabei ganz zart und unermesslich zärtlich zu streicheln. Wie gerne hätte er das für Penelope getan!

»Es ist wie Sterben üben. Mein Körper ist schon so gut wie

von mir gegangen, der Rest wird bald folgen. Ich werde bei der Arbeit also keine große Hilfe mehr sein«, hat Henry seinen Gesundheitszustand mühsam lächelnd kommentiert, als sie sich vorgestellt haben, und seine Mechthild hat mit blanken Augen genickt. Beide sind ein Bild unermesslicher Würde und Stärke.

Sie sind regelmäßig im Kloster zu Gast, weil es auf kranke oder behinderte Menschen eingerichtet ist. Außerdem haben sie vor über vierzig Jahren hier auf Sternthal geheiratet.

»Ihr Besuch ist wie immer ein Geschenk für uns. So wie es Ihr Bruder, unser verschiedener Pater Notker, so viele, viele Jahre war, liebe Mechthild«, hat Schwester Lioba geantwortet, und das alles klang aus ihrem Mund vollkommen glaubhaft und sehr, sehr liebevoll.

»Es ist ein Geschenk für uns, hier unseren Hochzeitstag feiern und das Ehegelöbnis erneuern zu dürfen«, hat Mechthild geantwortet.

Warum wird einem solchen Paar der sie verbindende Lebensfaden einfach gekappt? Ein Faden, der aus echter, reiner Liebe gesponnen und unzerreißbar ist in guten wie in schlechten Tagen – außer durch den Tod. Diesen elenden Scheißkerl. Helmut schluckt. Den Tod nimmt er Gott sehr übel.

»Freut euch, dass ihr Anteil habt an den Leiden Christi«, intoniert die engelsgleiche Sopranstimme im Westchor.

Das ist ein bisschen viel verlangt, findet Helmut. In seinem Kopf quietscht wieder Linoleumboden.

Henry hingegen murmelt die Verse tapfer mit, Mechthild tupft Speichelfäden weg und streichelt, sucht mit ihren Blicken immer wieder Kraft bei der Wand mit Gedenksteinen, der im Altarraum hinter dem Trenngitter an Generationen verstorbener Pater des Kloster erinnert. Darunter muss der von ihrem Bruder, Pater Notker, sein. Auch ihn scheint Mechthild sehr geliebt zu haben. So wie ihren Henry.

Helmut räuspert einen Kloß in seinem Hals weg.

Jemine! Seit er sich wieder auf das Thema Liebe einlässt, wird er ungemein rührselig und verdammt dünnhäutig. Es ist immer wieder erstaunlich, wie ähnlich Liebe und Schmerz sich anfühlen können und wie nah sie beieinanderliegen.

»Vernimm doch meine Klage, schau her auf mein Elend«, singen die Nonnen. Ilse neben ihm singt nachdrücklich und sehr laut mit.

Ach, was weiß denn die von Elend oder Liebe!, zürnt Helmut und sucht mit den Augen Hildchen, seine verlässlichste Verbündete aus fernen Schul- und Kinderjahren.

Was hätten sie früher über eine wie Ilse gelästert und gewitzelt. Schon aus Notwehr. Im Bergischen ist man größtenteils strikt evangelisch, aber Scheinheiligkeit ist kein spezifisch katholisches Talent. Da würde ihm Hildchen recht geben.

So harmlos seine alte und einst beste Freundin auch ausschauen mag, sie hat mitunter eine Zunge so scharf wie ein Messer – ein Japanmesser der Marke Klingon. Nachdem er in seiner Not auch ihr eine recht konfuse Mail über den Tarot-Anruf geschickt hat, ist sie wie Madame Lambert sofort aktiv geworden. Sogar Privatdetektive hat sie engagiert und mitgebracht – auf Alexanders Kosten. Das schmeckt ihm zwar überhaupt nicht, aber Hildchen hat gemeint: »Im Grunde ist es doch auch dein Geld, das er ausgibt und mit dem er seine Millionen macht. Denk an das Erbe, das dir zugestanden hätte, wenn alles mit rechten Dingen zugegangen wäre.«

Ach was! Das Erbe interessiert ihn nicht, hat es nie, noch weniger steht es ihm zu. Überhaupt kann ihm seine Familie gestohlen bleiben.

In Wahrheit hat Hildchen etwas an ihm gutzumachen. Genau genommen eine ganze Menge, wiewohl er ihr verziehen hat. Ja, hat er. Unversöhnlichen Groll zu hegen ist wie selber

Gift trinken und hoffen, dass der andere daran stirbt, hat er während seiner kurzen Phase als Koch in einem südfranzösischen Zen-Kloster gelernt. Als er nach dem Knast nicht wusste, wohin, haben die Mönche von Plum Village ihn aufgenommen. Ohne Fragen zu stellen.

Im Gegenzug hat er in der Küche geholfen – naheliegend – und dabei gelernt, wie man aus lauter Grünzeug erstaunlich gutes Essen kocht. Waren wirklich nette Menschen, aber er eben zu hibbelig, als dass er auf Dauer bei den Buddhisten hätte bleiben wollen. Trotzdem hat er dank ihnen irgendwann kapiert, dass das mit dem Groll stimmt.

Im Westchor erhebt sich die Stimme einer Nonne zur Lesung aus der Heiligen Schrift. Es geht um den Gehorsam des Sohnes gegenüber seinem Vater, in diesem Falle Gott. Das Thema interessiert ihn nicht. Schon aus Prinzip hört er da weg.

Helmut wendet den Kopf nach hinten. In der letzten Bank hockt eine junge Frau in einem merkwürdigen braunen Kittelgewand und Gummistiefeln. Sie scheint irgendwie zum Kloster zu gehören. Eigentlich ein hübsches Kind, das auch hübsch singen kann und alle Verse auswendig kennt. Sie singt ganz ohne Gesangbuch. Hoppla, das könnte »unsere Tara« sein. Hoffentlich will die nicht auch irgendwann Nonne werden. Wäre jammerschade.

Na, geht ihn nichts an.

Seine Augen wandern weiter zu einem von Hildchens Schnüfflern. Ein ausgemachter Griesgram, der sich vorhin als »Oberstaatsanwalt a.D. auf Urlaub« vorgestellt und klargemacht hat, dass er sich außerstande sähe, Gartenarbeiten zu erledigen – »der Rücken«. Äbtissin Lioba hat ihn deshalb der Restaurierungswerkstatt zugeteilt. Schien diesem Drückeberger auch nicht zu passen.

Der Mann sieht aus wie ein Meister in Sachen Groll. *Gut, im*

Metier eines Strafverfolgers könnte eine gewisse Unversöhnlichkeit vielleicht nützlich sein, sinniert Helmut. Wo hat Hildchen den und seine angeblich fabelhafte Kollegin im Haupthaus wohl aufgetan? Helmuts Blick kehrt zu Hildchen zurück. Leider hatte er bislang keine Gelegenheit, ihr Fragen zu stellen.

Ganz vorne, direkt unter der Marienstatue, hat sie sich hingesetzt und starrt hoch zum Jesuskind in deren Armen. Helmut starrt kurz mit. Ziemlich feister kleiner Bengel, der kommende Heiland. Maria hat schwer an ihm zu tragen. Hildchen wirkt völlig fasziniert, dabei ist die Statue total missglückt.

Es ist eine volkstümliche Arbeit, in keinem Fall etwas Mittelalterliches oder Barockes. *Könnte von einem hiesigen Hobbyschnitzer stammen*, erwägt Helmut. In jedem Fall stammt sie von jemandem, der im Umgang mit Schnitzmessern kein Meister ist oder war. Im Gegenteil war er ein Dilettant. Seltsam, dass die Nonnen so was aufstellen. Sie sind berühmt für ihre Restaurationswerkstatt und ihre Krippenfiguren, stand im Prospekt.

Die Hände des Kindes wirken wie Schaufeln, der rechte Fuß vom Jesulein ist unförmig wie ein Klumpfuß. Der sieht fast schon wie ein Wechselbalg aus dem Märchen aus. Einzig das Lächeln sitzt. Es ist ein keckes, verschmitztes Kinderlächeln von gewinnender Lebendigkeit. Ein »Hoppla, hier komm ich«-Lächeln. Es erinnert ihn dunkel an jemanden. Hildchen anscheinend auch, oder?

Von wem kennt er dieses Lächeln nur?

Hm, er kommt nicht drauf.

Sein Blick fällt zurück auf Hildchen. Sie hat ihn in der Vorstellungsrunde vorhin begrüßt wie einen Fremden. Angeblich zu Tarnungszwecken. Keiner soll merken, dass sie und er nicht wegen Gebet und Arbeit hier sind.

Klingt in seinen Ohren nach einer fadenscheinigen Begründung für ihre Fremdelei. Sollte tatsächlich eine Mörderin unter ihnen sein, dann kann diese ihn – den falschen Sandalphon – ohnehin nicht erkennen. Selbst seine Stimme dürfte ihr unbekannt sein, schließlich verfremdet er sie am Telefon gewaltig. Er nutzt allerdings weder Watte noch Taschentücher wie die Anruferin.

Die Nussholzbänke knarzen unisono, alles erhebt sich. Im Westchor setzt die Vorleserin zum *Vaterunser* an. Schwestern und Gäste fallen mit ein. Dürfte wie bei den Protestanten das Ende der Veranstaltung sein, vermutet Helmut. Er will sich ebenfalls erheben, als links und praktisch direkt neben ihm die Kirchentür aufklappt. Ein Windstoß fährt ins Querschiff, die Seiten seines Liedbuchs fliegen knisternd auf.

Da kommt aber jemand gewaltig zu spät und …

Helmut verharrt mitten in der Bewegung.

Guter Gott, das darf nicht wahr sein! Das kann nicht wahr sein, das ist ein Wunder.

Sein Wunder. Im Chor singt plötzlich Katja Ebstein mit.

Quatsch!

Sein Herz setzt einen Schlag aus, dann beginnt es wieder zu rumpeln wie ein Wäschetrockner mit Schuhen. Da ist sie. Da ist sie tatsächlich. Die, auf die er so lange gewartet hat, im Grunde sein Leben lang. Er würde sie immer erkennen, überall, so wie jetzt. Und das, obwohl Nicoletta erstaunlich blond geworden ist und eine Sonnenbrille trägt.

»Helmut«, entfährt es Nicoletta freudig. »Helmut Gier!«

Noch nie, niemals, hat er seinen Namen mit so viel Freude vernommen. Selbst das Gier stört ihn nicht.

In den Kirchenbänken fahren die Köpfe herum.

Helmut nickt wie hypnotisiert und ist nicht ganz sicher, ob er eine Erscheinung hat.

»Scht«, zischt eine erboste Ilse und verpasst glatt das kollektive »In Ewigkeit, Amen«.

Dabei geht es doch genau darum.

Nicoletta setzt die Sonnenbrille ab. Unfassbar, ihre Augen sind tatsächlich noch genauso groß und grün wie früher. Sie erscheinen ihm sogar noch größer und noch grüner. Oh ja, es ist ein Wunder, ein wahres Wunder, dass die Jahre ihrer Schönheit nichts anhaben konnten!

Helmut ist wie vom Donner gerührt – obwohl der Blitzschlag diesmal entfallen ist.

11.

Als Veronika eintrifft, ist die Klosterbibliothek schon ziemlich voll. Mit Menschen, nicht mit Büchern. Lediglich ein, zwei meterhohe Vitrinenschränke mit alten Folianten weisen noch auf die ehemalige Funktion des langgestreckten Raumes hin. Das neue Nutzungskonzept verrät die an der Stirnseite installierte ausladende Bar.

Veronika verharrt in der Tür, um erst einmal Luft zu holen. Ihre Atemlosigkeit verdankt sie einem aufschlussreichen Erlebnis im Kreuzgang und ihrem kleinen Schwarzen, das genaugenommen ein kleines Violettes ist. Schwarz ist ihr zu schlicht. Sie hat das Kleid vor Jahren zum letzten Mal getragen und musste sich regelrecht hineinzwängen.

Muss bei der letzten Wäsche eingelaufen sein, anders ist nicht zu erklären, dass der Reißverschluss streikte und das Kleid reichlich stramm anliegt. Vor allem am Busen. Na, für einen Abend wird es gehen, und sie wird sich beim Olivenöl zurückhalten. Schmeckt sowieso nicht und ist Gift für die Figur, egal was Olivenölfanatiker wie Schuknecht behaupten.

Mit dem musste sie sich gerade auch noch herumärgern. Zum Glück nur per Handy. Dieser vernagelte Stinkstiefel wollte die Kirche schwänzen. Wegen des von ihm schon krankhaft verehrten *Geistes der Aufklärung*, und weil *Götzendienst* und Nonnen seine Vernunft beleidigen würden etcetera, etcetera. Immer dieselbe Litanei.

Der sollte sich mal an die eigene Nase fassen. Immanuel Kant, Voltaire und Konsorten haben für Schuknecht den Status von Heiligen, und statt des Papstes hält er seinen Verstand für unfehlbar. Pah! Und von wegen »die ungezählten Verbrechen der Kirche über die Jahrhunderte«. *Quatschkopp!* Sie sind wegen eines aktuell anstehenden Mordes hier, mit dem die Kirche nun wirklich nichts zu tun hat.

So, und darum ab an die Arbeit.

Veronika betritt die Bibliothek, scannt gespielt ergriffen den historischen Raum samt barocker Stuckdecke und in Wahrheit das Publikum. Rund ein Dutzend Klostergäste und ein paar Abendbesucher stehen plaudernd beim prasselnden Kamin, in Fensternischen und an Stehtischen. Einige jüngere Semester lümmeln sich, etwas zu zwanglos für Veronikas Geschmack, auf Lounge-Sofas und in Clubsesseln herum.

Oh, là, là! Prominenz ist tatsächlich auch zugegen. Zum Beispiel Ulrich Wickert, der mal die *Tagesthemen* geleitet und danach Bücher über Frankreichs Käse geschrieben hat. Veronika hält vor Aufregung die Luft an, zieht unauffällig ihr Kleid stramm. Und ist das nicht dieser reizende rheinische Fernsehkoch, der in seinen Gerichten die Butter immer pfundweise benutzt?

Wie hieß der noch? Horst Blender? Nein, Lichter! So heißt der, und er ist bestimmt hier, um Reklame für seinen lange verschollenen Kollegen Lambaste zu machen. Vielleicht will er ihn sogar für eine Neuauflage von *Lafer! Lichter! Lecker!* gewinnen: *Lafer! Lambaste! Lichter! – Total lecker!* etwa.

Nein, ist das aufregend, ein Fernsehteam mit Handkamera ist auch im Saal und nimmt Kurzinterviews mit einigen Gästen auf. Die meisten sehen nach viel, sehr viel Geld aus. Veronika muss nach Atem schnappen und kommt wieder zu Sinnen. *Schluss mit dem Roter-Teppich-Fieber!*, schilt sie sich. Ein paar Promis hin oder her, sie muss sich auf gewöhnliche Mörder konzentrieren. Widerwillig löst sie den Blick von Herrn

Wickert, der sich betont unauffällig im Hintergrund hält, und nimmt den Rest der Bargesellschaft ins Visier.

In den Gläsern perlt Prosecco, aus Frauenmündern geziertes Lachen, im Hintergrund italienische Klaviermusik von Vittorio Einaudi. Sie erkennt die Filmmelodie von *Ziemlich beste Freunde*.

Veronikas Gesicht verfinstert sich, während sie sich unter die freischwebenden Einzelgänger an der Peripherie der Veranstaltung mischt. Das Thema Freunde bringt sie zurück auf Schuknecht, den Streithammel.

Will der nicht zur Vesper gehen! Dabei hat sie ihn per Handy darüber informiert, dass sie im Kreuzgang einen vielsagenden Krach zwischen dem verunfallten Herrn von Donath, der trotz Stirnblessur der Öl-Probe beiwohnen will, und seiner Gattin Nicoletta belauschen konnte.

Der Kreuzgang eignet sich dank geräumiger Nischen für Heiligenstatuen, Kreuze und Weihwasserbecken hervorragend als Horchposten. Zu ihrer Freude hatte Veronika gerade entdeckt, dass die Betreiber des *Monastère* ein Becken zum Springbrunnen umfunktioniert haben, und die Gelegenheit genutzt, einen merkwürdigen Fleck am Saum ihres kleinen Violetten zu entfernen, als am Ende des Ganges die Donaths aufeinanderprallten.

Endergebnis der Auseinandersetzung: Die Hauptverdächtige in Sachen Gattenmord hat sich auf den Weg zur Kirche von Sternthal gemacht. Mit den Worten: »Ich hoffe, du erstickst an dem blöden Öl, du Versager. Ich gehe zur Vesper ins Frauenkloster.«

»Das kannst du mir nicht antun – nach allem, was ich für dich riskiert habe«, hat Donath geantwortet, fast gefleht. »Unser finanzieller Engpass ist dank Genf so gut wie beendet. Wir müssen nur noch nach Luxemburg und dann nach Panama.«

Nicoletta hat nur einen abfälligen Lacher von sich gegeben. »Das ist doch wohl ein schlechter Witz! Dein Plan ist gescheitert. Vielen Dank für nichts, du Idiot. Ich will die Scheidung. Sofort!«

Woraufhin Herr von Donath drohte: »Du kannst mich nicht verlassen! Wir müssen da weiter gemeinsam durch, dann klappt es. Und denk daran: Im Fall einer Scheidung bekommst du keinen Cent Abfindung, wir haben einen Ehevertrag, Nicoletta.«

»Es gibt auch andere Möglichkeiten«, hat selbige gezischt und sich mit klappernden Absätzen von dannen gemacht.

Obwohl beide am anderen Ende des Ganges stritten, wurden ihr Gezischel und das Klappern von Nicolettas Schuhen dank der hervorragenden Akustik deutlich und in bester Tonqualität übertragen. Wahrscheinlich hat man auf diese Weise sichergestellt, dass die Schweigemönche, die hier in grauer Vorzeit mal residierten, nicht schwatzten. Dank der ausgeklügelten Überwachungsakustik weiß Veronika jetzt, dass die Ehe der beiden vollständig zerrüttet ist. Mehr noch. Von Donaths letzter Satz, den er Nicoletta hinterherschleuderte, lautete: »Willst du mich umbringen, oder was?«

Eine Frage, die seine Gattin unbeantwortet gelassen hat.

Nun, Veronika schaut sich noch einmal um, für die Antwort wird sie als Detektivin sorgen, und zwar bevor es zu spät ist. Sie muss unbedingt mit von Donath ins Gespräch kommen, und der Mann muss rund um die Uhr bewacht werden. Genau wie Nicoletta. So unauffällig wie möglich, versteht sich. Hoffentlich knöpft sich Schuknecht die Dame drüben in Sternthal diskret vor. Wobei: Schuknecht und diskret? Bei Frauen kann der zweimal geschiedene Oberstaatsanwalt ein fürchterlicher Tollpatsch sein.

Veronika greift sich einen Prosecco, den ein herannahender

Kellner ihr samt Namen und Jahrgang vorstellt. Ihr ist egal, wie das Blubberwasser heißt. Hauptsache, es schmeckt.

Sie setzt das Glas an die Lippen und nippt. Na ja, geht so, ein Piccolöchen Deinhard lila wäre ihr lieber. Veronikas Blick kreuzt sich auf der Suche nach von Donath mit dem einer schlanken, überschlanken Mittfünfzigerin in schwarzen Abendhosen, schwarzem Top und akkurater Helmfrisur, die sich mit der rechten Hand an eine Clutch und mit der linken an einen Mann im Smoking klammert. Vermutlich ihr Gatte.

Die Dame unterzieht Veronika einer intensiven Kopf-bis-Fuß-Musterung und fixiert ihr Dekolletee so eindringlich, dass Veronika sich entblößt vorkommt. *Frechheit, die hat's nötig mit ihrem Langeweilerlook à la kunstbewusste Galeristin! Man kann modische Schlichtheit auch gewaltig übertreiben.* Veronika starrt offensiv zurück.

So was! Die Helmtante setzt das Blickduell fort, fixiert sie noch eindringlicher und zupft demonstrativ an ihrem eigenen, äußerst bescheiden gefüllten Ausschnitt herum. Veronika reckt kämpferisch Kinn und Busen. Die Helmtante schaut geschlagen weg und lehnt sich näher an ihren Begleiter, Typ gehobener Banker.

Aha, daher weht der Wind! Dieses hochnäsige Knochenmobile hat Angst vor weiblicher Konkurrenz mit Kurven. Kennt man ja. Weibliche Singles werden von langjährig Verheirateten ständig mit falschen Verdächtigungen überzogen. Als ob sie hier auf Männerjagd wäre.

Na ja, ist sie, aber doch nicht in erotischer Absicht. Sie sucht ein potenzielles Mordopfer.

Oh, da ist von Donath ja! An der Bar. Umzingelt von anderen Gästen und mit einem Cognacschwenker bewaffnet bildet er ein vibrierendes Zentrum der Veranstaltung. Gerade führt er eine Art pantomimischen Salto vor. Offenbar schildert er von Alkohol befeuert seinen Radunfall.

Alexander Gier steht etwas abseits neben ihm, ein kleiner, dicker Mann redet auf ihn ein. Der sieht ja aus wie Karlsson vom Dach im Smoking. An seinem Arm hängt eine sehr junge Frau, die dem Alter für Astrid-Lindgren-Bücher erst kürzlich entwachsen sein dürfte. Für Veronika steht fest, dass es sich bei der Gruppe um die Schlemmerwoche-Truppe handelt, ergo die Hauptverdächtigen.

Und was macht dieser Alexander? Sieht tödlich gelangweilt drein und ist mit seinem Tablet beschäftigt. Keine Hilfe, der junge Mann! Veronika bahnt sich einen Weg in Richtung Bar.

Herrje, warum gucken denn alle so dämlich?

»Bei Ihnen blitzt es«, raunt ihr von rechts eine wohltönende weibliche Stimme zu.

Veronika wendet den Blick nach rechts, dann leicht nach unten. Dort steht ein Hauch von alter Dame in klassischem Chanel und mit blaustichig weißer Hochsteckfrisur. Sie reicht Veronika knapp bis zur Schulter und lächelt reizend.

»Wie bitte?«, fragt Veronika leicht ungehalten.

»Ihr Dekolleté«, zirpt die Dame mit gesenkter Stimme, »ist *très charmant*, aber ein wenig offenherziger, als Sie es im Rahmen dieser Veranstaltung wünschen können. Ich schlage vor, Sie bringen das in Ordnung, während ich mich schützend vor Sie stelle.«

Was die Dame sodann – eine angeregte Plauderei mit ihr markierend – tut.

Verdutzt schaut Veronika an sich hinab. Teufel noch eins, da blinkt tatsächlich reichlich rote BH-Spitze hervor! Ihr eingezwängter Busen hat sich – in der Sehnsucht nach Freiheit – ein wenig aus dem engen Kleid hervorstibitzt. Genau genommen ist ihr gesamtes Dekolletee eine Studie in Rot. Sie sieht aus wie die Saloon-Dame Miss Kitty aus *Rauchende Colts* oder eine nuttig zurechtgemachte Witwe im Billigurlaub auf Teneriffa. Schlimmer noch, das Rot beißt sich entsetzlich mit dem Violett des Kleides.

Hastig bringt sie das Malheur in Ordnung und reißt sich sodann ein blau getöntes Schnapsgläschen vom Tablett eines vorbeieilenden Kellners. Auf den Schreck braucht sie erstmal einen Kurzen. Der Kellner runzelt ungnädig die Brauen und huscht davon. Was sollte denn das? Sind die Getränke hier etwa rationiert? Unverschämtheit bei dem Preis für Lambastes Schlemmerzirkus! Empört senkt sie das Gläschen, das überdies kaum daumenbreit gefüllt ist.

Ihre Retterin räuspert sich dezent, aber deutlich.

»Danke für den Hinweis«, murmelt Veronika sich ihrer erinnernd hastig.

»Gern geschehen, *ma chère dame*. Wenn ich noch etwas bemerken darf: Sie sollten als Detektivin vielleicht *un petit peu* unauffälliger agieren.«

»Woher wissen Sie, dass ich …«, entfährt es Veronika. Sie hält inne, weil sie bemerkt, dass sie dabei ist, sich selbst zu entlarven. »Wer sind Sie überhaupt?«, fragt sie schroff.

»Oh, ich vergaß, mich vorzustellen. Welch ein Fauxpas. Mein Name ist Anike Lambert, ich bin hier, um genau wie Sie meinem treuen Franzl in der Mordsache zur Seite zu stehen.«

»Wer ist Franzl?«, fragt Veronika verwirrt und hebt ihr Glas an den Mund. Sie braucht jetzt wirklich einen Schnaps.

»Das wollen Sie doch nicht ernsthaft trinken!«, warnt Madame Lambert mit entsetzter Miene. Die tut ganz so, als sei Veronika im Begriff, Gift zu sich zu nehmen. Wahrscheinlich trinken Damen wie sie keinen Schnaps. Pah! Affektiertes Gehabe. Passt zu den französischen Vokabeln. Man kann sehr gut Dame sein und Hochprozentiges verkümmeln.

Veronika kippt den Kurzen. Sekunden später schnappt sie nach Luft. Was war denn das? Schmeckt wie ein Mordanschlag. Ihre Zunge fängt Feuer, dann brennt ihre gesamte Mundhöhle, in ihrer Kehle scheint eine Pfefferschote festzustecken, eine vermoderte, bitter gallige Pfefferschote.

Veronika röchelt, muss husten, hustet immer härter. Ein Erstickungsanfall bahnt sich an. Wie ein Schwimmer an die Boje klammert sie sich an Madame Lambert. Zusammen geraten sie ins Taumeln.

Stille frisst sich wie ein plötzlicher Steppenbrand durch die plaudernde Partyschar. Von rechts nähert sich das TV-Team mit Handkamera. Veronika wird schwarz vor Augen.

12.

Klangvoll läutet die Angelus-Glocke die Vesper aus. Schuknecht studiert im weichenden Abendlicht die Gottesdienstordnung im Aushangkasten neben dem Kirchenportal. Über ihm rauscht eine ausladende Kastanie, wispernd kreiseln Blätter zu Boden. Ploppend folgen wie Geschosse dicke Kastanien und zerplatzen auf dem Pflaster.

Er muss seine Ohren spitzen wie Bleistifte, um das Getuschel zwischen Herrn Gier und der von Veronika angekündigten Nicoletta von Donath zu verfolgen. Beide sind knapp vor ihm beieinander stehen geblieben, nachdem die erste Welle herausströmender Kirchenbesucher sie vor das Portal geschwemmt hat.

Was haben die zwei miteinander zu schaffen, woher und seit wann kennen die einander?, fragt sich Schuknecht. So viel ist ihm nämlich glasklar: Sie kennen sich sehr gut, anscheinend sogar intim. Bislang bestand die Unterhaltung des Überraschungspaares nur aus ungläubigem Gestammel seitens Helmut. Mehr als ein »Du hier?« und ein schmelzendes »Nicoletta« hat der Ex-Matrose noch nicht hervorgebracht.

Aus den Augenwinkeln nimmt Schuknecht wahr, dass Nicolettas Antworten sich auf laszives Zurückstreichen der blondierten Mähne und fesselnde Blicke aus glänzenden Augen beschränken. Für Schuknechts Geschmack glänzen ihre Augen wie die einer Möwe beim Anblick einer verlockenden Mülltüte.

Nicht eben sympathisch und hochgefährlich.

Helmut scheint das anders wahrzunehmen und wirkt hingerissen.

Nicoletta legt eine Hand auf Helmuts Arm. Der arme Tölpel ist geliefert. Er hält so still, als habe sich ein Schmetterling auf seinem Arm niedergelassen, so als fürchte er, ihn mit einer unbedachten Bewegung zu verscheuchen.

»Obacht«, würde Schuknecht ihm am liebsten zurufen. Er weiß, was falsche Blondinen dieser Machart in alternden Männerherzen anrichten können. Bei ihm hat es bis zu einem Infarkt geführt – während Scheidung Nummer zwei. Schuknecht gerät leicht ins Stolpern, stößt mit der Nase fast ans Glas des Aushangkastens. Irgendwer hat ihn von hinten angerempelt. Wütend fährt er herum.

Ilse, eine Kursteilnehmerin, die im Gottesdienst enervierend laut mitgesungen hat, drängelt sich mit den Worten: »Darf man mal?«, ungeniert an ihm vorbei und dann ganz dicht an das versunkene Paar heran.

»Hier ist doch genug Platz«, mahnt ihr erschöpft aussehender Gatte Dieter und schlurft hinterdrein. Ilse schnaubt, wendet sich zu ihm um und stemmt die Arme in die Hüften. In Schuknechts Augen ein geplanter Auftritt.

»Man kann ja wohl etwas mehr Rücksicht erwarten!«, zetert Ilse. »Erst recht im Schatten einer Kirche und noch mehr *in* einem Gotteshaus.«

Sie streift Nicoletta mit einem strafenden Blick.

»Außerdem geht das Abendessen nur von halb sieben bis sieben. Wenn wir uns nicht beeilen, ist die Wurst weg und wir sitzen auf vegetarischer Aufschnittpaste fest. Du weißt doch, wie gierig manche Klostergäste sind.«

Helmut tritt einen Schritt zur Seite, um Ilse Platz zu machen. Nicoletta behauptet die Stellung und hakt sich demonstrativ bei Helmut ein. Nur zögernd und allzu offensichtlich von brennender Neugier geplagt, passiert Ilse das Paar in Richtung Gästehaus. Dieter folgt mit entschuldigendem Schulterzucken.

Schuknecht nutzt den Zwischenfall, um sich ganz zu Nicoletta und Helmut umzudrehen.

Na endlich! Helmut öffnet den Mund, um seiner Angebeteten zu versichern, dass sie unglaublich schön aussähe.

»Du hast dich überhaupt nicht verändert«, stottert er verzückt wie ein Schuljunge.

Dank Botox und Chirurgenkunst, registriert Schuknecht im Stillen. Sieht doch ein Blinder, dass nichts an dieser Schönheit noch ganz echt ist, auch wenn die Eingriffe vollendet ausgeführt wurden. Diese Nicoletta ist eher eine dezent geliftete Jane Fonda denn eine zu Tode operierte Priscilla Presley, aber Plastik bleibt Plastik. Leider ist Seemann Helmut ein Einfaltspinsel erster Güte und sieht nichts davon. Immer dasselbe mit Verliebten. Sie leiden unter einem verblüffenden Mangel an Impulskontrolle, verbunden mit kompletter Kurzsichtigkeit.

»Du … Du bist sogar noch schöner geworden …«, fährt Helmut wie zum Beweis seiner emotional bedingten Sehschwäche fort. Weiter kommt er nicht.

Hildchen Trautwetter stürmt aus der Kirche. Mit einem forschen, sehr forschen »Ja, grüß dich, Nicoletta« eilt sie, Helmut ignorierend, auf diese zu.

»Wo ist denn dein Mann? Und wie geht es ihm nach seinem Radunfall?«, bombardiert Hildchen die sichtlich verärgerte Nicoletta. »Er hat dir sicher erzählt, dass wir ihn heute Nachmittag gefunden haben. Mitten auf der Straße hat er gelegen, wir dachten zunächst, er sei tot! Du musst dich furchtbar erschrocken haben, oder? Was für ein Zufall überhaupt, dass wir hier alle aufeinandertreffen, nicht wahr? Ich habe mich sehr darüber gewundert.«

So macht man das doch nicht, ärgert sich Schuknecht kurz.

Diesem Trampel fehlt sämtliches Fingerspitzengefühl für Ermittlungsfragen.

»Ist ja fast schon ein Klassentreffen«, fährt Hildchen fort. »Wann haben wir uns zuletzt gesehen? 1969? Oder war das 1970?«

Na, immerhin, jetzt wird's interessant. Das scheint auch Ilse zu finden, die einer möglichen Wurstverknappung am Buffet zum Trotz auf dem Absatz kehrtgemacht hat, um wieder am Streitgeschehen teilzunehmen. Das Paar Helmut-Nicoletta ist allerdings verstummt.

Plopp, plopp, plopp, gehen weitere Kastaniengeschosse nieder.

Helmut sieht aus, als habe ihn eine besonders dicke Kastanie getroffen oder gleich alle drei. Nicoletta lässt seinen Arm los und zieht hörbar die Luft ein. Sie mustert Hildchen wie ein lästiges Insekt, fängt sich und antwortet hoheitsvoll: »Danke, es geht Klaus gut. Und wer sind Sie? … Oh, ich glaube, jetzt erkenne ich dich. Du bist Helmine und warst in unserer Klasse, oder?«

»Hilde, ich heiße Hildegard oder Hildchen. Allerdings nur für Freunde.«

»Oh, pardon, ich wusste nur noch, dass es ein sehr altmodischer Name war. Die evangelische Jugendhilfe hatte immer so bedauerlich unkleidsame Namen für ausgesetzte Babys und all die anderen Waisenkinder. Hildegard passt aber auch wie angegossen zu dir.«

Bevor Hildchen diese Beleidigung parieren kann, findet Helmut zur Sprache zurück. Diesmal stotterfrei. »Du, du hast noch einen *Mann?*«, platzt er nicht eben helle in Richtung Nicoletta heraus. »Ich dachte, der sei tot.«

»Ist er auch«, sagt Nicoletta trotzig.

Wie bitte?

»Ich meine, mein erster Mann«, erläutert Nicoletta, »mein zweiter lebt noch.« Ihr Tonfall verrät, dass sie sich im Stillen ein *leider* dazudenkt.

»Du hast ihn in deinen E-Mails nie erwähnt«, protestiert Helmut schwach, bevor sich das Gewicht der Erkenntnis schwer wie ein nasser Mantel auf seine Schultern legt.

»Es ist nicht so, wie du denkst«, schiebt Nicoletta eilig hinterher. Ein Satz, der gewöhnlich als typisch männliche und eindeutig faule Ausrede gilt. Ebenso wie Nicolettas nächste Erklärung: »Unsere Ehe war ein Fehler und besteht nur noch auf dem Papier, Helmut. Ich will die Scheidung.« Sie pausiert kurz, nimmt Zuflucht zu einem flehenden Blick. »Du bist die Liebe meines Lebens«, gurrt sie und zaubert mühelos Tränen in ihre Stimme. »Wenn ich vor meiner zweiten Hochzeit gewusst hätte, dass du noch lebst, hätte ich Klaus nie geheiratet.«

Hildchen, die sich nach ihrem stürmischen Auftakt im Hintergrund gehalten hat, macht einen Schritt nach vorn. Kreidebleich ist sie, schweigt aber. Möglicherweise, weil Nicoletta ihr mit dem Satz von der »Liebe ihres Lebens« die eigenen Worte aus dem Mund genommen hat.

Ja, das könnte hinkommen, denkt Schuknecht. Wenn Helmut die Liebe in Hildchens Lebens war, würde das auch ihre überstürzte Entlarvung von Nicoletta vor dem Kirchentor erklären.

Nicoletta beachtet ihre potenzielle Rivalin überhaupt nicht mehr, das hat sie wahrscheinlich nie. »Helmut, ich wollte immer nur dich«, beschwört sie den armen Kerl, »darum haben auch meine beiden Ehen nicht funktioniert. Ich war so glücklich als du mich über Facebook wieder aufgespürt hast. Unfassbar glücklich. Als ich dort gelesen habe, dass du nach Sternthal reist, habe ich spontan Mut gefasst und sofort gebucht. Ich musste dich endlich sehen. Es sollte eine Überraschung sein.«

Für Helmut oder für ihren Mann?

Schuknecht runzelt die Stirn. Da kann gehörig was nicht stimmen. Man schenkt dem eigenen Gatten doch keine gemeinsame Reise zum Geburtstag, um sich dann von ihm zu trennen.

»Unglaublich«, echauffiert sich im Hintergrund auch Ilse. »Dieter, hast du *das* gehört? Einen Gottesdienst zu unterbrechen, um *Ehebruch* zu begehen! Öffentlich! In einem Kloster!«

Helmut sackt regelrecht in sich zusammen, ein gefällter Riese, dem im Zeitraffer die Jahre zuwachsen, bis er weit älter aussieht, als er sein kann. Schuknecht schätzt ihn auf Mitte sechzig, nun sieht er mehr wie gut achtzig aus. Hildegard streckt die Hand nach ihm aus und lässt sie wieder sinken.

»Ilse, bitte mäßige dich endlich«, mischt sich flehend Dieter ein und wirkt zum ersten Mal nahezu wach.

Mit einem *Plopp* fällt dieser im gleichen Moment eine Kastanie auf den Kopf. Schlägt richtig ein. Ein Umstand, der Schuknecht dazu bewegt, fast – aber nur fast – an so etwas wie höhere Gerechtigkeit zu glauben.

13.

Dass ich mir hier so einen Scheiß antun muss!, ärgert sich Alexander Gier. Handy- und Tabletverbot herrscht außerdem. Herrje, erstklassiges Olivenöl kann man auch im Internet bestellen, ohne sich vorher einen ellenlangen Sermon anhören zu müssen und dafür auch noch ein Vermögen zu zahlen und Zeit zu verplempern.

Patron Vittorio Lambaste, ein kugelrunder Glatzkopf mit dem Gehabe eines Opernimpressarios, gibt seit einer halben Stunde den Hohepriester des Olivenöls. Mit Verve erläutert der Chefkoch und Besitzer des *Monastère* Ernte- und Extraktionsverfahren, Güteklassen und Olivensorten, schwatzt von Terroir, Klima und Böden, wärmt blaue Probiergläschen in seiner Hand an und führt sie mit großer Geste an sein prominentes Riechorgan.

Letzteres ist für einen Mann seiner Körpergröße erstaunlich riesig geraten. Mehr als einen Meter sechzig misst Maestro »Zwerg Nase« nach Alexanders Schätzung nicht. Größer als seine Nase ist nur seine Begeisterung.

Anders als Alexander lauschen die Gäste an den anderen fünf Tischen im *Kartäuserstübchen*, dem exklusiven Ableger des weniger hochpreisigen Hauptrestaurants, Lambaste andächtig. Eine weitere Öl-Probe macht die Runde, und die Teilnehmer der Schlemmerwoche befolgen artig Lambastes Anweisungen zur Verkostung – ganz so, als handele es sich um eine sakrale Handlung.

Zunächst erfolgt ein Geruchstest. Mit flatternden Nasenflügeln behaupten die Gäste an den anderen Vierertischen, Aromen von Heu, grüner Tomate, Artischocke oder Mandel zu erschnuppern, ergehen sich in olfaktorischen Erweckungserlebnissen.

»Ich rieche Schokolade und Marshmallows«, dröhnt am Nebentisch ein korpulenter Endfünfziger und Möchtegernschlemmer, der sich Alexander vorhin an der Bar mit Blick auf dessen Tablet und der Frage »Auch im Softwarebusiness?« aufgedrängt hat. Um sodann von seinen millionenschweren Erfolgen mit Klingelton-Abos, Nonsense-Apps und der ersten Generation von Selfie-Stäben mit Teleskopfunktion zu schwärmen. *»You name it, I sell it«*, hat er sich gebrüstet und lautstark verkündet, dass er dank seines »hervorragenden Riechers für *sellable* Apps und Smartphone-Zubehör« im Grunde »keinen Schlag« mehr tun müsse, außer das Leben zu genießen.

»Marshmallows? Impossibile«, erhebt Lambaste jetzt entrüstet Einspruch und tunkt seine Nase zur Überprüfung noch einmal in das Ölgläschen. »Da iste keine Schokolade unde Marshmallows in die Öl«, sagt er streng.

»Das ist doch mein Parfüm, Bertie«, klärt die sehr jugendliche Freundin des Selfiemademillionärs diesen über die wahre Quelle des Marshmallow-Aromas auf und zieht einen Flunsch. So viel zum hervorragenden Riecher des Mannes.

Die Blamage ficht ihn nicht an. Im Gegenteil: »Ich habe das gekauft? Da sieht man mal, was für einen ausgezeichneten Geschmack ich habe, meine Knusperperle.« Er knabbert seiner Begleiterin am Ohr, die tut, was sie am besten kann: albern kichern. An den umliegenden Tischen wird hörbar die Luft eingesogen.

Lambaste übernimmt energisch wieder die Führung.

Auf die Geruchsprobe folgt der groteske Teil des Tastings: Ein gutes Dutzend vermögender bis stinkreicher Gourmet-Rentner in Abendrobe und Smoking nippt, zieht simultan die Mundwinkel nach außen, presst die Lippen aufeinander. Das Ergebnis ist eine Grimasse, die bestenfalls nach gequältem Lächeln aussieht, bei nicht wenigen Teilnehmern aber eher so, als plage sie hartnäckige Verstopfung.

Sodann ziehen sie mit schlürfendem, unappetitlichem Sauggeräusch Luft durch die Mundwinkel ein, um das Öl tröpfchenweise in der Mundhöhle zu verteilen. Manche schlucken den grünen oder gelben Saft, andere gurgeln damit und spucken hernach aus. In noble Silberschälchen, was die Sache nicht vornehmer macht, auch wenn die herumwuselnde Kellnerschar die Schälchen nach Gebrauch sofort mit Leinenservietten bedeckt, abräumt und durch neue Spucknäpfe ersetzt.

Kein Wunder, dass die halbwegs echte Prominenz von Wickert bis Lichter diesen Unsinn nicht mitmacht. Waren wahrscheinlich ohnehin nur bezahlte Zugpferde, die sich nach dem Aperitif in der Bar, ein paar TV-Kurzinterviews und Fotos für die lokale Presse eilig verzogen haben und jetzt im weniger überkandidelten Hauptrestaurant ohne Spuckgeräuschkulisse dinieren.

Laut Lambaste ist dieser *Strippaggio* genannte Geschmackstest die einzig wahre Art, Olivenöle zu verkosten.

»Degoutant«, murmelt zu Alexanders Rechtern eine Dame in Chanel namens Lambert, die noch kleiner als Lambaste ist, aber den Anstand besitzt, von dem Verfahren angewidert zu sein. Sie weigert sich strikt, an der Verkostung teilzunehmen. Zumal *pauvre Veronique* – aka die nervige Frau Dornbusch-Dingsda, ihre neue beste Freundin – vorhin an der Bar an einem der Testgläschen fast erstickt ist. Deren angeblich so fabelhafte bergische Spürnase hat den Inhalt des Gläschens für Schnaps gehalten.

»Gelber Aquavit halt«, hat sie hinterher ihren Irrtum erläutert, »oder dieser grüne Chartreuse, der kommt doch aus dem Kloster, oder?«

In Wahrheit handelte es sich um ein Öl in *lampante*-Qualität, das allein als Riechprobe ins *Kartäuserstübchen* gebracht werden sollte. Mit anderen Worten: Frau Dornbusch hat einen Becher rohes Lampenöl aus verdorbenen, zusammengekehrten Oliven gekippt, das faulig bis rattenscharf schmecken kann und laut EU-Richtlinien nicht zum menschlichen Verzehr geeignet ist. Es sei denn, es wird raffiniert und mit anderen Ölen zu handelsüblicher Supermarktware gestreckt.

»*Un crimine incredibile*«, wie Lambaste diese Panscherei entrüstet kommentiert hat. Veronika hat er als Entschädigung für ihr Missgeschick sogleich eine Kiste besten Olivenöls aus der Einsiedelei Eremo di Bardolino vom Gardasee angeboten. Es stammt von jahrhundertealten Bäumen der dort lebenden Kamaldulenser-Mönche.

»*Questo olio è una rivelazione, signora* – eine Offenbarung! Meine Nonna hat bereits damit gekocht.«

Veronika hat sich lieber für eine Flasche Vecchia Romagna riserva aufs Haus entschieden, sitzt nun einigermaßen wiederhergestellt neben Madame Lambert und von Donath, der ihre Vorliebe für Brandy teilt und darum das Quartett an ihrem Vierertisch spontan vervollständigt hat.

Am Tisch riecht es mittlerweile streng nach seinem Brandy-Atem. Dank diverser Vecchias scheint von Donath gar nicht zu bemerken, dass die ihn flankierenden Damen Lambert und Dornbusch ihn einem Verhör über seine Eheprobleme unterziehen. Im Gegenteil scheint er so viel weibliches Mitgefühl zu genießen.

Die Steilvorlage zu dem wenig smalltalktauglichen Thema hat von Donath selbst geliefert, als er unvermittelt über die

Abwesenheit seiner Gattin, diesem »treulosen, teuren Flittchen«, lamentiert hat.

Madame Lambert stellt seither taktvolle Fragen, und Frau Dornbusch schenkt eifrig Vecchia Romagna nach, wenn sein Brandy zur Neige geht. Eine clevere Investition, wie sich gerade erweist.

Von Donath, seines Zeichens Anlageberater aus Frankfurt, berichtet den Damen im Rauschzustand so einiges über seine geplatzten Investitionen in Biotech-Start-ups. Die Tatsache, dass er komplett betrunken ist und außer ihm nur seine treusorgenden Zuhörerinnen und Alexander am Tisch sitzen, macht ihn unvorsichtig.

»Todsichere Sache«, lallt er, »habe den Erstzeichnern immer hervorragende Gewinnbeteiligungen gezahlt, höher als viele Di-vi-di-den-den. D'ss war 'n Renner, die Sache. Kann doch keiner wissen, dass d's winnige Schtart-Aps sin', die gar nichs erfinnen. Un' jetzt woll'n alle Kunnen auf einmal ihr Geld sssurück. Mit Gewinn.«

Oha, der Mann hat fremder Leute Geld nicht nur Gassi, sondern auch auf krumme Abwege geführt. Klingt nach einem typischen Schneeballsystem, das nicht nur im Pharmasektor beliebt ist: Risikokapital-Investoren werden mit dem Versprechen, durch die Entwicklung neuer Medikamente oder Medizintechnik Riesengewinne zu erzielen, dazu verlockt, hohe Summen in Start-ups anzulegen, die angeblich die wissenschaftlichen Vorarbeiten leisten. Manche dieser Minifirmen sind schlicht dubios, andere haben tatsächlich prominente Nachwuchsforscher an Bord, die sich über die Unterstützung freuen und sich nichts Böses denken. Was dem gutgläubigen oder schlicht strunzdummen Teil der Investoren verschwiegen wird, ist die Tatsache, dass der Weg bis zur Patentierung und Zulassung eines Medikaments oder medizinischer High-tech – so sie überhaupt erfunden werden – Jahrzehnte dauern kann, weil er unzählige, unfassbar teure Labor- und Behördenprüfungen, Testphasen und Entwicklungsschritte erfordert, die die Start-ups gar nicht leisten können, wollen oder sollen.

Mit anderen Worten: Bio-Tech im Start-up-Modus verbrennt gewöhnlich Geld, statt Gewinne zu erzielen.

Eingeweihte Erstzeichner steigen daher aus, sobald – dank Anlagefuzzis wie von Donath – genug leichtgläubige Investoren gefunden wurden, die den Preis der Anteile in astronomische Höhe getrieben haben und von deren Anlagegeld die Gewinne der Erstzeichner gezahlt werden können.

Das Heer der nichts ahnenden Spätanleger erlebt dann früher oder später nur noch das Scheitern oder die Pleite des Start-ups und sodann die eigene. Die Kunst besteht darin, solche Anleger möglichst lange an der Nase herumzuführen und mit dem Hinweis auf Steuerersparnisse, ein enormes Zinseszinsplus, eine bevorstehende Übernahme des Start-ups durch einen Pharmakonzern oder einen möglichen Börsengang hinzuhalten und keine nennenswerten Gewinne auszuzahlen.

Genau dabei scheint Herr von Donath auf ganzer Linie versagt zu haben, denkt Alexander. Mehr noch, er hat sich allem Anschein nach großzügig aus den Geldern seiner Anleger bedient. Nicht ganz ungefährlich, dieses Gebaren, auch für den Betrüger. Kann vorkommen, dass sich die Geschädigten irgendwann rächen – so wie im Fall eines windigen Finanzmaklers, den fünf um ihr Vermögen geprellte deutsche Rentner wegen ähnlicher Betrügereien im Immobiliensektor vor wenigen Jahren in Speyer in einer Pappkiste entführt, mit einem Stuhlbein misshandelt und im ungeheizten Keller eines Hauses am Chiemsee angekettet haben. Wirklich wahr. Die Golden Boys wollten ihr Geld zurück, inklusive der versprochenen zwölf

Prozent jährliche Rendite. Bei insgesamt 2,4 Millionen Anlagekapital ein stattliches Sümmchen.

Der älteste Kidnapper war Anfang achtzig. Trotzdem trug der Finanzmakler zwei Rippenbrüche, Prellungen und ein Hämatom am Auge davon – und die Geriatrie-Gang fünf bis sechs Jahre Knast, nachdem eine vierzig Mann starke SEK-Einheit den nur mit einer Unterhose bekleideten Makler befreien konnte. Er hatte in ein Fax an eine Schweizer Bank – zwecks Verkauf seiner eigenen Aktien zum Wohle der Geprellten – den Hinweis »call.pol.ICE« hineingemogelt.

Immerhin haben die Rentner ihrem Opfer zwischendrin Kaffee und Kuchen serviert, was allerdings nicht zu mildernden Umständen führte. Genauso wenig wie die Tatsache, dass das SEK den Entführern wegen Gebrechlichkeit beim Einsteigen in die Polizeiwagen helfen und einen Arzt herbeiziehen musste.

Fazit: Geld frisst Hirn, getäuschte Senioren können nachtragend sein und mordsgefährlich werden.

Mordsgefährlich? Hallo? Seine Fantasie entgleist ihm langsam. Muss an der völlig durchgedrehten und ebenfalls betagten Tischgesellschaft liegen.

Von Donaths Gesichtszüge sind mittlerweile völlig entgleist und offenbaren seinen wahren Charakter: den eines gut aussehenden, rücksichtslosen Finanzjongleurs mit leerem Blick, der gewohnt ist, den Sieg davonzutragen, ohne sich je die Mühe zu machen, die Regeln des Fairplay zu lernen.

Madame Lambert seufzt mitleidig und tätschelt seine Hand. »*Pauvre Monsieur* von Donath. Ich verstehe Sie vollkommen«, versichert sie diesem Windhund.

Dem Windhund tut das offensichtlich gut. Zu gut. Er wird immer unvorsichtiger. Veronika schenkt Cognac nach, und der Kerl liefert sich endgültig ans Messer:

»Die wollen mir die Geschäftskonten sperren wegen so was.

War doch nur'n klitzekleiner Kredit, versteh'n Se? Auf künftige Geschäffe. Nur wegen Nigoledda. Teures Weibschtück, verdamp' teuer«, nuschelt er verschwörerisch. »Isch lieb sie numal.«

Und dann muss er erst einmal zur Toilette.

Für Madame Lambert und Veronika ist der von ihnen herbeifantasierte Mordfall nach dieser Enthüllung so gut wie gelöst.

»Die will ihn loswerden, weil er pleite ist«, flüstert Veronika. »Bei einer Scheidung bekommt sie keinen Pfennig, die haben nämlich einen Ehevertrag, und wenn er wegen Betrug verurteilt wird, gilt das Gleiche. Wahrscheinlich hat von Donath eine Lebensversicherung zu ihren Gunsten abgeschlossen. Hat man in seiner Generation ja noch gemacht, so was. Darum der Unfall. Sie braucht ihn tot.«

»*Je comprends*«, fällt Madame Lambert mit gesenkter Stimme ein. »Sie glauben, die Dame hat sein Rad präpariert, damit alles nach einem Unfall aussieht. *Et voilà*, die Versicherung muss nach seinem Ableben zahlen! Nicht eben einfallsreich, aber einträglich.«

»Und um die Sache etwas aufregender zu gestalten, ruft die Dame vorher bei einer dubiosen Tarot-Hotline und damit bei meinem Onkel an, um den Mord anzukündigen«, schnaubt Alexander. *Herr, schmeiß Hirn vom Himmel.*

»Warum sie das getan hat, werden wir selbstverständlich auch noch ermitteln«, bescheidet ihm Veronika hoheitsvoll.

»*Exactement*«, stimmt Madame Lambert zu. »Und außerdem gibt es ja noch genügend andere Verdächtige.«

»Gibt es die?«, wundert sich Veronika.

»*Mais oui*«, bestätigt Madame Lambert. »Die Tarot-Hotline ist sehr beliebt und übrigens alles andere als dubios. Ich habe unzählige Bekannte, die regelmäßig bei meinem Franzl anrufen, den ich ausdrücklich empfehle. Er hat ein goldenes Händchen für ältere Damen und findet selbst in aussichtslosen Fällen aufbauende Worte. Ich werde mich morgen mal überall auf Sternthal nach bekannten Gesichtern umsehen. Einige meiner lieben Freundinnen sind – wie soll ich es sagen – *un peu suspecte* oder nicht mehr ganz richtig im Kopf.«

Also ideale Kundinnen für eine Tarot-Hotline, folgert Alexander.

»Sie meinen, die wollen alle ihre Männer ermorden?«, wirft Veronika Dornbusch fasziniert ein.

»*Non*, natürlich nicht, viele sind ja längst Witwen«, antwortet Madame Lambert indigniert. »Sie haben ihre Ehen einfach ausgesessen oder ihre Gatten ganz klassisch zu Tode geärgert.«

Alexander schielt zur Brandy-Flasche. Wenn das so weitergeht, braucht er auch einen. Einen doppelten. Und zwar dringend. Die Damen sind eindeutig verrückter als ein zweiköpfiges Huhn.

»Herr Gier«, wendet sich Veronika ihm erneut zu, »Sie dürfen Herrn von Donath ab sofort nicht mehr aus den Augen lassen. Wir müssen ihn vor seiner Frau beschützen. Rund um die Uhr. Gott sei Dank haben Sie genau die richtige Statur für diese Aufgabe, so schön groß und muskulös, wie Sie sind. Wir werden derweil Nicoletta auf Schritt und Tritt beschatten. Ich hoffe, Schuknecht konnte inzwischen etwas Entlarvendes aus ihr herauskitzeln.«

Jetzt reicht's!

»Ich denke gar nicht daran, bei Ihrem kriminellen Affentheater mitzumachen und Bodyguard zu spielen«, protestiert Alexander scharf.

»Sie wollen meinen armen Franzl also einfach so im Stich lassen«, echauffiert sich Madame Lambert und hebt eine gezupfte Braue. »*C'est scandaleux*. Wo bleibt Ihr Familiensinn?«

»Wer zum Kuckuck ist Franzl?«, will Alexander wissen.

»Ihr Onkel«, erklärt Veronika Dingsda ungeduldig. »Und jetzt machen Sie schon. Sie müssen Klaus von Donath sofort hinterher. Vielleicht lauert bereits der nächste Unfall auf ihn. In seinem Zustand ist die Inszenierung eines Treppensturzes ein Kinderspiel. Ein kleiner Schubs von Nicoletta, und er bricht sich das Genick. Ach was, bei dem reicht ein Sturz über die Teppichkante. Einen ähnlichen Mordfall hatte ich mal in Biblinghausen.«

Völlig plemplem die beiden. Aber mit Irren sollte man nicht diskutieren, schon gar nicht, wenn sie im Rentenalter sind.

Alexander erhebt sich vom Tisch. »Wenn Sie mich dann entschuldigen würden?«, fragt er gespielt höflich, deutet sogar eine Verbeugung an.

»So ist's richtig«, lobt ihn Madame Lambert strahlend und in der Annahme, er wolle den Leibwächter spielen. »Am besten geleiten Sie Herrn von Donath direkt auf sein Zimmer und bleiben die Nacht über bei ihm. Das Paar bewohnt meinen Recherchen zufolge eine Doppelsuite mit getrennten Schlafzimmern. Versperren Sie die Zwischentür, und lassen Sie den Mann unter keinen Umständen mehr hinaus.«

»Und was ist mit dem Dinner?«, fragt Alexander mit demonstrativem Blick auf die Gästeschar, die sich gerade erhebt, um ins Hauptrestaurant zu strömen. »Der Mann hat einen Haufen Geld dafür gezahlt.« In der Tat, vorhin an der Rezeption hat dieser Angeber von Donath versucht, mehrere Fünfhundert-Euro-Scheine in kleinere umzutauschen. Ganze fünftausend Euro! Der helle Wahnsinn. Was will der Mann mit fünftausend in bar und kleinen Scheinen?

»Für ein festliches Vier-Gang-Menü fehlt es Herrn von Donath in seinem Zustand an der nötigen Contenance«, entscheidet Madame Lambert. »Der bricht doch schon bei den Amuse-Gueules zusammen. Und selbst wenn er durchhielte, würde das anschließende Kamingeplauder mit Herrn Wickert zu einem Skandal ausarten! Dem Doyen des deutschen Nachrichtenwesens kann man einen so derangierten Menschen wie von Donath unmöglich zumuten.«

Veronika nickt zustimmend. »Genau, außerdem müssen wir unauffällig bleiben.«

Die hat's gerade nötig.

Was er jetzt dringend braucht, ist frische Luft. Davon gibt es auf Sternthal glücklicherweise mehr als genug.

14.

Zwanzig Minuten später und nach einem forschen Spaziergang muss Alexander feststellen, dass die Westerwälder Luft in der Tat sehr frisch, ungemütlich kühl und die Nacht im Klosterwald zwischen dem *Monastère* und dem Frauenkloster stockfinster ist. Sozusagen bibelschwarz. Nur ab und an dringt ein fahler Lichtfinger durchs dichte Kronendach der Bäume. Am Himmel zieht ein Dreiviertelmond seine bucklige Bahn. Der Blätterboden unter Alexanders Füßen ist morastig, Feuchtigkeit dringt durch die dünnen Ledersohlen seiner Schuhe.

Besser, er macht sich langsam auf den Rückweg, bestellt sich irgendwas beim Zimmerservice und legt arbeitstechnisch noch eine Nachtsession ein. Der Spaziergang war den Lichtverhältnissen zum Trotz sehr belebend, und das WLAN im *Monastère* funktioniert erfreulicherweise einwandfrei.

Oder *Gott sei Dank*, fügt Alexander schmunzelnd hinzu.

Vielleicht ist es ja gar nicht so verkehrt, dass er sich im *Monastère* mal völlig zurückziehen und ganz aufs Geschäft konzentrieren kann. Ohne lästige Mitarbeiter. So ein Kloster-Retreat ist unter Managern nicht umsonst beliebt. Von den bekloppten Rentner-Detektiven und Schlemmeraffen wird er sich ab sofort einfach fernhalten.

Alexander schlägt den Kragen seines Dinnerjacketts hoch – auch an Abendgarderobe hat Frau Trautwetter gedacht –, schiebt die Hände in die Hosentaschen und macht mitten auf dem Weg eine Kehrtwende. Entschlossenen Schrittes strebt er in entgegengesetzter Richtung zum *Monastère* zurück. Immer geradeaus. Obwohl … hat er vorhin nicht einen Abzweig genommen? Rasch zieht er sein Smartphone hervor. Damit ist es ein Kinderspiel, seinen Standort zu ermitteln. Nein, ist es nicht. Er hat nämlich wieder mal keinen Empfang, der Akku geht auch bald in die Knie. *Scheiß Wildnis, dieser Westerwald!* Leicht missmutig setzt Alexander seinen Weg fort.

Na, er wird sich hier schon nicht verlaufen. Ist ja bloß ein Wald.

Verirrt hat er sich allenfalls in Sachen Helmut und bei dem Versuch, dessen Leben neu zu organisieren, um etwas Stabilität hineinzubringen. Leider wollte sein so sturer wie stolzer Onkel nicht einfach nur Geld annehmen. Alexander hat es ihm über Jahre und schon vor Helmuts Rückkehr nach Deutschland oft genug angeboten. Sogar eine sehr stattliche Summe. Hätte mehr als gereicht für einen goldenen Lebensabend ohne Arbeit. Die Sache mit dem ungerecht verteilten Erbe, das schlussendlich allein ihm zugefallen ist, war Alexander immer mehr als unangenehm. Er kickt einen Stein quer über den Weg, wirklich unangenehm.

Dabei weiß er gar nicht, was genau zu der Testamentsänderung seines betuchten Großvaters ganz zugunsten des älteren Sohnes, also Alexanders Vaters, geführt hat. Okay, Helmuts Knastaufenthalt in der Türkei Ende der Siebzigerjahre war natürlich ein Skandal, aber am Ende ist er freigesprochen worden. Der Vorwurf, mit Drogen gehandelt zu haben, hatte sich komplett in Luft aufgelöst. Helmut hatte – treudoof, wie nur er sein kann – lediglich irgendeiner Freundin und angeblichen Importeurin von Hippiekrimskrams und Afghanenmänteln einen Gefallen tun wollen und das Zeug in seinem Magic-Bus via München mitgenommen. Dass haufenweise Heroin in die Mäntel eingenäht war, ist ihm nicht aufgefallen.

Aber dem türkischen Zoll.

Das war's dann mit dem wilden Leben auf dem Hippie-Trail.

Er, Alexander, war zu diesem Zeitpunkt noch gar nicht geboren und musste sich die Geschichte später mühselig in Zeitungsarchiven zusammensuchen. Die bergische Presse hatte ausführlich berichtet, denn die Familie G. aus W. wie Wermelskirchen gehörte dank des pharmazeutischen Unternehmens seines Großvaters zur lokalen Halbprominenz.

Seine Eltern haben Helmut lange nach dem Freispruch dann mal auf Kreta besucht, wo er mit einem Club und einem Restaurant mittlerweile ziemlich erfolgreich war. Er selbst war als 11-Jähriger dabei und schwer beeindruckt von seinem Weltenbummler-Onkel. Aus der Ferne hatte er ihn schon länger glühend bewundert – heimlich, versteht sich. Kleine Jungs lieben Abenteurer. Und was Helmut alles zu erzählen und erlebt hatte!

Angeln, Tauchen, in Kretas Bergwelt mit nichts als einem Messer ausgerüstet Campieren – all das hat er Alexander außerdem beigebracht. Sie haben sich prächtig verstanden. *Ja*, nickt Alexander nachdenklich, das haben sie, weshalb er hinterher sogar zweimal alleine die kompletten Sommerferien bei Helmut verbringen durfte.

Das Verhältnis zwischen Helmut und Alexanders Vater, dessen acht Jahre älterem Bruder, war weitaus distanzierter, nicht unfreundlich, aber ziemlich verklemmt und alles andere als offen, und der Großvater hat ihn gehasst. Keiner in seiner Familie hat jemals darüber gesprochen, warum das so war. Sie haben einfach weitergelebt mit ihren Geheimnissen, die zwar unsichtbar waren, aber unbequem wie Sand im Schuh – selbst für ihn.

Wenn Alexander sich recht entsinnt, hat sein Vater immerhin über eine Wiedergutmachung nachgedacht. »Wenn mein alter Herr nicht mehr ist«, hat er Alexanders Mutter gegenüber einmal gemeint, »regeln wir das mit dem Erbe. Helmut gehört schließlich zur Familie.« Ob sein Vater das wirklich vorhatte, wird für immer sein Geheimnis bleiben.

Alexander stopft die Hände tiefer in die Taschen, beschleunigt seine Schritte. Wirklich eisig kalt hier. Oder meint er das nur?

Dass er mit einem Mal entsetzlich friert, könnte auch daran liegen, dass er an den Tod denkt, denken muss. An den seiner Eltern. Sie sind zwei Jahre vor dem Großvater gestorben, bei einem Autounfall, und damit ist er zum Alleinerben geworden. Von allem, inklusive der Familiengeheimnisse. Gerade mal 21 Jahre war er zu diesem Zeitpunkt.

Damals hätte er gerne Unterstützung gehabt, Orientierung, einen Ratgeber und väterlichen Freund. Helmut beispielsweise. Den Helmut, den er als Jugendlicher auf Kreta kennengelernt hatte: den unverwüstlichen Kraftkerl, den Herrn aller Lebenslagen. Doch den gab es nicht mehr: Nachdem Penelope, seine griechische Freundin, an Krebs gestorben war, war sein Onkel ein Totalausfall. Hat im Suff einfach seinen Club abgefackelt. Gab ziemlichen Ärger mit der Polizei. Es bestand dringender Verdacht auf eine warme Sanierung. Am Ende ist Helmut mit viel Geld – seinem kompletten Vermögen – aus der Nummer rausgekommen. Danach ist er von der Bildfläche verschwunden, war einfach weg, für beinahe zwei Jahrzehnte.

Als sein Onkel vor einigen Jahren wieder in Deutschland aufgetaucht ist, war es zu spät für intensive Familienbande. Er, sein Neffe, war erwachsen, ein erfolgreicher Medizintech-Unternehmer. Wobei ein gescheiterter Althippie und Pleitier wie sein Onkel nun wirklich keine Hilfe gewesen wäre.

Im Gegenteil, und trotzdem …

Was trotzdem?

Alexander verlangsamt seinen Schritt. Trotzdem sollte er vielleicht einmal versuchen, mit Helmut über die ungeklärten Rätsel und Leerstellen der Vergangenheit zu sprechen. In seiner geschrumpften Welt ohne seine Eltern, ohne irgendwelche anderen Verwandten überhaupt, erscheint es ihm mit einem Mal todtraurig, dass er dem eigenen Onkel in den letzten Jahren so gleichgültig gegenübergestanden hat. Alexander nickt stirnrunzelnd. Ja, er sollte wirklich mit Helmut reden. Und sei es nur, um ihn von diesem Tarotmord-Unsinn abzulenken.

Ein Geräusch reißt ihn aus seinen Gedanken. Wofür Alexander nicht undankbar ist. Neben ihm im Gebüsch raschelt es leise. Er meint trippelnde Schritte zu vernehmen. Wird ein Kaninchen oder Reh sein oder was auch immer hier so rumkreucht.

Oh, da ist ja auch der Abzweig, den er vorhin genommen hat, oder? Alexander biegt ab und prallt zurück. Vor ihm auf dem schmalen Weg baut sich eine Gestalt auf – keine besonders große oder furchteinflößende Gestalt, wenn man von den riesigen Stiefeln absieht, die sie zu tragen scheint. Eine Taschenlampe blitzt auf und blendet ihn.

Alexander reißt verärgert den rechten Arm vor die Augen. »Was soll das?«, schnauzt er in das Dunkel hinter dem Lichtkegel.

»Guten Abend, sagt man hier«, antwortet eine nicht minder ärgerliche Stimme. Eine jugendliche, weibliche Stimme.

»Könnten Sie die verfluchte Taschenlampe runternehmen?«, fordert Alexander.

»Erst, wenn Sie mir sagen, was Sie hier wollen.«

Ganz schön dreist, die Kleine, tut geradezu so, als gehöre der Wald ihr, was schlecht möglich ist, er gehört dem Kloster.

»Ich bin auf dem Weg zum *Monastère*, verflucht noch mal!«, blafft Alexander entsprechend genervt. »Und Sie?«

»Ich wohne hier, und Sie sind nicht auf dem Weg zum *Monastère*, sondern nach Sternthal.«

Die Taschenlampe senkt sich, ihr nach oben abstrahlendes Licht enthüllt das Gesicht einer jungen Frau, die durch ihre ungekämmte braune Mähne, die großen dunklen Augen im trotzigen Gesicht, das Kittelgewand und die Gummistiefel an ihren Füßen ein wenig nach Ronja Räubertocher aussieht. Wohnt ja angeblich auch mitten im Wald.

Gibt es im Westerwald noch Eingeborene?

»Hören Sie«, beginnt Alexander, um einen vernünftigen Ton bemüht, »wie wäre es, wenn Sie mir einfach den Weg zum *Monastère* zeigen?«

»Wie wäre es, wenn Sie mir zunächst bei der Beseitigung einer Schnapsleiche helfen?«

Sie schwenkt die Taschenlampe in Richtung Gebüsch. »Der wollte angeblich auch zum *Monastère*. Hat lallend nach dem Weg gefragt und ist dann lang hingeschlagen.«

Alexander erkennt affige Lackschuhe, sein Blick klettert parallel zum Licht der Taschenlampe an schwarzen Hosenbeinen entlang nach oben, vorbei an einem weißen Dinnerjackett bis hinauf zum Gesicht des hilflos hingestreckten Mannes.

Scheiße, da liegt von Donath und sieht ziemlich tot aus!

15.

Die Restaurationswerkstatt von Sternthal ist ein lang gestreckter Fachwerkschuppen im historischen Klausurbereich hinter der Kirche, der inzwischen öffentlich zugänglich ist und gelegentlich für Veranstaltungen genutzt wird.

»Wir selber haben uns vor einigen Jahren in ein Gebäude aus dem 19. Jahrhundert am Rande des Klostergartens zurückgezogen«, erläutert Schwester Amabilis ihrer neuen Hilfskraft Lothar E. Schuknecht beim Gang über den Hof. Der schaut sich – nach einer turbulenten Nacht – leicht vergrätzt, aber aufmerksam um.

Die Gebäude der ehemaligen Klausur gruppieren sich hufeisenförmig um den Hof und bilden ein bedauernswert verfallenes Fachwerkensemble. Einzig das ehemalige Refektorium glänzt mit einem neuen Dach und ist ein Kleinod.

Kein Wunder, dass Lambaste es für sein Renaissance-Bankett gebucht hat. Es handelt sich um eine großzügige Halle in Halbfachwerkbau auf steinernem Fundament mit weißem Gefache zwischen rot bemalten Eichenbalken, geschnitzten Friesen und einem vorgelagerten Gewölbegang samt Prachtportal. Dürfte tatsächlich ein Renaissancebau sein. Ein sehr gelungener.

Ganz anders als die seitlich vom Refektorium gelegene Restaurationswerkstatt. *Könnte mal ein Kuhstall gewesen sein*, mutmaßt Schuknecht, während er an der Seite der studierten Restauratorin fröstelnd die Werkstatt betritt. Die wärmende Morgensonne findet keinen Weg in das Gebäude, dabei kündigt sich draußen ein goldener Herbsttag von angenehmer Temperatur an.

Für Licht im Schuppen sorgen allein die Scheinwerfer und für leicht erhöhte Raumtemperatur einige Heizstrahler. Die noch zu bearbeitenden Kunstobjekte haben es angenehmer, sie sind in modernen, exakt temperierten Klimaschränken untergebracht, wie Schwester Amabilis ihm gerade erläutert.

Die zierliche Japanerin ist eine überaus angenehme Person, wie Schuknecht zugeben muss. Sie lebt seit dreißig Jahren in Sternthal, ist nicht nur Restauratorin, sondern auch die Organistin des Klosters, deren Spiel er gerne einmal lauschen würde. Ein wenig Orgelunterstützung täte dem Chorgesang gut, und Schwester Amabilis hat bemerkenswert schlanke Finger, die wie aus Elfenbein gemacht zu sein scheinen. Japans Musiker und Musikerinnen sind bekanntlich begnadete Tastenkünstler. Ja, er hat durchaus Hochachtung vor dieser Nonne. Ein wenig erinnert sie ihn außerdem an Yoko Ono, für die er früher eine gewisse Schwäche hatte.

Die Benediktinerin weist in den hinteren Teil des Raumes. »Dort wartet eine angemessene Aufgabe auf Sie«, sagt sie.

Hoffentlich etwas Anspruchsvolleres als die Tätigkeiten, die an dem großen Tisch ausgeführt werden, den sie soeben passieren. Schwester Amabilis bleibt stehen und begutachtet die Arbeit. Mitglieder des Ora-et-labora-Seminars und Tagesgäste aus der Umgebung beugen sich eifrig über lädierte handhohe Krippenfiguren. Mit Wattestäbchen reinigen sie Gewandfalten, Schafe und ein Jesulein; sie bemalen mit winzigen Pinseln hölzerne Palmwedel oder bringen Stahlstifte in Armstümpfe ein, um diese mit neuen Händen zu bestücken.

»Einen wunderschönen guten Morgen«, grüßt Schwester Amabilis, und die Sonne geht in ihrem Gesicht auf. »Kommen Sie gut voran?«

»Bestens«, antwortet einer der Bastler. »Ich bin bald mit den Schafen durch.« Der Mann sieht mit seinem weißen Lockengewühl auf dem Haupt selbst ein wenig wie ein Schaf aus, findet Schuknecht. Vielleicht eine Form körperlicher Anverwandlung, wie sie sich oft zwischen Herr und Hund vollzieht – oder bei älteren Ehepaaren.

»Es ist immer wieder ein Vergnügen, hier zu sein«, bekennt seine fröhliche Sitznachbarin, deren Dauerwelle ebenfalls an Schafsgewöll erinnert. Sie greift nach einem verstaubten Kamel. Die Runde nickt zustimmend.

»Das freut mich«, entgegnet Schwester Amabilis, »denn wie heißt es so schön: Wenn wir arbeiten, respektiert uns Gott, aber wenn wir uns freuen, dann liebt er uns.«

Schuknecht ist schleierhaft, wie derart langweilige Fieselarbeiten Freude machen können. Die Mehrzahl der volkstümlichen Krippenfiguren – lauter Küfer, Schmiede, Winzer und Schäfer – sind auch nicht nach seinem Geschmack. In seinen Augen ist das sakrale Gartenzwergkultur, genauso gut könnte man Modelleisenbahnlandschaften zu Kunstinstallationen erklären. Nur gut, dass er mit solchem Kitsch anscheinend nichts zu tun bekommt.

»Wir restaurieren hier die Krippe der Dorfkirche von Zipfelstedt, ein bemerkenswertes Beispiel für volkstümliche Kirchenkunst, das die Tagelöhner und Handwerker von Zipfelstedt im 18. Jahrhundert liebevoll selbst gestaltet haben«, erklärt ihm Schwester Amabilis. »Es ist anzunehmen, dass sie die Figuren nach lebenden Vorbildern gestaltet haben. Es handelt sich also um ein historisches Dorfpanorama und ist darum unbedingt erhaltenswert«, schließt sie mit einem Lächeln in die Runde, das ihrem Namen mehr als gerecht wird – es ist hochgradig liebenswert und voller Unschuld.

Schuknecht schämt sich unwillkürlich wegen seiner Gartenzwerg-Gedanken und Schafsvergleiche. Erst recht, als sie im Weitergehen einen Einzeltisch erreichen, auf dem eine barocke Maria Königin mit Apfel und Jesusknaben steht. Eine herrliche Arbeit, die bereits gereinigt wurde, ohne die Patina des Werks zu zerstören. Das Gesicht der Madonna ist von rosiger Transparenz, schmal und überzeitlich schön, der Apfel so naturnah und detailreich gestaltet, dass man Lust bekommt hineinzubeißen, und die Gestik des Jesuskindes ist eine gelungene Studie kindlicher Bewegungsfreude.

Die bereitliegenden Blattgoldhefte, ein Vergoldekissen, Messerchen und Pinsel deuten darauf hin, dass dem Figurenensemble noch zu neuem Glanz verholfen werden soll. Die Krone der Mutter Gottes hat es besonders nötig.

»Das ist meine derzeitige Arbeit«, bemerkt Schwester Amabilis bescheiden.

Schuknecht nickt anerkennend. »Ein großartiges Kunstwerk.« Wenn auch ein christliches. Nichtsdestotrotz freut er sich tatsächlich darauf, bei einem solchen Meisterwerk Hand anlegen zu dürfen. Schwester Amabilis beginnt, Pinsel zu sortieren, und wird kurz zum Krippentisch zurückgerufen. Schuknecht inspiziert die Madonna eingehender auf Schäden, sie sind minimal, aber die Ausbesserungen erfordern Kunstverstand und Fingerspitzengefühl.

Nach den turbulenten Ereignissen der letzten Nacht ist so eine meditative, feinsinnige Beschäftigung genau das Richtige für ihn. Sie wird ihm helfen, seine Gedanken zu ordnen und von Frau Dornbuschs abstrusen Überlegungen zum vorgeblichen »Fall Donath« zu befreien, mit denen sie ihn heute Morgen um sechs – um sechs! – per Handy und noch vor den Laudes geweckt hat. Die er selbstverständlich geschwänzt hat.

Soll Helmut Gier doch selbst auf seine Nicoletta aufpassen. Er hat Besseres zu tun, und von Donath lebt noch. Ein selbst verschuldeter Brandy-Rausch ist kein Mordversuch. Zumal es gestern Nacht eher danach aussah, als wolle der volltrunkene von Donath seiner treulosen Nicoletta an die Gurgel, nachdem die sich geweigert hat, mit ihm die Heimfahrt anzutreten. Randaliert der doch glatt vorm Klostertor von Sternthal. In einer Lautstärke!

Das Tor war dankenswerterweise abgesperrt, Helmut Gier hat sich dahinter wirksam in Rummelboxerpose geworfen, und Nicoletta wurde sofort ein Zimmer als Zuflucht angeboten, sozusagen Kirchenasyl. Sehr zum Ärger von Sparkassengattin Ilse. Von Donath ist am Ende torkelnd abgezogen. Mit einem Aktenkoffer in der Hand.

Wollte der den als Waffe einsetzen?

Dieser Depp soll mal schön seinen kapitalen Kater ausschlafen, danach wird man weitersehen. Am Ende handelt es sich bei diesem Ehezwist wahrscheinlich nur um einen Fall von »Pack schlägt sich, Pack verträgt sich«. Kommt auch unter bessergestellten Paaren vor, wie er aus seiner Zeit als Staatsanwalt weiß, und diese Nicoletta will keinesfalls Anzeige erstatten. Äußerst verräterisch.

Steht nur zu hoffen, dass der verliebte Tölpel Helmut das rasch genug durchschaut und Abstand von seiner Angebeteten aus Schultagen nimmt. Dieser sentimentale Hund hat einfach zu viel Herz. Ein Fehler in seinem Alter. Eigentlich in jedem Alter. Es ist zudem immer undankbar, zwischen ein streitendes Paar zu geraten, man muss zwangsläufig Partei ergreifen, und ebenso zwangsläufig vertragen sich die beiden irgendwann wieder und wenden sich gegen jeden, der es gewagt hat, einen von ihnen zu kritisieren. Na, er wird ein wenig auf Helmut aufpassen, wo er schon einmal hier ist. Der Mann ist ihm trotz allem sympathisch.

Schwester Amabilis kehrt zu ihm und der Madonna zurück.

»Es wird mir eine Freude und Ehre sein, Ihnen dabei zu helfen«, sagt Schuknecht unter Andeutung einer leichten Verneigung. Vor der kunstreichen Nonne, nicht vor der Mutter Gottes, versteht sich.

Schwester Amabilis räuspert sich zart. Noch zarter errötet sie.

Oha, die Verneigung war vielleicht etwas zu viel des Guten! Als Nonne ist sie männliche Gunstbezeugungen, egal wie harmlos sie gemeint sind, sicher nicht gewöhnt.

»Es tut mir leid, Sie enttäuschen zu müssen«, beginnt die Schwester mit bemerkenswert energischer Stimme und deutet tiefer in den Raum. »Ihre Aufgabe wartet dahinten. Die Madonna ist ein Auftrag des Landesmuseums und bedarf professioneller Sorgfalt. Für unkundige Anfänger halten wir etwas einfachere Arbeiten bereit. Falls Sie jedoch – wie unsere Krippenfreunde – in den kommenden Jahren öfter herkommen, kann ich Sie in Zukunft bei Aufgaben wie der für Zipfelstedt einsetzen.«

Nur das nicht!

Schuknecht strafft sich und folgt der davoneilenden Nonne zu einem Steintisch, auf dem eine Art Teigtrog, kleine Holzrahmen, Gummihämmer und runde Stempel, die an Lebkuchenmodel erinnern, auf ihn warten.

»Soll ich hier für den Klostershop backen?«, fragt Schuknecht süffisant.

Schwester Amabilis übergeht seinen Einwurf und wirkt mit einem Mal richtig streng. Das liegt nicht zuletzt an einer Stirnfalte, die sich zwischen ihren Augen bildet. Sie hebt das Tuch von der Schüssel und findet zu ihrem Lächeln zurück. »Es ist wirklich ganz einfach. Zumindest die Vorarbeiten.«

Schuknecht starrt in die Schüssel und erkennt mit Entsetzen einen rötlichbraunen Klumpen Matsch. »Was ist das?«

»Lehm«, antwortet hinter ihm eine forsche Stimme.

Schuknecht wendet sich um. Vor ihm steht eine junge Frau mit strubbeliger brauner Mähne in einer Art grobem Künstlerkittel und Gummistiefeln. Schmutzige Fingernägel hat sie außerdem. Wie gestern, als sie neben ihm in der Kirchenbank saß. Ziemlich folkloristische Erscheinung, wenn man es höflich ausdrückt. Bislang hat er immer geglaubt, das Bergische Land sei der Hotspot für verrutschte Gestalten, Sonderlinge und Frauen vom Typ »wildgewordener Handfeger wie Veronika«, aber um den Westerwald scheint es nicht besser bestellt zu sein.

»Ah, da ist unsere wunderbare Tara«, freut sich Schwester Amabilis. Sie freut sich aufrichtig und drückt der jungen Frau den Arm, schaut sie innig an. »Sie wird Ihnen alles Weitere erklären. Das Mittelalter und die frühe Renaissance sind ihr Spezialgebiet, man könnte fast meinen, sie habe damals gelebt … Nun ja, bei dem begnadeten Vater …«, sagt sie noch in Richtung Schuknecht, dann huscht sie mit raschelndem Habit davon in Richtung Mutter Gottes.

Schuknechts Blick wandert zwischen der Schüssel und der wunderbaren Tara hin und her, die ihn ziemlich abschätzig mustert.

»Und was genau soll ich mit diesem – äh – Dreck machen?«, fragt er entrüstet. Jegliche Form von Matsch ist ihm zuwider.

»Kneten. Sie wissen doch, wie man knetet, oder? Man krempelt die Ärmel hoch und packt zu«, antwortet Tara, greift sich eine Kelle und klatscht mit Schwung einen zähen Batzen Matsch auf den Tisch.

Die macht sich über ihn lustig.

»Sollen das Krippenfiguren werden?«, fragt Schuknecht mit unverhohlenem Widerwillen. Herrje, er ist zu alt, um mit Knete und Schmuddelkindern zu spielen!

»Nein, Bodenfliesen. Für den Altarbereich einer kleinen

Kapelle im *Monastère*. Vittorio hat sie erst kürzlich entdeckt und will sie originalgetreu restaurieren. Die Kapelle ist ein Kleinod. Sie war anscheinend dem heiligen Laurentius von Rom, dem Schutzpatron der Köche, geweiht. Vittorio versteht das als Fingerzeig Gottes.«

»Sie meinen Vittorio Lambaste?«, fragt Schuknecht schon interessierter nach.

Tara nickt. »Ja, er hat mich beauftragt.«

»Sie sind Kunsthistorikerin?«

»Ich hab eine Weile Archäologie studiert, aber das ist vorbei«, weicht Tara aus. »Hauptsächlich führe ich die historische Samenzucht meines Vaters im alten Waldhof von Sternthal weiter.«

Meine Güte, es gibt historische Samen!, denkt Schuknecht. Daher stammen wahrscheinlich auch die schmutzigen Fingernägel. *Dieses Kloster ist wirklich ein merkwürdiger Ort. Und Tara ist eine merkwürdige junge Frau.* Nun ja, eigentlich sind alle Frauen, die zu diesem verlorenen Kloster gehören, ein wenig merkwürdig und eigenwillig. Wie aus der Zeit gefallen, muss an der Einöde liegen.

»Die Fliesen sind ein schöner Auftrag und lukrativ für Sternthal«, schwärmt Tara. »Lambaste ist ein großzügiger Mäzen und ein Enthusiast.«

Genau wie du, denkt Schuknecht, weil das Gesicht der jungen Frau sanft zu leuchten beginnt. Das Leuchten steht ihr gut. Es macht ihr Gesicht ganz zart und wundersam durchsichtig.

Wundersam?

Ein Ruck geht durch Schuknecht. So ein Wort passt nun wirklich nicht zu einem aufgeklärten Geist wie dem seinem. *Obacht*, mahnt er sich, *sonst wirst du selber mürbe und merkwürdig. Denk an die Fingernägel.*

»In seiner Freizeit – die leider knapp bemessen ist – hilft

Lambaste mir sogar bei der Fliesenherstellung«, fährt Tara unbeirrt fort. »Gelegentlich kommen alte Studienfreunde von mir dazu. Wir brauchen zweitausend Stück und arbeiten nach einem arbeitsintensiven mittelalterlichen Verfahren. Am Ende kommt dann das dabei heraus.«

Tara zieht eine quadratische glasierte Kachel aus einer Tasche ihres Kittels. Sie schimmert in erdigen Rot- und Gelbtönen, zeigt ein vollendet schönes Lilienmuster. Lambaste hat nicht nur einen feinen Gaumen, sondern auch einen guten Geschmack. Das muss Schuknecht zugeben.

Die junge Frau deutet auf die Holzrahmen. »Darin werden die Fliesen geformt, mit den Stempeln wird das Muster eingeprägt und anschließend mit hellem französischen Ton herausgearbeitet. Dazu bedarf es Fingerspitzengefühls.«

Sie wirft einen prüfenden Blick auf Schuknechts Hände. »Dafür dürften Sie Talent haben. Schöne Hände.«

Schuhknechts Achtung vor der Frau im Künstlerkittel wächst spontan, zumal sie – von den ungekämmten Haaren und den Gummistiefeln einmal abgesehen – eigentlich von ansprechendem Äußeren ist. Vor allem, wenn sie leuchtet.

»Ich werde Ihnen die gesamte Prozedur beibringen, wenn Sie möchten«, fährt Tara fort. »Zum Schluss werden die Fliesen dann gebrannt. Jede hat eine andere Farbgebung, die Muster variieren ebenfalls, zusammen ergeben sie ein wunderschönes Bodenbild. Vittorio ist begeistert.«

Eine halbe Stunde später ist Schuknecht zwar nicht begeistert, aber mit seinem Schicksal beinahe versöhnt. Immerhin arbeitet er an einem Lambaste-Projekt, an der Seite einer intelligenten hübschen Frau, und gekonntes Kneten ist nun wirklich keine Kunst, wenn man wie er ein passionierter Hobbykoch ist.

Tara hat ihn bereits mehrfach für die Geschmeidigkeit des

Lehms gelobt, und jetzt darf er seine erste eigene Kachel formen. Tara hat den Lehm mit Kellen zu Würfeln geformt und mit Schneidedraht horizontal in Scheiben geschnitten, die nun in die Holzrahmen gepackt werden. Noch mal glätten, und jetzt geht es ans Musterprägen.

Schuknecht drückt mit viel Gefühl einen quadratischen Holzstempel in den Lehm. Der Stempel zeigt ein Einhorn und ist laut Tara ein besonders sensibles, schwer herauszuarbeitendes Motiv. »Würde ich nicht jedem zutrauen. Vittorio hat zwanzig Versuche für sein erstes gelungenes Einhorn gebraucht.«

Sehr schmeichelhaft, ihr Vertrauen in ihn. Schuknecht will es nicht enttäuschen.

Tara reicht ihm einen Hammer: »Erst in der Mitte klopfen, dann an allen vier Ecken. Aber bitte mit Gefühl.«

Wie denn sonst! Die sollte mal seinen selbstgemachten Blätterteig kosten. Schuknecht schlägt zu.

Tara presst noch einmal mit der Hand auf den Stempel, dann löst sie ihn behutsam vom Lehm. »Fantastisch!«, ruft sie erfreut aus, und Schuknecht freut sich zu seiner Verwunderung ehrlich mit.

Schwester Amabilis, die von hinten an sie herangetreten ist, lobt das Einhorn ebenfalls. »Werden Sie Tara weiter bei den Fliesen helfen?«, fragt sie. »Es ist eine so aufwendige Arbeit.«

»Unbedingt«, hört Schuknecht sich antworten, bevor er darüber überhaupt nachgedacht hat.

»Wie schön«, sagt still die Schwester und wendet sich an Tara: »Ich glaube, der Waldschrat wäre stolz auf so viel Arbeitseifer, was meinst du?«

Der Waldschrat? Welcher Waldschrat?

»Meinen Sie Lambaste?«, fragt er erstaunt darüber, dass man den hochdekorierten Maestro so despektierlich bezeichnet.

»Nein, meinen Vater«, sagt Tara. Ein kurzer Anflug von

Traurigkeit huscht über ihr Gesicht. »So hat er sich bei den Nonnen vorgestellt, als er 1980 nach Sternthal kam. Sein Zuchtbetrieb heißt auch so.«

Schwester Amabilis lächelt versonnen. »Unser Waldschrat war eine echte Bereicherung für das Kloster. Er hat es uns tausendfach vergütet, dass wir ihm das verfallene Haus damals geschenkt haben. Genau wie du, Tara. Eine Bereicherung. Ich werde nie vergessen, wie ich dich als Neugeborene zum ersten Mal in den Armen hielt.«

Wie bitte? Eine moralische Schockwelle, die Ilse alle Ehre machen würde, durchzittert Schuknecht. Bis ihm einfällt, dass Nonnen früher ganz selbstverständlich zum Krankenhauspersonal gehörten und auch als Hebammen tätig waren. Natürlich, das ist es!

Schwester Amabilis bleibt denn auch völlig ungerührt und die Ruhe selbst.

»Oh, warum ich übrigens hier bin«, fällt ihr ein: »Die Pförtnerin war gerade da. Sie sagt, eine Veronika Dornbusch habe vom *Monastère* aus für Sie angerufen, Herr Schuknecht. Sie scheint sich Sorgen zu machen. Herr von Donath ist spurlos verschwunden.«

16.

Hildchen harkt Blätter und Schnittgut zusammen. Mit Schwung, Elan und mühsam unterdrücktem Zorn. Nicht der Blätter wegen, sondern wegen Nicoletta, die hinter ihr auf einer Bank unter einem Apfelbaum sitzt. Der Federbesen kratzt hörbar durchs Gras. Ein stummer Vorwurf an die tatenlose Nicoletta schwingt in Hildchens Arbeitseifer mit. Es gibt ordentlich zu tun, und Eile ist geboten. Die Obstwiese ist riesig und nur ein Teil des Klostergartens. Für die nächsten Tage sind Stürme und heftiger Regen angesagt, dann wird die Gartenarbeit im Freien erst einmal ruhen müssen.

Wobei es momentan kein bisschen nach Sturm aussieht. Hildchen schaut kurz nach oben. Über ihr in den Bäumen und überwölbt von einem blauen Herbsthimmel aus purem Licht pflücken andere Seminaristen gemäß den Anweisungen von Gartenschwester Johanna letzte Äpfel und Birnen.

Dieter – oder Sparkassen-Dieter, wie Helmut ihn nennt – pflückt besonders eifrig, steht auf einer Leiter und mit einem Erntesack vor dem Bauch hoch oben im Wipfel. Weit weg von seiner Ilse scheint seine Lebensmüdigkeit kuriert, dafür müssen jetzt andere unter ihr leiden. Ilse hält in einem abgeernteten Gemüsebeet der stillen, mit Umgraben beschäftigten Rosa eine Art Laienpredigt über die meditative Kraft von Gartenarbeiten, weshalb sie selbst kaum dazu kommt.

Hildchen hätte nicht übel Lust, dieser überfrommen Plappertante einen Klapps mit dem eigenen Grabspaten zu verpassen. Na, vielleicht ergibt sich noch eine Gelegenheit, einen

Rechen so auszulegen, dass diese Nervensäge reintritt und sich selbst den Stiel vor die Stirn schlägt. Wäre zumindest ein Lacher. Oder Ilse trifft auf dem Rückweg ein herabfallender Ast so wie gestern die Kastanie. Wäre auch nicht schlecht.

Auf den Gedanken kommt Hildchen, weil Rosas Gerd nur ein paar Meter von ihr entfernt einem knorrigen Baum mit der Säge zu Leibe rückt und »Timber!« schreit, sobald ein Ast knackt und krachend zu Boden saust. Sie fallen in rauen Mengen, und Helmut steht parat, um Baumwunden mit Wachs zu schließen, Äste zu zerkleinern, Zweige aufzusammeln und zu bündeln. Ist eine Heidenarbeit, aber Helmut wirkt froh darüber, und Hildchen ist froh, dass er sich von Nicoletta fernhält.

Dass die Vorkommnisse der gestrigen Nacht seinen Beschützerinstinkt geweckt haben, ist schlimm genug. Mit Helmuts Beschützerinstinkt kennt Hildchen sich aus, schließlich hat er einmal ganz ihr gegolten, obwohl sie eine ungelenke, grimmige 12-Jährige in scheußlichen Klamotten aus irgendwelchen Kleiderspenden war, von einigen Schulkameraden nur die »Lumpenpuppe« genannt und von den meisten gemieden.

Das hat Helmut nicht gestört, dabei war sie anfangs nicht mal nett zu ihm. Sie war damals zu niemandem nett. Aber er blieb beharrlich. So beharrlich, dass sie sich ihr Leben davor und ohne ihn, ihren besten Freund, irgendwann nicht einmal mehr vorstellen konnte, ein Leben in Schwarz-Weiß und ohne Ton.

Schwester Johanna tuckert mit einem spuckenden und sprotzenden Mini-Traktor herbei, springt ab und wuchtet mit Helmut Ästebündel in einen Hänger. Helmut lächelt Hildchen kurz zu. Ganz so, als habe er ihr beim Denken zugehört. Früher konnte er das.

Wie ertappt nimmt Hildchen energisch wieder die Arbeit auf. Sie ist ja keine Nicoletta.

Selbst Mechthild und Henry packen hier mit an. Mechthild sammelt Fallobst auf und bringt es ihrem Mann, der, in einem hochlehnigen Gartenstuhl sitzend, die Früchte sorgfältig auf Faulstellen untersucht und in zwei Körbe sortiert, die rechts und links von seinem Rollstuhl stehen und von Mechthild regelmäßig in Kisten umgefüllt werden. Selbst diese leichte Tätigkeit fällt ihm schwer, man sieht es deutlich, dennoch macht er weiter. Manchmal allerdings starrt er einfach ins Leere, zitternd. Bis Mechthild wieder an seiner Seite ist. Die macht alles genau richtig; sie greift nicht ein, nimmt Henry nicht die Arbeit ab, lässt ihn eigenständig machen. Auf seine Art eben und ohne Bevormundung.

Nur Nicoletta schaut allem zu und spielt die Erschöpfte. Ruht sich auf dem Auftritt ihres Mannes von gestern Nacht und dem Opferticket aus. *Typisch Nicoletta*, ärgert sich Hildchen und schwingt den Federbesen heftiger. Könnte wenigstens ein bisschen mitanpacken, wo sie hier schon Unterschlupf gefunden hat. Aber nein, dazu ist sich Frau Pischkale, verwitwete Verlegersgattin und verheiratete von Donath, zu fein. So war sie schon immer.

Hildchens Kiefer mahlen.

Und so einer hat sie freiwillig das zweite Bett in ihrem Zimmer angeboten. Helmut zuliebe. »Ihr kennt euch doch ewig«, hat er gemeint.

Blödmann! Hat sich wohl eine Art Pyjamaparty unter späten Mädchen vorgestellt. Ha, wenn der wüsste, wie gut sie dieses hintertriebene Miststück kennt! Nur anders, als er denkt.

Natürlich hat Hildchen der gemeinsamen Übernachtung nicht ganz ohne Hintergedanken zugestimmt. Sie wollte diese selbstverliebte Schnepfe unbedingt von Helmut fernhalten und ein wenig aushorchen. Vor allem über ihre wahren Absichten in Bezug auf Helmut, ihren nützlichen Idioten. Bestimmt hat

Nicoletta wieder irgendwelche hinterhältigen Pläne. Kennt man doch. Oh ja, sogar sehr gut. Die Dame hat Helmut schon einmal ganz schändlich benutzt. Ihm Gefühle vorgegaukelt, die sie gar nicht hatte und die Helmut leider komplett überwältigt haben. Richtig besessen ist er von ihr gewesen, und er scheint es noch zu sein.

Hildchen verlangsamt ihre Rechbewegungen, die Erinnerungen zehren an ihrer Kraft. Ihre Arme schmerzen. Bis zum Herz hoch reicht der Schmerz. Dummes Ding, ihr Herz. Na, wenigstens nicht ganz so dumm wie das von Helmut.

Der hat damals hartnäckig auf eine Heirat mit Nicoletta gehofft. Noch lange nachdem er 1970 nach dem Alkoholtod seiner Mutter von zuhause abgehauen ist, um zur See zu gehen. Ein unverbesserlicher Romantiker, eine Art Don Quichotte zur See, war er, hat geglaubt, auf diese Weise seinen Schmerz besiegen und die Welt und Nicoletta erobern zu können. Hat ihr erklärt, eines Tages würde er sie nach Hawaii einladen, auf die Fidschis und sonst wohin, weil bei der Handelsmarine rasch Geld zu verdienen sei und er bis zum Kapitän aufsteigen würde.

Aus allen Häfen der Welt hat er dieser falschen Tante ellenlange Briefe geschrieben, die Hildchen als Postillon d'Amour heimlich an Nicoletta weiterleiten sollte. Irgendwann hat er bei ihr per Postkarte – sie war ja nur das Hildchen – nachgefragt, ob sie seine Briefe auch wirklich abgebe, er erhalte keine Antwort mehr.

Kunststück, da war Nicoletta längst anderweitig verlobt und bald darauf zum ersten Mal verheiratet. Ganz nach Plan.

Ein paar kurze Küssereien mit Helmut hinter dem Hausmeisterkiosk hatten gereicht, um das eigentliche Objekt ihrer Begierde, einen stinkreichen Verlegersohn, eifersüchtig und Helmut völlig verrückt zu machen. Nicolettas Eltern haben die sich angeblich anbahnende Beziehung mit dem schwarzen

Schaf der Familie Gier ebenfalls hintertrieben und ihrer Tochter den Kontakt strikt untersagt.

Damals herrschten noch eine andere Moral als heute und andere Gesetze. Kann man sich heute gar nicht mehr vorstellen, dass Dr. Sommers Sexkolumne in der Bravo 1972 als »jugendgefährdend« eingestuft, sogenannte wilde Ehen bis 1973 verboten waren und das Erreichen der Volljährigkeit erst 1974 von einundzwanzig auf achtzehn Jahre gesenkt wurde.

Hildchen formt mit dem Federbesen einen Blätterhaufen. Sie harkt so kraftvoll, dass das Laub hoch auffliegt und sich in alle Winde zerstreut. Verflixt, jetzt muss sie den Mist noch mal zusammenkehren.

Nicolettas Eltern haben ihr süßes Töchterchen nach der Küsserei sogar auf ein Internat geschickt, damit nichts drankam an ihr begehrtes Schmuckstück. Egal, wie aufreizend sie Nicoletta haben rumlaufen lassen – das war reine Marketingstrategie –, beschädigte Ware wollten sie nicht riskieren. Der Verlegersohn, obwohl nicht die hellste Kerze auf der Torte, war nämlich die bessere Partie als ein rebellischer Sohn, und Schulschwänzer aus dem ebenfalls reichen, aber eben nicht stinkreichen Hause Gier, in dem sich außerdem die Mutter zu Tode trank.

Helmut hat sich aus alldem eine Art Romeo-und-Julia-Geschichte in Groschenheftformat zusammengebastelt. Das war das Schlimmste. In Liebesdingen war er ein Einfaltspinsel, und er ist es anscheinend noch. Aber sie wird der Dame Pischkale einen Strich durch die Rechnung machen. Diesmal endgültig. Noch einmal wird Nicoletta die gerade wiedererwachende Freundschaft zwischen Helmut und ihr nicht torpedieren. Das Einzige, was Hildchen dafür braucht, sind handfeste Beweise gegen dieses Miststück.

Leider ist ein erstes Verhör gestern gescheitert. Nicoletta hat sich für gefühlte Stunden ins Bad zurückgezogen – wahrscheinlich, um ihr Make-up mit dem Spachtel zu entfernen und hernach mit eben diesem Spachtel Hildchens Nivea-Creme aufzutragen. Was Eigenes hatte die eitle Tante ja nicht dabei, sogar ein Nachthemd musste sie ihr leihen. Das wird sie irgendwann rituell verbrennen, jawohl. Nach der Badzeremonie hat Nicoletta sich fettglänzend und mit auffallend weniger grünen Augen – wahrscheinlich wegen nun fehlender Kontaktlinsen – ins Bett fallen lassen und nur noch ein »Gute Nacht« abgerungen.

Dämliche, undankbare Ziege. Schnarchen tut sie überdies.

Hildchen harkt wieder heftiger, sie schrubbt das Gras geradezu.

»Wenn ich dich so sehe«, sagt hinter ihr unvermittelt und in Echtzeit Nicoletta, »erinnere ich mich tatsächlich an unsere Schulzeit.« Ihre Stimme hat einen verträumten Klang. So, als weile sie gedanklich gerade in Bullerbü.

Hildchen hält im Rechen inne und wendet sich voll Misstrauen zu Nicoletta um, die ihre Haarspitzen nach Spliss zu untersuchen scheint. Die ist doch kein Teenie mehr. Außerdem sind das Haarverlängerungen. Todsicher sogar.

»Da hast du doch auch immer stundenlang Hofdienst gemacht, oder?«, fährt Nicoletta fort und zupft eine weitere Haarsträhne aus ihrer Mähne. »Mit so einem Piker und einem Blecheimer zum Aufsammeln von Kaugummipapier, angekauten Butterbroten und alten Milchtüten.« Sie lässt ihre Haarspitzen los und schüttelt sich. »Eklig, ich hätte das nicht gekonnt, aber du musstest, hm? Strafdienst und so. Ich meine, du hast dich mit Helmut reichlich oft danebenbenommen, oder? Ihr wart so richtige *partner in crime*. Haben die dich überhaupt das Abi machen lassen?«

Ist das alles als Beleidigung gemeint, oder sind deren Erinnerungen an die Schulzeit und speziell an sie, Hildchen Lumpenpuppe, wirklich so vage? Beides ist denkbar.

Das Sprotzen und Tuckern des erneut heranrumpelnden Traktors hindert Hildchen daran, Nicolettas herabwürdigende Bemerkungen zu kontern. Schwester Johanna lenkt das Gefährt direkt auf sie zu.

Nanu, auf dem Hänger steht ja der Herr Staatsanwalt. Will der feine Herr sich etwa doch noch gärtnerisch betätigen?

Nein.

Kaum hat Schwester Johanna den Traktor abgestellt, springt Schuknecht erstaunlich elastisch vom Hänger. Sieht nicht aus, als leide er unter »Rücken«, wie er gestern behauptet hat.

Er eilt auf Nicoletta zu. »Ihr Mann ist verschwunden. Haben Sie eine Idee, wo er sein könnte?«

»Kleine Spritztour, nehme ich an, was weiß ich«, entgegnet sie schulterzuckend. »Wäre allerdings ein bisschen riskant mit den Restpromille, die er noch im Blut haben dürfte.«

Schuknecht schüttelt den Kopf. »Sein Auto steht auf dem Parkplatz. Auf dem Klostergelände ist er auch nicht zu finden. Hatten Sie heute schon Kontakt zu ihm?«

»Das fragen Sie nach dem, was gestern Nacht am Klostertor passiert ist?«, fragt Nicoletta und reißt die Augen zu einem waidwunden Unschuldsblick auf. »Ich habe weder mit Klaus gesprochen noch den blassesten Schimmer, wo er sich herumtreibt. Ich war den ganzen Morgen hier in Sternthal und die Nacht über auch.«

»Tatsächlich?«, fragt Schuknecht leicht gereizt.

Nicoletta wirft ihre Kunsthaare nach hinten. »Fragen Sie Hildchen Trautwetter, wir mussten uns ein Zimmer teilen und sind seither sozusagen unzertrennlich. Fast wie früher.«

Hildchen erstarrt. Das darf nicht wahr sein, jetzt muss sie auch noch als Alibi für diese Kuh herhalten.

17.

Langsam werden diese Waldspaziergänge lästig. Noch lästiger ist allerdings seine Aufgabe als Leibwächter für den durchgeknallten von Donath, für die er sich niemals beworben hat. Außerdem knurrt Alexander der Magen.

Das Lambaste-Mittagsmenü – Klostersüppchen von dreierlei Pilzen, Fasan mit Marsala-Feigen à la Montecassino zu Rübchen-Sellerie-Püree Benedikt und Butterspinat mit kandierter Zitrone – hat er geschwänzt. Viel zu gehaltvoll. Außerdem wollte er sich auf seinen London-Deal konzentrieren. Das Angebot musste noch gefeilt werden. Ein Fehler, wie sein Magen meint.

Wütend kickt Alexander einen Stein ins struppige Unterholz, aus dem auf dornigen Zweigen rote Hagebutten und schwarze Schlehen glühen. Kratzige Kombination – kennt er noch aus seiner Kindheit. Tante Hildchen hat sie immer ordentlich durch die Büsche gejagt. Naturnahe Kindheit und Erlebnispädagogik und so ein Scheiß. Da wird er sich gewiss nicht hineinwühlen, um nach einer frei erfundenen Leiche zu suchen.

Ist überhaupt ein Witz, dass Veronika Dornbusch ihn zu diesem dämlichen Suchtrupp eingeteilt hat. Und nicht nur ihn. Das halbe Ora-et-labora-Team hat sich aufgemacht, um nach Klaus von Donath zu suchen. Ein Gutteil dieser christlichen Dummköpfe, inklusive Schuknecht, Helmut, Hildchen Trautwetter und der merkwürdigen Tara, streift genau wie er durch den Wald.

Manchmal hört er ihre Rufe. »Hier ist nichts!«, hallt es dann zu ihm herüber. »Hier auch nicht«, hallt es zurück oder wie jetzt: »Ich bin gerade in etwas höchst Unangenehmes hineingetreten« vom entsetzten Oberstaatsanwalt a.D. »Etwas Gelbes, Wabbeliges.«

Eine Leiche meint der damit sicher nicht.

»Das ist Hexenbutter, eine Schleimpilzkolonie«, bestätigt Taras gerufene Antwort Alexanders Vermutung.

»Ist das giftig?«, will Schuknecht wissen.

»Völlig ungefährlich, in Spanien isst man es seit dem Mittelalter wie Rührei. Heißt da *luna de caca.*«

Mondscheiße, übersetzt Alexander im Stillen. *Na dann, guten Appetit.*

»Im Wald baut der Pilz organisches Material ab: Holz, tote Käfer und dergleichen«, setzt Tara lauthals ihre unappetitliche Lehrstunde fort.

»Gilt das auch für Lederschuhe?«, ruft Schuknecht vollends entsetzt zurück.

»Nur, wenn Sie jahrelang drin stehen bleiben!«, schallt es lachend aus dem Wald herüber.

Gut gekontert, amüsiert sich Alexander wider Willen. Die Frau hat Humor, muss man zugeben. Trotzdem beschleunigt er seine Schritte. Bloß weg hier. Unfassbar, dass er diesen Quatsch mitmacht. Liegt daran, dass er leider ein Gewissen alter Schule hat. Ein schlechtes. Das hat er Kindergartentante Hildchen Trautwetter und ihrem Mantra »Wir lassen niemanden allein« zu verdanken.

Okay, dass er den komplett berauschten von Donath gestern Nacht einfach in dessen Bett abgekippt und danach schlicht vergessen hat, war vielleicht nicht die feine englische Art. Aber herrje!, er hat diesen Sandsack bei Nacht und Nebel und über Stock und Stein mehr als zwei Kilometer durch den Wald getragen, ohne dass der was anderes als Schnarchgeräusche von sich gegeben hat. Das sollte doch wohl genügen.

Wie soll einer darauf kommen, dass eine derart gut eingeweichte Schnapsleiche sich anderntags mir nichts dir nichts in Luft auflöst? Oder wie hochprozentiger Alkohol verflüchtigt. Selbst Meisterdetektivin Veronika schien es nichts verdächtig, dass von Donath nicht zum Frühstück erschienen ist. Die hatte auch zu viel mit ihren »Waffeln der Vergebung à la Benedikt von Nursia«, irgendeiner Schweinerei mit Schokofüllung, Orangenessenz und kandierten Parma-Veilchen, zu tun.

Alexanders Magen knurrt erneut. Beim Gedanken an Schokowaffeln? Gewöhnlich achtet er auf eine strenge Low-Carb-Protein-Diät und regelmäßige Kalorienzufuhr – *that's it*.

Aber um halb zwei, und damit noch bevor er einen Mittagssnack zu sich nehmen konnte, hat Veronika Dornbusch wie ein Überfallkommando auf Ecstasy sein Zimmer gestürmt. Als es an der Tür gehämmert hat, hatte er gerade einen richtig guten Lauf vorm Laptop und beim Zimmerservice eine »Focaccia San Daniele mit gratiniertem Büffelmozzarella und Rucola und an einem der bekloppten Olivenöle von Lambaste, aber ohne Focaccia« bestellt.

Vor der Tür wartete leider nicht seine Focaccia ohne Focaccia, sondern Frau Dornbusch. Bar jeder Hemmungen – wie es ihre Art ist – ist sie in sein Zimmer gestürmt. Auf dem Gang lauerte etwas zurückhaltender und wie immer leicht verärgert dreinschauend Schuknecht.

»Wir müssen sofort das gesamte Gelände und jeden Quadratzentimeter Wald nach von Donath absuchen und brauchen jeden Mann«, hat Frau Dornbusch erklärt. »Die Polizei weigert sich kategorisch, eine Suchaktion zu starten. Nicht mal einen Spürhund wollten sie mir leihen, dabei haben Madame Lambert und ich ihnen den Fall am Telefon haarklein erklärt!«

Was sicher ein grober Fehler war, findet Alexander. Die Polizeibeamten dürften nach zwei, drei Sätzen des Duos Dornbusch und Lambert auf Durchzug geschaltet und die einzig mögliche Schlussfolgerung gezogen haben: Das sind arme Irre.

Mal abgesehen von der Tatsache, dass Nicoletta von Donath selbst überhaupt keine Vermisstenanzeige stellen will, wie Schuknecht zu berichten wusste. Was Frau Dornbusch natürlich als Beweis für ihre Mordfantasie wertet. »Ich wette, sie wartet nur auf den Einbruch der Dunkelheit, um die Leiche zu beseitigen. Aber da sind wir vor!«

»Noch wissen wir nichts, Frau Dornbusch. Der Mann könnte genauso gut noch leben«, hat Schuknecht eingewendet. »Außerdem würde Frau von Donath im Falle des von Ihnen angenommenen Versicherungsbetruges Wert darauf legen, dass man eine Leiche findet.«

»Ja-ha, aber ohne verräterische Spuren und so, dass es wie ein Unfall aussieht«, hat Veronika gekontert. »Vielleicht muss sie da noch nacharbeiten.«

Nach diesem Disput sind sie zu dritt in den Kreuzgang hinabmarschiert, wo sich bereits ein Großteil der Ora-et-labora-Truppe versammelt hatte. In die Mordfantasien waren sie zwar nicht eingeweiht, aber Onkel Helmut hat gemeint: »Im Wald nachschauen sollten wir in jedem Fall mal. Vielleicht hat der Mann wieder getrunken und ist in weiß Gott was hineingeraten.« Klang nach »im Wald, da sind die Räuber«. Die anderen haben zugestimmt, und damit war die Sache entschieden.

Die lesen alle zu viele Krimis. Eine echte Seuche.

Kopfschüttelnd marschiert Alexander weiter, schaut kurz auf seine Armbanduhr. Zwanzig nach zwei. Er wird in spätestens zehn Minuten umdrehen. Dann war er über eine Dreiviertelstunde bei dem Zirkus dabei. Das muss reichen. Er muss jetzt wirklich bald was essen.

Um 15 Uhr macht Lambastes Küche bis zum Abend dicht, weil dessen Schlemmerrentner einen Kurs in der mittelalterlichen Kunst des Marzipanmodellierens bekommen. Dazu gehören die Rezepte der Martorana-Nonnen aus Palermo, die für ein Papstbankett anno 1200-noch-was verwendet wurden und essbare Goldblattverzierung und Farben aus Rosenblättern und Safranfäden oder ähnlichem Unsinn enthalten. Hauptsache teuer.

Eins steht fest: Wenn er seinen Millionendeal mit London durchhat, wird er sein hübsches Vermögen nicht für so einen überkandidelten Blödsinn verbraten. Er wollte immer reisen, aber richtig, ein bisschen so wie Onkel Helmut. Er korrigiert sich: Na ja, nicht ganz so, aber abenteuerlich schon. Die Welt sehen, wie sie eben ist.

Oh, hoppla, ist das nicht der Abzweig in den Pfad, auf dem von Donath gestern zu Fall gekommen ist? Hm, wäre nicht uninteressant zu wissen, wo der hinführt und warum diese merkwürdige Tara sich überhaupt dort aufgehalten hat. Noch dazu mitten in der Nacht.

Vielleicht war sie ja auf der Suche nach Schleimpilzen oder einem absonderlichen Unkraut, das man bei Mond schlagen muss, grinst Alexander leicht gehässig in sich hinein.

Tara macht irgendwas mit Saatzucht, Wildgemüse, rettet Pflanzen vor dem Aussterben oder so, wenn er das gestern richtig verstanden hat. Passt zu ihrem Kitteloutfit. Zugegeben, ein bisschen anrührend war der in ihrer Stimme durchklingende Idealismus schon, vor allem aber war er hochgradig naiv.

Alexander biegt in den Hohlweg ein. Herrje, selbst das Nachdenken über Schleimpilze und Unkraut bringt seinen Magen zum Knurren. *Nein, doch nicht*, bemerkt er erleichtert. Es ist der leise Duft von frischem, warmem Brot, der ihm entgegenschlägt.

Kann das sein? Mitten im Wald?

Schnuppernd hebt er die Nase und gerät heftig ins Stolpern. Mit Mühe kann er das Gleichgewicht halten und entdeckt als Übeltäter eine Baumwurzel, die sich wie ein Lindwurm durch die Erde schlängelt. Sein Blick fällt auf das Gebüsch links von ihm. Darin hat gestern von Donath gelegen, mutmaßlich von demselben Wurzellindwurm niedergestreckt. Und natürlich nicht von Nicoletta.

Jetzt sieht man außer einer Lücke im Gezweig und platt gedrücktem Unterholz nichts mehr. *Nein, hallo. Da ist noch was.* Ein silbernes Blinken. Alexander geht in die Hocke. Das Blinken entpuppt sich als Geldklammer mit den Initialen KvD für Klaus von Donath. Darin steckt ein 500-Euro-Schein. Affiges Ding, und der lila Fünfhunderter ist typisches Angebergeld, um Eindruck zu schinden. Den kann im normalen Leben doch kaum einer wechseln, wie von Donath gestern an der Rezeption höchstselbst erfahren durfte. Doch da ging es um mehr als einen einzigen Schein.

Alexander runzelt die Stirn. Gab es hier etwa einen Raubüberfall? Nein, dann wäre dieser Fünfhunderter sicher auch weg.

Sollte er die Geldklammer zur Polizei bringen? *Quatsch!*, er schüttelt unwillig den Kopf. Jetzt fängt er auch noch an zu spinnen. Von Donath hat Klammer und Schein bei seinem Sturz verloren, das ist alles. Er wird beides einfach an der Rezeption des *Monastère* abgeben. Soll doch von Donaths Ehefrau entscheiden, was damit zu tun ist.

Alexander steckt die Klammer ein und setzt seinen Weg fort. Der Brotgeruch zieht ihn voran. Vielleicht gibt es hier ja irgendein rustikales Waldlokal. Gegen ein warmes Brot, frisch aus dem Ofen und mit Butter bestrichen, hätte er nichts einzuwenden. Im Gegenteil wäre es eine Verheißung. Man darf die Low-Carb-Ernährung nicht zu streng nehmen, rät sein Fitnesscoach: »Ein paar Sünden müssen sein. Regelmäßig, sonst hält man nicht durch. Warmer Bäckereigeruch ist besonders tückisch.« Recht hat der Mann. Darum gönnt Alexander sich in Phasen der Schwäche auch regelmäßig Pizza – oder Sex –, aber das hier riecht noch besser.

Es geht tiefer in den Wald.

Der Brotgeruch intensiviert sich, Alexander nimmt eine weitere Wegbiegung, es geht bergab, er entdeckt eine Talsenke und an ihrem Grund – das darf nicht wahr sein! – ein Hexenhaus im Stil von *Hänsel und Gretel*, nur ohne Lebkuchenfassade. Die ganze Szenerie hat etwas Unwirkliches. Mitten auf einer grünen Lichtung steht ein alterskrummes Fachwerkgebäude. Nur das rote Giebeldach ist neu, trägt sogar Sonnenkollektoren. Rauch steigt aus einem seitlich angebauten Schornstein und trägt den Brotduft in die Luft. Man kommt sich vor wie im Märchenbuch. Vor allem wegen des klirrenden Windspiels in einem Tannenwipfel über seinem Kopf. Es erfüllt die Luft mit leisem Klingen.

Wie es sich für richtige Märchen gehört, wird die Szenerie durch ein unheimliches Detail ergänzt. Im Vorangehen kneift Alexander die Augen zusammen. Neben einem fast schwarzen Holzschuppen erkennt er eine kräftige Gestalt, die im Schatten weiterer Tannen ein Beil in die Luft reißt.

Zack!, rast es auf einen Holzblock und einen runden, kugelförmigen Gegenstand nieder. Spaltet ihn mit dumpfem Schlaggeräusch.

Alexander stockt der Atem.

Der kugelförmige Gegenstand hat verdächtige Ähnlichkeit mit einem Kopf.

18.

Schuknecht poliert seine Schuhe mit einem weichen Lappen. Tara hat zu diesem Zweck Moos vorgeschlagen, aber man kann es mit den mittelalterlichen Haushaltskniffen auch übertreiben. Zufrieden mit dem Ergebnis seiner Polierarbeit stellt er die Schuhe auf dem Dielenboden ab. Sie müssen noch ein wenig durchlüften. Seine Füße haben es bis dahin dankenswerterweise mollig warm. Sie stecken in unförmigen selbstgefilzten Pantoffeln, mit denen er sich nirgends auf der Welt, nicht einmal im eigenen Schlafzimmer, zeigen würde, aber in dieser Umgebung kann man eine Ausnahme machen.

»Soll ich Ihre Schuhe näher an den Ofen stellen?«, fragt Tara und wendet sich vom Herd her zu ihm um. »Dann trocknen sie im Nu.«

Nur das nicht! Feuer wäre der Tod für das empfindliche Leder. Schuknecht schüttelt den Kopf. »Nicht nötig, sie sind bereits auf dem Weg der Besserung. Ist das Brot gelungen?«

»Probieren Sie selbst.« Tara trägt einen warmen Laib zu dem grob gezimmerten Tisch, an dem Schuknecht sitzt.

»Kleine Vorspeise, bevor wir was Richtiges bekommen«, sagt Tara. Sie nimmt Platz und schiebt ihm ein tönernes Butterfässchen und Salz zu. Teller, Tisch und Tonfässchen wirken alle selbstgemacht wie die Pantoffeln an seinen Füßen. Wirklich ein merkwürdiges Haus, in dem diese Frau lebt. Noch dazu mitten im Wald. Aber sie lebt hier anscheinend freiwillig. Es ist das Haus, das die Nonnen ihrem verstorbenen Vater, dem Waldschrat, einst geschenkt haben.

Dem herrlichen Brotgeruch zum Trotz betrachtet Schuknecht das dunkle, kreuzweise eingeritzte Brot, das Tara bei ihrer Ankunft aus ihrem mit Holzscheiten befeuerten Eisenofen geholt hat, mit einem gewissen Misstrauen. Die junge Frau säbelt ihm einen Kanten ab, legt ihn auf seinen Teller. Schuknecht greift zum Messer und bestreicht ihn mit Butter. Das Fett zieht rasch in die groben Poren ein.

Na, der Hunger treibt's rein, denkt er. Sie haben wegen der Suche nach von Donath das Mittagessen in Sternthal ausfallen lassen, da macht man Kompromisse. Er beißt in das Brot, und warme Butter sammelt sich in seinen Mundwinkeln, fließt ihm über das Kinn. Eine barbarische Form des Essens, aber dieses Brot, dieses Brot! Schuknecht entfährt ein verzückter Seufzer.

»Und?« Tara hebt fragend die Brauen.

Schuknecht schluckt und greift nach einer Leinenserviette – halt, nein, sie ist aus Hanf, wie Tara ihm eben erklärt hat. Feierlich tupft er sich Mund und Kinn ab. »Dieses Brot ist vom Geschmack her ex-zel-lent, meine Liebe. Darf ich nach den Gewürzen fragen, die Sie verwenden?«

»Fenchel, Anis, Kümmel und wilder Koriander, alles aus unserer Sämerei, aber das Wichtigste sind die Apfelhefen im Sauerteig.«

Schuknecht beißt erneut ab, kaut, schmeckt und beäugt das Brot. »Apfelhefen?«, fragt er nach. *Nie gehört*.

Tara nickt und leuchtet wieder, so wie heute Morgen bei der Fliesenproduktion. »Ich habe ein uraltes Rezept meines Freundes John ausprobiert. Er arbeitet als *Food Historian* bei der Restauration eines Klosters in Yorkshire mit und ist auf Klosterkochbücher spezialisiert. Man stellt die Schüssel mit den Teiglingen einfach eine Weile unter einen Obstbaum; die Hefen, die die Äpfel ausdünsten, säuern sie dann auf natürliche Weise. Lambaste hat mich gebeten, das Verfahren zu testen.

Er möchte solche Brote bei dem großen Renaissance-Bankett am Freitag auftragen. John kommt übrigens auch dazu und mit ihm ein ganzes Team von Historikern, das auf Reenactment spezialisiert ist. Die Briten sind darin spitze.«

»*Reenactment?*«, fragt Schuknecht entsetzt. »Soll das heißen, die spielen Mundschenk, Troubadour und Hofnarr nach?«

»So ungefähr, nur dass sie nicht spielen, sondern forschen«, sagt Tara. »Johns Truppe probiert unter möglichst authentischen Bedingungen alles vom Feuermachen bis zur Zubereitung und Präsentation der Speisen praktisch aus, um historische Quellen über die Küche des Mittelalters und der Renaissance besser zu verstehen.«

Und so was nennt sich heute Forschung! Diese alberne Abschlussfestivität der Schlemmerwoche – noch dazu unter Kostümzwang! – erfüllt Schuknecht schon jetzt mit Grausen, auch wenn das Brot gelungen ist. Dankend nimmt er eine zweite Schnitte entgegen.

»Möchten Sie etwas toskanischen Pancetta Piacentina dazu? Lambaste hat mir ein Stück geschenkt. Ist eine Spezialität aus der Emilia Romagna, seiner Heimat.«

»Gern, insofern der nicht aus dem Mittelalter stammt«, kann Schuknecht sich einen kleinen Seitenhieb nicht verkneifen.

Tara lacht gutmütig und klettert auf einen Stuhl, um ein Leinsäckchen von einem Balken zu lösen, als im Hintergrund die Holztür zum Hof aufgeworfen wird.

»Hier kommt der Kürbis. War ein verdammt widerspenstiger Bursche«, ruft Helmut und hält eine riesige Schüssel hoch. »Und ich habe noch jemanden zum Essen mitgebracht, falls es recht ist.«

Er tritt beiseite, und im Türrahmen erscheint sein Neffe Alexander. Der junge Hüne muss sich bücken, um einzutreten. Er schaut sich stumm und sichtlich verwundert in der

Wohnküche um. Tja, an eine so verrückte Bruchbude ohne Strom und direkten Wasseranschluss muss man sich erst gewöhnen, weiß Schuknecht, und es gibt viel zu sehen: von den Petroleumlampen und Kräutersträußen, die an Deckenbalken baumeln, über das kunterbunte Kachelkunstwerk über der gemauerten Herdnische – vielleicht ein Werk von Tara –, bis zu einigen schrecklich missglückten Holzschnitzereien – hoffentlich nicht Taras Werk – und einem gewaltigen Sofa im Hintergrund. Und das ist längst nicht alles. Muss ein Kulturschock sein für einen Mann wie Alexander Gier, der normalerweise in seinem Smartphone wohnt.

Schuknecht selbst hat geglaubt, er betrete ein Kinderbuch von Janosch, als er ins Haus getreten ist. Die adipöse Tigerkatze, die sich auf dem Sofa räkelt, trug zu diesem Eindruck nicht unmaßgeblich bei. Nun, jeder nach seinem Geschmack, da darf man nicht kleinlich sein, und zur kreativen Tara passt das Haus ganz ausgezeichnet.

Die steigt soeben vom Stuhl und schält ein duftendes Stück Bauchspeck aus dem Säckchen. Vergnügt schneidet sich Schuhknecht ein Scheibchen herunter. Endlich kommt er einmal in den Genuss einer Spezialität à la Lambaste.

Helmut strebt zum Herd, stellt die Schüssel daneben ab und zieht einen Kessel auf einen Eisenring.

Auf die Idee, einen Kürbis mit einem Beil zu zerteilen, kann auch nur ein ehemaliger Smutje kommen, sinniert Schuknecht kauend. Hoffentlich ist seine Eintopfküche halbwegs genießbar. Immerhin ist der Mann flink. Im Nu brutzelt im Topf Olivenöl, das Helmut mit Lorbeer, Piment- und Korianderkörnern, einem ordentlichen Ingwerstück und Zwiebeln gewürzt hat. Nur Tabasco und Worcester-Sauce fehlen dem Mann, wie er kundtut.

Banause!

»In einer halben Stunde steht die Suppe auf dem Tisch«,

verspricht Helmut dann, hackt die Kürbisviertel mit einem großen Messer in Würfel, schabt sie in den Topf. »Haben wir noch ein wenig Wurzelgemüse für den Biss?«, fragt er in Taras Richtung. »Klecks saure Sahne wäre auch nicht schlecht.«

»Wenn Sie gestatten«, wirft Schuknecht ein, »würde ich ein paar Würfelchen knusprig gebratenen Pancetta als krönenden Abschluss empfehlen, er ist fantastisch!«

»Könnte passen«, meint Helmut abschätzig.

Könnte passen? Wenn dieser Kantinentölpel wüsste, welch erlesene Gerichte er daheim in Biblinghausen zuzubereiten pflegt.

»Wichtiger wären ein paar saubere grüne Kürbiskerne zum Anrösten«, ergänzt Helmut.

Wie einfallslos!

»Habe ich alles da.« Tara erhebt sich, um die gewünschten Zutaten aus einem monströsen Gaskühlschrank zu holen. »Jetzt setzen Sie sich schon, hier beißt keiner«, sagt sie, als sie Alexander passiert, der hilflos in der Gegend herumsteht. Fühlt sich wahrscheinlich mehr als fehl am Platz, der junge Mann. Mit den Händen in den Hosentaschen und nur gespielt lässig, wie Schuknecht annimmt, stapft dieser Fremdkörper zum Tisch, zieht mit dem Fuß einen groben Holzstuhl hevor und nimmt Platz. Er reckt das Kinn. »Und? Was gefunden?«, fragt er missmutig. »Außer Hexenbutter.«

Schuknecht schüttelt indigniert den Kopf. »Nichts, jedenfalls keine Leiche.«

»Sagen Sie mal, glauben Sie wirklich an diesen Blödsinn von einem Mordfall?«, hakt Alexander nach und schielt zu seinem Onkel hinüber.

»Ich weiß, was ich gehört habe«, brummt der, scheint aber mit seinen Gedanken woanders zu sein.

Schuknecht zögert mit der Antwort. »Nein«, gibt er zu, »aber ich muss zu meinem Bedauern gestehen, dass Frau Dornbusch, so wirr sie auch häufig scheint und ist, einen gewissen Riecher für kriminelle Machenschaften und bereits zur Aufklärung von zwei Kapitalverbrechen in Biblinghausen beigetragen hat.«

Helmut wirbelt am Herd herum. »Was der Donath gestern beim Kloster veranstaltet hat, war in jedem Fall kriminell!«, sagt er aufgebracht. »Wie kann man die eigene Frau derart beschimpfen und bedrohen? Das war Stalking in Reinkultur. Für mich ein Schwerverbrechen, dagegen ist mir die mögliche Mordgeschichte völlig Wurst. Der Kerl gehört hinter Gitter.«

»Na, na, na«, wirft Schuknecht beschwichtigend ein. »Sie sollten die Kirche im Dorf lassen, Herr Gier. Da kenne ich ganz andere Fälle häuslicher Gewalt und Bedrohung. Der Mann hat Dampf abgelassen, aber es war nur ein ziemlich laues Lüftchen. Wer weiß, was diesem Auftritt vorausgegangen ist? Ich erinnere da nur an den zweifelhaften Radunfall gestern. Zudem war Herr von Donath zu betrunken, um eine ernsthafte Gefahr für seine Gattin darzustellen, die – mit Verlaub – außerdem so gar nicht in das typische Opferschema passt.«

Mehr will er zum jetzigen Zeitpunkt noch nicht andeuten, dieser Liebestölpel ist noch nicht reif für die Wahrheit.

Helmut wendet sich unter zornigem Grummeln der Suppe zu. Tara hakt eine Eisenpfanne aus, die über dem Herd an einer Stange baumelt, reicht ihm Speck und Kürbiskerne, drückt wie beiläufig seinen Arm. Helmut beruhigt sich. Kein Zweifel, die wunderbare Tara hat den Bogen raus, grantige alte Männer zu bezähmen. Bei ihm selbst hat sie es ja auch geschafft, schmunzelt Schuknecht in einem Anfall von Selbsterkenntnis.

»Dieser Donath ist allenfalls ein handfester Anlagebetrüger«, wirft unvermittelt Helmuts Neffe ein. »Und pleite. Das dürfte genug Anlass für Ehedifferenzen liefern.«

Schuknecht hebt fragend die rechte Braue.

Alexander kommt der stummen Aufforderung nach. »Gestern bei der Olivenölprobe hat er ein paar seiner Geschäftsmodelle ausgeplaudert, lauter miese Schneeballsysteme.« Er erläutert die unsauberen Anlagegeschäfte.

Schuknecht lauscht interessiert.

»Sein letztes Ding ist offenbar explodiert wie eine Schneekanone«, schließt der junge Mann, »und weil Donath sich großzügig an den Anlagegeldern seiner Kunden bedient hat, dürfte er in finanziellen Schwierigkeiten stecken. Vielleicht steht er sogar mit einem Bein im Knast. Sollte genügen, um eine Ehe ins Wanken zu bringen.«

Helmut wirbelt herum, als habe ihn der Blitz der Erkenntnis getroffen. »Das ist die Erklärung! Darum will Nicoletta die Scheidung.«

Oha, freut sich Schuknecht, *Liebestölpel Gier beginnt, eins und eins zusammenzuzählen.*

Leider mit einem krummen Endergebnis, wie Helmuts nächste Aktion beweist. Mit tropfendem Kochlöffel eilt er zum Tisch und postiert sich neben Alexander. Er scheint mit sich zu kämpfen, fasst dann jedoch einen Entschluss und strafft den Rücken: »Alexander, du hast mir schon des Öfteren eine Entschädigung auf den mir entgangenen Erbteil angeboten.«

Wie interessant!

Helmut bricht ab, sein Mut scheint zu schwinden, es ist offensichtlich, wie sehr er die Pose des Bittstellers hasst. Mit betretener Miene fährt er fort. »Darf ich dich bitten, mir in dieser Situation eine gewisse Summe auszuzahlen? Ich meine, nur für meine Anwälte.«

»Welche Anwälte?«, fragt sein Neffe völlig verdattert. »Hast du wieder irgendwas angestellt?«

So smart, wie er gerne tut, ist dieser Alexander nicht, deduziert

Schuknecht. »Ich nehme an, Herr Gier meint Scheidungsanwälte«, klärt er den verdutzten Alexander auf.

»Genau«, Helmut nickt eifrig, »wir brauchen die allerbesten! Wer weiß, was dieser Finanzbetrüger Nicoletta im Rahmen der von ihr angestrebten Trennung alles anhängen will. Sie macht sich mächtig Sorgen. Ich muss sie beschützen, egal, was es kostet. Dieser von Donath scheint mit allen Wassern gewaschen zu sein.«

Seine künftige Ex-Gattin auch, weiß Schuknecht.

19.

Helmut schlägt den Kragen seines Dufflecoats hoch, zwirbelt den oberen Knebelknopf in die Schlaufe und zieht sich die Schirmmütze tiefer in die Stirn. Nicoletta rund um die Uhr und bei Wind und Wetter vor möglichen Angriffen zu beschützen, das ist eine Aufgabe ganz nach seinem Geschmack.

Die Kastanien im Kirchhof rauschen, ihre betagten Kronen knarren und wanken in der Dunkelheit, es hagelt Kastanienfrüchte und regnet Blätter, vermischt mit vereinzelten, nadelspitzen Wassertropfen. Der Wind hat seit dem frühen Abend mächtig aufgefrischt, ganz wie am Morgen von Gartenschwester Johanna angekündigt.

Jetzt scheint er sich zu einem nächtlichen Sturm mausern zu wollen. Gut möglich, dass ein Gewitter samt Wolkenbruch hinzukommt. Da oben trifft schließlich gerade eine weichende südliche Warm- auf eine atlantische Kaltfront. So oder so wird die Nacht in Sternthal ungemütlich werden, aber Helmut ist aus seiner Zeit auf Frachtschiffen ganz andere Windstärken und Wetterbedingungen gewöhnt.

Kopf voran und mit einer Taschenlampe bewaffnet setzt er seine Umrundung der Klosterkirche fort.

Die Komplet hat den Klostertag vor zwei Stunden beendet, hernach gab es noch ein Orgelkonzert mit Schwester Amabilis, jetzt geht es auf Mitternacht zu. Nur einige mickrige Bodenscheinwerfer beleuchten noch den Plattenweg. Für wen eigentlich? Die Konzertgäste, unter die sich auch Madame Lambert und ein paar andere Schlemmerrentner gemischt hatten, sind fort. Die Schwestern haben längst ihre Schweigezeit begonnen, und vom Ora-et-labora-Team wird sich bei dem Wind wohl kaum noch jemand aus dem Bett herauswagen. Außerdem dürften sie dank ihres Arbeitseinsatzes ziemlich erschöpft sein.

Morgen ist aufgrund der Wetterlage statt Gartenarbeit das Entrümpeln und gründliche Putzen des alten Refektoriums im ehemaligen Klausurbereich angesagt. Es dient derzeit vor allem als Lagerraum, Geräte- und Traktorschuppen, aber am Freitag will Lambaste in dem hallenartigen Fachwerkgebäude bekanntermaßen sein affiges Bankett abhalten. Des historischen Ambientes wegen. Das *Monastère* ist im Wesentlichen ja eine barocke Nummer, das Nonnenkloster Sternthal viel älter. Wenn er Tara richtig verstanden hat, hat Lambaste für sein Event sogar irgendein Spezialteam bestellt, das unter anderem in Kostümen serviert und all so ein Quatsch, ein Fernsehteam kommt ebenfalls.

Na, ihm soll's recht sein. Vielleicht hat seine Nicoletta ja Spaß an so was. Außerdem verdienen sich die Nonnen über die Vermietung gutes Geld für ihren Renovierungstopf. Sternthal hat jede Menge Renovierungen nötig. Er wird morgen also brav mitentrümpeln und dabei ein Auge auf Nicoletta haben. Lieber würde er natürlich draußen werkeln. Egal, bei welchem Wetter. Aber das kann man gewöhnlichen Landratten nicht zumuten. Dabei haben die nicht mal eine vage Ahnung davon, was ein richtiger Sturm ist.

Helmut wischt mit dem Fuß eine Schicht feuchter, glitschiger Blätter beiseite, soll ja niemand drauf ausrutschen. Er gönnt sich in Gedanken einen Abstecher aufs Meer, hört das Fauchen eines Orkans, das Stampfen von Dieselmotoren, sieht Wellen, die sich bei Windstärke zwölf haushoch auftürmen, einen Horizont, der zur schwarzen Wand wird und sein Schiff zu verschlingen droht. Wenn das Metall der Bordwände unter schweren

Brechern in seiner tiefsten Seele knirscht und der Rumpf zu zerbersten droht, heißt es trotz Gefahr die Nerven bewahren, tapfer Ausschau halten und hellwach auf Posten sein.

Das kann er, und manchmal vermisst er das sogar ein wenig. Darum hat er sich gern zur Nachtwache auf dem Klostergelände eingeteilt. Wer weiß, ob Nicolettas Halunke von Ehemann nicht doch noch einmal auftaucht, um sie in Angst und Schrecken zu versetzen. Schuknecht und sein Neffe Alexander können behaupten, was sie wollen – von wegen, von Donath hat »wohlweislich die Biege gemacht« und »als Pleitier andere Sorgen als die Liebe«.

In Helmuts Augen ist nach wie vor Gefahr im Verzug.

Darum hat er Nicoletta auch untersagt, ins *Monastère* zurückzuziehen. Sie wolle aus Gründen des Anstandes wieder ins Hotel wechseln, hat sie gemeint, vor allem wegen dieser spitzmäuligen Ilse, die das Lästern nicht lassen kann.

»Also, ich finde, eine Ehefrau gehört an die Seite ihres Mannes. Unverrückbar. Gerade in Zeiten der Krise«, hat sie die Unterhaltung am Abendbrottisch angeführt und dem kompletten Ora-et-labora-Team eine Predigt zum Thema »Liebe in guten wie in schlechten Zeiten« gehalten. Dabei hatten sie ihren religiösen Andachtspflichten mit dem Besuch der Vesper gerade Genüge getan.

Schade, dass keine der Nonnen zugegen war, um Ilse zum Schweigen anzuhalten, etwa die handfeste Johanna oder Äbtissin Lioba, deren Lächeln und lebendige Güte jede Hässlichkeit in die Schranken zu verweisen vermögen, einfach so. Aber die Schwestern essen natürlich getrennt von ihren Gästen im neuen Klausurbereich. Ist ja hier kein Hotel mit spiritueller Bespaßung und religiösen Animateuren im Nebenprogramm. Und das ist gut so. Selbst ein Heide wie er spürt und schätzt den Geist der Nächstenliebe von Sternthal, aber Ilse?

Helmut kickt Kastanien beiseite, leuchtet den Weg vor sich aus. Hier muss er morgen mal mit dem Besen durchgehen.

Seine Gedanken kehren zum Abendbrot zurück.

Nicoletta saß zum Glück nicht mit am Tisch, sie war mit Hildchen unterwegs ins *Monastère*, um sich ein paar ihrer eigenen Sachen für die Nacht zu holen. »Ich darf doch dem lieben Hildchen nicht zur Last werden«, hat sie gemeint.

Das liebe Hildchen sah tatsächlich ein wenig so aus, als sei das der Fall, aber ein aufmunterndes Lächeln und ein paar bittende Worte von ihm haben sie rasch umgestimmt. Auf sein Hildchen ist doch immer Verlass.

Helmut nickt. *Nun ja, fast immer*, korrigiert er sich zögernd, denn ganz so lieb, wie Nicoletta annimmt, ist Hildchen nicht. War sie nie. Selbst verlässlich war sie nicht immer. Aber die Sache mit seinen von ihr zumindest teilweise nicht weitergeleiteten Briefen an Nicoletta ist wirklich vergeben und vergessen. Muss er Hildchen bei Gelegenheit mal sagen, vielleicht taut sie dann endlich etwas mehr auf. Wäre schön, wieder richtig mit ihr befreundet zu sein, so tief und grundehrlich wie zur Schulzeit. Hildchen war der einzige Mensch, dem er die Erbärmlichkeit seines Elternhauses anvertrauen konnte, so wie sie ihm von ihren nicht minder freudlosen Lebensbedingungen im Heim erzählt hat. Zwei ungeliebte, im Stich gelassene Kinder waren sie, so was verbindet.

Um dieses Schandmaul zum Schweigen zu bringen, war mehr als eine Bitte nötig. Helmut musste deutliche Worte finden, auch Kraftausdrücke aus seiner Matrosenzeit, darunter »abgetakelt« und »Schabracke«. Ein »Schandmaul« hat er auch noch eingeflochten. Ist ihm einfach so rausgerutscht. Schön war das nicht, aber wirksam. Ilse sind die Augen aus dem Kopf und die Radieschen vom Wurstbrot gefallen vor Empörung, aber dann hat sie die Klappe gehalten.

Wofür ihr Sparkassen-Dieter nicht undankbar schien, bis Ilse ihm ein gehässiges »Guck nicht so, du verdammter Kommunist!« zugezischt hat. Was auch immer sie damit wieder gemeint hat. Ein Kommunist als Sparkassendirektor ist eine ziemlich schräge Vorstellung. Bohnen-Gerd hat dann noch angemerkt, er kenne wahrlich genügend untreue Ehefrauen, was Rosa ersichtlich schrumpfen ließ.

Na ja, mutmaßt Helmut leicht betreten, bei denen hat er wohl ein Wespennest angestochen, aber der Rest der Truppe – so tröstet er sich – hat während seines Ausbruchs gegriemelt. Es wurde auch so manches Lächeln weggehustet. Ilse geht allen gehörig auf die Nerven. Selbst Mechthild hat Helmut verstohlen einen dankbaren Blick geschenkt, dabei ist die gegenüber ihrem Henry nun wirklich der Inbegriff liebender Treue in sämtlichen Lebenslagen.

Helmut lenkt seine Taschenlampe zum Kirchendach. Einige lose Schindeln klappern, es seufzt und ächzt im Gebälk. Der Dachstuhl könnte auch mal eine Restaurierung vertragen. Das wäre was für ihn. Noch mal rauf in die Wanten, sozusagen, und richtig zupacken.

Er biegt auf den Vorplatz der Kirche ein. Der Wind zerrt hier mit voller Kraft an seinem Dufflecoat. Helmuts Blick wandert zu dem verbogenen Zeiger, der am Kirchturm über einem blinden Ziffernblatt hängt, jeder Möglichkeit beraubt, die Zeit anzuzeigen. Für den kommt jede Hilfe zu spät, möglich dass der Sturm ihm heute Nacht den Rest gibt. Aber auf gewisse Weise passt eine Uhr ohne Ziffern und Zeiger zu einem Kloster, das selbst aus der Zeit gefallen ist.

Helmut setzt seinen Gang bei heftigem Gegenwind fort, muss seine Mütze festhalten. Auf was für Gedanken man hier so kommt!

Er passiert den Aushangkasten vor dem Tor, bei dessen Anblick sich die Bilder des gestrigen Abends aufdrängen. Bilder seiner ersten Wiederbegegnung mit Nicoletta. Scheint ihm plötzlich ewig lange her zu sein, unwirklich wie ein Traum. Ein schlechter, wenigstens teilweise – wegen der Sache mit dem Ehemann, von dem er nichts wusste. Aber er wird alles zum Guten wenden, das hat er fest vor. Nur nicht aufgeben.

Die Begegnung vor dem Kirchturm hat sich ein wenig angefühlt wie die Hebel-Geschichte vom *Unverhofften Wiedersehen*, die sie mal im Deutschunterricht interpretieren mussten: die Geschichte von der alten, verhutzelten Frau, die fünfzig Jahre nach einem Bergwerksunglück ihren unter einem Streb zufällig aufgefundenen und dank vitriolhaltigem Wasser vollständig konservierten und geborgenen Bräutigam noch einmal wiedersehen kann. Die Greisin sieht »mehr mit freudigem Entzücken als mit Schmerz auf die geliebte Leiche« nieder, erinnert er sich an einen Satz aus der Schlussszene.

Ja, denkt Helmut, *so hat sich das angefühlt*.

Nur dass er in diesem Fall die überlebende Braut war – verhutzelt, wie er ist – und Nicoletta der ewig junge Bräutigam sozusagen. Ihre außergewöhnliche Jugendlichkeit verdankt sich natürlich Schönheitsoperationen, das ist klar, das musste ihm nicht erst Schuknecht stecken.

Solche OPs sind zwar ganz und gar nicht Helmuts Ding, aber die arme Nicoletta stand da gewiss unter Zugzwang. Heutzutage erwarten Ehemänner aus bestimmten Kreisen eben, dass ihre Ehefrauen ebenso umwerfend aussehen wie ihre Geliebten. Selbst wenn sie sich dafür zu Tode operieren lassen müssen. Gruselig.

Jetzt mach aber mal einen Punkt, ruft Helmut sich zur Ordnung. Nicoletta ist doch nicht gruselig. Und schon gar keine Leiche! Sie ist lebendig. So wie seine Gefühle für sie.

Bis sie geschieden ist, wird er seine Gefühle freilich zügeln, aber sobald sie ganz frei für ihn ist, werden sie den Rest klären, sich endlich richtig kennenlernen. Und dann wird er nicht noch einmal den Fehler begehen, den er damals bei Penelope auf Kreta gemacht hat: ihr nie zu zeigen, wie vernarrt er wirklich in sie war. Und das jeden einzelnen Tag der fünf Jahre, die sie miteinander hatten. Die fünf besten Jahre seines Lebens. Penelope hat Kreta zu seiner Heimat gemacht. Der ersten, die er jemals hatte. *Nun ja*, er seufzt, *vielleicht wird's ja noch mal was mit Nicoletta*.

Eine Penelope ist sie zwar nicht, aber eben seine Nicoletta, basta.

Ein polterndes Geräusch, das der sausende Wind mit sich trägt, lässt Helmut innehalten. Die Portaltür zum fünfzig, sechzig Meter entfernten Gästehaus fällt ins Schloss. Er lenkt das Licht der Taschenlampe nach vorn, doch ihr schwacher Strahl erreicht das Haus nicht. Kommt oder geht da noch wer? Wenn ja, muss es einer der Gäste sein, denn nur sie und die Nachtpförtnerin haben Schlüssel.

Helmut knipst die Taschenlampe aus, kneift die Augen zusammen, starrt ins Dunkel, hinüber zu der kleinen Freitreppe, die in den Hof, die von Bäumen gesäumte Parkplatzzufahrt und bis zum Haupttor führt. Leider sind Treppe und Allee nicht beleuchtet, aber wenn er sich nicht täuscht, trippelt da wirklich wer die Treppe hinab. Ein Mantel flattert und bläht sich. Ja, da ist wer. Eine schmächtige Gestalt kämpft sich im Gegenwind an der Mauer zum Klostergarten entlang.

Im Schleichgang nimmt Helmut die Verfolgung auf, er will ja niemanden erschrecken, schon gar nicht jemanden, der so zierlich ist. Könnte doch eine ganz harmlose Nachtspaziergängerin sein.

Obwohl … um die Uhrzeit und bei dem Wetter?

Wie zur Antwort leuchtet am Horizont ein Blitz auf, durchjagt eine mächtige Windböe heulend die Kastanienallee, die zum Haupttor führt. Die Baumkronen tanzen und knarren bedrohlich, ein Ast knackt. Ein Spaziergang ist unter diesen Bedingungen alles andere als harmlos. Helmut beschleunigt seine Schritte.

Die Figur im Mantel taucht bereits in den kleinen Lichtkreis der Laterne ein, die das schmiedeeiserne Tor zum Klostergarten beleuchtet. Es ist tatsächlich eine schmale, zerbrechlich wirkende Frau.

Helmut prallt zurück. *Das darf nicht wahr sein!* Am Tor rüttelt eine Dame, die sich selbst gern als »*seulement une petite délicatesse*, aber echte Delikatessen sind immer klein«, zu beschreiben pflegt. Ihre Übersetzung ist zwar nicht hundertprozentig richtig, aber zu Madame Lambert passt der Ausspruch.

Was macht die denn noch hier? Das Konzert ist doch seit Stunden vorbei.

Helmut verfällt in Laufschritt, ruft ihren Namen mit durchdringendem Bariton, eine Tonlage, die er sich an Deck angewöhnt hat. Er schaltet die Taschenlampe wieder ein, ruft erneut. Madame reagiert nicht, dabei muss sie ihn hören.

Will sie aber nicht. Sie klinkt das Gartentor auf, stemmt sich dagegen, weil der Wind es zuhält, aber anscheinend kein Schloss es verschließt.

Verdammt, das kann doch nicht wahr sein! Er hat es vorhin erst geprüft, da war es zu.

Endlich erreicht er Madame, die immer noch mit dem Tor kämpft. »Oh, Franzl, gut, dass Sie kommen«, sagt sie, ohne sich zu ihm umzudrehen. »Wie immer zur rechten Zeit, das Tor ist ausgesprochen widerspenstig.«

»Was tun Sie hier? Sie sollten längst im *Monastère* und im Bett sein.«

Madame dreht sich mit tadelndem Gesichtsausdruck zu ihm

um. »Ich muss einen Mord verhindern, und ich wäre Ihnen zu äußerstem Dank verpflichtet, wenn Sie mir dabei helfen. *Et maintenant, allons!* Marsch, marsch.«

In ihrem Rücken seufzt das Tor in seinen Angeln, eine wuchtige Windböe öffnet es mit Schwung und trägt das klirrende Geräusch einer zerberstenden Glasscheibe mit sich. Es klirrt erneut. Das mörderische Wutgeschrei einer Frau jagt vom Wind zerfetzt durch die Nacht. »Ich … bring … dich … um!«

»Das kommt von den Gewächshäusern!«, brüllt Helmut und ist bereits auf dem Weg dorthin.

20.

Staatsanwalt a. D. Lothar E. Schuknecht lehnt sich im Schein einer Stehlampe behaglich in seinem Ohrensessel zurück. Es ist ein scheußlicher Klotz vom Typ früher Gelsenkirchener Barock und mit goldenem Samt gepolstert. Passt zu dem gefältelten Lampenschirm mit Bordüre und Troddeln. Wahrscheinlich sind beides mildtätige Spenden an die Schwestern von Sternthal. Von Menschen, die froh waren, das Gerümpel ihrer verstorbenen Großeltern loszuwerden. Und für so was müssen sich die armen Schwestern auch noch bedanken.

Aber, das muss er zugestehen, man sitzt gut in dem Sessel, der mit Lampe und Beistelltischchen eine hervorragende Leseecke bildet. Dazu die himmlische Ruhe von Sternthal bei Nacht. Überhaupt fühlt er sich in seinem Klosterzimmer erstaunlich wohl.

Man hat ihm das sogenannte Bischofszimmer am Kopfende des Ganges und mit Blick auf den Klostergarten zugeteilt, keine Ikea-Besenkammer. Es ist ein Raum von fürstlichen Ausmaßen und mit hoher Balkendecke. Die Fenster zum Garten sind großzügig geschnitten, auch wenn man jetzt bei Dunkelheit natürlich nicht viel sehen kann. Man hört nur den Wind tosen und, wenn man die Ohren spitzt, das Knarren und Seufzen der betagten Bäume. Wenn da mal keiner zusammenbricht. Ein richtiger Herbststurm braut sich draußen zusammen, aber im Bischofszimmer ist es dank einer modernen Heizung behaglich und warm.

Ja, so lässt es sich in einem Kloster leben, findet Schuknecht und greift nach dem Glas Rotwein auf dem kleinen Lesetisch neben seinem Sessel. Ein erstaunlich guter Tropfen aus den Weinbergen der Benediktinerinnen-Abtei St. Hildegardis bei Rüdesheim. Die haben sogar eine ausgebildete Winzerin als Schwester. Imponierend fähige Person. Ob sie im Habit in die Weinberge geht? Nein, sicher trägt sie nur eine vereinfachte blaue Arbeitstracht wie Gartenschwester Johanna oder sogar Zivilkleidung, wie Schwester Amabilis ihm erläutert hat.

Man bekommt den Klosterwein in einer kleinen Teeküche im Erdgeschoss, die zur Selbstbedienung rund um die Uhr geöffnet und mit lauter Leckereien bestückt ist. Kleine Sünden sind bei Katholiken ja geradezu Pflicht. In dem italienischen Kochbuch, das er gerade liest, wird erklärt, dass Italiens Kardinäle der Renaissance nach reiflicher Überlegung zu dem Schluss gekommen waren, dass es eine Versündigung am Glauben sei, gutes Essen als Sünde zu begreifen, denn natürlich könnten kulinarische Genüsse nur von Gott und nicht vom Bösen inspiriert sein. Eine geschmeidige Argumentation, die eines Don Camillo würdig wäre.

Schuknecht nimmt genüsslich einen Schluck Wein, knuspert ein Stück Bitterschokolade aus der Teeküche, Fairtrade, aber vertretbar im Geschmack, nein, sogar sehr gut. Muss man sich merken.

Im Flur des Gästetrakts klappt eine Tür. Tappende Schritte werden laut, die Räder eines Rollators quietschen. Schuknecht schmunzelt. Da macht sich sicher jemand auf den Weg in die Teeküche, um sich ebenfalls ein Betthupferl oder einen Gute-Nacht-Trank zu besorgen. Das Summen des Fahrstuhls wird laut. Ja, da ist eindeutig jemand auf den Weg nach unten. Der Fahrstuhl ist genau wie die Haltegriffe an den Badewannen eine Konzession an die oft hochbetagten Senioren unter den

Gästen. Erstaunlich, dass so etwas in einem historischen Gebäude erlaubt ist, aber natürlich vernünftig.

Er wendet sich wieder seiner Lektüre zu: Italiens Kochbibel *Von der Wissenschaft des Kochens und der Kunst des Genießens* aus dem Jahr 1891 und der Feder des berühmten Pellegrino Artusi. Manchmal hat Veronika ganz erstaunliche Bücher in ihrer Postfiliale auf Lager. Aus Unkenntnis, und weil es verbilligte Mängelexemplare waren.

Das Buch ist eine Perle: Artusi war ein genialer Gastrosoph, und mit diesem Kochbuch ist ihm nicht nur die erste Sammlung erstklassiger italienischer Rezepte gelungen, sondern er hat mit ihm gleichsam die geheime Gründungsakte der Nation Italien verfasst. Politisch war das bis zum Erscheinen seines Kochbuches nur halbwegs gelungen, aber mit dieser Rezeptsammlung brachte er alle Italiener unter einen Hut, einte sie zu begeisterten Patrioten eines kulinarisch vielfältigen Vaterlandes. Gute Küche als Grundlage einer Nation – man muss die Italiener einfach mögen.

Außerdem ist Artusi in der Emilia-Romagna geboren und somit ein Landsmann von Lambaste, der aus Bologna stammt. Auf ihn will Schuknecht sich ein wenig vorbereiten, zwecks gehobener Fachsimpelei, denn morgen ist es so weit: Er wird seinen verdienten Platz unter den Schlemmerwochengästen im *Monastère* einnehmen. Mit von Donath ist schließlich ein Gast ausgefallen. Zumindest bei Tisch wird er ihn ersetzen. Lambaste hat nichts dagegen, dafür hat Veronika Dornbusch gesorgt. Manchmal ist sie durchaus nützlich.

Nächtigen wird er weiterhin in seinem Bischofszimmer, und auf Lambastes Seminare, die sich zunehmend dem albernen Renaissance-Bankett widmen, wird er zugunsten der Fliesenproduktion mit Tara verzichten. Er wird ein Wanderer zwischen den Welten sein und von jeder das Beste mitnehmen.

So wie das Orgelkonzert von Schwester Amabilis heute Abend. Seine heimliche Yoko Ono der Kirchenmusik hat seine kühnsten Erwartungen übertroffen.

Schuknecht erwägt sogar, einmal die Messe zu besuchen, nur um sie spielen zu hören. Welche Emotionen sie den Tasten und Pfeifen zu entlocken und im Hörer auszulösen vermag, wie mitreißend sie Freude, aber auch Schmerz intoniert, Zorn und Heiterkeit, wie sie tiefer und tiefer in das Gestein erstarrter Gefühle vorzudringen vermag – das ist einfach großartig. Eigentlich gehört sie in einen Konzertsaal. Schuknecht nickt versonnen.

Sollen sie von Donaths Suite im *Monastère* ruhig anstandshalber für diesen Kretin freihalten. Das müssen sie ohnehin, da die komplette Woche bereits bezahlt ist und seine Koffer noch dort sind, wie Frau Dornbusch durch Befragung eines Zimmermädchens verifizieren konnte.

Ob Gepäckstücke fehlen, konnte die Möchtegerndetektivin bislang nicht feststellen. Trotz aller Schmeicheleien haben weder das Zimmermädchen noch Nicoletta sie in die Suite vorgelassen.

Dass von Donath sein Gepäck irgendwann abholt, scheint Schuknecht nach Alexanders Enthüllungen über die gescheiterten Anlagebetrügereien des Mannes höchst unwahrscheinlich. Schuknecht ist inzwischen überzeugt, dass der Kerl schlicht abgehauen und untergetaucht ist, vielleicht sogar längst auf dem Weg in irgendeine Steueroase, um sein dort geparktes Geld zu sichern. Vor Insolvenzverwaltern, Steuerfahndern und, nicht zu vergessen, auch vor Nicoletta, die ja die Scheidung will, was von Donath überrascht haben und befürchten lassen könnte, dass sie im Zuge der Trennung wer weiß was über seine Tricksereien ausplaudert. Aus Rache, oder um sich selbst vor einer Strafverfolgung zu schützen.

Er kennt solche Geschichten. Ein alles in allem reizloser Fall, den man im Stil von Hercule Poirot bequem vom Ohrensessel aus entschlüsseln kann, aber nicht muss. Und Scheidungssachen, so lautet seine Vereinbarung mit Frau Dornbusch, sind für ihre Detektivagentur tabu. Die ganze Agentur ist ohnehin eine Schnapsidee der Dornbusch. Nur weil sie beide mal in zwei Mordfälle verwickelt waren, muss man doch nicht überall Verbrechen wittern. Er hatte in seiner Karriere genug damit zu tun. Wegen von Donaths Abgang wird er einem noch tätigen Ex-Kollegen bei der Staatsanwaltschaft Koblenz einige Hinweise geben. Dessen Schwerpunkt ist Wirtschaftskriminalität – das war's dann aber auch.

Und jetzt zurück zum Wesentlichen: hervorragendem Essen.

Mit einem wohligen Seufzer vertieft sich Schuknecht in Artusis Originalrezept für *Ragù alla bolognese*, das laut Kochbuch neben Kalbshack, Hähnchenleber, weißen Trüffeln, Stangensellerie, Möhren und Zwiebeln, Wein und Milch, aber in keinem Fall Tomatensoße enthalten darf wie sein vulgärer, für den Touristengeschmack misshandelter Ableger Spaghetti Bolognese.

Traditionell wird das echte *Ragù* außerdem mit *Pasta strozzapreti* – zu deutsch: Pfaffenwürgern – oder mit *Denti di Cavallo* – Pferdezähnen – gereicht und keineswegs und niemals mit Spaghetti. Das sollte man wissen, wenn man es mit einem Meisterkoch aus Bologna zu tun bekommt, findet Schuknecht. Die Emilia-Romagna ist überhaupt ein nahezu unerschöpfliches kulinarisches Wissensgebiet. Sie hat mit dem *Parmigiano Reggiano*, dem *Balsamico di Modena*, der Mortadella und dem Parmaschinken unvergleichliche Delikatessen hervorgebracht.

Mal sehen, was sich darüber findet. Schuknecht beginnt zu blättern, vertieft sich in ein Rezept für Rinderfilet mit Steinpilzen und Parmaschinken.

Er kommt nicht weit. Gedämpfte Rufe unterbrechen seine Lektüre.

Schuknecht hebt irritiert den Kopf. Hat er von draußen gerade eine Stimme vernommen? Genauer gesagt: den Schrei einer Frau? Keinen panischen, sondern einen sehr wütenden Schrei. Sein Gesicht fährt zur schwarz glänzenden Scheibe des neben ihm liegenden Fensters. Es spiegelt sein Gesicht, dann zuckt ein Blitz auf. Auch das noch, ein Gewitter.

Schuknecht erhebt sich, schlappt in Lederpantoffeln zum Fenster, klinkt es auf und zieht einen Fensterflügel nach innen. Kalter Sturmwind fährt ihm ins Gesicht, bringt sein schütteres Haar ins Flattern und zerrt am Revers seines seidenen Nachtmantels.

»Das kam vom Gewächshaus!«, brüllt es jetzt durch die Nacht.

Schuknechts Augen flitzen instinktiv nach links, wo die Gewächshäuser liegen. Täuscht er sich, oder flackert da tatsächlich Licht?

Klarer erkennbar ist der Schein einer Taschenlampe, mit der von rechts, vom Klostertor her, eine stämmige Gestalt in strammem Laufschritt auf die Gewächshäuser zuhält. Ein weiterer Blitz erhellt sekundenlang den Garten und Helmut Gier, den selbsternannten Nachtwächter. Der Tumult bleibt auch im Dormitorium des Klausurbereichs, der knapp dreihundert Meter entfernt auf der anderen Seite des Gartengeländes liegt, nicht unbemerkt. In einigen Fenstern flammt jetzt Licht auf.

Was ist da unten nur los? Besser, er schaut mal nach. Schuknecht schlägt das Fenster zu, eilt zum Garderobenständer neben der Tür und zerrt seinen Burberry herunter.

Wenige Minuten später und leider unter Verlust eines Pantoffels erreicht er das Tor zum Klostergarten. Er passiert es in leichtem Trab und mit eiskalten Füßen, gerät ins Stolpern, weil er scharf abbremsen muss, um nicht mit einer zierlichen Dame, die in die entgegengesetzte Richtung läuft, nein, eher trippelt, zusammenzuprallen. Es ist diese Madame Lambert, die Veronika Dornbusch ihm vor dem Orgelkonzert als »unsere neue Mitstreiterin« und Ex-Diplomatengattin vorgestellt hat. Was macht denn die noch hier?

Egal, er muss vorbei. Links und in einiger Entfernung tanzt der Lichtstrahl von Helmut Giers Taschenlampe suchend durch die Dunkelheit.

»Pardon!«, ruft Schuknecht mit mühsam zusammengeraffter Höflichkeit gegen den Wind an. »Ich muss zu den Gewächshäusern.«

»Pas du tout«, erwidert Madame mit schriller, panischer Stimme, »*wir* müssen dahin! Sofort. Sehen Sie nur.« Sie weist nach rechts und trippelt wieder los.

Verärgert lenkt Schuknecht seinen Blick kurz in Richtung der Obstwiesen. Ein Donner geht nieder, zeitgleich zeradern elektrisch blaue Blitze den Himmel, und er erkennt, was Madame Lambert in Panik versetzt, teilt ihre Panik spontan: Unter einem nackten Apfelbaumgerippe sitzt ein alter Mann auf einer Bank. Neben der Bank parkt sein Rollator.

Es ist Henry.

Stocksteif, wie tot, sitzt er da in seinem Pyjama, das Gesicht dem Himmel zugewandt. Regen rauscht auf ihn herab, ein wahrer Wolkenbruch.

21.

Montagmorgen, und er hat frei. Ein fantastisches Gefühl. Eigentlich hatte er über die letzten Jahre nie wirklich frei, aber heute gönnt Alexander sich diesen Luxus und ist ausschließlich in Privatangelegenheiten unterwegs. Er läuft auf matschigen Waldpfaden und bei Nieselregen, der mit monotonem Geräusch auf seine Kapuze nadelt, aber das macht nichts. Mit beschwingtem Schritt hält er auf das Klostertor von Sternthal zu. Als sein eigener Chef und bester Mitarbeiter muss er endlich auch mal etwas für sich tun.

Und – nicht zu vergessen – für Helmut, zu dem er unterwegs ist.

Er muss seinem Onkel diese Nicoletta ausreden. Da ist er sich mit Herrn Schuknecht einig, der ihn nach ihrem Aufeinandertreffen in Taras Hütte diskret beiseitegenommen hat, um eine Warnung vor der Dame auszusprechen und damit Alexanders ohnehin bestehenden Verdacht gegen diese wie aus dem Nichts aufgetauchte Goldgräberin zu bestärken.

Schuknecht hat sogar gemutmaßt, dass Nicoletta die mysteriöse Anruferin bei der Tarot-Hotline gewesen sein könnte, um seinen Onkel in dem Wissen nach Sternthal zu locken, dass dieser einer Frau in Not und Gefahr und einem großen Gefühlsdrama nicht würde widerstehen können.

Einer plumpen Bitte um Geld, viel Geld, hingegen schon.

Selbstverständlich kann Helmut Geld von ihm bekommen, sogar mit Freuden und viel mehr, als er verlangt hat. Es steht ihm zu, aber nicht, um dieser durchoperierten Tante eine

Scheidung, eine neue Nase, Haarverlängerungen oder Lidstraffungen zu finanzieren.

Das auf keinen Fall.

Darüber hat er die Dame selbst bereits am Samstagabend nach der vergeblichen Suche nach ihrem Mann im Wald informiert. Durch Zufall hat er Nicoletta und Hildchen Trautwetter auf dem Hotelflur getroffen. Beide waren ins *Monastère* gekommen, um Nachtgepäck für Nicoletta zu holen. Das Gespräch war kurz, knapp und präzise und er ganz Chef. Frau Trautwetter war Zeugin und schien – ausnahmsweise – einmal völlig mit ihm einverstanden zu sein. Falls er ihr Mienenspiel richtig gedeutet hat, war sie sogar hochzufrieden mit ihm.

Im Anschluss hat er den kompletten Abend und den ganzen Sonntag auf seinem Zimmer im *Monastère* verbracht und hochmotiviert durchgearbeitet. Jetzt steht das verfeinerte Exposee und von London angeforderte Verkaufsangebot. Er braucht nur noch auf die Antwort zu warten und hat keinerlei Zweifel, dass sie positiv ausfallen wird. Dann können sie den Vertrag machen.

Alexander erwischt sich dabei, dass er ein Liedchen pfeift. Mitten im Wald. So was hat er seit Ewigkeiten nicht getan. Schon gar nicht *Barbie Girl* von Aqua. Na ja, der Refrain passt prima zu Nicoletta von Donath. *»I'm a Barbie Girl, in a Barbie World. Life in plastic, it's fantastic«*, wiederholt er ihn laut singend. Hört ja keiner.

Das stürmische Wetter hat zu seinem Arbeitseifer am Sonntag enorm beigetragen. Wer will da schon raus? Momentan hat sich der Wind etwas gelegt, doch für die kommenden Tage sind weitere Stürme durch Orkantief Theodor angesagt.

Alexander wirft einen prüfenden Blick zum Himmel. Könnte hinkommen. Noch immer liegen Landschaft und Wald düster unter rissigen grauen Wolken, die mit geblähten, regenschwarzen Unterseiten im Wind davonziehen. Nur hin und wieder stiehlt sich ein blassblaues Fetzchen Himmel hervor.

Wie gut, dass Hildchen Trautwetter ihm seine Windjacke von Patagonia eingepackt hat. Dieses Ökohipster-Teil hat er mal gekauft, um einen Kunden zu beeindrucken, der auf solchen Outdoorquatsch steht und in seiner Freizeit Extremwanderer und Alpinkletterer ist. Spinner! Ein Fitnessstudio bringt's doch auch und ist viel besser in den Arbeitsalltag integrierbar. Aber die Jacke hat's gebracht, er hat den Auftrag bekommen. Vielleicht gefällt sie ja auch Tara. Nein, sie ist sicher zu modern und hip für diese Ronja Räubertochter aus dem Knusperhäuschen.

Alexander durchquert das von einem Steinbogen gerahmte Tor von Sternthal und passiert den kleinen Klosterladen. Er wirft einen flüchtigen Blick ins Fenster. Neben den üblichen Devotionalien und heiligem Klimbim, Sinnsuche-Büchern und Engelkarten von Anselm Grün und ähnlichen Stars der religiös-spirituellen Szene sind klostereigene Produkte wie Honig, Marmelade, Met, Vogelbeerenschnaps und Kekse im Angebot.

Er bleibt stehen. Sein Blick ist an einem Aufsteller mit bunten Papiertütchen hängengeblieben. *Waldschrat-Samen* steht in schwungvoller Schrift darauf.

Alberner Name, daran sollte Tara dringend etwas ändern! Und ob »Sternthaler Puffbohnen«, »Steckrüben Westerwälder Landsorte« und »Tomaten Old German« unmittelbares Bestsellerpotenzial haben, wagt er zu bezweifeln. Vor allem, wenn man sie in angestaubten und sehr, sehr abgelegenen Klosterläden vertreibt. Kein Wunder, dass Tara in einer Bruchbude hausen und ihr Wasser aus einem Brunnen holen muss.

Alexander kraust nachdenklich die Stirn. Darüber sollte er mit ihr mal reden. Er könnte ihr wertvolle Tipps in Sachen Produktverbesserung, Kundenakquise, Corporate Design und

Marketing geben. Einen eigenen Webauftritt und eine Facebook-Seite braucht sie ebenfalls.

Alexander hat in einer Arbeitspause mal kurz Taras Namen gegoogelt, herausgekommen ist dabei nicht viel, nur ein paar uralte PDF-Dateien von Artikeln über ihren Vater, die ihn nicht interessiert haben, und viel virtuelles Kraut-und-Rüben-Durcheinander, das er sich nicht antun wollte. Tara wird lediglich und ziemlich versteckt im Zusammenhang mit irgendwelchen obskuren Ausgrabungen, historischen Ritterspielen und ähnlichem Quatsch erwähnt, an dem sie offenbar mal teilgenommen hat. Mehr als zwei unscharfe Bilder waren von ihr auf Anhieb auch nicht zu finden.

Wer sich im Web derart unsichtbar macht, kann keinen Erfolg haben. Man muss seine sozialen Kontakte im Netz bearbeiten, das ist nun mal der Lauf der Welt: Entweder man ist im Spiel und pflegt die Kontakte, oder man ist draußen, bleibt ganz unten auf der sozialen Leiter und kann sich nur noch mit realen Verlierern anfreunden.

Alexander nickt versonnen. Mag zwar eine Binsenweisheit sein, aber nur wer heutzutage twittert und skypt, der bleibt. Diese Tara braucht einen Berater und Business-Angel mit IT- und Socialmedia-Kompetenz. Cleaneating und Biofood-Business haben – richtig angefasst – durchaus Potenzial, und im weitesten Sinne gehört ihr historischer Samenhandel dazu. Man muss das Ganze nur anders nennen und hypen.

Am besten, er lädt sie mal zum Essen ins *Monastère* ein, schon als Revanche für die Kürbissuppe und das Brot im Knusperhäuschen. Die Idee gefällt ihm, sie gefällt ihm sogar außerordentlich gut. Macht richtig Laune, hilfsbereit zu sein.

Alexander passiert den Gästetrakt, auf dessen Stufen eine mit einem Lappen und Holzpflegemittel bewaffnete Nonne in blauer Arbeitstracht steht. Ein Bild aus einer längst versunkenen Zeit. Der Kurzschleier flattert im Wind. Sie poliert mit Hingabe die Schnörkelmuster auf den Türflügeln.

»Verzeihen Sie«, spricht Alexander sie vom Fuß der Treppe her an, »ich komme vom *Monastère* und suche die Ora-et-labora-Gruppe. Können Sie mir sagen, wo ich die finde?«

Die Schwester dreht sich mit erfreutem Lächeln zu ihm um und deutet mit dem Lappen in Richtung Kirche. »Die Gruppe arbeitet heute im alten Refektorium, gleich hinter der Kirche. Es muss für das Bankett gründlich entrümpelt werden, und wir sind glücklich über jede Hilfe, wo wir wegen dem armen Henry doch so viele Ausfälle haben. Tatkräftige junge Männer sind besonders willkommen.«

Tatkräftige Hilfe? Dafür bin ich eigentlich nicht hergekommen, denkt Alexander, sagt aber nichts außer »Danke« und macht sich auf den Weg. Wenig später und nach Umrundung des Gotteshauses entdeckt er einige langgestreckte Fachwerkschuppen, die sich in Hufeisenform um einen Hof gruppieren. Ein vermutlich sehr altes Ensemble und teilweise recht verfallen.

Aus dem größten und höchsten Gebäude an der Stirnseite des Dorfes dringen Geräusche und Stimmen an sein Ohr.

»Das muss hier alles raus«, kommandiert ein Mann mit bellender Stimme, »sonst kann Frau Trautwetter mit den anderen nicht putzen.«

»Mein Rücken lässt keine schweren Arbeiten zu«, antwortet eine Stimme, die er als die von Staatsanwalt Schuknecht identifiziert. »Außerdem muss ich nebenan Fliesen bei Schwester Amabilis produzieren.«

Aha, da ist er richtig, Hildchen und Schuknecht gehören schließlich zum Ora-et-labora-Team, genau wie Helmut. Mit langen Schritten nähert sich Alexander dem Gebäude, als hinter ihm das schlappende Geräusch von Gummistiefeln laut wird. Er dreht sich kurz um und stellt erfreut fest, dass Tara ebenfalls auf dem Weg zur Arbeit im Refektorium zu sein scheint. Ihre Wangen glühen, ihre Augen lachen, man muss bei ihrem Anblick einfach an die Redensart »wie das blühende Leben« denken.

»Hallo«, begrüßt er sie energiegeladen. Ob er direkt auf seine Ideen zur Umgestaltung ihres Betriebes und einen Businesslunch zu sprechen kommen soll?

»Hallo Barbie Girl«, grüßt Tara den albernen Liedrefrain trällernd zurück, und dabei lachen nicht nur ihre Augen. Mist, sie muss ihn im Wald gehört haben!

»Hat Lambaste Sie geschickt, oder sind Sie freiwillig hier?«, will sie wissen.

Alexander kommt nicht mit. »Warum sollte mich Herr Lambaste hier herschicken?«

»Na, um zu helfen. Er hat versprochen, mal wegen Helfern herumzufragen, und ich hab ihm geraten, Sie anzusprechen. Für die Suche nach Klaus von Donath haben Sie sich ja auch freiwillig gemeldet.«

Na ja, das stimmt nicht ganz, aber Taras Irrtum ist schmeichelhaft. Da will er ihr die *Barbie* mal verzeihen, zumal er, wenn überhaupt, doch der Ken in dem Lied wäre. *Ken?* Igitt, das wäre ja noch schlimmer! Soweit er weiß, hat dieser Plastikpuppenmann nicht mal einen Penis.

»Das Ora-et-labora-Team ist heute nur in halber Besetzung im Einsatz«, fährt Tara fort. »Die sind alle noch völlig aufgewühlt von der schrecklichen Sturmnacht.«

Typisch Rentner, denkt Alexander, *da weht mal ein laues Lüftchen, und die sind sofort arbeitsunfähig. So viel zur Rente mit 67 oder 70, das wird doch nie was.*

Gemeinsam mit Tara betritt er das alte Refektorium.

Halleluja! Das sieht wirklich nach viel Arbeit aus. Oder besser: nach vergeblicher Liebesmüh. Dieses Behelfslager für Schrott kann man doch nie und nimmer in einen festlichen Raum verwandeln, der den Ansprüchen von Lambastes Schlemmerrentnern genügen könnte.

Der langgestreckte Raum mit hoher Balkendecke ist angefüllt mit rostigen Gerätschaften und überfüllten Regalen, in einer Ecke gammeln landwirtschaftliche Geräte vor sich hin, und mittendrin ist ein kleiner Traktor geparkt, an dessen Motor sich eine Nonne zu schaffen macht. Alles ist von Staub, Ruß und Spinnweben bedeckt. Überall wuseln Rentner und Rentnerinnen herum, schleppen Kisten in Richtung Ausgang, zerren Regale von der Wand.

Tara geht direkt auf die Nonne am Traktor zu. »Guten Morgen, Schwester Johanna, springt der alte Buckel wieder mal nicht an?«

Die Schwester taucht mit grimmigem Gesichtsausdruck unter der aufgeklappten Motorhaube hervor. »Morgen, Tara, der Anlasser bockt, und die Batterie hat einen Kurzen, ausgerechnet heute. Das Ding muss hier weg. Ich werde wohl den Magnetschalter und den Anker austauschen müssen. Herrje, und dazu das verwüstete Gewächshaus! Wenn ich den erwische, der da gewütet hat, dann gnade ihm Gott! Einfach mit Beil und Hacke auf meine letzten Tomaten und die Bohnenpflanzen loszugehen! Zwei Kürbisse wurden regelrecht geschlachtet.«

»Das war feiger Gemüsemord«, ereifert sich ein stämmiger Mann, der sie mit einer Schubkarre voll Gerümpel passiert. Er scheint das ernst zu meinen.

Schwester Johanna ebenfalls. Sie nickt. »So sieht es aus.«

»Das kriegen wir schon wieder hin!«, wirft Tara aufmunternd ein.

Schwester Johanna guckt skeptisch.

»Mit dem Traktor kann Ihnen mein Onkel Helmut sicher helfen«, meldet Alexander sich zu Wort. Hilfsbereitschaft ist hier ja gern gesehen. »Er kennt sich mit allen möglichen Motoren aus.«

»Kann er nicht, der ist leider im Rot-Kreuz-Krankenhaus Asbach«, entgegnet die Schwester leicht schroff und taucht wieder unter der Motorhaube ab.

»Im Krankenhaus?«, entfährt es Alexander entsetzt. Mit einem Mal wird ihm schwindelig.

Tara merkt das anscheinend und schlingt einen Arm um ihn. »Hey, nicht umfallen! Ihrem Onkel ist nichts passiert, er ist putzmunter und zu Besuch bei Henry.«

»Welchem Henry?«, fragt Alexander verdattert und registriert nur nebenbei, wie kräftig Ronja – Quatsch, Tara! – ist. Danach sieht sie gar nicht aus. Er normalerweise schon. Wie peinlich, sich von einer Frau stützen lassen zu müssen. So was ist ihm noch nie passiert. Er rappelt sich rasch zu seiner vollen Größe auf. »Welchem Henry?«, fragt er noch einmal.

»Henry Steiger, einer der Teilnehmer des Ora-et-labora-Wochenendes«, erklärt ihm Tara. »Sagen Sie bloß, Sie haben noch nicht gehört, was hier Samstagnacht los war?«

Alexander schüttelt den Kopf. »Hab das Wochenende durchgearbeitet.«

»Helmut und Herr Schuknecht haben Henry in der Sturmnacht auf einer Bank unter einem Apfelbaum entdeckt«, sagt Tara, greift mir nichts, dir nichts nach seinem Arm und führt ihn zu einem kleinen Tisch, auf dem Thermoskannen, Milch und Zucker stehen. Sie drückt ihn auf einen Schemel, schraubt eine der Kannen auf und greift nach einem Becher.

»War kurz vor knapp«, fährt sie währenddessen in ihrem Bericht fort. »Henry ist Parkinsonpatient und hatte einen plötzlichen Anfall von kompletter Muskelstarre. Wenn Helmut und Herr Schuknecht ihn nicht gefunden hätten, hätte es tödlich enden können bei der Kälte, und geregnet hat es auch.

Gott sei dank sind ehemalige Krankenschwestern unter den Nonnen. Sie haben sich Henrys angenommen, bis der Krankenwagen kam. Er ist noch sehr schwach und haarscharf an einer Lungenentzündung vorbeigeschrappt. Seine Frau ist völlig aufgelöst, aber das Ora-et-labora-Team hilft ihr, so gut es geht, und löst sie immer wieder an seinem Bett ab. Ihr Onkel auch. Der ist wirklich ein Prachtkerl. Milch? Zucker?«

»Wie?«, fragt Alexander verwirrt. »Ach so, nein, ich trinke Kaffee schwarz«, gibt er dann die richtige Antwort und nimmt den Becher von Tara entgegen.

Die wirft seiner Antwort zum Trotz drei Würfel Zucker in das Getränk. »Ist gut für die Nerven und den Kreislauf«, sagt sie und drückt ihm einen Löffel in die Hand. »Wenn Sie wieder zu Kräften gekommen sind, können Sie mir ein bisschen bei den Regalen helfen, die müssen alle raus.«

Ja, ja, ja, weiß ich!, ärgert sich Alexander und kommt sich vor wie ein Tattergreis, den man rundum betreuen muss. Erst die Barbie-Nummer und jetzt das. Er ist die reinste Lachnummer heute Morgen. Rasch nimmt er einen Schluck Kaffee und will sich erheben, um Tara zu zeigen, wie kräftig er tatsächlich zupacken kann, als in seinem Rücken eine gedämpfte Stimme ertönt. Die Stimme von Staatsanwalt a. D. Lothar E. Schuknecht.

»Haben Sie unsere Sirene Nicoletta heute schon gesehen?«, will er wissen.

Überrascht wirbelt Alexander auf dem Schemel herum. »Wieso sollte ich?«, fragt er.

»Nun, weil die Dame sich am gestrigen Sonntag spontan entschlossen hat, doch wieder ins *Monastère* zu ziehen. Was ich, mit Verlaub, für eine ausgezeichnete Idee halte. Es schafft den nötigen Abstand zwischen ihr und Ihrem Onkel, den ich mehr und mehr zu schätzen lerne. Er ist ein sentimentaler Hund, aber auch ein prachtvoller Mensch. Haben Sie vielleicht eine Ahnung, was zu Nicolettas Sinneswandel geführt hat? Gab es zwischen ihr und Ihnen vielleicht eine kleine Unterredung bezüglich der von Helmut geplanten Scheidungsfinanzierung?« Er zwinkert Alexander verschwörerisch zu.

Alexander muss nicht lange überlegen, um verschwörerisch zurückzublinzeln. Entgegen seiner anfänglichen Vermutungen ist dieser Mann durchaus helle und zu gebrauchen. Und wirklich hilfsbereit, was Helmut betrifft.

»Sie weiß Bescheid«, gibt er Auskunft. »An mein Geld kommt sie keinesfalls ran.«

»Sehr gut. Und nun ab mit Ihnen zu Tara. Man kann viel von der jungen Frau lernen, und es macht Spaß, mit ihr zu arbeiten.«

Täuscht er sich, oder zwinkert Schuknecht ihm erneut zu? Nein, wird nur ein Blinzeln gewesen sein. Die Luft ist verdammt staubig in diesem Schuppen, nichts für trockene Altmänneraugen.

Gut zwei Stunden später muss Alexander dem Staatsanwalt a. D. allerdings recht geben: Es macht tatsächlich Spaß, mit Tara zu arbeiten. Die Schlepperei und Räumerei geht ihnen gemeinsam leicht von der Hand. Eine komplette Wand haben sie schon freigeräumt, der Raum leert sich, und Hildchen entstaubt gemeinsam mit zwei anderen Frauen bereits die weißen Felder des Fachwerks.

»Für oben brauchen wir Leitern und Besen. Einige Stellen müssten auch neu gekalkt werden«, stellt Hildchen kritisch fest und lässt eine weiche Bürste sinken.

Tara nickt. »Das war klar. Außerdem müssen wir die größeren Löcher neu füllen und stellenweise das Geflecht erneuern«, sagt sie und klopft einen ganzen Placken Putz mit der Hand herunter.

Vor größeren Baustellen ist der nicht bange, denkt Alexander.

Sie dreht sich zu ihm um. »Trauen Sie sich zu, uns dabei zur Hand zu gehen? Wenn man den Dreh mit historischem Putz und den Füllmaterialien erstmal raushat, ist es selbst für Anfänger relativ einfach. Wir leiten dich an.«

Ist Tara gerade zum Du übergegangen?

Einfach so?

»Sehr gerne«, antwortet Alexander freudig überrascht, auch wenn er ihr das Wort »Anfänger« ein wenig übel nimmt. Das Du gefällt ihm. »Handelt sich ja sicher nicht um Raketenwissenschaft. Also, ich bin dabei.«

Taras Augen beginnen zu leuchten. Und wie. Ist ja fast schon beschämend, wie sehr sie sich über das Angebot freut. Wie wird sie erst reagieren, wenn er auf seine Business-Angel-Pläne mit ihr zu sprechen kommt?

»Im Gegenzug würde ich dich gern ins *Monastère* …«, beginnt er, eine Essenseinladung zu formulieren.

Nanu? Was soll das jetzt?

Tara schiebt ihn unvermittelt beiseite, rennt los.

Wo will die mit einem Mal hin?

Alexander dreht sich um, folgt ihr mit dem Blick Richtung Ausgang. Im hölzernen Torbogen steht der wahre Grund für Taras leuchtende Augen: ein Mann mit dunklen Locken und einem riesigen Rucksack auf den Schultern. Typ »weit gereister Backpacker«. Wenn auch etwas betagt. Alexander schätzt ihn auf Ende vierzig, wenn nicht fünfzig Jahre.

»John!«, ruft Tara, stürmt auf ihn zu, wirft sich dem Kerl regelrecht an den Hals, küsst ihn auf beide Wangen. »*Here at last*. Endlich bist du da«, freut sie sich auf Englisch und Deutsch und klingt überglücklich.

Ein Gefühl, das Alexander nicht mit ihr zu teilen vermag.

Der Mann mit dem Rucksack hingegen schon.

22.

Von der Bibliotheks-Bar kommend schwebt Veronika Dornbusch durch die barocken weißgoldenen Flügeltüren des *Kartäuserstübchens*. Sie hat Grund zum Schweben, denn diesmal sieht sie erstens nicht aus wie eine derangierte Saloondame, und zweitens betritt sie das exklusive Restaurant heute Abend an der Seite eines todschicken Smokingträgers. Schuknecht mag ein verwitterter Hagestolz sein, aber mit Fliege und Kummerbund ist er eine Erscheinung.

Selbst Ulrich Wickert hat ihm an der Bar gerade unbekannterweise zugenickt. Der große alte Mann der *Tagesthemen* war sich zuvor bei einer von Lambaste angeregten Pasta-Diskussion mit Schuknecht einig gewesen, dass man Spaghetti Bolognese nicht mit Spaghetti isst. Daher wohl der freundliche Gruß.

Veronika hat entsprechend hoheitsvoll in Wickerts Richtung zurückgenickt und ist nun in den Rang einer Halbprominenz aufgestiegen. Manchmal ist der Staatsanwalt a.D. ein echter Gewinn. Schade, dass nicht *Gala* oder *Bunte* zugegen sind. Das wär' vielleicht was: sie mit Bild im Gesellschaftsteil der überregionalen Klatschpresse. Ganz Biblinghausen stünde kopf. Na ja, man kann nicht alles haben.

Befriedigt registriert Veronika, dass man ihr und Schuknecht auch im *Kartäuserstübchen* Anerkennung zollt. Viele der mit Kristall, schwerem Besteck und zu Schwänen gefalteten Damastservietten eingedeckten Tische sind bereits besetzt. Der Auftritt lohnt sich also. Um ihn voll auszukosten, tut sie es jenen Gästen nach, die gut sichtbar und gepflegt plaudernd im

Stehen zwischen den Tischen posieren. Man will ja nicht ausgehungert oder gar gierig wirken, sondern gebildet. Veronika fängt Gesprächsfetzen auf, die sich um Lambastes Pastavortrag und – was sonst? – Essen drehen. Dazu kann sie leider nichts beitragen, ihre Nudelkochkünste beschränken sich auf Miracoli.

»Ich nehme an, dort sind unsere Plätze?«, fragt Schuknecht leise und deutet nach vorn, wo Alexander und Madame Lambert an einem runden Tisch sitzen. Er will sie sanft dorthin geleiten.

Veronika hält ihn fest. »Schlaues Kerlchen«, wispert sie neckisch in sein Ohr.

Schuknechts rechte Augenbraue schnellt nach oben. Er mag es nicht, wenn man ihn neckt. Darum tut sie es so gern.

Aber, Moment mal, denkt Veronika mit einem zweiten Blick in Richtung ihres Tisches. Sie zählt die Stühle durch. *Was soll denn das?*

»Bei uns ist für sechs Personen gedeckt«, wundert sie sich flüsternd. »Da stimmt was nicht, wir waren bislang immer zu viert oder, besser gesagt, zu dritt, seit von Donath verschwunden ist. Wie ärgerlich! Mit irgendwelchen Fremden am Tisch können wir uns doch gar nicht über unsere Fälle austauschen.«

Wirklich ärgerlich. In der Bar hat sie bereits der blöde Pasta-Vortrag davon abgehalten. Ihr kulinarischer Wissenshunger ist mittlerweile mehr als gesättigt. Was ist gute Küche gegen einen guten Mord?

Schuknecht neben ihr entfährt ein leises Stöhnen. »Frau Dornbusch, zum hundertsten Mal: Hier gibt es keinen Mordfall und schon gar keine *Fälle!* Herr von Donath hat sich wegen seiner Finanzbetrügereien auf Nimmerwiedersehen absentiert, und Henry Steiger war krankheitsbedingt das Opfer eines Schwächeanfalls!«

»Das glauben Sie doch selbst nicht!«, empört sich Veronika. »Kein Mensch setzt sich freiwillig bei Sturm und Regen unter einen Apfelbaum. Noch dazu im Pyjama.«

»Es war ein tragisches Missgeschick. Morbus Parkinson kann mit geistigen Absenzen und plötzlicher Muskelstarre einhergehen«, zischt Schuknecht und wirkt aufs Äußerste erbost.

»Missgeschick, soso«, zischt Veronika zurück. »Und was ist mit dem verwüsteten Gewächshaus? Waren da überirdische Kräfte am Werk? Vielleicht ein wildgewordenes Zauberbeil? Oder hat dieser Henry in einem Anfall geistiger Umnachtung da auch zugeschlagen?«

»Hören Sie sofort mit diesem geschmacklosen Unsinn auf«, fährt Schuknecht hoch. »Der Mann leidet an einer unheilbaren Krankheit. Über so etwas treibt man keine Scherze! Haben Sie denn gar kein Herz?«

Sagt ausgerechnet der! Und hat leider recht. Sie ist in ihrem Eifer zu weit gegangen. Betreten senkt Veronika den Blick, murmelt: »Tut mir leid.«

»Das hoffe ich! Und nun kein Wort mehr über Morde. Lassen Sie uns das exquisite Menu von Vittorio Lambaste genießen«, entgegnet Schuknecht und macht sich energisch auf den Weg zum Tisch.

Veronika vergisst das Schweben und eilt ihm hinterher. Der Staatsanwalt a. D. zieht einen Stuhl für sie hervor. Veronika nimmt Platz.

»Wer soll denn hier sitzen?«, fragt sie Madame Lambert und deutet auf die beiden neuen Stühle am Tisch.

»*Bonsoir*, meine Liebe. *Comment ça va?*«, erwidert diese höflich und mit einem derart reizenden Lächeln, dass sogar Veronika den diplomatisch verpackten Tadel erkennt.

Hastig murmelt sie ein »Guten Abend allerseits«, während Schuknecht Madame Lambert mit ausgesuchter Höflichkeit begrüßt und aus dem Hinsetzen einen feierlichen Staatsakt macht.

»So, jetzt aber genug der Verzierung«, sagt Veronika. »Wer sitzt hier?«

Diesmal richtet sie die Frage an Alexander Gier, der ist halbwegs normal in Sachen Tischmanieren und Begrüßungsritualen, wie sein gemurmeltes »Hallo« beweist.

Der junge Mann zuckt jedoch nur mit den Schultern. Er sieht müde aus und schlecht gelaunt. Die müssen ihn in Sternthal ordentlich rangenommen haben. Aber wegen ein bisschen körperlicher Ertüchtigung gleich in solchen Missmut zu verfallen? *Also wirklich!* Der Kerl ist ein wandelndes Muskelpaket, aber die Generation Smartphone weiß einfach nicht mehr, was richtige Arbeit ist! Veronika zieht die Augenbrauen hoch. Über Touchpads wischen gehört jedenfalls nicht dazu. Und die sollen bis 67 oder 70 den Laden am Laufen halten? Das wird noch was.

Neben ihr verfallen Schuknecht und Madame Lambert in eine angeregte Plauderei über Lambastes Kochkunst.

»Er ist gut, ja«, sagt Madame Lambert, »aber Sie müssen zugeben, *mon cher*, dass es die Franzosen waren, die Europa die wirklich vornehme Küche geschenkt haben – nicht die Italiener.«

»Oh, nein, nein, so einfach ist das nicht«, widerspricht Schuknecht. »Die Geburtsstunde der gehobenen Kochkunst ist zweifelsohne die italienische Renaissance, und es war die Florentinerin Caterina de' Medici, die als Gemahlin des französischen Königs die Feinschmeckerei eingeführt hat.«

Jetzt reicht's! Sie hat sich lange genug zugunsten von Nudeln und Kochkunst zurückgehalten.

»Könnten wir uns jetzt bitte erst einmal auf die zahlreichen ungeklärten Fragen und unsere neuen Erkenntnisse in den Fällen Klaus von Donath, Henry Steiger und dem zerstörten Gewächshaus konzentrieren?«, unterbricht sie die beiden voller Ungeduld. »Bevor die neuen Gäste kommen und jede vernünftige Unterhaltung unmöglich machen.«

Schuknecht runzelt die Stirn zu einem erzürnten Zackenmuster, sogar Madame räuspert sich indigniert.

Die können sie mal. »Also, meine Durchsuchung der Suite von Herrn Donath …«

»Sie haben sein Zimmer durchsucht?«, empört sich Schuknecht. »Sie wissen, dass so etwas strafbar ist.«

»Wie sind Sie denn da hereingekommen?«, fragt die weitaus weniger zimperliche Madame. Kein Wunder, die hat schließlich gestern selbst heimlich in Sternthal spioniert. Wozu Veronika auch noch Fragen hat, aber dazu später.

Veronika entfaltet betont sorgsam ihren Serviettenschwan. »Es war kinderleicht, in von Donaths Suite zu gelangen. Ich musste lediglich eine Bodenvase in meinem Zimmer umstoßen. Sie war glücklicherweise randvoll mit Wasser. Und dann ist mir noch ein Tütchen von dem Gratis-Badesalz heruntergefallen. Gott, der ganze Teppich hat geschäumt, was tun die hier in das Zeug nur rein?«

Schuknecht beugt sich verärgert vor. »Was hat Badeschaum mit Ihrem ungesetzlichen Eindringen in Herrn von Donaths Suite zu tun?«

»*Oh, je comprends!*«, exklamiert Madame Lambert. »Sie mussten sofort das Zimmermädchen holen, *n' èst-ce pas?*«

Cleveres altes Mädchen!

»Genau, und zufälligerweise war sie gerade zwei Zimmer weiter mit dem Saugen von Donaths Suite befasst.«

»Also haben Sie das Mädchen unter hysterischen Schreien über die Bescherung in Ihrem Zimmer unterrichtet, haben Sie dorthin kommandiert und dem Teppich überlassen und sind *tout de suite* zurück in Donaths Zimmer geschlüpft, dessen Tür das Zimmermädchen in der Aufregung hat offen stehen lassen. *C'est merveilleux*«, vollendet Madame die Geschichte.

Wirklich clever, die Gute.

Weshalb Veronika auch dringend herausfinden will, was Madame gestern in Sternthal gesucht und möglicherweise gefunden hat.

Schuknecht beugt sich noch weiter über den Tisch. »Darf man wissen, zu welchem Ergebnis diese Schmierenkomödie geführt hat?«

»Na, der Teppich ist hin«, antwortet Veronika mit jenem Unschuldsblick, der den Staatsanwalt a.D. verlässlich rasend macht. Auch jetzt.

Sein Kopf schwillt rot an. »Frau Dornbusch!«, donnert er. Von den anderen Tischen werden Blicke zu ihnen hinübergeworfen. Das können sie momentan nicht gebrauchen.

»Ich teile Ihre Ansichten über Caterina de' Medici keineswegs«, sagt Veronika in extra lautem Plauderton, »eine Frau, die die blutige Bartholomäusnacht zu verantworten hat, kann man doch nicht als Geburtshelferin von Frankreichs Haute Cuisine feiern.«

Madame nickt begeistert, Schuknecht atmet schwer, aber seine Gesichtsfarbe hat sich normalisiert, Alexander hört nicht hin. *Na also*. Die Blicke der anderen Gäste wenden sich ab.

Leise fährt Veronika fort: »Von Donaths gesamte Garderobe, Rasierzeug, Nachtwäsche und dergleichen sind – soweit ich das beurteilen kann – noch da. Dafür fehlen sämtliche Papiere, Führerschein, Kreditkarten, Ausweise, Geld!«

Schuknecht lehnt sich mit triumphierender Miene im Stuhl zurück. »Womit feststehen dürfte, dass der Herr einen wohlgeordneten Rückzug angetreten hat. Dafür braucht man kein Rasierzeug, wohl aber Papiere.«

»*C'est vrai*«, fällt ihr Madame Lambert in den Rücken.

»Und wer sagt uns«, zischt Veronika, »dass es nicht Nicoletta von Donath war, die alles hat mitgehen lassen, während sie Samstagabend hier war, um ihre Sachen zu holen? Na?«

»Habe ich gerade meinen Namen gehört?«, meldet sich von rechts eine Stimme zu Wort. Simultan schrecken Veronika, Schuknecht und Madame Lambert in ihren Stühlen hoch.

Neben ihrem Tisch steht Nicoletta in voller Abendrobe, eine schmale, bodenlange Gucci-Nummer mit großzügiger Stickerei, noch großzügigerem Schlitz am Bein und mit Pelzmanschetten an den Ärmeln. So ein Kleid hat Donald Trumps Gattin mal getragen, wie Veronika aus einem der diversen Klatschmagazine weiß, die sie in ihrer Biblinghausener Postfiliale verkauft. Doch viel interessanter als das Kleid und weitaus auffallender ist der Mann, der sich an Nicolettas Seite drängt.

Wie kommt dieser Depp da hin?

Es ist der Depp, der im Olivenöl Schokolade gerochen hat, im Smoking wie Karlsson von Dach aussieht und irgendein Selfmade-Millionär ist.

»Hallihallo, ich bin der Bert«, grüßt er jovial. »Sieht so aus, als hätten wir die Ehre, heute an Ihrem Tisch zu speisen. Sie kennen meine neue Tischnachbarin bereits? Nicoletta von Donath, der jüngste Traum meiner schlaflosen Nächte.«

Wie bitte?

»Und was macht Knusperperle?«, meldet sich unerwartet und in Anspielung auf Berts verschwundene Begleiterin Alexander Gier zu Wort.

»Abgereist«, speist ihn Bert der Depp ab.

»Gute Idee«, knurrt Alexander.

Abserviert trifft die Sache wohl eher, glaubt Veronika

»Ja«, freut sich Bert. »Sie war hier ein wenig deplatziert, nicht ihr Stil. Zu jung und unerfahren, wissen Sie. Und – nur unter uns – ein wenig unter meinem Niveau. Das ist mit Frau von Donath ganz etwas anderes.«

Er ergreift die Hand der Dame und verirrt sich zwecks Handkuss kurz in der Fellmanschette ihres Ärmels, muss niesen. »Alter Adel eben«, sagt er voll Besitzerstolz und schnäuzt sich die Nase mit seinem Einstecktuch.

»Lediglich angeheiratet«, murmelt Madame Lambert leise indigniert. Laut fügt sie ein herzliches »*Bienvenu*, was für eine reizende Überraschung« hinzu. Womit sie einmal mehr beweist, dass die Kunst der hohen Diplomatie darin besteht, laut auszusprechen, was man nicht denkt.

Veronika wirft Nicoletta einen neugierigen Blick zu. *Wie schafft dieses Katja-Ebstein-Imitat es nur, sich einen Millionär nach dem anderen an Land zu ziehen?*

Indem sie sich auf die Deppen unter ihnen spezialisiert.

Der aktuelle Depp ruckelt ihr ungelenk einen Stuhl unter dem Tisch hervor, macht ein Riesengewese um Nicoletta, überhäuft sie mit anhimmelnden Blicken.

Das alles ist verdammt ärgerlich, findet Veronika. Ihrem Fall gegen die Dame geht so langsam tatsächlich die Puste aus. Denn warum sollte Nicoletta dem Pleitegeier von Donath das Portemonnaie klauen oder ihn gar umbringen, wenn sie so völlig mühelos an einen anderen prall gefüllten Geldsack kommt? Noch dazu zu einem mit dem Verstand einer Erbse.

»Champagner für alle«, ordert Bert mit einem Fingerschnippen in Richtung eines vorbeieilenden Kellners. »Oder wie auch immer das Zeugs auf Italienisch heißt. Gibt es überhaupt italienischen Champagner? Oder haben die nur Olivenöl?«

Schuknechts Blick kreuzt sich mit dem von Veronika. Der arme Mann sieht nicht aus, als habe er noch Freude an dem anstehenden Gourmeterlebnis. Recht hat er. Mit Bert wäre selbst der Besuch einer McDonald's-Filiale eine Strafe.

23.

Im Wald blenden Scheinwerfer auf, Motorengeräusche klingen zum Klostertor von Sternthal hinüber. Hildchens Herz klopft wild.

Endlich, ein Auto! Das muss Helmut sein. Dieter hat sich nach dem Abendessen gegen acht Uhr aufgemacht, um ihn in Asbach abzuholen, wo Henry im Krankenhaus liegt. Jetzt ist es 23 Uhr, wahrscheinlich haben beide noch ein Weilchen an Henrys Bett gesessen.

Hildchen löst sich vom Schaufenster des Klosterlädchens und gräbt in der Tasche ihrer Arbeitshose nach ihrem Universalschlüssel, der auch aufs Tor passt. Ganz zappelig ist sie und hellwach. Dabei hat sie bis vor einer halben Stunde noch im alten Refektorium geputzt. Mit Rosa, der stillen und ungemein fleißigen Ehefrau von Bohnen-Gerd, wie Helmut den Kerl passend genannt hat. Ein Goldschatz, die Frau, von deren Beharrlichkeit selbst sie noch lernen kann. Nicht nur beim Putzen. Einen Mann wie Bohnen-Gerd, dessen ganze Leidenschaft an einem Gemüsegarten zu hängen scheint, als Rentner auszuhalten bedarf enormer Geduld und Beharrlichkeit.

So weit sind die Wände nun sauber, morgen kommt der Steinboden dran. Es hat Spaß gemacht, dem alten Hallengemäuer zu neuem Glanz zu verhelfen, und war zugleich eine Inspiration. Darum hat Hildchen am Tor gewartet.

Es ist an der Zeit, endlich Ordnung in die dunklen Ecken ihres Lebens zu bringen. Und vor allem die Vergangenheit zu entrümpeln. Ihre Vergangenheit mit Helmut. Klar Schiff machen, sozusagen. Von Angesicht zu Angesicht. Dafür ist sie schließlich wirklich nach Sternthal gekommen. Hat als Vorwand sogar Helmuts abenteuerliches Hirngespinst von der Mordankündigung per Tarot-Hotline genutzt und aktiv unterstützt, statt ihm diesen Blödsinn auszureden. Auf ihre zaghaften Vorschläge, sich endlich einmal wieder zu treffen, ist er in seinen Mails ja nie eingegangen.

Was man nicht alles so tut für die Liebe! Aber jetzt muss Schluss sein mit den Detektiv- und Versteckspielen. Es ist Zeit für die Wahrheit.

Hildchen sperrt das Tor auf und schiebt die hohen Gitterflügel auseinander. Ein Mercedes taucht in den Lichtkegel einer Straßenlaterne ein. Am Steuer sitzt der müde Sparkassen-Dieter, neben ihm ein offensichtlich noch müderer Helmut.

Meine Güte, ganz bleich ist der ja!, erschreckt sie sich. *Und völlig übermüdet.*

Kein Wunder, war Helmut doch seit Sonntagmorgen im Krankenhaus und hat die Nacht wahrscheinlich auf einem Klinikflur verbracht. Die Sache mit Henry ist ihm ordentlich in die Knochen gefahren. Er wollte unbedingt da bleiben, bis der arme Mann über den Berg und seine Mechthild wieder ruhiger ist.

Das kann Hildchen verstehen, und so kennt sie Helmut auch von früher: impulsiv, mitfühlend bis zur Selbstaufgabe und stur wie ein Büffel. Wenn der sich was in den Kopf gesetzt hat, kriegt man das da so schnell nicht wieder hinaus. Selbst wenn es sich um den größten Blödsinn handelt wie die Sache mit dem angekündigten Tarot-Mord – oder Nicoletta.

Immer wieder Nicoletta.

Ihr Herz krampft sich zur Faust und hämmert wütend in ihrer Brust. Uralter Zorn flammt auf. *Herrje, dieser Zorn scheint für immer jung zu sein. Genau wie Nicoletta – nur echter.* Warum musste ausgerechnet *sie* hier auftauchen? *Na, warum wohl*, beantwortet sich Hildchen ihre Frage selbst: *Helmut wird sie hierher eingeladen haben.*

Sie hingegen musste sich ihrem ehemals besten und einzigen Freund, ihrem Lebensfreund, der früher mal ihr Ein und Alles war, regelrecht aufzwingen.

Sie umklammert das kalte Metall eines Gitterstabes fest und fester, bis der Zorn verflogen ist. Wenn sie zornig ist, sagt sie Helmut am Ende noch Dinge, die sie bereuen wird. Damit hat sie in ihrer Jugend reichlich und später in ihrer Ehe gelegentlich Erfahrung gemacht, wieder und wieder hat sie lernen müssen, dass man seine Gefühle besser prüft, bevor man sie spontan ausspuckt.

Vor allem, wenn man langfristig gemocht werden will.

Zorn ist ein prima Zündfunke, ein flüchtiges Antriebsmittel, aber auf Dauer verbrennt er jeden und alles und vor allem einen selbst, hat ihr Helmut, der Pubertätsphilosoph, einmal beigebracht.

»Es ist besser, den Funken zu nützen, um Pläne zu schmieden und seine wahren Wünsche zu verfolgen«, hat er immer gesagt. »Große Pläne und große Wünsche, so groß wie die Welt, weißt du. Das Universum ist unendlich wie unsere Möglichkeiten.«

Ein bisschen kleiner hätte es für sie auch getan.

Na ja, das hat es ja auch. Ihr Leben ist nicht schlecht verlaufen, hätte mit Helmut aber besser sein können, sich richtiger angefühlt. Wenn er nicht so ein Trottel in Sachen Liebe gewesen wäre.

Und wenn er gewusst hätte, was er ihr wirklich bedeutet hat. Vom ersten Augenblick an. In diesem Punkt ist sie immer still geblieben, weil sie überzeugt war, dass er für sie empfand, was sie immer noch für ihn empfindet. Oder war das von Anfang an nur eine riesengroße Täuschung? Sie muss das herausfinden. Ein für alle Mal.

Oder besser doch nicht?

Hildchen zappelt wieder, sucht Halt am Gittereisen.

Der Mercedes passiert das Tor. Helmut hebt die Hand zu einem müden Gruß. Sie schiebt die Gitterflügel zu und schließt ab.

Herr Schuknecht, der heute Abend im Monastère *isst, wird sich mit seinem Universalschlüssel später selbst einlassen*, plappert es in ihrem Hirn. *Frau Dornbusch hat versprochen, ihn mit ihrem SUV vorbeizubringen. Das wird auch nötig sein, bei dem unbeständigen Wetter und –*

Hildchen unterbricht ihren völlig nebensächlichen Gedankenfluss. »Jetzt lenk nicht wieder ab!«, fährt sie sich selbst laut an. »Du hast Wichtigeres zu tun. Mach schon, trau dich endlich«, spornt sie sich an, während sie den Parkplatz in Richtung Mercedes quert.

Am besten, sie beginnt mit den Neuigkeiten über Nicoletta – wen sonst. Helmut weiß noch nicht, dass seine Angebetete Sternthal gestern verlassen hat. Knall auf Fall, weil bei Helmut – genauer gesagt: bei seinem Neffen – nichts zu holen ist, wie Hildchen weiß. Sie war ja dabei, als Alexander Nicoletta im *Monastère* unmissverständlich klargemacht hat, dass er keinen Cent zu ihren Gunsten, für ihre Scheidung und eine einträgliche neue Ehe mit Helmut herausrücken wird. Im Hintergrund fauchten Staubsauger, im Vordergrund er. Guter Junge, so klug und so beherzt, fast wie Helmut, nur mit mehr Realitätssinn begabt.

Nicoletta hat sofort verstanden und ihre Pläne zur Sanierung ihrer Finanzlage sang- und klanglos fallen lassen. Und damit Helmut. Nicht mal einen Brief oder eine Abschiedsnotiz hat sie für ihn hinterlassen. Nichts. So wie damals. Nicoletta eben.

Es war ein Teil von Hildchens Plan, Neffe und Onkel auf Sternthal wieder zusammenzubringen, aber dass sich die Anwesenheit von Alexander so auszahlen würde, damit hat sie nicht gerechnet. Nicoletta hat sich vor ihm aufs Schönste selbst entblößt. Nur: Wie bringt sie dem liebeskranken Helmut das schonend bei? Nach allem, was er für diese Trulla fühlt und mal wieder getan hat, inklusive Nachtwache.

Eins ist sicher: Diesmal will sie nicht einfach den Mund halten, so wie damals, als Helmut im Liebeswahn und völlig ahnungslos über sämtliche Weltmeere geschippert ist. Immer in der Hoffnung, rasch Geld zu machen, um seine Minnedame Nicoletta gegen den Willen ihrer Eltern zu freien. So viel zu großen Plänen und unbegrenzten Möglichkeiten. Man kann sich mit so was auch gewaltig verirren.

Dieter hat den Mercedes eingeparkt und stellt den Motor aus.

»Hallo, ganz schön spät geworden«, begrüßt sie die beiden Männer so arglos wie möglich, als sie aus dem Wagen steigen. »Wie geht es Henry?«

»Besser«, sagt Helmut und sieht trotzdem sehr besorgt aus. Sie machen sich auf den Weg zum Gästehaus. »Die Gefahr einer Lungenentzündung ist gebannt, und die Ärzte haben seine sämtlichen Medikamente neu eingestellt«, berichtet er. »War dringend nötig. Scheint außerdem so, als habe Henry zuletzt nicht immer alle genommen. Oder in der falschen Reihenfolge. Darum auch dieser extreme, plötzliche Rigor auf der Bank.«

»Das sind aber auch Mengen, die er nehmen muss«, fügt Sparkassen-Dieter kopfschüttelnd hinzu. »Hab' noch nie so einen Haufen Pillen und Tablettenschachteln gesehen. Da kann man schon mal durcheinanderkommen. Der Mann muss einem wirklich nur leidtun.«

Helmut seufzt zustimmend. Sie tauchen in die Kastanienallee zum Gästehaus ein. Helmut kickt nervös herabgefallene

Kastanien beiseite. Hildchen kickt noch nervöser mit. Ihr Mut sinkt. Angesichts von Helmuts Müdigkeit und den Sorgen, die ihn wegen Henry plagen, scheint es ihr ziemlich deplatziert, ihn jetzt mit der Wahrheit über Nicoletta zu konfrontieren. Oder ihn mit ihren Gefühlen zu behelligen.

»Morgen werden wir Mechthild überreden, wieder hierher zu kommen. Das Rooming-in im Krankenhaus ist zu anstrengend für sie«, befindet Helmut, während er die Treppe zum Gästehaus hinaufstapft. »Schuknecht hat bereits mit Äbtissin Lioba gesprochen. Sie will Mechthild im Klausurbereich aufnehmen und betreuen, während wir uns nachmittags und abends als Besucher an Henrys Bett abwechseln. Du machst doch mit, Hildchen, oder? Schwester Amabilis und sogar Schuknecht wollen ebenfalls ein paar Schichten übernehmen.«

»Ich auch«, erklärt Dieter entschlossen.

Hildchen nickt zustimmend, natürlich wird sie mitmachen. Sie macht ja immer mit. Schließlich will sie gemocht werden. Vor allem von Helmut.

Der schließt gerade die Tür zum Gästehaus auf. »Ich finde, Schwester Liobas Hilfsangebot ist eine glänzende Idee. Mechthild muss mal weg von allem, und vor allem damit aufhören, sich Vorwürfe zu machen, weil sie von Henrys waghalsigem Nachtausflug nichts mitbekommen hat.«

Hildchen nickt wieder, wenn auch zögernder, während sie den Gästetrakt betreten. Ja, wahrscheinlich wäre das gut, aber ob Mechthild sich darauf einlässt? Gerade wegen Henrys waghalsigem Nachtspaziergang und der Geschichte mit der versäumten Tabletteneinnahme hat sie Zweifel. Mechthild wird sich gewiss nicht weniger, sondern noch mehr um ihren geliebten Henry kümmern wollen.

»Tja, na dann gute Nacht«, sagt Helmut und wendet sich dem Treppenhaus zu, wie Hildchen alarmiert registriert.

Verdammt, wenn sie jetzt nichts sagt, hat sie ihre Chance auf ein klärendes Gespräch wieder mal verpasst. Henry hin oder her – sie muss endlich mit Helmut reden. Im Hintergrund schlägt eine Standuhr die halbe Stunde an.

Helmuts Blick fährt kurz und irritiert zu ihrem Ziffernblatt. Offenbar fällt ihm zum ersten Mal auf, wie spät es schon ist. Gut möglich, dass er um halb zwölf nur noch ins Bett will.

Egal. Jetzt oder nie!

»Hast du noch Hunger?«, fragt sie ihn rasch. »Im Essraum steht noch ein kleines Abendbrot für dich.« Sie dreht sich zu Dieter um. »Für Sie ist natürlich auch noch etwas da«, versichert sie ihm und hofft inständig, dass er satt ist und sie Helmut ganz für sich hat.

»Für mich? Hm, ich könnte tatsächlich was vertragen«, sagt dieser und wirkt sogar ein wenig erfreut. Jedenfalls wacher als zuvor.

Dieter schüttelt dankenswertweise den Kopf. »Ich denke, ich schaue besser mal nach meiner Ilse. Es war ihr gar nicht recht, dass ich nach dem Abendessen noch mal los bin.« Seine Schultern sinken herab. Bevor er sich in Richtung Fahrstuhl umdreht, wirft er einen erbarmungswürdig resignierten Blick auf einen Treibholz-Engel, der neben der Tür zum Essraum steht. Eine hübsche Arbeit, die von einer ehemaligen Besucherin aus lauter Strandgut wie bleich gespültem Holz, Haaren aus alten Taufasern und Flügeln aus rostigem Schiffsmetall gefertigt wurde.

Hildchen mag den Engel ebenfalls und tätschelt heimlich einen Flügel, bevor sie hinter Helmut den Essraum betritt. Wer weiß, vielleicht bringt er ihr Glück.

24.

»Da hast du dir aber mächtig Mühe gegeben«, lobt Helmut Hildchen, während er sich im Speiseraum vor dem Butterbrotteller niederlässt. »Und alles mit Verzierung. Wärst die perfekte Kaltmamsell.«

Er bewundert mit gespielter Begeisterung die Radieschenrosen und die Petersilie. Ist ja lieb gemeint, aber dekorierte Butterbrote wecken bei ihm leider unliebsame Erinnerungen.

»Alter Flunkerheini«, sagt Hildchen und pflückt die Radieschen vom Brot. »Die Deko stammt nicht von mir, sondern vom Küchenteam, das ich gebeten habe, etwas für dich hinzustellen. Dass du Butterbrote mit Verzierungen hasst, weiß ich doch genau. Darum hast du mir auch immer deine Schulbrote geschenkt, gib's zu.«

Helmut schüttelt entrüstet den Kopf. »Nein, die hab ich dir geschenkt, weil du ständig Hunger hattest und so klapperdürr warst.«

Hildchen schnaubt ungläubig, holt eine Kanne vom Buffet und gießt ihm Tee ein. »Quatsch, du wolltest sie loswerden.«

»Okay, okay, das auch. Mir gingen die dekorativen Kunstwerke meiner Mutter auf die Nerven. Schöner Schein und nix dahinter. Hauptsache, die Fassade stimmt«, sagt er grimmig.

Gute Güte, kaum lässt er sich auf Hildchen ein, wird die Vergangenheit sofort lebendig, vor allem ihre Schattenseiten.

»Die Brote waren sehr lecker«, widerspricht Hildchen. »Es gab sogar welche mit Räucherlachs, Ei und Dill. Ein Wahnsinn damals.«

»Kann sein«, brummt Helmut. »Meiner Mutter war sehr wichtig, dass die Fassade stimmt und alle sehen konnten, dass die Familie Gier ein Musterbeispiel in Sachen Wirtschaftswunder war, wie du dich bestimmt erinnerst. Ob mir was schmeckte, spielte dabei keine Rolle.«

Ein Gedanke, bei dem ihm spontan der Appetit vergeht. Er schiebt den Teller zur Seite. Außerdem ist er nicht mitgekommen, um zu essen, sondern um mit Hildchen endlich reinen Tisch zu machen. Gibt ja so einiges zu besprechen. Nur wo anfangen?

Am besten bei seinem blöden Familienerbe, das ist unverfänglicher als das Thema der von Hildchen unterschlagenen Briefe an Nicoletta.

»Soll ich dir was anderes holen?«, will Hildchen wissen. »In der Teeküche gibt es, glaube ich, Laugenbrezeln und im Kühlschrank abgepackte Knacker.« Schon ist sie bei der Tür.

Himmel, ist die hibbelig! Und dazu anscheinend wieder auf der Flucht vor ihm. Damit muss Schluss sein.

Helmut schüttelt den Kopf. »Jetzt setz dich doch einfach mal zu mir, Hildchen. Ich … ich will schon die ganzen Tage mit dir reden.«

»Tatsächlich?«, fragt Hildchen nach und scheint ganz überrascht zu sein.

»Na, was denkst du denn? Ich muss mich endlich bei dir bedanken. Wirklich, ich bin gottfroh, dass du hierhergekommen bist, um zu helfen«, fährt er fort und zögert kurz.

Nur dankbar ist er schließlich nicht.

Hildchen nimmt Platz, reckt das Kinn, schenkt ihm einen ihrer herausfordernden Blicke. »Ist das alles?«

Scharfsichtig und feinfühlig wie immer, sein Hildchen.

Helmut windet sich ein wenig.

»Okay, okay. Ich gebe zu: Ich habe mich ein wenig überrumpelt gefühlt, wegen der Detektive und vor allem wegen deiner Idee, dass Alexander den ganzen Summs bezahlen soll. Ich hätte das Honorar für Herrn Schuknecht und diese Frau Dornbusch schon irgendwie abgestottert. Ich wollte von meiner Familie nie was haben, was mir nicht zusteht, wie du weißt –«

»Es steht dir zu«, unterbricht Hildchen ihn heftig. »Wie oft muss ich dir das denn noch sagen, du Holzkopf?«

Helmut schüttelt störrisch den Kopf. »Tut es nicht.« Stumm greift er sich ein Butterbrot. Beißt lustlos ab, kaut darauf herum. Ohne etwas zu schmecken.

Himmel, ist das schwer mit der Wahrheit. Schließlich hat er sie sein Leben lang für sich behalten. Wie seine Eltern. Es lag ihnen ja so viel daran. Ihm war die Sache letztlich egal. Na ja, nicht ganz, aber ändern konnte er ja nichts. Deshalb ist er einfach davor abgehauen.

»Hildchen ...«, beginnt er und räuspert sich. »Wir waren früher immer offen und ehrlich miteinander. Jedenfalls fast.« Er holt tief Luft. »Ich fände es schön, wenn das wieder so wäre. Darum fang ich mal mit einer Sache an, die ich dir von Anfang an hätte sagen sollen.« Er hält inne.

Herrje, warum guckt Hildchen so alarmiert? Es geht doch noch gar nicht um die Sache mit den unterschlagenen Briefen.

Helmut nimmt erneut Anlauf. »Ich bin nicht der Sohn meines Vaters. Darum steht mir kein Erbe zu, und darum wollte ich auch nie eins. Nicht von dem.«

So, jetzt ist's raus.

Hildchen schüttelt stumm und ungläubig den Kopf, öffnet den Mund, um etwas zu sagen.

Helmut kommt ihr zuvor: »Mein Vater war ein Spätheimkehrer. Er ist erst Ende 1952 und nach acht Jahren russischer Kriegsgefangenschaft nach Wermelskirchen zurückgekehrt. Ich bin im Januar 1952 geboren. Damit ist alles klar, oder? Er hat das – genauer gesagt: mich, den kleinen Bastard – meiner Mutter nie verziehen. Du weißt, dass die Ehe der beiden erbärmlich lieblos war und meine Mutter alkoholkrank. Warum das so war, habe ich erst kapiert, als ich mit sechzehn heimlich meinen ersten Personalausweis beantragt habe, um abhauen zu können. Dafür musste ich meine Geburtsurkunde stibitzen. Tja, und mit der konnte ich erstmals eins und eins zusammenzählen. Ich habe meine Mutter gefragt, und sie hat alles bestätigt. Ihr war es sogar recht, dass ich einen heimlichen Abgang plante. Schließlich war ich ihre Schande.«

Hildchen schluckt. »Und … und wer war dann dein Vater?«

Helmut zuckt mit den Schultern. »Eine flüchtige Affäre meiner Mutter. Heute würde man so was wohl einen One-Night-Stand nennen. Nur leider ohne heutige Verhütungsmittel. Sie konnte sich nicht mal mehr an den Namen des Kerls erinnern, und er hat nie erfahren, dass er meine Mutter schwanger zurückgelassen hat. Sie wollte das Ganze unter den Teppich kehren. Mein Vater hat es genauso gehalten. Mit dem feinen, kleinen Unterschied, dass er mich im Stillen, aber dafür umso nachdrücklicher gehasst hat. So war das damals eben: Über Gefühle geredet wurde in Nachkriegszeiten nicht. Außerdem hatte mein Vater genug mit dem Wiederaufbau seiner erfolgreichen Firma zu tun, der wurde sein ganzer Lebensinhalt. Und meine Mutter … tja … Die legte Wert auf ihre gute Absicherung.«

Hildchen streckt die Hand nach der von Helmut aus, drückt sie.

Er kehrt die Handfläche um, erwidert den Druck. Für einen kurzen, intensiven Moment ist die alte Verbundenheit zwischen ihnen da. Einfach so. Sie gehörte immer zu den Lichtseiten seiner Vergangenheit und fühlt sich auch jetzt gut an. Vor allem, weil Hildchen mühelos mitempfinden kann, was es bedeutet, von den eigenen Eltern nicht gewollt zu sein, nicht geliebt zu werden, sich wie der ewige Außenseiter und sogar schuldig zu fühlen, weil man überhaupt geboren wurde und damit den eigenen Eltern das Leben verdorben hat. Erst recht in den vermufften Fünzigern, als man als uneheliches oder außereheliches Kind eine schreckliche Schande war.

Wenn er sich nicht sehr täuscht, glitzern in Hildchens Augen Tränen.

Helmut schüttelt den Kopf. »Das braucht dir nicht leidzutun, Hildchen. Du hattest es doch noch viel schwerer. Ich war ja immerhin zumindest dem Namen nach ein Gier. Außerdem habe ich mir selbst lange genug leidgetan, weil ich mich als kleiner Junge völlig chancenlos bemüht habe, von meinen Eltern gemocht zu werden. Bis ich kapiert habe, dass an meinem Wunsch, sie zu lieben, nichts falsch war. Gar nichts. Im Gegenteil war es das Natürlichste der Welt. Dass sie meine aufrichtigen Gefühle nicht erwidern konnten, war ihr Problem. Genug davon. Inzwischen bin ich froh, dass Alexander mir Geld geben will, selbst wenn mir kein Erbe zusteht.«

Hildchen will wieder protestieren, aber Helmut ist schneller, entzieht ihr seine Hand und kehrt ganz in die Gegenwart zurück. »Nicoletta muss raus aus ihrer kranken Ehe. Sonst hätte ich Alexander im Leben nicht darum gebeten. So ist das Geld von meinem Vater wenigstens einmal für was Gutes nutze.«

25.

Hildchens Herz purzelt die Kellertreppe hinab. Dahin, wo es kühl und dunkel und sehr einsam ist.

Nicoletta, immer wieder und immer noch Nicoletta.

Das ist jetzt dein Stichwort in Sachen Wahrheit, versucht sie sich anzufeuern. *Nein, ist es nicht*, trotzt sie gegen sich an. Dass Alexander keinen Cent für Nicolettas Angelegenheiten herausrücken will, was Helmut noch nicht weiß, sollen die beiden untereinander klären. Und dass Nicoletta Sternthal deshalb Knall auf Fall verlassen hat, wird Helmut früh genug selbst herausfinden. Besser, sie schweigt einfach, schweigt eisern, so wie sie das beim Thema Nicoletta immer getan hat.

Am Ende kassiert sonst sie die Vorwürfe für den zugedrehten Geldhahn oder Nicolettas überstürztes Verschwinden. Vorwürfe von Helmut wären das Letzte, was sie in diesem Zusammenhang noch ertragen könnte.

Helmut räuspert sich ein wenig verlegen. »Na ja, lassen wir das. Hat ja mit uns und unserer Freundschaft nichts zu tun. Ich bin wirklich froh, dass wir einfach mal ungestört miteinander reden können. So wie früher. Nur wir zwei. Ich habe mich über die Jahre in Gedanken übrigens öfter mit dir unterhalten. Hast mir gefehlt.«

Ob das stimmt?, fragt sich Hildchen frustriert, freut sich aber trotzdem über Helmuts Worte. Immerhin hat er das Thema Nicoletta rasch fallenlassen, sich mit keinem Wort nach dem Wohlergehen der blöden Ziege erkundigt oder Anstalten gemacht, nach ihr zu sehen. Was alles gute Zeichen sind. Oder?

Sie hatten früher und vor Nicoletta so viele andere Themen. Und wenn sie keine hatten, haben sie in tiefem Einverständnis miteinander geschwiegen. So, wie man das nur unter echten Freunden kann. Wenigstens da will sie wieder hin. Zurück auf Anfang, als alles klar und offen und einfach war. Wie gerade eben, als sie sich – ohne Worte – bei den Händen gehalten haben.

Helmut widmet sich nun doch den Butterbroten. Er widmet sich den Broten sogar auffällig intensiv, kaut gründlich. So gründlich, dass er nicht reden kann, und Hildchen will kein Gesprächsthema einfallen. Ihm anscheinend auch nicht. Das Schweigen zwischen ihnen wird unangenehm. Richtig niederdrückend.

Hildchen greift hilflos zur Thermoskanne, füllt Helmut Tee nach. Ihre Hand zittert. Der Tee gluckert in die Tasse. Albernes Geräusch und in der Stille des Raumes geradezu ohrenbetäubend. Helmut dankt ihr nicht einmal, scheint in Gedanken meilenweit entfernt zu sein. Sie schweigen, weil sie einander nichts mehr zu sagen haben, weil sie nichts verbindet, sondern ein ganzes Leben trennt, nicht einfach nur Nicoletta.

Wir sind einander fremd geworden. Völlig fremd. Die Erkenntnis trifft Hildchen so plötzlich wie hart, dabei ist sie so naheliegend.

Ihre Erinnerungen an das, was in der Jugend zwischen ihnen war, zerfallen im Zeitraffer zu Staub, verschwimmen, verlieren ihre Kontur und alle Farben. Bis nur noch ihr Leben vor Helmut übrig bleibt, in Schwarz-Weiß und ohne Ton. Ohne Helmut eben.

In der Erinnerung widerhallen Schritte. Den Gang entlang, den niemals wir beschritten, fallen ihr zwei Gedichtzeilen ein, die sie als junge Frau in einem Tagebuch notiert hat, nachdem die Flamme des Zorns über Nicoletta heruntergebrannt war und der Trauer Platz gemacht hatte. Kurz vor ihrer Hochzeit hat sie die Zeilen aufgeschrieben, um das Kapitel Helmut mit einer letzten, wehmütigen Nachbetrachtung endgültig abzuschließen.

Ganz ist es ihr nie gelungen, was das Leben jetzt erbarmungslos nachholt. Kurz durchströmt sie panische Angst oder auch nur eine Erinnerung daran?

Nein, die Angst ist echt, denn gerade verliert sie ihren besten Freund und die heimliche Liebe ihres Lebens zum zweiten Mal, diesmal für immer. Tut weh. Verdammt weh. Vielleicht noch weher als beim ersten Mal.

Denn jetzt, nachdem sie Helmut so unverhofft wiedergefunden hat, ist der Verlust noch viel schlimmer. Sie kann sich nicht vorstellen, wie sie ihn noch einmal ertragen könnte, aber natürlich muss sie das. Menschen ertragen Einsamkeit jeden Tag. Man glaubt, es nicht zu können, es nicht zu überleben, aber irgendwie folgt ein Atemzug dem nächsten, eine Sekunde auf die andere, die Minuten werden zu Stunden, zu einem Tag, zu einer Woche, und man ist immer noch am Leben. Und immer noch allein.

Selbst mit einem verlässlichen Partner und mit einem wundervollen Kind kann es einem so ergehen. Sie hatte beides, war durchaus auch glücklich, manchmal sogar sehr – aber ohne Helmut doch immer irgendwie allein.

Endlich schaut Helmut vom Teller auf, schaut sie an. Er scheint mit sich und nach Worten zu ringen, wirkt aufgewühlt.

»Es gibt da noch was, über das wir reden sollten«, beginnt er zögernd. »Die Sache mit meinen Briefen, die du damals nicht an Nicoletta weitergeleitet hast, ist vergeben und vergessen, okay? Ich weiß, du konntest Nicoletta und ihre versnobte Sippschaft nie leiden, hast geglaubt, wir passen nicht zusammen, aber das mit den Briefen war nicht nett von dir. Es war sogar ziemlich … na ja … gemein, schließlich warst du so was wie eine Schwester für mich, die beste Freundin, die ich je hatte. Und Nicoletta hat sich auch um dich bemüht. Aber Schwamm drüber, so wie's aussieht, wird ja am Ende trotzdem alles gut.«

Hildchens Mund klappt auf, sie kann nichts dagegen tun, so erstaunt, überwältigt und völlig entsetzt ist sie. Zunächst. Dann steigt der Zorn in ihr auf, heißer Zorn. Alter und neuer.

»Wie kommst du darauf, dass ich deine Briefe nicht weitergeleitet habe!«, fährt sie auf. Oder darauf, dass Nicoletta sich um sie bemüht habe? Nicoletta hat sie nur benutzt, genau wie Helmut.

Der schaut höchst irritiert, dann legt sich ein Schatten über sein Gesicht.

Dämmert es ihm endlich?

Nein. Sein nächster Satz beweist, dass in seinem Kopf eine komplette Sonnenfinsternis herrscht. »Aber nicht lange«, sagt er brüsk. »Nicoletta hat mir in ihren ersten Facebook-Mails erklärt, dass sie nur drei Briefe von mir erhalten und sich deshalb Anfang 1971 mit diesem Verlegersöhnchen verlobt hat. Auf Drängen ihrer Eltern und aus Liebeskummer. Sie hat geglaubt, ich sei über alle Berge und nicht mehr interessiert, ein bloßer Schaumschläger. Was für ein Wahnsinn! Ich habe in jeder freien Minute an Bord Briefe geschrieben und sie päckchenweise aus jedem Hafen abgeschickt, in dem wir geankert haben.«

Hildchen schließt kurz die Augen. Oh ja, der Postbote hat Helmuts Briefe an Nicoletta tatsächlich päckchenweise bei ihr abgeliefert, für seinen Sohn um die exotischen Briefmarken gebeten und launige Scherze über sie, die einsame Seemannsbraut, gemacht.

Er war nicht der Einzige in ihrem Umfeld, der geglaubt hat, sie sei Helmuts heimlicher Schatz. Auch dafür hatte Nicoletta gesorgt – mit entsprechenden Bemerkungen in den Briefen, die sie aus dem Internat an ehemalige Klassenkameraden, an ihre Eltern und, ganz wichtig, an ihr Verlegersöhnchen geschickt hat. Sollte ja keiner ihrem miesen Spiel auf die Schliche kommen, bis die Verlobung mit dem Söhnchen in trockenen Tüchern war.

»Du willst mir ja wohl nicht weismachen, dass alle meine Briefe auf dem Postweg verloren gegangen sind, oder?«, mischt sich Helmuts Stimme mit zunehmender Schärfe in ihre Gedanken.

Hildchen schüttelt den Kopf, ihre Hände umklammern ihre Teetasse, sie hätte nicht übel Lust, sie Helmut an den Kopf zu werfen. *Wie dumm und gutgläubig kann man nur sein? Wie abgrundtief dumm und ahnungslos?* Warum tut sie sich diese Unterhaltung überhaupt an?

Weil es sein muss, sonst erstickt sie jetzt und hier an ihrem unterdrückten Zorn auf Helmut, den sie ihm nie, nie gezeigt hat. Sie holt tief Luft, atmet aus, holt noch mal Luft, sie muss jetzt ruhig bleiben, denn ein Gefühlsausbruch würde nichts bewirken. Ihre Gefühle haben bei Helmut ja offensichtlich nie irgendetwas bewirkt, er hat sie ja nicht einmal erkannt. Oder gefühlt. Nicht einmal ansatzweise.

»Nicoletta lügt«, sagt Hildchen so ruhig, so schlicht und so kühl wie möglich. »Sie hat dich immer belogen und tut es nach wie vor. Sie hat dich nie geliebt. Sie liebt nur einen Menschen – sich selbst.«

Helmut runzelt ungläubig die Stirn, starrt sie mit wachsender Feindseligkeit an. Das hat er nie zuvor getan. Aber soll er doch. Was zwischen ihr und ihm mal war, ist ohnehin vorbei. Schlimmer noch: Was war, hat es nie gegeben – außer in ihrem Kopf.

»Ich habe deine Briefe weitergeleitet«, fährt Hildchen fort und schaut Helmut mit schnurgeradem Blick in die Augen, als könnte sie damit alle Schichten seines Selbstbetrugs durchdringen wie mit einem Röntgenstahl. »Anfangs. Genauer gesagt: bis Nicoletta verlobt und verheiratet war. Danach hatte es ja wohl kaum mehr einen Sinn, und du hättest dich komplett zum Narren gemacht. Das wollte ich dir ersparen.«

Endlich ist es raus, aber Helmut ist nicht klüger.

»Ich glaube dir kein Wort«, entgegnet er hitzig. »Ich habe Nicoletta nach meinen ersten drei Monaten auf See, im Herbst 1970, einen schriftlichen Heiratsantrag gemacht und einen Granatring mit Brillantsplittern aus Sri Lanka von meiner ersten Heuer beigelegt. Beides hat sie nie erhalten. Nie. Warum wohl? Na? Du hast den Brief einfach unterschlagen! Wie viele andere zuvor.«

»Ja, habe ich. Weil Nicoletta bereits acht Wochen, nachdem du abgehauen bist, verlobt und nur einen weiteren Monat später verheiratet war, du Trottel. Genauer gesagt: seit dem Frühjahr 1970«, bricht es aus Hildchen heraus. »Kapier es endlich, Nicoletta hat dir nur was vorgespielt, um das eigentliche Objekt ihrer Begierde eifersüchtig zu machen. Sie hat dir übrigens auch niemals nur einen einzigen Antwortbrief geschrieben.«

»*Du* lügst«, stößt Helmut erregt und voll Abscheu aus. »Ich habe zwei Briefe von ihr bekommen. Wunderschöne Briefe! Die konntest du wohl nicht abfangen. Meine Güte, Hildchen, was hast du nur getan? Was hast du uns nur angetan?« Er verstummt, sackt in seinem Stuhl zusammen.

Hildchen registriert seinen Zusammenbruch mit nüchterner Miene, kalt, beinahe mitleidlos. Sie hat weit mehr getan, als er ahnt. Weit mehr, als sie glaubte ertragen zu können, und sie hat es trotzdem getan und wird es ihm jetzt sagen.

»Die beiden Briefe habe ich selbst geschrieben«, gesteht sie tonlos, »weil du mir leidgetan hast, weil ich nicht wollte, dass deine Welt so komplett zusammenbricht wie deine Familie.

Und was deinen Ring betrifft: Der kam erst kurz vor Weihnachten an.«

Hildchen erinnert sich genau. Auch daran, wie er ihr in einem winzigen lackierten Holzdöschen aus einem Luftpolsterumschlag in den Schoß fiel, wie er blitzte, als sie das Döschen öffnete, und den letzten Rest von Hoffnung auf einen Sinneswandel von Helmut in ihr zunichte machte. Sie war damals mindestens so blind in Sachen Liebe wie Helmut. Mit dem feinen, kleinen Unterschied, dass sie genau wusste, wie demütigend unerwiderte Liebe sich anfühlt und wie höllisch weh sie tut. Jede einzelne Sekunde lang.

Helmut schweigt. Die Heizung springt klopfend an, im Flur schlägt die Standuhr Mitternacht. Helmut reißt den Kopf hoch.

Besteht eine letzte Hoffnung, dass er die Wahrheit endlich kapiert hat? *Das darf nicht wahr sein*, denkt Hildchen bitter, sie hofft immer noch. Damit muss endgültig Schluss sein.

»Wenn du den Ring wiederhaben willst – ich habe ihn noch«, fährt sie fort. Das Ding wegzuwerfen, hat sie nicht übers Herz gebracht. Schließlich hing Helmuts Herz daran. Und außerdem war er die Antwort auf *ihre* Briefe. Die von Herzen kamen, wenn auch im Namen Nicolettas.

Endlich öffnet Helmut den Mund. Bevor er etwas sagen kann, springt die Tür zum Essraum auf. Sie schrecken simultan hoch. Dieter zwängt sich mit einem schweren Plumeau und einem Kopfkissen in den Raum. Unter seinem linken Auge blüht ein blauer Fleck auf, der sich über die nächsten Stunden zu einem ansehnlichen Veilchen entwickeln dürfte.

»Oh«, ruft er verdattert aus. »Entschuldigung, ich dachte, ihr wäret längst weg um die Uhrzeit.« Er räuspert sich verlegen. »Ist mir wirklich peinlich, aber ich brauche ein Ausweichquartier für die Nacht. Ilse hat mich rausgeschmissen.«

26.

»Wirklich nett, dass Sie mich zum Abendessen ins *Monastère* hinüberfahren«, sucht Schuknecht das Gespräch mit Helmut, der heute äußerst schweigsam ist. »Lambastes Küche ist einfach göttlich.«

Helmut begnügt sich mit einem Knurrlaut als Antwort, während er Dieters Mercedes durch die Abenddämmerung chauffiert. Seine Gesprächsbereitschaft geht gegen null.

Könnte an der kniffligen Strecke liegen, mutmaßt Schuknecht. Helmut hat auf Anraten von Gartenschwester Johanna einen mehr schlecht als recht befestigten Feldweg voller Schlaglöcher und tiefer Senken gewählt, vorbei an Stoppelfeldern, Weiden und verwilderten Streuobstwiesen. Die kleine Waldstraße, die das ehemalige Doppelkloster direkt verbindet, ist bei Weitem kürzer, aber heute zu gefährlich.

Im Radio wurde für Mitternacht ausdrücklich vor einer orkanartigen Neuauflage des Sturmes von vor zwei Tagen gewarnt, der nur ein Vorgeschmack gewesen sein soll. Draußen windet es bereits heftig. Hagebuttensträucher, die den Weg säumen, schwanken und drehen sich in wildem Tanz. Ein Bauer, der verspätet zwei Pferde von einer Koppel treibt, geht beinahe waagerecht im Wind, dessen Fauchen und Heulen – stark gedämpft – sogar im Wageninneren zu vernehmen sind.

Helmut, ein exzellenter Fahrer, schaut hochkonzentriert nach vorn, weicht tief eingespurten Traktorrillen aus, in denen sich das Regenwasser der letzten Tage knöcheltief gesammelt hat.

Brr. Schauderhafte Vorstellung, hier zu Fuß herumzulaufen, denkt Schuknecht. Es ist überhaupt eine schauderhafte Idee, zum *Monastère* zu fahren. Zum einen wegen des Wetters, zum anderen, weil es ihm vor der unerträglichen gestrigen Tischgesellschaft – namentlich diesem Smartphone-Idioten Bert und noch mehr vor Nicolettas geschmackloser Schauspielerei – graust. Schlechte Gesellschaft verdirbt das beste Essen. Doch Nicoletta ist für ihn der zwingende Anlass, diese Fahrt zu unternehmen, besser gesagt: sie zu begleiten.

Helmut möchte seine Angebetete – was diese unsägliche Frau tatsächlich noch immer zu sein scheint – nach Sternthal zurückholen, und Schuknecht möchte dabei sein. Wobei *möchte* übertrieben ausgedrückt ist, aber er darf diesen Liebesnarren Helmut mit dem Schock, der ihn angesichts der neuen Entwicklungen und Bert ereilen wird, nicht alleinlassen. Ob der arme Kerl von dem plötzlichen Liebesaus überhaupt etwas ahnt?

Schuknecht wirft Helmut einen prüfenden Seitenblick zu. Grimmig, wie der dreinblickt, wäre das denkbar. Ihn beschleicht ein unangenehmer Verdacht. Nicht, dass dieser Kleiderschrank von Kerl am Ende wie von Donath vor dem Tor von Sternthal eine Szene im *Monastère* hinlegen will. Mit Zorngebrüll und fliegenden Fäusten. Würde diesem Bert nicht gut bekommen. Helmut allerdings auch nicht. Nachher würde er sich gewiss zu Tode schämen, und ihm selbst wäre ein solch robuster Auftritt mehr als peinlich, schon gar in einem Hotelrestaurant von diesem Niveau.

Ein Grund mehr, den Wachhund zu spielen, beschließt Schuknecht. Am besten, er nimmt schon jetzt ein wenig Dampf aus der Situation. Etwas belangloses Geplauder dürfte nicht schaden. Reden wirkt immer deeskalierend, weil man dabei den Verstand einschalten muss. Zumindest ansatzweise.

»Hatten Sie einen harten Arbeitstag heute?«, versucht er, Helmut aus der Reserve zu locken. Der nickt nur vage und kriegt die Zähne noch immer nicht auseinander. Merkwürdig. Und bedenklich, denn die Arbeit im Kloster macht diesem Mann doch richtig Spaß.

Schuknecht selbst hat den Morgen bei Henry im Krankenhaus verbracht und am Nachmittag unter Schwester Amabilis' freundlicher Aufsicht wieder Fliesen gebacken. Eine erstaunlich befriedigende Tätigkeit. Klärt die Gedanken. Oh ja, ihm ist beim Kachelstempeln so einiges klargeworden. Seine diversen Vermutungen haben sich symmetrisch wie die Kachelmuster zu einem logischen Gesamtbild zusammengefügt. Einem Gesamtbild, das ihm Sorgen bereitet. Die Lage ist ernst, sehr ernst, wenn auch in anderer Weise, als Biblinghausens selbsternannte Miss Marple Veronika annimmt. Der Betrugsskandal von Donath ist lediglich Beifang. Nun, er sei Veronika gegönnt.

»Sie haben mit Dieter und diesem Gerd das Gewächshaus repariert, wenn ich nicht irre«, unternimmt Schuknecht einen weiteren Gesprächsvorstoß. »War bestimmt eine ungemütliche Arbeit bei den Wetterbedingungen, nicht wahr?«

Endlich bequemt sich Helmut zu einer richtigen Antwort. »I wo, zu dritt war das ein Kinderspiel. Bisschen aufräumen, paar neue Scheiben einsetzen, die Rahmen hatten zum Glück nichts abbekommen.«

»Wollen wir hoffen, dass der Sturm heute Nacht nicht alles wieder herausreißt«, bemerkt Schuknecht. »Haben Sie übrigens inzwischen eine Idee, wer in dem Gewächshaus so gewütet hat? Gab es vielleicht Spuren oder Hinweise, die uns in dieser Sache weiterbringen könnten? Oder ahnen Sie, wer die Frau war, die die Morddrohungen in die Nacht herausgeschrien hat?«

Helmut runzelt abweisend die Stirn.

»Nein«, sagt er schroff. Überlegt kurz und fügt hinzu: »Und falls ich einen Verdacht hätte, würde ich das mit derjenigen Person selbst klären. Auf meine Art. Schließlich hat die Geschichte mit einem Telefonat bei mir angefangen. Nur so viel: Die von Donaths haben mit dem Anruf nichts zu tun, wie Sie anzunehmen scheinen. Schon gar nicht Nicoletta.«

»Das nimmt nur Frau Dornbusch an, und sie irrt natürlich«, korrigiert Schuknecht. »Ich verfolge in der Sache mit dem Anruf längst eine andere Spur. Mich würde wirklich interessieren, wie die Zerstörung des Gewächshauses da hineinpasst. Für mich ergibt das so gar keinen Sinn. Meinen Sie nicht, wir sollten endlich gemeinsam an der Aufklärung arbeiten?«

»Nein«, schnauzt Helmut so laut, dass Schuknecht zusammenzuckt. »Ich entziehe Ihnen hiermit jeglichen Ermittlungsauftrag. Die Anruferin wollte anonym bleiben, und das wird sie, verstanden?«

»In dieser Lautstärke sind Sie kaum zu überhören«, entgegnet Schuknecht indigniert. So ungehobelt hat er Helmut noch nie erlebt.

Dessen Hände würgen jetzt den Lenker. Seine Fingerknöchel treten weiß hervor. Womit klar sein dürfte, dass Helmut etwas weiß. Nur was? Leider kann der Mann schweigen.

Das ist nicht gut. Gar nicht gut. Vor allem, weil die Sache immer noch tödlich enden könnte, wenn sie nicht höllisch aufpassen. *Nun, das jedenfalls wird Helmut tun*, auch dessen ist sich Schuknecht sicher. Er wüsste allerdings nur zu gern, was das blöde Gewächshaus bei dem Ganzen für eine Rolle spielen soll. Nach seinem Dafürhalten gar keine, oder übersieht er etwas?

Nachdenklich runzelt Schuknecht die Stirn, denn natürlich wird er seine Ermittlungen fortsetzen. Ganz gleich, was Helmut sagt. Alles andere wäre fahrlässig.

Am Horizont taucht das *Monastère* auf, ein wuchtiger Traum

aus gelbem Barock samt eindrucksvollem Park, Glockenturm, Wandelgang und einer überdachten Empfangstreppe mit rotem Teppich. Helmut gibt energisch Gas. Sie sind nur noch Minuten von der eindrucksvollen Auffahrt und einem möglichen Desaster in Bezug auf Nicoletta und Bert entfernt. Helmut ist mittlerweile so aufgebracht, dass die Begegnung in einer Katastrophe münden muss.

»Dieser Dieter«, spinnt Schuknecht zwecks Ablenkung hastig einen weiteren Gesprächsfaden, »wie ist der eigentlich so? Habe gehört, dass er gestern Nacht auf Ihrem Zimmer mitübernachtet hat. Da scheint es gewisse eheliche Probleme zu geben.«

»Dieter ist ein prima Kerl«, sagt Helmut unwirsch, »und wenn Sie mich als Klatschbase missbrauchen wollen, haben Sie kein Glück, okay? Fremder Leuts Liebesgeschichten gehen keinen was an.«

Worin ihm Schuknecht als Privatmann aus vollem Herzen recht geben würde, aber leider weiß er als Staatsanwalt nur allzu gut, dass es jede Menge verdrehter Liebesgeschichten gibt, die tödlich enden können – oder zumindest mit ernsthaften körperlichen Schäden. Wobei Dieters bemerkenswertes Veilchen, so bedenklich es schillert, nicht dazu zählt. Falls Helmut sich Bert vorknöpft, hätte das unter Garantie erheblich schlimmere Folgen.

Hoffentlich kann er wenigstens das verhindern.

Helmut biegt in ein asphaltiertes Sträßchen ein. Sie passieren ein in Weiß und Gold lackiertes Hinweisschild zum *Monastère*. Darunter hängt an einem goldenen Kettchen ein Hinweis auf eine geschlossene Gesellschaft.

Siedend heiß fällt Schuknecht ein, dass zu allem Überfluss heute ein Vortrag über den barocken Umbau des Klosters mit speziellem Bezug zu den Schauessen der damaligen Bischöfe ansteht. Mit prominenten Gastreferenten, Historikern vom Schlage eines Guido Knopp und weiteren, ähnlich kamera-affinen Teilnehmern. Es geht um pompöse Tafeleien, den sogenannten Augenschmaus, bei dem die staunende Bevölkerung und das aufstrebende Bürgertum als zahlende Gäste den opulenten Mahlzeiten der Erwählten, unter anderem kirchliche Würdeträger, beiwohnen durften.

Helmut gibt noch mehr Gas, bremst erst ab, als der Kies der Auffahrt unter den Rädern des Mercedes aufspritzt. Pfeilschnell hält er über die lang gestreckte Auffahrt direkt auf die Eingangstreppe zu. Die Auffahrt ist mit riesigen Sturmlaternen beleuchtet, in denen Altarkerzen brennen. Unter den Bögen des hinter der Eingangstreppe liegenden Wandelgangs haben sich mehrere Grüppchen von Gästen in großer Abendrobe unter Trenchcoats und warmen Jacken um Lambaste versammelt. Die Mäntel sind dem ungemütlichen Wetter geschuldet, auch wenn der Wandelgang ein wenig Schutz vor dem Wind bietet.

Der Gott der Küche hält, umringt von seinen Gästen und assistiert von seinen prominenten Gastrednern, augenscheinlich einen Vortrag über die in Mauernischen aufgestellten Bischofs- und Heiligenstandbilder.

»Äh, Sie können abbremsen, der Parkplatz liegt rechts«, bemerkt Schuknecht mit alarmiertem Blick auf den livrierten Portier, der die Treppe herabeilt und höflich, aber bestimmt bereits seinen Arm in entsprechender Richtung ausstreckt.

Helmut schüttelt den Kopf. »Ich brauche keinen Parkplatz. Ich will da nur kurz reinspringen und Nicoletta rausholen. Sie muss sich nicht unter diese Lackaffen mischen, auf Sternthal ist sie besser aufgehoben, egal, was andere darüber denken.«

Der arme Kerl hat wirklich keinen blassen Schimmer.

»Ha!«, schreit Helmut begeistert. »Ich muss nicht mal in

den albernen Fresspalast. Da steht sie ja! Aber zum Teufel, irgendein verfressenes Schwein baggert sie an.«

Das Desaster ist da.

Helmut gibt erneut Gas, drückt mächtig auf die Tube, der Mercedes macht einen Satz. Schuknecht schließt entsetzt die Augen. Sie sind hier doch nicht im Wilden Westen oder bei *Easy Rider*.

»Halten Sie an!«, befiehlt er panisch und kneift die Augen in Erwartung eines finalen Crashs ganz fest zu. »Man kann doch über alles reden«, schiebt er mit sich überschlagender Stimme hinterher.

Helmut bremst so abrupt ab, dass das Heck des Wagens leicht ausbricht und Schuknecht hart in den Sicherheitsgurt kippt. Eine Kiessalve prasselt gegen Unterboden und Seitenbleche.

Schuknecht reißt die Augen auf und den Kopf zu Helmut herum. »Sind Sie wahnsinnig«, herrscht er ihn an.

Helmut sagt nichts, sitzt nur da wie eingefroren und starrt durch die Windschutzscheibe.

Schuknecht folgt seinem Blick. Das Desaster steht am Kopf der Empfangstreppe, trägt rot besohlte Stöckelschuhe von Blahnik und schmiegt sich eng an Smartphone-Bert, der besitzergreifend seine barocken Wurstfinger in Nicolettas Hintern gräbt. Sie zeigt keine Spur von Gegenwehr, sondern legt den Kopf an seine Schulter.

Da gibt es nichts mehr zu bereden.

27.

Veronika Dornbusch greift nach einem Croissant, das in Lambastes Frühstücksraum unter dem Namen Cornetto serviert wird und mit Puderzucker bestäubt ist. Sie bestreicht es dick mit Butter und Lavendel-Pfirsich-Gelee, wiewohl das in Italien als Stilbruch gilt. Da isst man die Blätterteigdinger trocken, hat Lambaste erzählt. Unwichtig. Sie hat einen Bärenhunger, hier kommt man nämlich so gut wie gar nicht mehr zum Essen!

Nach der gestrigen Aufregung um Helmut und Schuknecht, die wie Formel-1-Fahrer auf das *Monastère* zugerast sind, um in einem halsbrecherischen Manöver vor der Empfangstreppe zu bremsen und mit einem Wendemanöver im Schleudergang beinahe sofort wieder davonzurasen, war ihr der Appetit auf das festliche Abendessen vergangen.

Kein Wunder. Es war ihr unmöglich und sowieso völlig indiskutabel, sich mit Nicoletta von Donath und dem unerträglichen Smartphone-Bert an den Tisch zu setzen, nach dem, was die beiden ihrem bedauernswerten Klienten Helmut angetan haben. Und, nicht zu vergessen, auch ihr. Noch dazu coram publico. Wie verstört und peinlich berührt die alle geguckt haben, als Helmut herangerast ist. Erst in Richtung der Autoinsassen und später dann in ihre. Selbst Ulrich Wickert.

Man hält sie ja mittlerweile für Schuknechts Gattin.

Diese Rennfahrereinlage war ihr sozialer Tod, schlimmer als Mord. Nur einer, der sich nicht bestrafen lässt. Sie wird mittags und abends künftig auf ihrem Zimmer essen müssen, um sich den demütigenden Blicken der anderen Schlemmerrentner zu entziehen. Aber, nun ja, Schuknechts Tage als Dinnergast im *Monastère* dürften ebenfalls gezählt sein.

Hoffentlich gibt Lambaste den Vorfall nicht an die Presse weiter. *Ach*, sie hebt trotzig den Kopf, *das wäre auch egal*. Einen Platz in der Klatschspalte von *Bunte* oder *Gala* können sie und Schuknecht ohnehin vergessen.

Und bei Weitem schlimmer ist natürlich das, was Helmut – immerhin ihrem Klienten – passiert ist. Die Entdeckung von Nicolettas Gefühlsumschwung muss für ihn völlig überraschend und ein kompletter Schock gewesen sein. Sonst hätte er bestimmt nicht den Ausweg quer über den Rasen und durch eine Blumenrabatte gewählt und auch nicht das hölzerne Eingangsschild beim Tor mitgenommen.

Veronika beißt in ihr tröstlich süßes Cornetto.

Hat schrecklich gekracht, als Helmut das Schild touchiert und zerlegt hat. Gott sei Dank ist so ein Mercedes stabil gebaut. Trotzdem dürfte der Kotflügel einiges abbekommen haben. Wie gesagt: Hunger hatte sie im Anschluss nicht mehr.

Veronika seufzt.

Dabei klangen die barocken Nachspeisen gestern äußerst verlockend. Nun wird sie nie erfahren was *Nonnenbrüstchen alla Santa Agathe* sind oder wie *Bolos nach Art des heiligen Märtyrers Gonçalves* schmecken, deren Verzehr holden Jungfrauen eine Begegnung mit dem Mann fürs Leben garantiert. Oder ersetzt. Das hat sie beim Studieren des ausgehängten Menüplans nicht so ganz verstanden, und Madame Lambert, die auch des Italienischen mächtig ist, hat sich geweigert, die Erläuterung zu übersetzen. Nur so viel hat sie verraten: »Es handelt sich um einen männlichen Körperpart, dessen der portugiesische Heilige bei einem Piratenüberfall vor Italiens Küste verlustig ging, *ma chère*. Mehr müssen Sie nicht wissen.«

Jaha, aber sie kann es sich denken.

Körperteile von Heiligen, selbst die Unaussprechlichsten, als Süßspeisen zu servieren – darauf können auch nur Italiens schamlos genussfreudige Katholiken kommen.

Veronika beißt wohlig seufzend in ein weiteres Cornetto und wischt sich Marmelade vom Kinn. *Gott, schmeckt das gut!* Sie schielt zum Buffet, wo ein Kellner soeben eine Keule Parmaschinken in einem Holzständer befestigt und mit chirurgischer Präzision anschneidet. Davon wird sie reichlich nehmen. Und sich eine Focaccia bestellen, dazu vielleicht noch eine Eierspeise oder zwei. Sie ist wirklich vollkommen ausgehungert und muss sich zudem für das vor ihr liegende Tagwerk stärken.

Madame Lambert und sie haben entschieden, dass sie heute Morgen mal in Sternthal vorbeischauen, um zu sehen, wie es dem armen Helmut, respektive Franzl, geht. Vielleicht hat Schuknecht ja sogar eine Idee, wie man Nicoletta zur Strafe für ihr unsägliches Benehmen doch noch für irgendwas belangen kann. Und sei es nur für eine wie auch immer geartete Komplizenschaft mit ihrem Finanzbetrüger von Noch-Ehemann. Schummeleien mit Investorengeldern sind schließlich auch Kapitalverbrechen.

Und werden viel zu selten geahndet.

Überdies scheint es Veronika noch immer nicht hundertprozentig sicher, dass Klaus von Donath tatsächlich nichts passiert ist. So oder so haben sie noch reichlich Detektivarbeit vor sich. Nicht nur in Sachen von Donath. Die Fälle Henry Steiger und die Zerstörung des Gewächshauses harren ja auch noch der Aufklärung.

»Ist hier noch ein Platz frei?«, fragt eine männliche Stimme neben ihr.

Veronika schaut überrascht auf. »Oh, Herr Gier, so früh schon wach?«

Alexander sieht ganz und gar nicht danach aus. Im Gegenteil wirkt er völlig übernächtigt.

»Setzen Sie sich«, sagt sie mit einladender Geste.

Alexander plumpst auf einen Stuhl und starrt übellaunig auf den Platzteller vor sich. Muss ein Leidensgenosse sein, sie hat auch immer furchtbar schlechte Laune, bevor sie gefrühstückt hat. Und ein stattliches Mannsbild wie er braucht ein kräftiges Frühstück.

»Waren Sie gestern beim Barock-Dinner?«, erkundigt sie sich freundlich.

Alexander schüttelt den Kopf. Ein Kellner eilt herbei und erkundigt sich nach seinen Wünschen. »Nur Kaffee«, brummt Alexander. »Einen doppelten Espresso.«

Nur Espresso? Komisch, dass der keinen Appetit hat. Der Mann ist offenbar kaum Herr seiner Sinne.

»War wirklich ein grässlicher Sturm, heute Nacht«, sucht Veronika das Gespräch und eine Erklärung. »Ich habe kaum geschlafen.« Was zugegeben eher an ihrem knurrenden Magen lag.

Alexander schaut kurz auf. »Welcher Sturm?«, fragt er mäßig interessiert nach.

»Ja, haben Sie denn mal wieder gar nichts mitbekommen?«, wundert sich Veronika. Die trutzige Bauweise und die brandneuen Fenster des *Monastère* lassen zwar nichts zu wünschen übrig, aber das Sturmgeheule war so laut, dass man es unmöglich ganz überhören konnte.

Es sei denn, blitzt ein Verdacht in ihr hoch, *dieser Alexander war gestern Nacht gar nicht hier. Unsinn*, schilt sie sich selbst, *wo sollte er denn gewesen sein – ohne Auto*. Und selbst mit Auto und unterwegs hätte er den Sturm registrieren müssen. Der hat schließlich über halb Hessen, Rheinland-Pfalz und Nordrhein-Westfalen gewütet. In den Radionachrichten hieß es heute Morgen, mehrere Bahnstrecken seien lahmgelegt, Straßen von umgerissenen Bäumen blockiert, sogar der Flugverkehr habe an vielen Orten eingestellt werden müssen.

Alexander, der abwesend und abweisend zugleich wirkt, nimmt seinen Kaffee entgegen, rührt heftig darin herum. Dabei hat er nicht einen Krümel Zucker hineingeschüttet. Abrupt unterbricht Alexander sein Rühren, stürzt den Kaffee hinab. Mit reichlich Geklirr stellt er die Tasse ab, hebt den Blick, als habe er gerade einen wichtigen Entschluss gefasst. »Ich habe eben beim Empfang Madame Lambert getroffen. Sie sagt, dass Sie beide gleich nach Sternthal hinüberfahren. Könnten Sie mich mitnehmen?«

»Aber gerne«, versichert ihm Veronika und fragt sich, was Madame bei der Rezeption zu tun hat. *Stellt die wieder auf eigene Faust Nachforschungen an?* So, wie nach dem Orgelkonzert auf Sternthal, als sie sich im Anschluss angeblich nach alten Bekannten umsehen wollte, die gerne Schwarze Witwen wären. Apropos, deswegen muss sie die Lambert auch endlich mal in die Zange nehmen.

»Danke«, sagt neben ihr Alexander.

»Wofür?«, fragt Veronika verdutzt.

»Dafür, dass Sie mich nach Sternthal mitnehmen. Ich würde mich gerne noch von meinem Onkel verabschieden, bevor ich abreise.«

»Wieso verabschieden und warum abreisen?«, fragt Veronika hellauf bestürzt. »Wir sind hier doch lange noch nicht fertig!«

»Keine Bange«, winkt Alexander erschöpft ab, »Sie können bleiben, ich begleiche alle Unkosten.«

»Darum geht es nicht«, protestiert Veronika. »Sie können Ihren Onkel nicht einfach so im Stich lassen! Gerade jetzt.«

Bevor Alexander antworten kann – was er allerdings ohnehin nicht vorzuhaben scheint –, taucht Madame am Tisch auf.

Sie wirkt sehr aufgeregt, ja, richtig mitgenommen. »Wir müssen sofort los, *tout de suite*«, verlangt sie. »Lambaste ist eben durch die Eingangshalle gestürmt. Er sah vollkommen schockiert aus und hat lamentiert, es habe *un grande incidente* gegeben. Einen schrecklichen Notfall.«

»Wo? Und was ist geschehen?«, fragt Veronika und ist bereits aufgesprungen. »Gibt es Tote?«

»*Je ne sais pas*, aber die Rezeptionistin sagt, er habe einen Anruf von dieser Tara aus Sternthal erhalten und ist jetzt mit seinem Range Rover auf dem Weg dorthin. In einem Tempo, schneller als Schuknecht und mein Franzl gestern Abend.«

Jetzt hält auch Alexander nichts mehr auf dem Stuhl. Hellwach ist er mit einem Mal. Er sprintet regelrecht zur Tür.

28.

Die Standuhr schlägt Viertel vor neun, im Speiseraum des Gästetraktes klappern Kaffeetassen, werden den Geräuschen nach zu urteilen erste Frühstücksteller abgeräumt und auf Metallwagen gestapelt.

Helmut steht beim Treibholzengel im Vorraum auf Posten und wartet auf Hildchen, die bislang nicht zum Frühstück erschienen ist. Bestimmt, um ihm aus dem Weg zu gehen. Was sonst. Und diesmal für immer, was mehr als verständlich ist, denn einem so erbärmlichen, strunzdummen alten Trottel wie ihm kann sie nur mit äußerster Verachtung begegnen.

Begegnen? Schön wär's. Genau das vermeidet sie.

Seine Kehle wird eng, das Herz rutscht ihm in die Magengrube. Fühlt sich richtig elend an. Er hat keinen blassen Schimmer, wie er seine entsetzliche, beschämende Dummheit ihr gegenüber jemals wiedergutmachen soll. Ob es da überhaupt einen Weg geben kann? Was hat er Hildchen vor zwei Abenden nur alles unterstellt. Ausgerechnet Hildchen. Er war vollkommen verblendet. Und das praktisch seit Jahren, Jahrzehnten sogar. Er hat seine erste und beste und treueste Freundin bitter verletzt und verloren. Noch dazu in einem Alter, in dem Jugendfreunde, die einen kennen wie niemand anders, immer seltener und kostbarer, ja, unersetzlich werden.

Unruhig schlendert Helmut zum Treppenhaus. Nein, da kommt niemand. Auch der Fahrstuhl steht still.

Noch gestern Abend, gleich nach seiner demütigenden, aber verdienten Niederlage in Sachen Nicoletta und der rasanten

Rückkehr aus dem *Monastère*, ist er rauf zu Hildchens Zimmer, hat an ihre Tür geklopft, wollte mit ihr reden, aber sie hat nicht aufgemacht, nicht einmal geantwortet hat sie.

Das war mehr als deutlich.

Und verständlich, nach allem, was er ihr seit Jugendtagen zugemutet und angetan hat, ohne zu bemerken oder zu erahnen, was sie gefühlt und wie sie gelitten haben muss, verflucht noch eins. Und trotz alledem hat sie vor wenigen Monaten wieder Kontakt zu ihm gesucht, hat Himmel und Hölle in Bewegung gesetzt, um ihm nach Sternthal zu folgen und ihm zu helfen. Hildchen eben. Treu wie Gold.

Seine Ignoranz, seine Selbstgerechtigkeit und noch dazu seine Vorwürfe wegen der blöden Briefe – das alles ist weit schlimmer als alles, was er sich wegen Nicoletta in seinen Jugendjahren selbst angetan hat. Zum Affen hat er sich gemacht für eine Frau, deren Gefühle so falsch waren, wie es heute ihre Fingernägel, Haare und die blendend weißen Zähne sind.

Herrje, wie konnte er nur jemals so blind sein? Mit sechzehn mag das noch verzeihlich gewesen sein. Aber sich mit 65 Jahren noch einmal derart manisch in seine Pubertätsfantasien hineinzusteigern, von einer »Schicksalsbegegnung« oder »Blitzschlaggefühlen« zu schwärmen, ist einfach nur lächerlich.

Zumal er dank Penelope – Gott habe sie selig – doch lernen durfte, wie sich wirkliche Liebe anfühlt.

Helmut stößt einen tiefen Seufzer aus, ihm ist ganz schlecht vor gespannter Erwartung. Sein Blick wandert wieder ins leere Treppenhaus, klettert die Stufen hoch. Immer noch kein Hildchen. Er kann wirklich gut verstehen, dass sie seinen Anblick nicht mehr ertragen und nicht mit ihm reden will. Helmut strafft den Rücken. Trotzdem wird er es versuchen. Er wäre nicht Helmut, wenn er es nicht täte. Helmut, der Kraftkerl, der bei Gegenwind volle Fahrt aufnimmt und kämpft. Um Hildchen, die seine erste, wahre große Liebe war.

Ganz ohne Blitzschlag hat sie sich vor mehr als fünfzig Jahren in sein Herz gestohlen. Klapperdürr, mit scharfer Zunge, Hunger im Blick und im Herzen und so loyal wie niemand sonst, den er bis dahin kannte. Hildchen war seine Heimat. Er hat es doch bloß nicht gewusst. Trottel, der er ist.

Und wieder schlägt die Standuhr. So wie bei seinem dämlich misslungenen Gespräch mit Hildchen vorgestern Abend. Jetzt schlägt sie neun Uhr.

Helmut dreht sich zu dem schwarzen Pendelmonster um, widmet dem Ziffernblatt aus Messing einen grimmigen Blick.

Es hat etwas gedauert, bis er kapiert hat, dass diese Uhr im Vorraum des Speiseraums dieselbe Uhr ist wie die, die er am Tag seiner Ankunft auf Sternthal durchs Telefon gehört hat. Kurz vor dem Satz: »Die Sache hat sich erledigt.« Oh ja, das hat sie. Schwacher Trost, aber anders als bei Hildchen ist bei ihm, wenigstens was die mysteriöse Hotline-Anruferin angeht, der Groschen noch rechtzeitig gefallen.

Dank der Standuhr wurde ihm klar, dass die Anruferin tatsächlich in Sternthal angekommen war, und bei der Gewächshausreparatur hat er dann kapiert, wer die Frau gewesen ist, die in der ersten Sturmnacht die Scheiben zertrümmert und Morddrohungen herausgeschrien hat. Eigentlich eine klare Sache, glasklar sozusagen.

Er hat sie kurz vor dem Frühstück in der Teeküche beiseite genommen und ihr eine Warnung ausgesprochen. Diskret, aber deutlich. Sie ist heulend zusammengebrochen, hat die Gewächshaustat gestanden und geschworen, nie wieder etwas Ähnliches zu tun und ihren Mann auch nicht in irgendeiner Weise tätlich anzugreifen. Merkwürdigerweise allerdings …

»Oh, Herr Gier, wie wunderbar, dass Sie hier sind!«, unterbricht die atemlose Stimme von Äbtissin Lioba seine Gedanken.

Helmut dreht sich um. Die Äbtissin muss durch das Portal zum Gästetrakt hereingekommen sein. Lautlos, aber äußerst eilig. Er hat sie gar nicht kommen hören. Nanu, die sonst so gleichmütige Nonne wirkt erstmals sehr nervös.

»Wir brauchen Sie. Wir brauchen Sie dringend«, sagt sie hastig. »Tara und Herr Lambaste ... Sie sind am Boden zerstört.«

Aufgeregt erläutert die Nonne ihr Anliegen, während die anderen Ora-et-labora-Teilnehmer aus dem Speiseraum strömen. Helmut hört nur mit halbem Ohr auf das, was Lioba ihm und allen anderen zu sagen hat, denn auf der Treppe hinter ihm werden Schritte laut. Schritte von vertrautem Klang. Er wirbelt herum. Endlich. Da ist Hildchen. Mit einem Koffer in der Hand und einem festen Blick im Gesicht. Der Blick geht über ihn hinweg und ist sehr abweisend und so kalt, dass ihn fröstelt.

29.

»Schneller!«, verlangt Alexander. »Warum bremsen Sie ab, wir müssen nach Sternthal. Verdammt nochmal, geben Sie Gas. Das ist ein Notfall.«

»Das weiß ich«, Veronika Dornbusch wirft ihm vom Fahrersitz aus einen wütenden Blick zu. »Mein SUV ist zwar Offroad tauglich, aber er kann nicht fliegen. Sehen Sie denn nicht den umgestürzten Baum da vorne? Ich hab gleich gesagt, dass wir wie Lambaste den Feldweg nach Sternthal nehmen sollten. Der Sturm hat hier im Wald ziemlich gewütet.«

Alexanders Augen fixieren ungeduldig die Strecke vor ihnen. »Das ist kein Baum, sondern nur ein armdicker Ast mit ein paar Verzweigungen.«

Gut, da hängt eine halbe Baumkrone daran, aber trotzdem. Sie müssen da durch, irgendwie weiter, um endlich herauszufinden, was auf Sternthal passiert ist. Und mit Tara.

»Aber der Ast ist riesig«, wendet vom Rücksitz aus nun auch Madame Lambert ein, und Veronika bringt den SUV ganz zum Stehen. Verdammt, das Letzte, was er jetzt braucht, sind botanische Diskussionen mit alten Damen!

»Da kommen wir locker dran vorbei. Na los, nach links«, befiehlt er.

»Da ist ein Graben mit metertiefem Schlamm«, protestiert Veronika, »wenn ich da reingerate, ist Endstation.«

»Dann lassen Sie mich ans Steuer.«

»Auf keinen Fall, der Wagen ist mir heilig.«

»Sagen Sie mal: Wofür bezahle ich Sie eigentlich?«, schnauzt

Alexander in bester Chefmanier, öffnet die Beifahrertür und springt hinaus. »Ich winke Sie an dem Ding vorbei«, sagt er barsch und knallt die Tür zu. Mit sechs, acht langen Schritten ist er bei dem herabgerauschten Ast. Ist wirklich ein Mordsding, aber kein unüberwindliches Hindernis. Mit erhobener Hand gibt er Veronika Zeichen.

Na also, sie fährt an, hält auf ihn zu und macht ihre Sache gar nicht schlecht. Haarscharf lenkt sie ihr Schlachtschiff von Wagen an der Grabenkante entlang, arbeitet sich mit gleichmäßigem Tempo auf den Ast zu. Alexander nimmt hinter dem Hindernis Aufstellung, winkt wieder. Jetzt ist tatsächlich Millimeterarbeit angesagt. Veronika wirkt hochkonzentriert, wirft nur hin und wieder einen Blick in den Graben, behält aber die Nerven.

Nur noch einen halben Meter, dann …

»Zum Teufel, nicht bremsen!«, schreit Alexander so laut, dass der Wald von seiner Stimme widerhallt.

Veronika bremst trotzdem. Der SUV steht gefährlich nah zum Graben. Veronika lässt die Scheibe herab, blickt tief und tiefer in den Graben.

»Verdammt noch mal! Was tun Sie da?«, verlangt Alexander zu wissen. »Auf Sternthal brennt wegen irgendwas die Hütte, wir müssen endlich dahin!«

Veronika wendet ihm langsam, wie in Zeitlupe und als sei sie in Gedanken ganz woanders, den Kopf zu. Ihr Gesicht ist ganz bleich, die Augen sind weit aufgerissen.

Okay, das sieht nach Panikattacke aus, dann muss er jetzt ruhig bleiben. Ganz ruhig, obwohl sich ihm eben beim Anblick des Abzweigs zu Taras Hexenhaus selbst der Magen umgedreht hat. Bei der Vorstellung, dass sie die Sturmnacht im Wald allein in ihrer Bruchbude verbracht hat und dass ihr irgendwas passiert sein könnte, wird ihm schlecht. Totschlecht.

Obwohl, allein war Tara ja wohl nicht, meldet sich sein Verstand zu Wort und buchstabiert den Namen John. Egal. Sie hat einen Notfallanruf bei Lambaste abgesetzt. Er muss wissen, was ihr passiert ist – oder jemand anderem oder vielen anderen.

Ruhig bleiben, ganz ruhig.

»Nun kommen Sie schon. Sie machen das prima«, fordert er Veronika mit freundlicher, fast schon schmeichelnder Stimme zum Weiterfahren auf. »Nur noch einen halben Meter, dann ist es geschafft.«

Veronikas Gesicht nimmt wieder Farbe an. Sie nickt entschlossen, wenn auch nicht in seine Richtung, sondern irgendwohin. Immerhin, sie fährt an, passiert das Hindernis und ihn, ohne zu bremsen. Dann gibt sie Gas. Richtig Gas.

»Hey!«, schreit Alexander dem davonfahrenden Auto hinterher. Er läuft los. »Anhalten«, schreit er.

Veronika tut das Gegenteil. Richtig Speed nimmt sie auf. Der Wagen entschwindet um eine Wegbiegung und seinem Blick. Was soll denn das? Die Frau ist doch völlig verrückt. Alexander erhöht sein Lauftempo. Trotzdem wird er den Wagen nicht mehr einholen können.

Na prima, statt zu sinnlosen Waldspaziergängen ist er jetzt auch noch zu einem Joggingexzess verdammt. Jogging? Das kann er schneller. Viel schneller. Alexander beißt die Zähne zusammen und schaltet auf Sprinttempo. Knapp zehn Minuten braucht er, bis das Klostertor von Sternthal in Sicht kommt. Keuchend schaltet er noch einen Gang höher. Stoppt auch nicht ab, als er endlich den Parkplatz des Klosters erreicht.

Gott sei Dank! Hier sieht nichts nach großer Katastrophe aus. Die Gebäude stehen noch alle, registriert er im Laufen, *kein Brand, keine sichtbaren Sturmschäden, nur ein Haufen Blätter und Kastanien, die herabgeregnet sind.* Auffällig ist allein, wie menschenleer das Gelände wirkt.

Sein Gehirn arbeitet wie seine Beine auf Hochtouren. Veronikas SUV ist auch nicht zu sehen. Sie muss weitergefahren sein. Wahrscheinlich die Kastanienallee entlang, die er selbst gerade durchläuft. Es geht auf die Kirche zu. Aha, da steht der SUV. Direkt vor dem Portal. Nur wo sind Veronika und Madame Lambert hin?

Zum alten Refektorium hinter der Kirche, das muss es sein! Verdammt, die morschen Gebäude haben bestimmt was abbekommen und die morschen Ora-et-labora-Rentner, denen sein Onkel sich angeschlossen hat, vielleicht auch.

Alexander umrundet die Kirche, erreicht den alten Klosterhof, stoppt ab. Tatsächlich, da sind sie: die Rentner, mit denen er zuletzt hier gearbeitet hat, Helmut, eine Schar Nonnen, ein paar ihm unbekannte Gesichter und Tara! Sie steht neben Lambaste. Und ist vollkommen unversehrt.

Alexander muss nach Atem ringen, er beugt sich vor, stützt keuchend die Hände auf den Knien ab, seine Waden brennen und schmerzen, als steckten tausend Messer darin. Aber das macht nichts, das macht gar nichts. Hauptsache es hat keine Toten gegeben. Oder Verletzte oder sonstige Schäden. Bis auf ein paar zerschmetterte Dachschindeln im Hof scheinen die alten Gemäuer ringsum dem Sturm standgehalten zu haben. Nun ja, das tun sie ja schon seit ein paar Hundert Jahren.

Merkwürdig ist allein die Stille, die über dem Hof liegt. Mehr als leises Gewisper, aus dem von irgendwoher Veronikas Stimme hervorsticht, die Schuknecht das Wort »Koffer« zuzischt, wenn er es richtig versteht, ist nichts zu hören.

Dann ebbt auch das Gewisper ab. Alexanders Augen suchen Tara, sie nickt traurig Lambaste zu.

»*Signore e signori*, ich habe Sie hergebeten, weil *la bella* Tara und ich Ihnen eine fürchterliche Nachricht überbringen müssen«, verkündet der Küchengott. »*È un disastro!*«

Verdammt noch mal! Muss der immer aus allem eine große Oper machen? Von welcher Katastrophe spricht der Mann? Und warum sieht Tara so traurig aus, so traurig, dass man sie einfach trösten muss?

Zumal von diesem John weit und breit nichts zu sehen ist.

30.

»Wenn Sie glauben, dass ich da hinuntersteige, täuschen Sie sich gewaltig«, zürnt Schuknecht mit Blick auf eine steil abfallende Böschung, die durch Gestrüpp und nasses Gras zu einem völlig verschlammten Entwässerungsgraben führt. Warum hat er sich nur von Veronika hierherchauffieren lassen? Auf Sternthal gibt es, weiß Gott, Wichtigeres zu tun.

»Sie müssen doch nur die Schuhe ausziehen und die Hosen hochkrempeln. Meine Güte, Schuknecht, jetzt seien Sie doch ein Mal ein Mann!«, schimpft Frau Dornbusch.

Als ob sie das je von ihm verlangt hätte!

Jedenfalls nicht in letzter Konsequenz. Sogar seinen Heiratsantrag hat sie nach ihrem letzten Mordfall abgewiesen.

»Ich steige da nicht runter, um nach einem imaginären Koffer zu suchen«, lehnt Schuknecht beleidigt ab.

»Dann mache ich es, Sie verhinderter Kavalier!« Veronika setzt sich auf den Fahrersitz ihres offen stehenden SUV und streift sich tatsächlich die Stiefeletten ab.

Diese Frau treibt ihn zur Weißglut.

Es ist ärgerlich genug, dass er sich von Veronika so holterdiepolter hat herlotsen lassen. Gerade, als es spannend wurde, aber sie hat, assistiert von Madame Lambert, derart wirr und hartnäckig auf ihn eingeredet, dass er nur halb mitbekommen hat, was genau Lambaste zu verkünden hatte. So viel immerhin ist klar: Die Zukunft des *Monastère* oder die von Sternthal oder von beiden steht wegen des nächtlichen Sturms auf dem Spiel. Das gefällt ihm gar nicht. Genauso wenig wie den anderen dort

Versammelten. Und statt zu helfen, wo wirklich Not am Mann ist, soll er ein albernes Schlammbad nehmen?

Schuknecht schüttelt den Kopf. *Keine Chance*. Mal ganz abgesehen davon, dass er so rasch wie möglich nach Sternthal zurückmuss, um seinen Überwachungs- und Aufsichtspflichten nachzukommen.

Mit ungeduldigem Blick verfolgt er Veronika, die sich an ihrem Rock zu schaffen macht. Was soll das? Röcke kann man nicht hochkrempeln. Oder doch?

»Unterlassen Sie das«, fordert er. »Wir fahren zurück. Sofort!«

Veronika reagiert nicht, schiebt stattdessen den Saum ihres engen, flammfarbenen Samtrocks über die Knie und zentimeterweise immer weiter hoch in Richtung ihrer wohlgerundeten Hüften. Schuknecht sieht ein rotes Seidenhöschen blitzen, *French Knickers*, die weich und wie liebkosend über erstaunlich feste Oberschenkel fallen. Unter den Knickers trägt Veronika schwarze, durchbrochene Strümpfe mit Rosenmuster. Metallklipse blitzen auf. Schuknecht wendet entsetzt den Blick ab.

»Was tun Sie da?«, fragt er mit deutlich erhöhtem Herzschlag. Es gab ja durchaus einmal Zeiten, zu denen er sich gewünscht hat, eines solchen Anblicks gewärtig zu werden, denn leider schätzt er Rubenskurven, er schätzt sie sogar außerordentlich, genau wie hochqualitative Seidendessous, aber doch nicht mitten im Wald!

»Ich muss an meinen Strumpfgürtel heran und meine Nylons herunterrollen. Die Dinger sind von Yves Saint Laurent und haben mich ein Vermögen gekostet«, erklärt Veronika Dornbusch.

»Ziehen Sie sofort ihren Rock herunter!«, befiehlt Schuknecht und bückt sich seufzend nach seinen Schnürsenkeln. »Ich mache das.«

Sonst kommen sie nie mehr hier weg.

Knapp fünf Minuten später und nachdem er seine Schuhe und Strümpfe ordentlich im Kofferraum deponiert und seine Hosen so weit wie eben möglich hochgekrempelt hat, macht sich Schuknecht, eine Haselrute als Halt nutzend, an den Abstieg.

»Immer quer zum Hang«, feuert ihn Veronika an. »Und langsam, Schritt für Schritt. Das Gras dürfte sehr glitschig sein.«

Schuknecht reißt den Kopf hoch. »Ich bin kein Trot–«, zürnt er und gerät ins Rutschen. Die Haselrute entgleitet seiner Hand, seine Füße schliddern durchs Gras, er sucht vergeblich nach Halt, denn es bieten sich nur noch dornige Brombeerranken an. Darum tut er das einzig Vernünftige, was in einer solchen Lage möglich ist: Er lässt sich niederplumpsen, absolviert den Rest der steilen Strecke auf dem Hintern und landet mit halbwegs gebremster Geschwindigkeit im Graben.

Mit saugendem Geräusch umschließt ihn kalter Schlamm bis zur Hüfte. Der Schlamm riecht nach Kuhdung. Seine Hose dürfte ruiniert sein. An die Rückenschmerzen, die ihm dank Unterkühlung in den nächsten Tagen garantiert sein dürften, will er gar nicht denken. Mit der Spannkraft glühenden Zorns richtet er sich auf, kommt schwankend auf dem sumpfigen Grund zum Stehen. Seine Füße sacken langsam, aber stetig im Morast ein.

»Wenn es hier keinen Koffer gibt, dann gnade Ihnen Gott!«, donnert er.

»Da, da neben Ihnen ist er gerade wieder aufgetaucht«, ruft Veronika aufgeregt zurück. »Ihre fantastische Arschbombe muss ihn wieder nach oben geschwemmt haben. Jetzt machen Sie schon, greifen Sie sich das Ding!«

Schuknecht gehorcht, obwohl er Veronika das Wort »Arschbombe« übelnimmt. Schreckliches Wort. Sollte einer Dame nie über die Lippen kommen. Allerdings ist Veronika nun mal keine Dame und behandelt ihn wie einen Clown. Das kaum unterdrückte Kichern, mit dem sie seine unglückselige Landung im Graben begleitet hat, ist ihm nicht entgangen. Aber das ist noch nicht alles.

»So, und jetzt müssen Sie nur noch nach der Leiche suchen«, ruft Veronika vom Rand der Böschung herab.

»Welcher Leiche?«, fragt Schuknecht so verdattert wie entsetzt und mit dem schlammtriefenden Koffer in der Hand.

»Na, nach der von Klaus von Donath! Ich werfe Ihnen einen Ast hinunter, damit können Sie ein bisschen herumstochern.«

31.

Was dieser überkandidelte Lambaste für eine Katastrophe hält, ist unfassbar! Tara tut es allerdings auch.

Alexander schüttelt stumm und verärgert den Kopf. Und wegen so was machen die einen ganzen Haufen Menschen verrückt. Unter anderem ihn. Herrje, es geht doch nur um ein geplatztes Renaissance-Bankett für ein paar Geldsäcke und Promis und eine abgesagte Fernsehaufzeichnung. Diesen ganzen Quatsch kann man doch jederzeit nachholen. Alexander zwängt sich durch die lauschende und wispernde Menge im Klosterhof weiter nach vorne, um näher bei Tara zu sein.

Gerade hat sie erklärt, dass der Luftverkehr zu den Großflughäfen in der Region aufgrund des Sturmwetters drastisch zusammengestrichen wurde. Das hat ihr dieser Historikerfreak John vom Frankfurter Flughafen aus heute Morgen am Telefon mitgeteilt.

Er war offenbar dort hingereist, um sein und Taras Team aus Food-Historikern, Archäologen und Kameraleuten abzuholen. Doch die Flüge aus Schottland, mit denen sie gestern Abend anreisen wollten, sind bis auf Weiteres gestrichen. Da sich der orkanartige Sturm jetzt über Frankreichs Kanalküste austobt und auf England zurast, besteht keine Chance mehr, dass sie es rechtzeitig bis Freitag hierherschaffen. Außerdem hängt ein Container voll Ausrüstung und Kostümen in Dover fest, der Fährhafen ist ebenfalls vorerst geschlossen.

»Und selbst wenn meine Freunde es bis Freitag schaffen könnten«, klagt Tara, »wäre keine Zeit mehr für die aufwändigen Vorbereitungen. Das Refektorium ist noch nicht einmal halb fertig, der große Kamin funktioniert nicht, die Tafeln müssen noch aufgebockt werden, wir haben keine Bratspieße, keine Kostüme, keine Stoffe, keine Dekoration, keine Darsteller, nichts, wir haben gar nichts. Wir müssen alles absagen.«

»Die feinen Herrschaften können doch auch im *Monastère* tafeln«, wirft einer der Ora-et-labora-Rentner ein. Er hat ein blaues Auge und heißt, soweit Alexander sich erinnert, Dieter. »Wird ohnehin mehr ihrem Stil entsprechen als ein großes Fressen in diesen bescheidenen alten Gemäuern hier. Da könnten sie sich ja schmutzig machen.«

»Hör endlich auf, wie ein Kommunist zu reden!«, zischt die Frau an seiner Seite.

»Ich bin kein Kommunist«, zischt Dieter zurück. »Aber, wenn du so weitermachst, werde ich einer, und zwar ein geschiedener!«

Scheint so, als wimmele es nicht nur im Monastère *von durchgeknallten Senioren*, denkt Alexander flüchtig.

»Wenn wir das Bankett im alten Refektorium absagen, verliert Sternthal die Miete für den Raum und die einmalige Chance, als Drehort für eine vierteilige Mittelalter-Doku ausgewählt zu werden«, antwortet Tara. »Das Geld dafür würde erheblich zur Rettung und Erhaltung des gesamten Bauensembles beitragen.«

Ein Schluchzer hat sich in ihre Stimme gestohlen. Heult die etwa? Wegen ein paar maroder Bruchbuden? Sieht beinahe so aus.

»Es gibt immer eine Lösung«, wirft eine der Klosterschwestern mit milder Stimme ein. »Wir werden sie finden, Tara.« Die Dame klingt ganz schön feierlich, fehlt nur noch ein »Mit Gottes Hilfe«.

»Sternthal hat schon ganz andere Dinge überlebt, mein

Kind«, ergänzt eine zierliche Japanerin in Nonnentracht. »So wie du. Gräm dich nicht. Du hast schon genug für das alte Sternthal getan. Genau wie dein Vater.«

Alexander schiebt Hildchen Trautwetter beiseite, die geistesabwesend und augenscheinlich völlig mitgenommen von den Geschehnissen im Weg steht. Noch dazu mit Gepäck in der Hand. Will die auch abreisen? So plötzlich? Merkwürdig. Egal, endlich ist er ganz vorne.

Lambaste beginnt erneut zu lamentieren: »Damit iste alles vorbei! *Finito*. In meine Küche ich habe auch die Krise. Meine Souschef unde drei Beiköche haben freigenommen, weil ihre Häuser sinde abgedeckt von die Sturm. Meine Lieferanten aus Italia haben Probleme wegen die Wetter, ich habe keine Nachschub von die Truffel aus Savino, die wilden Schweine, die richtige Schinken unde die Gemüse kommen auch nicht. Die herrliche Gemüse! *Una tragedia monumentale*. Ich habe fertig.«

Jetzt reicht es aber! Der Mann klingt wie eine Mischung aus Trainer Trapattoni und einem Opernhelden, der kurz davor steht, sich wegen einer fehlenden Karotte selbst zu entleiben.

»Sie tun geradezu so, als sei der Westerwald von einer akuten Hungerkrise bedroht«, entfährt es Alexander mit lauter Stimme. »Hier wird es ja wohl irgendwo noch Gemüse und andere Lebensmittel für Ihr beklopptes Essen geben. Ein Koch wie Sie sollte außerdem aus allem ein Festmahl zubereiten können. Vor allem, wenn er ein Vermögen mit albernen TV- und Internet-Kochshows und Merchandising-Produkten für Discounter verdient hat.«

Lambaste erstarrt und pumpt die Lunge auf, scheint ein italienisches Donnerwetter vorzubereiten.

Es kommt nicht dazu.

Helmut meldet sich zu Wort. »Mein Neffe hat völlig recht«, sagt er fest. »Ich habe auf Schiffen schon mit weitaus bescheideneren Zutaten gekocht. Eine Mannschaft, um das Refektorium auf Vordermann und ein Festessen an Deck zu bekommen, haben wir auch.« Er schaut sich unter den Zuhörern um. »Alexander, Dieter, Gerd, was meint ihr? Schuknecht ist bestimmt mit an Bord. Wo auch immer er steckt. Kochen kann er angeblich auch.«

Er macht eine kurze Pause, die Männer nicken.

Alexander nickt unwillkürlich mit.

Moment mal, will er das wirklich? Ist er denn komplett verrückt geworden?

»Und dann haben wir natürlich noch unsere fantastischen Frauen«, fährt Helmut fort. Er zögert kurz, dann sucht er quer über den Hof den Blick der Trautwetter. »Hildchen, würdest du uns und Tara mit den anderen zur Hand gehen? Ich wäre dir sehr dankbar, wenn du bleiben könntest. Wir brauchen eine wie dich.«

Kurz herrscht Schweigen. Nachdenkliches Schweigen. Hildchen Trautwetter schweigt mit.

Alexander zweifelt immer noch an seinem Verstand.

»Also, als Küchenmagd bin ich nicht hergekommen«, ergreift Ilse als Erste das Wort. »Ich bezahle doch nicht für ein Ora-et-labora-Seminar, um am Ende irgendwelche verwöhnten, reichen Feinschmecker zu bedienen.«

32.

Schuknecht legt den Hörer auf und nickt mit nachdenklichem Blick in Richtung Fenster. So langsam ergibt der Fall des verschwundenen Finanzspekulanten einen Sinn. Und zwar haargenau den, den er von Anfang an vermutet hat. Was für ein langweiliger Fall! Und so überaus schmutzig. Wie passend, dass er buchstäblich in den Sumpf steigen musste, um das letzte Beweismittel zu sichern. Seine Hose ist ruiniert, und er war gezwungen, ausgiebig zu duschen, um sich wieder in einen halbwegs menschenwürdigen Zustand zu bringen.

Schuknecht erhebt sich von seinem Bett im Bischofszimmer und schlendert zum Couchtisch zurück. Immerhin, das muss er zugeben, hat Veronika Dornbusch mal wieder einen Treffer gelandet. Wie immer ein Zufallstreffer, versteht sich.

Auf dem Couchtisch und einem nunmehr stark verschmutzten Handtuch – er wird es den Schwestern von Sternthal ersetzen müssen – ruht aufgeklappt der mühselig geborgene Geldkoffer. Der Inhalt ist unbeschädigt. Sein Besitzer, bei dem es sich zweifelsohne um Klaus von Donath handelt, hat beim Kofferkauf Wert auf wasserdichte Qualität gelegt. Höchstwahrscheinlich ist das Ding sogar schwer bis gar nicht entflammbar.

Aus gutem Grund.

Schuknechts Blick wandert zu den vier lilafarbenen Türmchen, die er akkurat neben dem Koffer aufgeschichtet hat. Schwindelerregend hoch sind sie nicht. Fünfzig Bündel Fünfhundert-Euro-Scheine in der vorgeschriebenen Stückelung von zwanzig Stück pro Banderole sehen vergleichsweise bescheiden aus, wiegen kaum mehr als ein Kilogramm und ergeben in Summe dennoch eine halbe Million Euro. Fast eine halbe Million. Denn um die zwanzig Scheine, also zehntausend Euro, so überschlägt Schuknecht aufgrund flüchtigen Nachzählens, hat von Donath bereits verwendet. Er hat sie aus diversen Bündeln herausgezogen, um fortlaufende Seriennummern zu meiden.

Der verbliebene Rest bleibt ein stolzer Betrag. Ihn in bar auszugeben wäre allerdings höchst problematisch. Ihn offiziell auf ein Konto einzuzahlen – ohne Kripo oder Staatsanwaltschaft auf den Plan zu rufen und sich einem unbequemen Verhör über die Herkunft des Geldes auszusetzen – ist quasi unmöglich.

Die Scheine werden ab Ende 2018 nicht mehr ausgegeben und sollen möglichst weitgehend aus dem Zahlungsverkehr verschwinden. Schon jetzt gilt in Deutschland eine Barzahlungsobergrenze von 10000 Euro. Wer hierzulande mehr als zwanzig Fünfhunderter, also ein Bündel Scheine, auf den Tisch blättert – wie es etwa gerne beim Kauf eines Autos getan wird –, muss seinen Ausweis vorlegen und darf mit lästigen Fragen rechnen. Weshalb von Donath den Koffer schlussendlich im Sumpf entsorgt haben dürfte.

Brüssel diskutiert inzwischen sogar ein EU-weites Verbot, Bargeschäfte in Höhe von mehr als 5000 Euro zu tätigen. In Italien gilt bereits eine Grenze von 3000 Euro, und in Frankreich darf bar nur bis 1000 Euro bezahlt werden. Viele Geschäfte oder Unternehmen werden allerdings schon bei geringeren Beträgen misstrauisch oder lehnen Fünfhunderter als Zahlungsmittel grundsätzlich ab. Lediglich Gold- und Schmuckhändler, Autoverkäufer und Kunstdealer, so hat es Schuknechts Ex-Kollege von der Staatsanwaltschaft Koblenz mit dem Schwerpunkt Wirtschaftsstrafsachen erläutert, sind von diesen Obergrenzen hart betroffen. Und – so die offizielle Erklärung für die Einschränkungen und die baldige Abschaffung der Banknote – Kriminelle wie Drogenhändler, Vermittler von Schwarzarbeit im großen Stil, Terror-Paten oder Steuerhinterzieher.

Skeptiker, darunter hochkarätige Experten wie der Bundesbankpräsident, bezweifeln diese hehren Motive der Verbrechensbekämpfung allerdings. Schuknecht ebenfalls. Terror-Paten bedürfen nun mal keiner prall gefüllten Geldkoffer, und Geldwäsche im schwerkriminellen Bereich – etwa dem Drogenhandel – läuft traditionell bargeldlos. Richtige Verbrecher finden immer einen Weg, ihre Finanzen und Geschäfte zu verschleiern.

Manche Ökonomen wittern deshalb hinter der Entscheidung, den Fünfhunderter allmählich aus dem Verkehr zu ziehen, den Versuch, leidlich wohlhabende Sparstrumpfbesitzer oder Safe-Inhaber, die nach dem Motto »Nur Bargeld lacht« die platzsparenden Scheine bunkern, dazu zu bringen, ihr Vermögen künftig allein der Bank anzuvertrauen – in Form von Anlagen, Festgeldkonten, zum Aktienkauf oder was auch immer. Hauptsache: Aus Barem wird Buch- und Giralgeld, das jederzeit mit Negativzinsen belegt oder gar enteignet werden könnte, sollte es zum nächsten Finanzcrash kommen. Das Fernziel, so befürchten manche, ist die komplette Abschaffung von Bargeld.

Ob es sich bei derartigen Spekulationen um sogenannte Verschwörungstheorien handelt, vermag Schuknecht nicht zu beurteilen. *Aber zurück zur Gegenwart.*

Für Besitzer von größeren Summen in Fünfhundertern, zu denen von Donath gehört haben muss, ist es an der Zeit, diese so elegant wie möglich loszuwerden. Was, wie gesagt, keineswegs einfach ist. Vor allem für unehrliche Sparer. Im Genfer Bankenviertel ist es im Mai in diesem Zusammenhang zu einem äußerst unappetitlichen Vorfall gekommen, der Schuknecht an sein eben überstandenes Sumpfabenteuer mit Kuhdunggeruch erinnert: Die Toiletten in der Nähe des Tresorsaales der Schweizer UBS Bank und von umliegenden Restaurants quollen über – vor dem üblichen Inhalt und vor zerschnittenen Fünfhundert-Euro-Scheinen.

Schuknecht rümpft die Nase. So viel zum Thema *pecunia non olet* – Geld stinkt nicht.

Zwei Spanierinnen hatten versucht, Fünfhunderter im Wert von etwa hunderttausend Euro im Klo verschwinden zu lassen. Was nicht verboten ist. Die Damen haben die Rechnung für die notwendigen Klempnerarbeiten beglichen und somit eine Anzeige wegen Sachbeschädigung abgewehrt. Die beiden werden nun jedoch intensiv über die Herkunft des Geldes befragt, das sie Jahre zuvor im Safe deponiert hatten. Vermutet werden Schwarzgeldgeschäfte im Bausektor und natürlich der Klassiker: Steuerhinterziehung.

Seufzend streift Schuknecht noch einmal die Handschuhe über, die er schon beim Öffnen des Koffers und dem Hantieren mit den Scheinen angezogen hatte. Vorsichtig zupft er eine Banknote aus einer Banderole, tritt ans Fenster und hält sie gegen das Licht. Sie gehört tatsächlich zu dem Seriennummernbereich, nach dem gefahndet wird, aber Schuknecht sucht nach etwas anderem.

Vergeblich. Mit bloßem Auge ist nichts zu erkennen, genau wie sein Ex-Kollege aus Koblenz ihm soeben versichert hat. Man wird den Scheinen mit UV- und Infrarotlicht und einer chemischen Feinanalyse zu Leibe rücken müssen, um die unsichtbare forensische Kennzeichnung sichtbar zu machen, durch die das Geld einen gerichtsverwertbaren Beweis darstellt. Sein Ex-Kollege ist in dieser Hinsicht sehr zuversichtlich. Und das zu Recht, da …

Ein Klopfen unterbricht Schuknecht in seinen Betrachtungen.

Zögernd begibt er sich zur Tür, um zu öffnen. Unnötigerweise. Veronika Dornbusch ist nicht die Frau, die höflich abwartet, bis man ihr öffnet. Zu ärgerlich, dass er nicht abgeschlossen hat! In einem Kloster und unter lauter liebenswerten und wohlerzogenen Nonnen wird man einfach zu vertrauensselig.

Mit mehreren Tafeln Schokolade und einer Tüte Fairtrade-Chips in der rechten Hand und der Frage »Fertig geduscht?« auf den Lippen stürmt Veronika ins Zimmer.

Was, wenn das nicht der Fall gewesen wäre?, fragt sich Schuknecht leicht verärgert. Wobei er sie, um ehrlich zu sein, viel früher zurückerwartet und dementsprechend zügig geduscht und telefoniert hat.

»Ich habe mich unten ein wenig mit Hildchen verplaudert«, plappert Veronika munter drauflos. »Alexander Gier hat sie dazu verdonnert, in Sternthal zu bleiben, um Taras Bankett doch noch auf die Beine zu stellen. Eigentlich wollte sie nämlich abreisen. Na, wenigstens zahlt er ordentlich. Oh, und Chips und Schoki waren leider alles, was ich in der Teeküche auf die Schnelle gefunden habe.« Sie hält ihre Einkäufe hoch.

Schuknecht verzieht den Mund. Ein anständiges Mittagessen sieht anders aus, aber nun, für mehr bleibt keine Zeit. Er muss am Nachmittag wieder zu Henry ans Krankenbett, Gerd ablösen. Versprochen ist versprochen. Schwester Amabilis will ihn im klostereigenen Auto hinfahren. Ihre besänftigende Gesellschaft wird ihm nach den Anstrengungen des Morgens guttun.

Veronika lädt Schokolade und Chips auf dem Couchtisch ab. »Doch nicht direkt neben unseren Beweismitteln!«, protestiert Schuknecht. »Wir dürfen nichts verunreinigen. Die Kripo will den Koffer noch heute abholen.«

Veronika klaubt die Tüten und Tafeln wieder auf, trägt sie quer durch den Raum und wirft sie und sich selbst auf Schuknechts Bett. Rasch reißt sie die Chipstüte auf, ruckelt sich bequem auf Decken und Kissen zurecht. Unmöglich die Frau, keine Kinderstube! Man isst doch nicht im Bett! Schon gar nicht in seinem.

»Und?«, fragt sie Chips knuspernd und Krümel verstreuend. »Hat Ihr Kollege aus Koblenz ordentlich was rausgerückt?«

Schuknecht nickt und wendet sich dem Fenster zu. Veronika Dornbusch auf seinem Bett ist ein, gelinde gesagt, irritierender Anblick. Erst recht, nachdem sie ihre Stiefeletten abgestreift und ihre schwarz bestrumpften Beine angezogen hat, um eine halb liegende Position einzunehmen. Ein Bild wie von Botero. Der mochte üppige Frauen mindestens so sehr wie Rubens, und Schuknecht schätzt beide Maler.

»Bei der halben Million«, beginnt er mit strenger Stimme, seinem Staatsanwaltston, und wendet sich wieder Veronika zu, »dürfte es sich um Bestechungsgeld handeln, das im Zusammenhang mit einem öffentlichen Bauvorhaben bar an den Beamten eines Landesbauministeriums geflossen ist.«

»Geht es noch ungenauer?«, fragt Veronika.

»Herrje, so was ist doch Tagesgeschäft! Suchen Sie sich irgendein Bundesland oder Bauprojekt aus«, entgegnet Schuknecht unwirsch.

»Dann nehm ich Berlin und den Flughafen, der nie fertig wird«, sagt Veronika. »Ich hab's gern konkret. ›Stuttgart 21‹ geht natürlich auch.«

»Von mir aus«, stöhnt Schuknecht, der die Niederungen der Politik verabscheut. »Wichtiger und wirklich bemerkenswert ist, dass der Beamte längst im Visier von Steuerfahndern und der Staatsanwaltschaft stand. Man hat das Geld abgefangen, bevor er es in die Hände bekam, den Betrag in schwer zu handelnde Fünfhunderter getauscht und sie überdies markiert, da der saubere Herr nur als Zwischenvermittler fungierte. Man wollte an den letzten Empfänger ran. Nachdem er sich seinen Anteil abgezweigt hatte, hat der Beamte den Rest der Summe weitergereicht.«

»An wen?« Veronika lässt die Knabbertüte sinken. Leider mit Schräglage, Chips purzeln in Schuknechts Bett. »Von Donath?«

»Nein, nein, wahrscheinlich an jemanden weiter oben im Ministerium. Und dieser Jemand war – wie es scheint – einer von Donaths Kunden. Um wen es sich handeln könnte, dazu schweigen der gefasste Beamte und sein mutmaßlicher Geldgeber leider eisern.«

»Von Donath ist also in einen Bauskandal verwickelt?«, fragt Veronika.

Schuknecht schüttelt wieder den Kopf. »Nicht direkt. Er ist tatsächlich Anlageberater und nebenher – wie nicht unüblich in seiner Branche – Beihelfer zur Steuerhinterziehung mittels dubioser Anlagemodelle und somit ein geübter Geldwäscher. Ob er Letzteres wissentlich oder unwissentlich war, steht noch zu ermitteln. Sicher ist, dass er seinen Investoren gewiss nie unangenehme Fragen über die Herkunft von hohen Barsummen gestellt hat. Die halbe Million in dem Koffer scheint von Donath vor wenigen Tagen aus einem Genfer Banktresor geholt zu haben, in dem er Kundenvermögen deponiert oder eher zwischenlagert. Ein böser Schnitzer.«

»Weil die Scheine markiert sind«, schlussfolgert Veronika.

Schuknecht nickt. »Unter anderem. Genauso dumm war die Entgegennahme von Fünfhundert-Euro-Scheinen. Von Donath wird das gewusst, aber unter erheblichem finanziellen Druck gestanden haben.«

»Was ist verkehrt an Fünfhundert-Euro-Scheinen?«, will Veronika wissen und schaut ganz aufmerksam. »Ich finde sie sehr hübsch, vor allem das Lila. Ich habe selbst ein paar daheim.«

»Wie viele ungefähr?«

»Ein Bündel. Geld aus meinem alten Lottogewinn, Sie wissen schon«, sagt Veronika vage. »Warum?«

Ja ja, der Lottogewinn. Schuknecht schiebt die Brauen zusammen. Der Gewinn liegt bereits zwanzig Jahre zurück, aber entpuppt sich immer und immer wieder als Pferdefuß in Veronikas Leben und hat in ihrem letzten Mordfall sogar die Hauptrolle gespielt. Eine unrühmliche.

Schuknecht erläutert Veronika knapp die laufende Abschaffung der inkriminierten Banknote und die diversen europäischen Obergrenzen für Bargeldzahlungen.

Veronika richtet sich empört in den Kissen auf, ihr Top verrutscht und entblößt einen BH-Träger im Ton der Fünfhunderter. Er muss sich furchtbar mit der Farbe ihrer Seidenknickers beißen, deren Rot sich leider in Schuknechts Gedächtnis eingebrannt hat.

»Eins ist klar!«, ruft sie. »Die Bank bekommt mein schönes Geld nicht.«

»Die Scheine können Ihnen nicht gefährlich werden, schließlich ist ihre Herkunft sauber und erklärlich. Als Wertanlage können Sie sie ruhig behalten. Einige britische Fondsmanager gehen sogar davon aus, dass Fünfhunderter nach ihrer Abschaffung so begehrt sein werden, dass sie noch höher gehandelt werden. Die EZB hat schließlich versichert, dass der Fünfhunderter immer seinen Wert behält. Man kann ihn zudem bei den nationalen Banken umtauschen. Bei einem Bündel, dessen Herkunft erklärlich ist, dürfte das problemlos möglich sein.«

Veronika schnaubt. »Die EZB garantiert was? Wer's glaubt, wird selig. Ich werde das Zeug sofort loswerden!«

»Das ist Ihre Entscheidung«, sagt Schuknecht. »Wenn Sie unangenehme Fragen vermeiden möchten, sollten Sie nur nicht beginnen, das Geld mit vollen Händen auszugeben, so wie es von Donath gemacht hat. Der Depp hat versucht, damit in einem Reisebüro ein Flugticket nach Panama zu kaufen. Er wollte im *Monastère* sogar fünf davon bei Vittorio Lambaste einwechseln.«

»Der wollte im *Monastère* Kleingeld daraus machen?«

Schuknecht nickt erneut. »Er benötigte offensichtlich unverdächtigeres Geld. Lambaste hat ihm den Geldwechsel verweigert und klugerweise Kontakt mit der Polizei aufgenommen, nachdem von Donath quasi bei Nacht und Nebel verschwunden ist.«

»Als Restaurantbesitzer und Italiener kennt Lambaste sich mit Steuerhinterziehung, Geldwäsche und dergleichen bestimmt aus«, meint Veronika mit lobendem Ton in der Stimme.

»Das habe ich jetzt nicht gehört«, sagt Schuknecht streng.

»Ist doch wahr«, murrt seine Partnerin. »Die Staatsanwaltschaft Koblenz hat schon einmal einen deutschen Fernsehkoch wegen Steuerhinterziehung drangekriegt. Die scheint ziemlich fit zu sein.«

Schuknecht nickt. »Aber gegen Lambaste liegt nichts vor. Er hat vorbildlich gehandelt. Hingegen muss von Donath völlig verblödet oder finanziell komplett am Ende sein.« Er schüttelt den Kopf. »Wahrscheinlich ist er beides.«

»Sie sprechen auffallend oft im Präsens von dem Mann«, wird Veronika hellhörig. »Wollen Sie damit andeuten, dass er wirklich nicht tot ist?«

»Natürlich ist er nicht tot! Er lebt, so wie ich es Ihnen immer und immer wieder versichert habe.« Schuknecht kann sich einen leicht abfälligen Tonfall nicht verkneifen.

»Warum haben Sie dann nach dem Kofferfund weiter im

Sumpf rumgestochert?«, will Veronika wissen. In ihren unschuldsblauen Augen blinkt es spitzbübisch – oder täuscht er sich da?

»Wo ich ohnehin schon einmal im Morast steckte, wollte ich – gegen besseren Wissens – sichergehen«, erklärt Schuknecht.

»Ich fand, Sie sahen sehr männlich aus in Ihren völlig durchweichten Klamotten«, sagt Veronika träumerisch. »Kennen Sie die Szene aus dem Film *Stolz und Vorurteil*, wo Mr. Darcy in den See springt? Ich wollte schon immer mal einen Mann mit feuchtem Hemd und eng anliegender nasser Hose sehen.«

Meint die das ernst, oder will sie nur ihre detektivische Niederlage überspielen?

»Wie auch immer«, greift er das eigentliche Thema wieder auf. »Man hat von Donath heute Morgen quicklebendig an der Grenze zu Luxemburg festgenommen. Samt dem Mietwagen, den er sich von Koblenz aus am Morgen seines Verschwindens hat herkommen lassen. Er hatte ihn bereits am Tag zuvor via Internet bestellt. Dazu musste er seine Kreditkartendaten angeben. Seine Konten wurden schon des Längeren überwacht, und die Navis dieser Wagen übersenden Ortungssignale, daher wussten die Finanzfahnder …«

Frau Dornbusch hört nicht länger zu. Unter erheblichem Knistern knüllt sie die Chipstüte zusammen. »Wie langweilig. Es gibt also keine einzige Leiche in dem ganzen Fall«, mault sie halb enttäuscht, halb entrüstet.

»Nicht in diesem«, entgegnet Schuknecht. Sein Blick schweift kurz zum Fenster und von dort in den Klostergarten. »Und ich werde dafür sorgen, dass das auch so bleibt.«

»Was soll das heißen?«, verlangt Veronika zu wissen und springt wie ein Teufel aus der Kiste vom Bett. Die Matratzenfedern quietschen erleichtert.

»Das heißt, dass wir die merkwürdige Mordandrohung bei Helmut Giers Tarot-Hotline noch nicht geklärt haben!«

»Aber die haben Sie doch immer als kompletten Unsinn abgetan«, protestiert Veronika. Ihr Gesicht ist nun ganz Empörung.

»Auch ich kann mich mal irren«, sagt Schuknecht knapp. »So wie Sie mit Ihrer angeblichen Leiche im Morast«, ergänzt er mit strafendem Blick.

»Das war was anderes. Mit echten Toten treibt man keine Scherze. Wer soll bitteschön ermordet werden, wenn nicht von Donath? Raus damit!«, faucht Veronika.

Ein Klopfen erspart Schuknecht die Antwort. Wofür er sehr dankbar ist. Er hat Veronika bereits viel zu viel verraten.

Den möglichen Mord, der sich anbahnt, gilt es mit äußerster Diskretion und Fingerspitzengefühl zu verhindern. Zwei Talente, über die Veronika Dornbusch am allerwenigsten verfügt.

33.

Der Mensch braucht einen Plan und was Vernünftiges zu tun – die alte Weisheit stimmt immer, so auch jetzt. Helmut hockt rittlings auf dem Dach des alten Refektoriums. Seine Laune hat sich gebessert, seit klar ist, dass Hildchen bleibt. Wenigstens das. Wie er sie dazu bringen kann, ihn wieder zur Kenntnis zu nehmen, wird er noch herausfinden. Jetzt ist erstmal das Dach dran. Er klopft eine Dachpfanne in Position.

Unweit von ihm klopft es ebenfalls.

Rechts von ihm sitzt nämlich Gerd in gleicher Pose und ebenfalls mit einem Fäustel in der Hand auf dem First. Gerd versteht nicht nur was von seinen dämlichen Bohnen, sondern ist glücklicherweise ein ehemaliger Dachdecker mit Meisterbrief. Auch er fühlt sich sichtbar pudelwohl, ist ganz in seinem Element. Sogar den »Gemüsemord« im Gewächshaus scheint Gerd vergessen zu haben. Hoffentlich für immer. Wäre am besten so.

»Noch zehn, zwölf Schindeln, dann sind wir durch!«, ruft Gerd. »Keine große Sache. Ein Glück, dass Lambaste das Dach erst vor wenigen Wochen hat ausbessern lassen. Dadurch hat es den Sturm gut überstanden.«

Helmut nickt.

Bleibt die Frage, ob für den historisch zu nennenden gemauerten Schornstein dasselbe gilt. Helmuts Blick schweift zu dem Kaminfeger, der sich gerade neben Gerd in Positur wirft, ein aufgerolltes Seil samt Federbesen von der Schulter streift und eine Stabtaschenlampe aus der Brusttasche zieht.

»Wie sieht's da drinnen aus?«, ruft Gerd dem Mann zu, während der den Schornstein ausleuchtet.

»Nicht übel, kaum neue Verschmutzungen, seit ich im Frühjahr hier war«, antwortet der Kaminfeger, der – ganz Profi – kerzengerade schräg zum First steht. »Ist kein Wunder. Der Kamin wird ja praktisch nie genutzt«, fährt er erläuternd fort. »Könnte allerdings sein, dass sich durch den Sturm innen ein paar Ziegel gelockert haben.«

Eben darum hat die tatkräftige Tara den Mann angerufen und mit Engelszungen überredet, außerplanmäßig vorbeizuschauen. Dem Himmel sei Dank kennt sie ihn seit Jahren, genau wie die anderen freiwilligen Helfer aus der Umgebung, die das Refektorium gemeinsam mit den Leuten vom Kloster endgültig entrümpelt und alles störende Zeug mit Traktor und Hänger vom Hof geschafft haben.

Die Nonnen von Sternthal erfreuen sich außerordentlicher Beliebtheit. Kann daran liegen, dass sie bis vor fünfzehn Jahren ganze Generationen von Kindern im heutigen *Monastère* als Kindergärtnerinnen betreut und anschließend in einer inzwischen längst geschlossenen Grundschule unterrichtet haben. »Ziemlich streng, aber sehr liebevoll«, wie Tara meint, die selbst ein Schützling und eine Schülerin von Sternthal war. »Die Schwestern waren wirklich prima, egal was man sonst so über Klosterschulen hört. Für mich war Sternthal die Rettung.«

Was sie damit wohl gemeint hat?

An einem ellenlangen Seil lässt der Kaminkehrer einen Edelstahlbesen samt Zuggewicht in den gemauerten Schornstein hinab. Das ist wichtig, denn Tara und ihr John brauchen einen einwandfrei funktionierenden Schornstein. Sie wollen den riesigen Kamin im alten Refektorium nämlich als ein *centerpiece* für das Renaissance-Bankett nutzen. Am Drehspieß soll ein Wildschwein vor dem Feuer und vor Publikum geröstet werden. Es ist ein hiesiges Wildschwein, das Tara bei einem örtlichen Jäger bestellt hat. Lambaste ist skeptisch, sowohl hinsichtlich der Qualität des Fleisches als auch wegen der Zubereitungsart – John nicht.

»Spit-roasted boar is the best you can get«, meint er. *»Tudor Britain* war *famous* für seine königliche Spießbraten. Und die Zubereitung ist eine Event. Wir drehen ihn über Stunden mit halb nackte Körper wegen die Hitze.«

Was Lambaste alles nicht weniger skeptisch macht. Von wegen »englische Küche«, »lästige Gerüche«, »halb nacktes Schaukochen« und so. Der Italiener hatte die britischen Historiker und Archäologen nur als Berater und eine Art kostümierte Hofnarren sowie fernseherfahrene Showkellner eingeplant, nicht als aktive Hilfsköche.

Tja, nun muss der Mann sich sogar mit einem Haufen Rentner als Personal zufriedengeben. Beim Restaurieren, Kellnern und sogar beim Kochen. Das Ora-et-labora-Team wird als schnelle Eingreiftruppe dafür sorgen, dass das Renaissance-Bankett am Freitag stattfindet. Sie alle tun es den Nonnen von Sternthal zuliebe, die das Geld für die Saalmiete brauchen und die Chance, dass ihr wunderschöner historischer Klosterhof zum Drehort und damit eventuell zu einem Besuchermagneten wird, mehr als verdient haben.

Lambaste selbst blieb keine andere Wahl, als das Angebot anzunehmen. Schließlich will er trotz seiner reduzierten Mannschaft während des Banketts auch sein Hauptrestaurant für die üblichen Abendgäste offenhalten.

»Sonste die geladene Presse und die Fernsehen denken, die *Monastère* iste ein Flop«, befürchtet er, »unde da steckt meine ganze Geld drin.«

Die angekündigte Journalistenmeute wird er auch anständig durchfüttern müssen. Schnittchen mit angewellter Wurst und schwitzendem Käse dürften da nicht reichen. Wird eine echte Küchenschlacht werden. Helmut freut sich darauf, in seinem gelernten Metier mal wieder richtig gefordert zu werden. Wie gesagt: Arbeit, die Spaß macht, ist ein echtes Gesundheitstonikum.

Die Glocke von Sternthal ruft zur Vesper.

Helmuts Blick streunt in den Hof hinab. Zwei, drei der Ora-et-labora-Rentner eilen zur Kirche, darunter Hildchen, die dank Alexanders Eingreifen tüchtig mitarbeitet, ihn aber nach wie vor ignoriert.

Helmut seufzt stumm. *Hildchen zu verlieren wegen einer Frau wie …*

Nein, den Namen will er nicht einmal mehr denken!

Nie mehr.

Und die Sache mit Hildchen wird er später klären, irgendwie. Er wird einen Weg finden. Er muss. Am Besten mit Taten, nicht mit Worten.

Rasch wendet er seinen Blick Ilse zu, die – selbstredend – ebenfalls zur Kirche unterwegs ist. Ilse war im Gegensatz zu ihrem Dieter mal wieder so gut wie keine Hilfe. Wenigstens hat sie über den Nachmittag das Predigen eingestellt. Mangels Zuhörerschaft. Vielleicht auch deshalb, weil ihr Dieter heute Morgen erstmals das Wörtchen »Scheidung« ausgesprochen hat. Daran scheint sie selbst nie gedacht, aber zu knabbern haben. Allein mit Gebeten wird sie Dieter allerdings nicht zurückhalten können.

Der Großteil der Mannschaft bleibt auch jetzt im alten Klosterhof, wie Helmut befriedigt registriert. Die Nonnen werden es bestimmt nicht als Affront auffassen. Es geht schließlich um ihr Sternthal, und für einige Arbeiten müssen sie das letzte Tageslicht ausnutzen.

Ein Warnruf des Schornsteinfegers reißt Helmut aus seinen Gedanken.

»Achtung!«, ruft der Mann in den Kamin hinab.

Im Schornstein rumpelt und rauscht es dumpf. Eiwei, da kommen anscheinend wirklich ein paar Ziegel runter. Hoffentlich halten sich unten alle an die Sicherheitsanweisungen und Abstand von der offenen Feuerstelle.

»Gucken Sie nicht so entsetzt!«, sagt der Schornsteinfeger lachend in Richtung Helmut und Gerd. »Das war's schon. Halb so schlimm, nur ein paar alte Vogelnester, der übliche Dreck und ein, zwei Ziegel. Ich geh mal nachschauen, wie es unten aussieht.«

Freihändig stapft er über die Schräge zur Leiter. Wirklich ein Profi. Nein, zwei. Gerd tappt ebenso selbstverständlich hinterdrein. Die beiden würden auf See eine gute Figur machen. Helmut rutscht lieber auf dem Podex voran und nutzt die im Dach verankerten Steigeisen. Nicht ganz so rasch wie die beiden Handwerksmeister erreicht er den Hof.

»*Could you later give us a hand?*«, bittet ihn John, als Helmut ihn, Dieter und Alexander passiert. Sein Neffe sieht ausgesprochen schlecht gelaunt aus, sogar streitlustig.

Hallo? Warum das? Er ist schließlich freiwillig geblieben. So einen Grimmkopf können sie hier nicht gebrauchen. Helmut stoppt bei der Gruppe. Die drei Männer stehen vor einer ausrangierten Viehtränke aus Zink, die mit Lehmklumpen gefüllt ist.

John erklärt in gebrochenem Deutsch, wie man historisch korrektes Füllmaterial für die maroden Stellen im Fachwerk des Refektoriums herstellt. Er trägt bereits eine Art Wams aus grobem Leinen und wollene Pluderhosen, wie sie im späten Mittelalter bei Handwerkern wohl üblich waren. So macht er das immer, um sich ganz in die Zeit des anstehenden Banketts einzufühlen und die Arbeitsbedingungen von damals bis ins letzte Detail nachzustellen, hat er seinen Mitstreitern von Sternthal erklärt. Bisschen seltsam, aber John passt optisch gut zu den Fachwerkgebäuden ringsum, und der Kerl weiß viel über das, was hier zu tun ist. Und vor allem, wie es zu tun ist.

»Wir braucken nicht nur die *clay and straw* …«, beginnt er seine Erläuterungen.

»Sie meinen Lehm und Stroh«, übersetzt Helmuts Neffe Alexander in einem belehrenden Ton, der ziemlich deplatziert wirkt, da John der Experte ist und so viel Englisch jedem und erst recht ihm geläufig sein dürfte.

Wie aus dem Nichts trifft Helmut eine Erkenntnis: Der wahre Grund für Alexanders schlechte Laune ist nicht der Lehm. Der Grund heißt Tara und dürfte seinen Neffen überhaupt erst veranlasst haben, hier mitzumachen. Genaugenommen hat er wahrscheinlich ihretwegen die ganze Aktion mit dem Ora-et-labora-Team angeleiert.

Na, wer das Maul aufreißt, muss auch liefern und darf nicht stören, findet Helmut.

»Lehm, *exactly*«, bestätigt John eifrig und ohne beleidigt zu wirken. Er ahnt den Grund für Alexanders überhebliches Benehmen offensichtlich nicht. »Was wir noch brauchen ist *cowshit*.«

»Kuhscheiße?«, fragt Dieter zweifelnd nach.

»Kuhscheiße, genau«, wiederholt John enthusiastisch und weist mit der Hand zu zwei Schubkarren hinüber. »*There's nothing better to bind the mixture*. Ihr musst ihn holen von die Weiden vor die Kloster. *Four loads will do*.«

Alexanders Gesicht schnappt zu wie eine Rattenfalle. »Und was machst du so lange?«, fragt er gereizt.

»Die *wattle*«, antwortet John arglos.

»Die *watt?*«, wiederholt Dieter.

»Er meint das Weidengeflecht für die beschädigten Gefache«, meldet sich hinter ihnen Tara zu Wort. Alle wenden sich zu ihr um.

Alexander dreht sich besonders schnell um, wie Helmut registriert. Er liegt mit seinem Verdacht also goldrichtig.

Tara trägt einen Bündel Ruten unter ihrem Arm. »Die habe ich vor ein paar Tagen für einen Zaun eingeweicht«, sagt sie in Richtung John. »Glaubst du, sie sind schon biegsam genug?«

Der Schotte zieht eine Rute aus dem Bündel und lässt sie mit sirrendem Geräusch durch die Luft peitschen. *»Perfect, love«*, lobt er Tara und lächelt beglückt.

»Kommst du?«, fragt Dieter in Alexanders Richtung, packt sich einen Spaten und macht sich auf den Weg zu den Schubkarren.

Alexander sagt nichts, scheint Dieter nicht einmal zu hören, er steht nur da wie versteinert. Mit waidwundem Blick. Helmut schmunzelt. Scheint ganz so, als kenne auch sein Neffe den Liebesblitz-Effekt. Allerdings hat er einen wesentlich besseren Geschmack als er, sein emotional saublöder Onkel, ihn als Teenager hatte.

»Ich helf dir gleich mit dem Zeug«, versichert Helmut einer spontanen Eingebung folgend dem davonstapfenden Dieter. Vorher muss er noch Alexander aus der Gefahrenzone bringen.

So liebenswert Tara auch sein mag, sie ist eindeutig vergeben. Sein Neffe wird sich die Finger verbrennen.

»Hör mal, Junge …«, beginnt Helmut und wird durch das Objekt von Alexanders fehlgeleiteter Begierde unterbrochen.

»Ich komme besser mit euch mit!«, ruft Tara Dieter hinterher und zieht Alexander am Ärmel mit sich. »Ich weiß, wo heute eine Herde stand. Da finden wir massenweise frische Fladen. Das sind die besten.«

Ein Versprechen und eine Geste, die Alexander wie durch

Zauberhand aus seiner Erstarrung erlösen. Wie Eisenspäne von einem Magneten scheint er sich mit einem Mal von der Schubkarre und der Aussicht auf Kuhscheiße angezogen zu fühlen.

Da kann man nichts machen, wie Helmut am allerbesten weiß. Oder doch?

»Dieter!«, schreit er quer über den Hof. »Lass die beiden das mal alleine machen. Ich brauch dich drinnen beim Kamin.«

Verdammt! Er ist und bleibt nun mal ein sentimentaler Hund, wenn es um Liebe geht. Egal, wie aussichtslos sie ist, und trotz der Frau, deren Namen er für immer vergessen will – nein, wird!

34.

»Wenn einem so viel Gutes widerfährt, das ist schon einen Asbach Uralt wert«, triumphiert Veronika und prostet Madame Lambert mit einem imaginären Cognacschwenker zu.

»*Comment?*«, fragt Madame verwundert, ohne den Blick von dem Fenster der Klosterbibliothek zu lösen, durch das sie beide die Auffahrt zum *Monastère* und die Abfahrt von Nicoletta von Donath in einem Polizeiwagen beobachten.

Veronika lacht. »Ist nur ein alter Werbespruch für Cognac. Soll heißen, wir haben einen Grund zu feiern!«

»Asbach Uralt ist alles Mögliche, nur kein Cognac«, protestiert Madame Lambert indigniert.

»Grund zum Feiern haben wir trotzdem«, bemerkt Veronika.

Die Beamten haben die völlig überraschte Frau von Donath direkt von der Bar weg mitgenommen. Leider ohne Handschellen und auch sonst sehr unauffällig, aber immerhin.

»Nicoletta von Donath ist zwar keine Gattenmörderin«, fasst sie genüsslich zusammen, »aber als moralische Nullnummer konnte ich sie immerhin zur Strecke bringen. Die Frau ist erledigt. Fehlt nur noch die offizielle Anklage wegen Mitwisserschaft bei Finanzbetrügereien und Beteiligung an einer schweren Wirtschaftsstraftat. Daraus wird am Ende zwar vielleicht nur eine Bewährungsstrafe, aber den ganzen Ärger hat sie verdient. Für das, was sie meiner Schulfreundin Hilde Trautwetter angetan hat.«

»*Ma chère*, Frau von Donath muss lediglich zu einem kleinen Vorverhör nach Koblenz und wird nicht zögern, ihrem Gatten die Alleinschuld an seinen Missetaten in die Schuhe zu schieben«, gibt Madame zu bedenken. »Ich nehme an, sie ist in wenigen Stunden zurück. Bei Bert.«

Veronika schüttelt energisch den Kopf und wendet Madame den Blick zu. »So schnell sehen wir die bestimmt nicht wieder. Ihr Gatte wird das Gleiche tun und sie so schwer wie möglich belasten, nachdem sie ihm zu Beginn der Schlemmerwoche so schnöde den Laufpass gegeben hat.«

Madame hebt zweifelnd ihre fein nachgestrichelten Brauen. »Das wäre wünschenswert, aber ich denke, Nicoletta von Donath wird ihr *petit problème* nach bewährter Manier bewältigen. Mit ihrem – wie sagt man? – Geldsack.«

»Sie hat kein Geld mehr«, protestiert Veronika.

»Ich meinte einen wandelnden Geldsack.« Madame deutet mit dem Kinn zum Fenster. »Sehen Sie noch mal nach draußen! Rechts zur Treppe.«

Veronika tut wie geheißen. Nicolettas jüngster Verehrer, Bert, stürzt gerade mit hochrotem Kopf und einem Smartphone am Ohr die Stufen hinab. Er spricht sichtlich hektisch ins Telefon.

»Himmel, der hat ja gar nichts an. Bei der Figur!«, entfährt es Veronika entsetzt. Okay, er hat *fast* nichts an, nur einen Saunamantel und Adiletten. Der Saunamantel ist schick, weil er zur Ausstattung des *Monastère* gehört, die Adiletten nicht.

Madame kichert dezent. »*Oui, c'est scandaleux*, aber auch ein wenig niedlich, oder? Wahrscheinlich telefoniert er gerade mit seinen Anwälten. Er will Nicoletta retten und den edlen Ritter spielen.«

Er ähnelt eher dem kleinen dicken Ritter Oblong-Fitz-Oblong aus der Augsburger Puppenkiste, denkt Veronika. Tatsächlich rennt der beleibte Millionär wild fuchtelnd und mit Geschrei dem entschwindenden Einsatzwagen hinterher. Seine feisten Beine gehen wie Trommelstöcke, nach wenigen Metern muss er – heftig schnaufend, wie es scheint – aufgeben.

Nein, doch nicht.

Bert nimmt erneut Anlauf und biegt in Richtung Parkplatz ab. Ein bisschen Training kann dem Mann nicht schaden. Allerdings dürfte er im Saunamantel wohl kaum Zutritt zum Polizeipräsidium bekommen. Es sei denn, man nimmt ihn wegen Erregung öffentlichen Ärgernisses fest. Veronika grinst. Das Wort »Erregung« passt in Zusammenhang mit einem Mann wie Bert nicht wirklich. Ihm dankbar und gefällig sein zu müssen wird für Nicoletta die schlimmste Strafe darstellen. Mit einem Helmut Gier wäre ihr das sicher leichter gefallen, der ist für sein Alter optisch gesehen ja noch ein wahrer Prachtkerl.

»Und nun erzählen Sie mir bitte endlich, wie Sie das mit der Vorladung von Frau Donath arrangiert haben«, verlangt Madame. »Bei einem Gläschen Champagner. Cristal Roederer, wenn ich vorschlagen darf? Damit feiert man in Frankreich.«

Sie klemmt sich ihr winziges Handtäschchen unter den Arm und trippelt voran in Richtung Barbereich. Veronika folgt ihr auf dem Fuße und winkt, um eine bescheidene Miene bemüht, ab. »Ach, das war ein Klacks, nachdem ich den Koffer gefunden habe.«

Madame nimmt in einem Clubsessel vor dem prasselnden Kaminfeuer Platz. Kaum sitzt sie, eilt ein beflissener Kellner herbei und fragt nach ihren Wünschen.

Wie macht die das nur?, fragt sich Veronika im Hinsetzen. Dieses kleine Persönchen muss nicht einmal winken, damit jemand auf sie aufmerksam wird, und überdies behandelt man sie stets wie Queen Elizabeth persönlich.

Madame ordert *en français* die angekündigte Flasche Cristal Champagner. Der Kellner schlägt wortreich eine italienische

Variante allerersten Qualität vor: »Ein Franciacorta extra brut von Bellavista aus der Lombardei, *metodo classico*, persönlich ausgewählt von Signore Lambaste.«

Madame Lambert vernichtet den eifrigen jungen Mann mit einem Blick und einem einzigen Wort: »Roederer.« Dann wendet sie sich wieder Veronika zu. »Fahren Sie mit ihrer Erklärung fort, ich bin gespannt.«

Veronika grabbelt sich Cocktailnüsschen aus einem Silberschälchen. Madame deutet mit tadelndem Gesichtsausdruck auf ein Porzellanlöffelchen neben der Schale und reicht ihr eine Cocktailserviette.

Gute Güte, kann man hier nicht einmal Nüsse ohne Besteck und Brimborium verzehren? Wird wirklich Zeit, dass sie hier wegkommt und mal wieder anständig isst.

»Bevor ich den Beamten den Geldkoffer übergeben habe, konnte ich Schuknechts Staatsanwaltskollegen auf dem kleinen Dienstweg und per Direktanruf überzeugen, Nicoletta zu einem kleinen, unverbindlichen Verhör nach Koblenz einzuladen«, beginnt sie kauend. »Der Herr schuldete mir schließlich einen Gefallen, nachdem ich knapp eine halbe Million Euro für ihn wiedergefunden habe. Außerdem deutet das Gespräch, das ich am ersten Abend zwischen den Eheleuten im Kreuzgang belauscht habe, auf eine Komplizenschaft Nicolettas hin. Sie wusste haargenau, dass ihr ehrenwerter Gatte in Genf unsauberes Geld gebunkert hatte. Darum sagte sie auch ›Danke für nichts‹ und hat sich an die Umsetzung von Plan B gemacht: Helmut zu plündern. Sie wusste, dass er ihr zuliebe Geld von seinem Erbe einfordern würde.«

Leicht atemlos, aber zufrieden lässt Veronika sich in die Lehne des Sessels sinken.

»Woher hatten Sie denn die Durchwahl von Herrn Schuknechts speziellem Freund?«, will Madame wissen. »Ihr Partner scheint mir sehr diskret und kein Freund von unverlangter Einmischung in staatsanwaltliche Ermittlungsarbeit zu sein.«

»Es sei denn, die Einmischung kommt von seiner Seite«, wirft Veronika ein und zieht eine Schnute.

»Das ist etwas anderes«, meint Madame Lambert. »Immerhin war er selbst einmal Staatsanwalt, und Beamter bleibt man ein Leben lang.«

Veronika nickt und kann ein schadenfrohes Grinsen nicht unterdrücken. »Sie haben recht: Schuknecht hätte mir die Nummer im Leben nicht gegeben. Der hütet seine geheimen Drähte wie die CIA ihre Top-Secret-Akten. Aber moderne Telefone sind ein Segen! Ich habe an seinem Nachttischapparat einfach auf Wahlwiederholung gedrückt, schon hatte ich die Verbindung.«

Hoppla, fast hätte sie ein *voilà* hinzugefügt, aber diese alberne Frankophilie überlässt sie Madame.

»C'est magnifique!«, ruft diese prompt und entzückt aus.

Endlich mal ein Lob, freut sich Veronika. »Mir war schrecklich langweilig, während ich mit dem Koffer auf Schuknechts Zimmer warten musste«, erklärt sie. »Und wenn ich mich langweile, kommen mir immer die besten Ideen!«

Außerdem hat sie mit dem Herrn Ex-Oberstaatsanwalt noch eine Rechnung offen. Weiht der sie doch einfach nicht in seinen angeblichen Mordfall ein. So führt man doch keine Partnerschaft. Also, keine berufliche, privat wäre das was anderes, da sind gewisse Geheimnisse unverzichtbar. Eheleute erzählen sich gemeinhin viel zu viel und wundern sich dann über ihre Probleme miteinander. Egal, sie hat ihre eigenen Fälle, und was auch immer Schuknecht ihr verschweigt, wird sie auch noch herausfinden.

Mit großer Geste und einem weißen Handtuch über dem Arm platziert der Kellner einen Eiskübel auf Standfuß neben ihrem Tisch. Darin ruht die Champagnerflasche auf gestoßenem Eis. Der Kellner hebt sie behutsam wie ein neugeborenes Baby aus dem Eisbett und beginnt, das Drahtkörbchen zu entflechten. Ein weiterer Kellner setzt Silbertellerchen vor Madame und Veronika ab und bestückt sie mit Sektflöten. Er stellt überdies neue Nüsschen auf den Tisch und filigranes, frisch gebackenes Käsegebäck.

Zwei Kellner und noch mehr Knabberzeug, wow, dieser Roederer muss ein Vermögen kosten!

Mit einem leisen Plopp öffnet sich die Flasche, der Kellner schenkt ein. Zuerst bei Madame, wem auch sonst.

»Für mich nur ein halbes Glas«, weist Veronika den Kellner an. »Ich muss noch packen und fahren.«

Madames Gesicht wird zu einem stummen Fragezeichen. »Wohin?«, will sie wissen, nachdem die beiden Kellner ihre Zeremonie beendet haben und verschwunden sind.

Veronika nippt an ihrem Glas. *Brr, schon wieder so ein saures Zeug, sogar noch saurer als Lambastes Prosecco.* Ein Bier wäre ihr lieber. Auf Sternthal haben sie dem Himmel sei Dank welches in der Teeküche.

»Ich werde ins Frauenkloster umsiedeln«, beantwortet Veronika Madames Frage.

»Pourquoi?«

Nanu, Madame scheint regelrecht entsetzt. Wieso das?

»Was wollen Sie in Sternthal, *ma chère?*«, erkundigt sie sich und wechselt zu einem schmeichelnden Tonfall, ihrer liebsten und gefährlichsten Tonart. »Wir können es uns jetzt doch zusammen gemütlich machen, stilvoll, ohne Nicoletta und ihren dicken Freund hier im *Monastère*. Denken Sie nur an das Essen. Und die Saunalandschaft haben wir auch noch nicht getestet. Es gibt einen speziellen Klosteraufguss, und die Saunamäntel sind aus ägyptischer Baumwolle. Haben Sie schon einmal ägyptische Baumwolle direkt auf der Haut getragen? Ein einzigartiges Vergnügen!«

»Ich bin aber nicht zum Vergnügen hier«, entgegnet Veronika hoheitsvoll. »Schuknecht geht davon aus, dass unsere Ermittlungen in Sachen Tarot-Anruf noch nicht beendet sind. Er rechnet anscheinend noch immer mit einem Mord. Und das will was heißen, nachdem er das Ganze anfangs als kompletten Blödsinn abgetan hat. Außerdem ist die Zerstörung des Gewächshauses ungeklärt, und ich möchte näher an unserem Klienten – Helmut Gier – dran sein.«

Das vor allem Hildchen zuliebe.

Madame nimmt einen Schluck Champagner. Einen großen, nicht eben damenhaften Schluck. Entschlossen setzt sie ihr Glas ab. »*Bon*, dann werde ich Sie begleiten. Meinen Franzl lasse ich auch nicht im Stich.«

Jetzt ist es an Veronika, entsetzt zu sein. »Sie können nicht mitkommen!«, wehrt sie das Angebot ab. »Es ist, äh, nur noch ein Zimmer frei auf Sternthal.«

»Une chambre double?«

Veronika nickt widerwillig. »Mit Doppelbett«, warnt sie.

»Das macht mir nichts«, befindet Madame und erhebt sich. »Oder schnarchen Sie?«

»Ganz fürchterlich«, behauptet Veronika vehement. Madames Angebot ist nicht nur aufdringlich, sondern äußerst lästig und … Moment mal … Es ist vor allem *verdächtig!* So wie ihr Alleingang in der Sturmnacht.

Madame seufzt. »Dann werde ich wohl meine Ohrstöpsel nutzen müssen.«

Einer der Champagner-Kellner eilt herbei, als beide sich erheben. »Ist der Roederer nicht zu Ihrer Zufriedenheit?«, fragt er betroffen, ja, geradezu alarmiert.

»*Au contraire*«, beruhigt ihn Madame. »Bitte verschließen

Sie die Flasche und machen Sie sie reisefertig. Am besten in einem Holzkistchen und auf Stroh. Wir nehmen den Champagner mit.« Sie nestelt einen Zwanzig-Euro-Schein aus ihrem Täschchen und drückt ihn dem Kellner mit liebreizendem Lächeln in die Hand. *»Pour vous.«*

Ein flüchtiges Antwortlächeln huscht über das Gesicht des Mannes. »Sehr wohl. Und auf welche Zimmernummer darf ich den Champagner schreiben?«

»Auf die Suite von Monsieur und Madame von Donath«, antwortet Madame Lambert. »Wir sind eingeladen.«

»Sind Sie da sicher?«, fragt der Kellner nach.

»Vollkommen sicher. Oder zweifeln Sie an meinem Verstand, junger Mann?«, entgegnet Madame und wendet sich zum Gehen.

Gekonnt ist gekonnt, dass muss man ihr lassen, findet Veronika.

35.

»Die letzte Fuhre ist fertig«, freut sich Tara und rammt den Spaten in den warmen Haufen Kuhdung, der sich in ihrer Schubkarre türmt. »Wie steht's bei dir?« Mit einem Lächeln wirbelt sie zu ihm herum.

Alexander freut sich ebenfalls. »Nur noch eine Schaufel«, antwortet er und sticht den Spaten in einen dicken Fladen.

Kuhscheiße verbindet.

Taras »Du« ist zur festen Anrede zwischen ihnen geworden. Wäre ja auch albern, sich zu siezen, während man gemeinsam Viehmist von einer Weide schaufelt. Er packt die Griffe seiner Schubkarre, hebt sie an. Die Karre schwankt. In seinem Eifer hat er es ein wenig übertrieben mit der Beladung.

»Wird schwierig werden, die im Gleichgewicht zu halten«, meint auch Tara mit Kennerblick. »Nimm lieber ein paar Schaufeln runter.«

Alexander schüttelt den Kopf. Er ist doch kein Schwächling. »Geht schon, bin abfahrbereit.«

Einträchtig schieben sie die Karren nebeneinander auf einen Feldweg zu. Wenn es hier nicht so müffeln würde, wäre dieser Spaziergang mit Schubkarren fast schon romantisch.

Nebel steigt aus der Weide auf und gerinnt zu zarten Dunstschleiern. An den Wiesenrändern zwitschert und flötet es in den Hecken und Büschen. Eine Schar Buchfinken hat Rast gemacht, um Beeren von Sträuchern zu picken. Sie bereiten sich schon auf den Weiterflug gen Süden vor, hat Tara ihm vorhin erklärt. Wie immer voller Enthusiasmus.

Tagsüber, so weiß er jetzt, orientieren sich Zugvögel am Stand der Sonne und Landmarken wie Gebirgen oder Wäldern, außerdem haben sie eine Art eingebauten Magnetkompass, der ihnen den Weg weist. Mit seiner Hilfe lassen sie sich vom Erdmagnetfeld leiten. Bei Nachtflügen orientieren sie sich am Licht der Sterne, von denen einige bereits am dunkelnden Himmel aufblinken.

Natürlich wusste er das alles – so in etwa jedenfalls –, aber er hat schon ewig nicht mehr darüber nachgedacht. Tara zuzuhören macht einfach Spaß, egal, was sie sagt, worüber sie redet. Blöd nur, dass ihm selbst in ihrer Gegenwart so wenig einfällt.

Vor ihnen im Westen verglüht ein letzter Streifen feuerrotes Abendlicht am Horizont. Etwas weiter links von ihnen geht der sich rundende Mond über der Kirche von Sternthal auf. Das ist fast schon kinoreif kitschig, eine Szenerie, die er sinnvoll nutzen sollte, um Tara endlich näherzukommen.

Also richtig nahe.

Nur wie? Eine Einladung zu einem Drink oder einem Essen im *Monastère* wäre angesichts dieser Umgebung und der magischen Stimmung, die sie gerade umfängt, irgendwie einfallslos, ja, albern.

Tara lässt kurz die Schubkarre sinken und zieht ihre Jacke enger um sich. Ein selbstgestricktes Monstrum, das zu ihren Gummistiefeln passt, aber das macht nichts, hat Alexander festgestellt. Denn erstens ist ihr Kleidungsstil bei derart ländlich-archaischen Tätigkeiten praktisch, und zweitens fällt ihm mehr und mehr auf, wie hübsch Tara ist, wenn sie sich freut, wenn ihre Augen begeistert leuchten, nein, ihr ganzes Gesicht, ach was, die ganze Tara.

Sie ist sogar außerordentlich hübsch und von vibrierender Lebendigkeit.

»Ist dir kalt?«, fragt Alexander fürsorglich, während sie sich die Jacke zuknöpft.

»Nur ein bisschen«, antwortet Tara und streicht sich eine widerspenstige Haarsträhne aus der Stirn.

In Alexander jubelt es. Das ist sein Moment, ein klassischer Moment, um den männlichen Beschützer herauszukehren! Bisschen *oldschool* als Flirtmethode, aber bewährt. Dass er das noch erleben darf, noch dazu mit einer Frau wie Tara!

»Komm, ich geb dir mein Fleece«, sagt Alexander, stellt seine Karre ab und zippt energisch den Reißverschluss seiner Outdoorjacke auf. Es war eine kluge Entscheidung, darunter nur ein weißes T-Shirt anzuziehen. Es ist ein eng anliegendes T-Shirt und schmeichelt seinem muskulösen Oberkörper, wie er sehr wohl weiß.

»Behalt du das mal an«, wehrt Tara mit zweifelndem Blick auf sein Shirt ab. Sie hebt ihre Schubkarre an. »Sonst frierst du in deinem dünnen Hemdchen. Ich bin Kälte gewohnt. Das Beste dagegen ist Bewegung.«

Wie zum Beweis schiebt sie mit verdoppeltem Tempo voran.

Immer diese schroffen Abfuhren. Auch das ist typisch Tara. Alexander schließt mit langen Schritten und heftig schwankender Karre zu ihr auf.

»Du hast es mit deiner Ladung wirklich übertrieben«, bemerkt Tara lachend. »Aber John wird's freuen. Er rührt das Zeug mit Leidenschaft an. Der steigt sogar mit nackten Füßen rein, damit die Konsistenz stimmt.«

Passt zu John, diesem Fatzke in Pluderhosen.

Zeit für einen Themenwechsel.

»Hast du eigentlich immer hier auf Sternthal gelebt?«, erkundigt sich Alexander.

Tara schüttelt den Kopf. »Nein, ich war bis vor zwei Jahren sogar ziemlich viel unterwegs. Hab überall gelebt und als

Archäologiestudentin an ein paar spannenden internationalen Ausgrabungen teilgenommen. Am schönsten war das Guédelon-Projekt in Frankreich, im Loire-Tal. Dort baut ein Team von Spezialisten seit 1997 eine komplette Burganlage nach architektonischen Vorbildern aus dem 13. Jahrhundert nach. Mit allem Drum und Dran: Schildmauern, Wehrtürme, Bergfried, Festsaal, Kapelle, Fallgatter und so weiter. Eine riesige Baustelle, ein unglaublicher Glücksfall.«

Alexander, der sich bislang nie für solche Orchideenfächer der Wissenschaft interessiert hat, stutzt. »Die bauen da was *nach?* Ich dachte immer, Archäologen buddeln nur alte Originale aus und sammeln Scherben oder Knochen.«

Tara lacht und kraust die Nase. *Nein, sieht das niedlich aus!*

»Wir buddeln eine Menge aus«, bemerkt sie. »Vor allem Scherben, und das ist ziemlich anstrengend und oft nervtötend langweilig, glaub mir. Guédelon ist anders. Das ist experimentelle Architektur. Man rekonstruiert ein Objekt allein mit den Techniken und Materialien und im Tempo der Epoche. Das ist unglaublich spannend und lehrreich!«

Tara leuchtet wieder. Erzählt über die Nutzung von großrädrigen Pferdewagen zum Materialtransport, von selbst gezimmerten Tretkränen zum Hochhieven von tonnenschweren Sandsteinquadern, von Zwölfknotenschnüren anstelle von Wasserwaagen, Schlusssteinen, dem Nagelschmied, den Schindelmachern, Korbflechterinnen, Seilern und Fliesenbäckern, von der Viehhaltung nach historischem Muster und immer wieder von dem großartigen Gemeinschaftsgeist der fünfzig Männer und Frauen zählenden Truppe aus Archäologen, Kultur-, Bau- und Kunsthistorikern, ehemaligen Geschichtslehrern und Handwerkern. Unterstützt werden sie auf Guédelon von vielen Freiwilligen, fahrenden Gesellen und Studenten und Studentinnen wie Tara.

»Ich war so stolz, dass sie mich als Praktikantin aufgenommen haben. Denen flattern jährlich Hunderte von Bewerbungen ins Haus«, schwärmt sie. »Guédelon war immer mein Traum. Du kannst dir nicht vorstellen, wie wundervoll es ist, an so einem Projekt mitzuarbeiten.«

Doch, kann er. Zu Alexanders eigenem Erstaunen entsteht in seinem Kopf eine mittelalterliche Baustelle, Lärm, Betriebsamkeit und gelegentliche Gelage am Abend inklusive, zu denen die Mitarbeiter – laut Tara – per Kuhhorn herbeigerufen werden. Alexander schwirrt zwar bald der Kopf von den vielen Details, aber er könnte ihr stundenlang zuhören. Tara erzählt wirklich ungemein lebendig und vollkommen begeistert. Tara eben. Und was noch viel schöner ist, sie hat John bislang mit keinem Wort erwähnt.

»Das Team lebt, arbeitet und ernährt sich ganz so, wie es unsere Vorfahren unter den gleichen Bedingungen getan hätten«, schwärmt sie. »Wir haben sogar die zeitgenössische Kleidung getragen.« Tara seufzt kurz. »Ich wäre wirklich gerne für immer dabeigeblieben. 2023 soll Guédelon fertig sein, und wenn der letzte Stein dort gemauert ist, wollen sie gleich nebenan ein mittelalterliches Dorf und eine Abtei rekonstruieren. Mir hatte man dafür eine Festanstellung angeboten.«

»Und warum bist du dann hierher zurückgekehrt?«, wundert sich Alexander.

»Weil mein Vater an einem Herzinfarkt gestorben ist.«

Taras Begeisterung verglüht.

Scheiße, kein gutes Thema. Alexander schluckt. Sie schweigen, das Rumpeln der Schubkarren wird immer lauter.

»Das tut mir sehr leid. Muss ein schwerer Verlust gewesen sein«, sagt er endlich und meint es auch so. Mit plötzlichen Toden und deren Folgen kennt er sich schließlich aus. Der Autounfall seiner Eltern war ein Schock, der noch heute in ihm nachwirkt. Darum versucht er, so wenig wie möglich darüber nachzudenken. Es schmerzt zu sehr. Jetzt tut er es. Und fühlt sich Tara sehr nah und verbunden. Wenn auch anders, als er es vorgehabt hat.

Tod macht stumm.

Wieder rumpeln die Karren. Sie biegen in die Straße nach Sternthal ein. Schon wird das Klostertor sichtbar.

Tara seufzt unvermittelt, wirft ihr Haar zurück. »Mein Vater war gerade mal 63. Niemand hat mit seinem Tod gerechnet. Ich am allerwenigsten. Er hatte zu dem Zeitpunkt riesige Probleme mit dem Saatzuchtbetrieb. Ich habe mich schrecklich geschämt und schuldig gefühlt, weil ich nicht bei ihm war, mich nicht gekümmert habe. Er ist ganz allein gestorben. Niemand war bei ihm.«

Alexander sieht, dass Tara Tränen hinunterschluckt. Er streckt eine Hand nach ihr aus. Lässt sie sinken, als Tara abwehrend ihr Gesicht verschließt.

»Wenn die Schwestern von Sternthal nicht gewesen wären«, sagt sie, »hätte ich diese Zeit nicht durchgestanden. Sie waren mein einziger Halt.«

»Und wo war deine Mutter?«, entschlüpft es Alexander völlig unüberlegt. Das geht ihn doch gar nichts an, und am Ende ist auch sie tot.

Wieder seufzt Tara. »Sie hatte sich bereits zwei Jahre nach meiner Geburt von meinem Vater getrennt, lebt jetzt in Italien. Das alternative, harte Einsiedlerleben als Saatzüchter und Selbstversorger im Wald war auf Dauer nichts für sie. Ich hatte über die Jahre immer mal wieder so eine Art Ersatzmutter – die wechselnden Partnerinnen meines Vaters. Es waren ein paar sehr nette darunter, aber meistens war mein Vater allein.«

»Und du?«, fragt Alexander und könnte sich gleichzeitig ohrfeigen für eine so plumpe Frage.

Tara missversteht sie dankenswerterweise. »Ich hatte immer die Schwestern von Sternthal«, sagt sie, während sie das Tor passieren. »Sie haben meinem Vater und meiner damals mit mir schwangeren Mutter nicht nur kostenlos den Hof im Wald überlassen, sein Projekt gefördert und sogar seine schrecklichen Holzschnitzereien gekauft. Sie haben sich auch von Anfang an um mich gekümmert. Schwester Amabilis hat mich sogar auf die Welt gebracht. Nachdem meine Mutter auf und davon ist, hatte ich bei ihnen allen immer eine Anlaufstelle. Zum Dank hat mein Vater sie immer an den Einkünften seiner Saatzucht beteiligt.«

Dürfte sich um Pfennige gehandelt haben, argwöhnt Alexander. Na ja, war sicher gut gemeint, und wer nicht viel hat und trotzdem gibt, ist natürlich ein guter Kerl.

»Wir Außenseiter müssen zusammenhalten, weißt du?«, endet Tara.

»Außenseiter, wie meinst du das denn?«

Tara lächelt wieder. Endlich.

»Nonne zu sein ist heutzutage auch eine Art alternative Lebensform, das war es wahrscheinlich immer, aber jetzt stößt es kaum noch auf Verständnis. Was ich sehr schade finde. Sternthal bewahrt eine Welt, ein Wissen und einen Geist, der nicht verloren gehen sollte. Hätte ich im Mittelalter gelebt, wäre ich gerne Nonne geworden.«

Nur gut, dass das Mittelalter lange vorbei ist, denkt Alexander entsetzt. Laut fragt er vorsichtig. »Äh, wie meinst du das denn?«

Tara setzt die Schubkarre ab und streicht sich erneut ihre Mähne aus dem Gesicht. »Ganz einfach. Erstens wurde man in einem Kloster immer satt und hatte ein festes Dach über dem Kopf. Ein unschätzbarer Vorteil. Außerdem bestand die Chance auf ein wenig freie Entfaltung, die Möglichkeit zu studieren, zu forschen, zu lesen, einer anspruchsvollen oder einfach einer geliebten Tätigkeit mit Muße nachzugehen. In Konventen konnten Frauen eine eigene Persönlichkeit und nicht nur ein bloßes Anhängsel von Männern sein.«

Na ja … Alexander hat da erhebliche Zweifel.

»Guck nicht so skeptisch!«, schimpft Tara. »Es ist wahr. Und gilt hier auf Sternthal noch heute. Schwester Amabilis war nicht nur eine vorzügliche Krankenschwester, sie hat hier die Möglichkeit bekommen, Restauratorin zu werden, und spielt ausgezeichnet Orgel. Die derzeitige Äbtissin Lioba hat ein Grundlagenwerk über mittelalterliche Frauenleben in Klöstern verfasst und – übrigens – Betriebswirtschaft studiert. Johanna weiß alles über Gärten und ist eine gefragte Expertin für die Geschichte der Kräutermedizin. Außerdem kann sie dir jeden Traktor reparieren. Und alle zusammen sind die Schwestern die Seele dieser gottverlassenen Gegend. Ein letztes regionales Zentrum. Sternthal ermöglicht nicht nur spirituelle Einkehr, dieses Kloster bewahrt eine Lebensform, von der wir hier alle profitieren und etwas lernen können. Es ist ein kostbarer Ort.«

Und ein zum Sterben verurteilter, denkt Alexander, sagt es aber nicht. Taras Enthusiasmus ist schön, aber auch gefährlich selbstbeschädigend. Wenn er nur wüsste, wie er sie hier herausholen könnte! Sie ist viel zu lebendig, um ihr Herz an eine scheiternde Veranstaltung wie dieses Kloster zu hängen. Oder an den offensichtlich maroden Saatzuchtbetrieb ihres Vaters. Sie gehört in die Welt, seinetwegen auch nach Guédelon. Zumindest zeitweise. Hauptsache, sie verpasst ihr Leben nicht.

Das Einzige, was sie bräuchte, um den Anschluss nicht zu verpassen und wieder ihren wahren Träumen zu folgen, statt in ihrer Bruchbude im Wald und auf Sternthal zu versauern, ist Geld. Und er weiß, wie sie darankommen könnte. Sogar mit ihrem bekloppten Kraut- und Rübenbetrieb. Man muss ihn nur fit für die Moderne machen. Für eine kleine Anschubfinanzierung könnte ja er sorgen.

Tara hebt ihre Schubkarre wieder an. Vom Klausurhof her dringen Stimmen und Gelächter zu ihnen herüber.

Alexander schaut sie an. Ihr Tête-à-Tête wird gleich beendet sein, und Tara kehrt zurück in den Mittelalterzirkus. Zu John, dem Freak. Er darf seine Chance nicht verpassen. Kurz vor der Kirche fasst er sich ein Herz. Es ist an der Zeit, Tara etwas über zeitgemäßes Marketing, Internethandel, profitable Vernetzung, Google-Rankings und Optimierung der Business-to-Customer-Beziehungen beizubringen. Rasch beginnt er, ein Einmaleins virtueller Betriebswirtschaft vorzutragen. In professionellen, knappen, klaren Sätzen. Nur ein Abstract für Anfänger. Tack, tack, tack muss das gehen. Auf endlosen Meetings hat er gelernt, Schachtelsätze ganz beiseite zu lassen. Tara lauscht ihm stumm. Und offensichtlich völlig verblüfft. Tja, ist wohl wirklich alles Neuland für sie.

»Als Erstes machen wir einen Business-Plan …«

Weiter kommt er mit seinem Vortrag nicht.

Tara bleibt stehen, stemmt die Arme in die Hüften, runzelt die Stirn. Wow, so hat er sie noch nie gesehen. Sie sieht wütend aus, aber so richtig.

»Sag mal, hältst du mich eigentlich für vollkommen verblödet?«, fragt sie gereizt.

»Im Gegenteil«, antwortet Alexander, »aber du musst doch einsehen, dass man mit ein paar Samentütchen in einem Klostershop oder diesem mittelalterlichen Mummenschanz in Flohmarktklamotten, den ihr hier für Lambaste aufzieht, auf Dauer nichts verdient. Ich meine, du hast doch ganz andere, größere Träume, du willst hier weg, und dabei kann ich dir helfen –«

»Darf ich jetzt auch mal was sagen?«, unterbricht ihn Tara.

»Klar, natürlich.«

»Ich hatte gerade angefangen, dich nett zu finden. Wider besseren Wissens. Denn du bist und bleibst der aufgeblasenste Ignorant und Idiot, der mir je begegnet ist!«

Hallo? Spinnt die?

So was hat noch keine Frau zu ihm gesagt. Schon gar nicht eine Frau, die freiwillig in Kuhscheiße wühlt, nur um ihrem durchgeknallten Freund zu gefallen. *Das* ist lächerlich! Nicht er.

»Ach, tatsächlich?«, rutscht es Alexander an diesem Punkt erbost heraus. »Ich würde eher annehmen, dass der größte Idiot in deinem Leben dieser Rummelplatzhistoriker ist.«

»Wen meinst du damit?«, faucht Tara.

»John, den Typen in den albernen Pluderhosen.«

Tara holt aus und beendet seine Ausführungen mit einer schallenden Ohrfeige.

Mit brennender Wange verfolgt Alexander ihren Abzug in den Klausurbereich.

Samt Schubkarre. Das war's dann.

Er verpasst der seinen einen Tritt. Sie kippt um. Soll sie doch. Wütend dreht sich Alexander um und tritt den Rückweg an. Zum *Monastère*, wo seit heute Morgen seine gepackten Koffer warten. Dieser Frau ist einfach nicht zu helfen. Ist eben so. Kann man nichts machen. Soll sie doch in ihrer künstlichen Vergangenheit verschimmeln.

Schon am Ende der Kastanienallee ist sein Zorn verraucht. Seine Wange glüht noch immer nach. Die Ohrfeige hat wirklich gesessen.

Tara muss tatsächlich sauwütend auf ihn gewesen sein.

Alexander verlangsamt seine Schritte, schaut sich noch einmal um. Reue überkommt ihn. Die Bemerkungen zum historischen Mummenschanz in Flohmarktklamotten, der nichts einbringt, hätte er wohl wirklich besser unterlassen. Immerhin hängt ihr Herz daran. Und den Hinweis auf Johns alberne Pluderhosen hätte er sich selbst zuliebe verkneifen sollen.

Aber recht hat er trotzdem damit. Und wie. Der Kerl ist doch nicht ganz dicht. Mit einem energischen Nicken setzt er seinen Weg fort.

36.

Es ist erstaunlich, was das Ora-et-labora-Team und seine Helfer an einem einzigen Tag mit vereinten Kräften alles geschafft haben, findet Hildchen und lässt ihren Blick durch den aufgeräumten Klosterhof schweifen.

Im Schein von funkensprühenden Flammen, die aus drei riesigen Feuerkörben emporlodern, sitzt sie mit ihren Mitstreitern auf Bierbänken an einem groben langen Tisch. Bei einem improvisierten Abendessen. Die meisten haben müde, aber zufriedene Gesichter, andere sind in lebhafte Unterhaltungen vertieft, alle schmausen und trinken. Lambaste hat den Tisch herschaffen lassen. Morgen soll er zusammen mit drei weiteren im alten Refektorium aufgestellt werden. Der Tisch hat Johns Okay in Sachen »authentische Optik« bekommen und fügt sich wirklich glaubwürdig in die Szenerie ein.

Das bei Tageslicht überwiegend marode wirkende Fachwerkensemble der alten Klausur, hat sich mit Einbruch der Dunkelheit in eine wundervolle Kulisse verwandelt, wirkt wie ein großflächiges Tafelbild, gemalt von einem flämischen Meister.

Die Nacht verbirgt gnädig die diversen baulichen Schwachstellen. Das Refektorium, in dem Helmut, Tara und John bei Scheinwerferlicht noch immer herumwerkeln, sieht ohnehin wunderschön und völlig authentisch aus. Ist es ja auch. Wirklich eine Traumkulisse für ein historisches Gourmetspektakel. Sogar der Nachthimmel spielt mit.

Hildchens Blick fährt zu den Sternen und zum Mond. Am Freitagabend dürfte er voll sein. *Einen ganz ähnlichen Himmel,* sinniert sie, *werden die Menschen, die hier gelebt und gearbeitet haben, schon vor Hunderten von Jahren betrachtet haben.*

Oder auch nicht.

Um neun Uhr abends lagen die Handlanger und das Laienpersonal des Klosters genau wie die Putzfrauen der Epoche wahrscheinlich erschöpft im Bett. Oder besser gesagt – auf verflohten Strohsäcken. Da sollte man sich nichts vormachen. Egal, Lambastes Gäste werden eine prachtvolle und sicher sehr vornehme Mittelalter- oder Renaissanceversion zu sehen und zu schmecken bekommen.

Das glaubt inzwischen sogar der Maestro. Er hat seine Küche im *Monastère* für ein Stündchen im Stich gelassen, sitzt neben ihr und ist in ein kulinarisches Streitgespräch mit Herrn Schuknecht und dieser Madame Lambert, die Veronika mitgebracht hat, verstrickt. Erst tobte der Streit um *Ragù bolognese* und die Verwendung von Tomaten – Schuknecht war dagegen, Lambaste entschieden dafür –, nun geht es um die Über- oder Unterlegenheit der italienischen gegenüber der französischen Kochkunst. Ein Thema, das Madame Lambert angestoßen und Lambaste mit italienischem Temperament aufgegriffen hat.

Mittlerweile tobt eine echte Schlacht. Noch ist unklar, wer als Sieger aus dem Disput hervorgehen wird. *Foie gras* wird gegen Parmaschinken aufgefahren, *Tiramisu* gegen *Mousse au Chocolat*, Spitzenweine aus dem Bordeaux werden gegen toskanischen Brunello di Montalcino ins Feld geführt. Gerade wagt Madame Lambert einen vernichtenden Angriff mittels Pizza:

»*Mon cher*, wer mit so etwas die Welt erobert, kann unmöglich den Anspruch auf gastronomische *excellence* erheben! Das müssen Sie doch zugeben.«

Lambaste kontert mit dem geschmacksarmen *Croque Monsieur* und dem seiner Ansicht nach völlig überschätzten Flammkuchen. »Die Grundlagen und *l'essenza* von allem, was *il francesce* heute ihre Haute Cuisine nennen, stammen aus die herrliche Renissancestädte Oberitaliens. Außerdem, *Signora*, waren es wir Italiener, die Tischmanieren, Servietten und die Gabel in die Welt der feinen Küche eingeführt haben.«

»*Non, non, non!*«, protestiert Madame Lambert. »*La serviette* kommt aus Frankreich, wie schon das Wort belegt.«

Schuknecht bemüht sich um Schlichtung und weist auf die vielen Parallelen und Höchstleistungen in beiden Nationalküchen hin. »Vor allem in der auf gehobenem Niveau.«

Veronika hat Hildchen beauftragt, ganz genau bei allem hinzuhören, was Schuknecht sagt, denn der Staatsanwalt, so hat Veronika ihr versichert, ist nach wie vor einem Mord auf der Spur. Deshalb hat sie ja am frühen Abend als neuer Gast in Sternthal eingecheckt.

Bislang deutet allerdings nichts in Schuknechts Bemerkungen auf Detektivarbeit hin. Sie kreisen allein um Rezepte und Gerichte mit unaussprechlichen Namen. Besonders schwierig sind die französischen.

So oder so, das Thema macht Appetit und lenkt Hildchen dankenswerterweise von kummervollen Betrachtungen über Helmut ab, der von der Arbeit im Refektorium nicht wegzubekommen ist. Unter anderem, um ihr aus dem Weg zu gehen, vermutet Hildchen. Jedes Mal, wenn sein Blick auf sie fällt – und das tut er häufig –, sieht Helmut aus wie das wandelnde schlechte Gewissen.

Das ist ein gutes Zeichen, wenn man Veronika glauben darf. »Helmut ist noch nicht für dich verloren, meine Liebe«, hat sie heute Mittag in der Teeküche gemeint. »Wage es nur ja nicht, mit ihm zu reden. Kein Wort mehr, hörst du! Du hast an eurem fatalen Abend viel zu viel mit ihm geredet. Männer schätzen das nicht. Schon gar nicht, wenn es um weibliche Gefühle geht. So was verwirrt sie nur. Lieber denken sie darüber nach, warum Fliegen kopfüber an der Decke krabbeln können oder wie man Bierflaschen mit Zähnen öffnet.«

Hildchen greift nach einem der Brote, die sie und die anderen auf Tellern vom Gästetrakt herbeigeschleppt haben. Genau wie eine Kiste Bier und Wein. Es war eine gute Idee, das Abendessen hierher zu verlegen. Es war ebenfalls Veronikas Idee.

Hildchen fängt quer über den Tisch einen Blick ihrer alten Freundin ein. Einen verschwörerischen Blick, begleitet von einer auffordernden Kinnbewegung. Scheint so, als wünsche sie eine Lagebesprechung. Hildchen lässt ihr Brot sinken, klettert von der Bank und schlendert gemächlich und möglichst unauffällig zu Veronika herüber.

Ihre Freundin fügt sich nicht ganz so unauffällig in die Kulisse ein. Dabei hat sie sich Mühe gegeben, ein Outfit zu kreieren, das historisch wirken soll. Es ist ihr wegen ihrer Ermittlungsarbeiten sehr daran gelegen, ein Teil des Projekts Renaissance-Bankett zu werden. Also trägt sie ein flammrotes, zeltartiges Samtkleid mit viel Ausschnitt, auf dem Kopf einen Tücherturban, unter dem sich ihre roten Locken hervorringeln, und um den Hals den kompletten Inhalt ihres Schmuckkoffers.

Veronika nennt das Ganze ihren »Lucrezia-Borgia-Look« und flirtet entsprechend schamlos mit Dieter und Gerd, die ihr rechts und links zur Seite sitzen.

Sieht so Ermittlungsarbeit aus?

»Oh, meine Liebe, da bist du ja«, begrüßt sie Hildchen überschwänglich. »Wie wäre es, wenn du mir endlich die Kirche zeigst? Und das misslungene Jesuskind, von dem du so schwärmst.«

»Ich komme gerne mit«, bietet Dieter an, erhebt sich und reicht Veronika galant seine Hand, damit sie leichter über die Bierbank hinwegsteigen kann. »Die Madonna mit dem Jesuskind stammt übrigens von Taras Vater. Die Schwestern haben sie zum Dank dafür aufgestellt, dass er ihnen einen Anteil an seiner Saatzucht hinterlassen hat.«

»Dieter, setz dich hin, du bleibst bei mir!«, zischt Ilse empört. Dann wendet sie sich Veronika zu. »Und Ihnen würde ich empfehlen, eines von Ihren diversen Kopftüchern um die Schultern zu nehmen, sobald Sie die Kirche betreten. Da zieht es kräftig, und Sie sind obenrum ein wenig nackt.«

»Oh, das bisschen ist doch gar nichts«, winkt Veronika ab. »Sie sollten mich mal in meinem kleinen Schwarzen sehen! Wenn uns die Herren jetzt entschuldigen würden? Ihre Ausführungen zur Gründung einer regionalen Genossenschaftsbank, zu Nachhaltigkeitsbilanzen und Gemeinwohlökonomie waren wirklich sehr fesselnd, Dieter. Ein tolles Projekt.«

»Kommunismus«, schnaubt Ilse. »Von unserem schönen Geld!«

»Und Sie, mein lieber Gerd, sind wirklich der leidenschaftlichste Gärtner, der mir je untergekommen ist! Ihre wunderbare Frau muss so stolz auf Sie sein«, fährt Veronika ungerührt fort. »Wie schön, dass Sie als Ehepaar eine gemeinsame Passion pflegen. Das schweißt zusammen.«

Rosa, die verschüchtert wie immer neben Gerd hockt, sieht nicht nach Stolz oder Leidenschaft aus, schenkt Veronika allerdings ein zaghaftes Lächeln.

Veronika hakt sich bei Hildchen unter. Gemeinsam streben, nein, schreiten sie – zumindest gilt das für Veronika – in Richtung der Kirche. Ihre schauspielerisch begabte Freundin passt sogar ihre Gangart der historischen und ihrer Rolle als Lucrezia für Arme an. Erst als sie in den Rundweg zum Hauptportal eintauchen, beschleunigt Veronika den Schritt.

»Komm schon!«, wispert sie. »Ich muss wissen, was Schuknecht gesagt hat.«

Flüsternd wiederholt Hildchen die kulinarische Diskussion. Veronikas Gesicht wird lang und länger. »Der Mann klaut mir meine Methode«, schimpft sie, als beide das Kirchenportal erreichen. Sie umrunden eine Schubkarre voll Kuhdung, der Boden ringsum ist rutschig vom Mist.

Wütend drückt Veronika den rechten Flügel der Holztür auf.

»Deine Methode? Wie meinst du das?«, fragt Hildchen verwundert, als sie im Kirchenraum ankommen und die Tür hinter ihnen ins Schloss gefallen ist. Der Ostchor wird schwach von Notlichtern und den Opferkerzen erhellt, die zu Füßen der verunglückten Madonna mit dem merkwürdigen Jesuskind flackern. Die Komplet dürfte gerade erst vorüber sein.

»Wie ich das meine?«, greift Veronika Hildchens Frage auf. »Ganz einfach: Er verwirrt seine Verhörpartner mit sinnlosem Geschwätz, bis sie unbedacht genug sind, sich zu verraten.« Veronika lässt sich auf eine Kirchenbank sinken und schüttelt den Kopf.

»Aber er hat Lambaste doch gar nicht verhört«, protestiert Hildchen.

»Nicht Lambaste, sondern Madame Lambert«, entgegnet Veronika ungeduldig. »Die weiß etwas über den möglicherweise anstehenden Mord. Da bin ich mir sicher. Todsicher. Und zwar etwas, das mit Sternthal …«

Das Knacken von Holz weit hinter ihnen lässt sie innehalten. Simultan wenden die Frauen ihre Köpfe, starren ins Dunkel. Hildchen schreckt zusammen, als sich mit einem Mal ein Schatten aus der letzten Bankreihe löst. Ein mannshoher, bedrohlicher Schatten, der eine Waffe zu umklammern scheint.

Aber, das ist doch …

»Alexander!«, ruft Hildchen völlig perplex aus. Rasch korrigiert sie die allzu vertrauliche Anrede. »Ich meine: Herr Gier. Was machen *Sie* denn hier?«

Eins steht fest. Gebetet hat der nicht, oder doch? Hat der am Ende sogar an der Komplet teilgenommen? Mit einem Spaten in der Hand?

Irgendwie sieht er sehr verstört aus, bedrohlich verstört, so gar nicht nach seinem üblichen Selbst.

37.

Dieser paradiesische Duft am frühen Morgen. Wahnsinn!

Eine überwältigende Geruchssinfonie umweht Helmut. Sie würde selbst Tote aufwecken, sogar um Viertel vor fünf in der Frühe.

Ob die Nonnen schon wach sind? Vielleicht. Die erste Hore findet schließlich um sechs statt, und die Schwestern von Sternthal nehmen es mit ihren Stundengebeten sehr genau. Na ja, was auch sonst. Ist wie mit den Schiffswachen und dem Brückendienst, da darf man auch keinen Millimeter vom Plan abweichen und muss immer schön Kurs halten. Hier im Gästetrakt freilich schläft noch alles. Hoffentlich hat Schuknecht sich den Wecker gestellt.

Helmut reibt sich voller Vorfreude die Hände. *Endlich wieder richtig kochen!* Die letzten beiden Tage auf dem Bau haben Spaß gemacht, aber hier ist er in seinem eigentlichen Element, und bis morgen Abend und zum Fest-Bankett auf Sternthal gibt es für ihn noch reichlich zu tun. Nicht ganz so viel wie für Lambaste drüben im *Monastère*, aber immerhin. Für einige Nach- und Zwischenspeisen ist Sternthal zuständig und – nicht zu vergessen – für das Wildschwein am Spieß! Helmut ist schon sehr gespannt auf die mittelalterliche Marinade, zu der John ein historisches Rezept beisteuert.

Er senkt die Nase über die Metallschälchen, die Tara soeben mit Gewürzen und gehackten Kräutern gefüllt und auf einem Edelstahltisch aufgereiht hat: Koriander, Anis- und diverse Senfsamen, Kümmel, getrocknete Ingwerwurzel, Zimt, Nelken,

Muskatnüsse, Paradieskörner, Engelwurz, Bockshornklee, Macisblüte, verschiedene Pfeffer, Beifuß, Minze und Salbei.

»So eine Gewürzauswahl habe ich zum ersten Mal 1972 auf einem Frachter von Ceylon nach Hamburg gesehen. Hatte einen Senegalesen als Beikoch, der für seine Landsleute an Bord diese unglaublichen Currys gekocht hat«, erinnert er sich schwärmerisch. »Von dem habe ich überhaupt erst gelernt, was Würzen bedeutet. Wir Deutschen waren damals geschmackstechnisch ja noch im tiefsten Mittelalter. Man konnte die Leute hierzulande mit so was wie Oregano noch richtig überraschen oder verschrecken. Auf See waren wir experimentierfreudiger.«

Tara lacht und schüttelt den Kopf. »Machen Sie das Mittelalter nicht schlecht! In den reichen Haushalten gab es alle diese Gewürze schon damals, in den ärmeren immerhin alles von Anis bis Kümmel und Koriander aus dem eigenen Garten, aber natürlich keine Exoten wie Ingwer, Nelken, Pfeffer oder Zimt. Die waren so wertvoll wie Gold und tatsächlich eine eigene Währung. Aber wir kochen hier schließlich für ein luxuriöses Renaissance-Bankett, da dürfen wir in Sachen Geschmacksvielfalt so richtig zuschlagen. Sogar mit dem Zucker.«

Helmut deutet auf die Schälchen. »Und was davon kommt aus Ihrer eigenen Saatzucht?«

»Alles außer den Exoten wie Zimt und dergleichen«, sagt Tara. »Die stammen von diversen Fairtrade-Kooperativen aus Indien, Afrika und der Karibik, mit denen ich zusammenarbeite. Ich vertreibe ihre Produkte zusammen mit den meinen europaweit.«

Helmut stößt einen Pfiff aus und bindet sich eine Küchenschürze um. »Ganz schön international, Ihr Betrieb, hätte ich gar nicht gedacht.«

Tara runzelt kurz die Stirn. »Mein Team und ich sind nicht

von vorgestern oder armselige Spinner, wie manche Leute meinen«, erwidert sie und konsultiert ihr Tablet. »Unser Firmensitz plus Lager in einer alten Werkhalle bei Asbach ist ein hochprofessioneller Laden.«

Nanu, wieso klingt die plötzlich so patzig? Er hat doch nie bezweifelt, dass sie eine ganz Patente ist und weiß, was sie kann und tut.

Helmut schnürt die Schürzenenden über seinem Bauch fest. Bisschen kurz, das Teil. Na ja, normalerweise arbeiten in der Küche von Sternthal nur weibliche Kräfte. Ein Mini-Team, angeleitet von einer patenten Hauswirtschafterin, das hauptsächlich die warmen Mittagsgerichte von einem Cateringdienst aufwärmt, Frühstück und Abendbrot für Nonnen und Gäste zurechtmacht und dazwischen mit dem Einkochen und Einmachen von Sternthals Gartenerzeugnissen zu tun hat. Reichlich zu tun.

Daher auch die vielen Profi-Einkochkessel und die ausladenden Gefrierschränke neben dem Kühlraum. Der ist jetzt – so kurz vor Erntedank – bis unter die Decke mit Obst und Gemüse gefüllt. Um zehn kommt ein Marktbeschicker, um es kistenweise abzuholen. Vorher muss er noch raussuchen, was er hier so braucht.

Aber jetzt erst mal Frühstück vorbereiten. Helmut schlängelt sich an Tara, die in diverse Mails vertieft scheint, vorbei zur Kaffeemaschine. Ziemlich betagtes Monstrum, aber anscheinend noch funktionstüchtig. Er klappt den Deckel des Wassertanks auf, sucht nach Großfiltern.

Die Küche ist von überschaubarer Größe, eher eine Mischung aus Imbisseinheit und Kantine. Die Edelstahleinrichtung ist in die Jahre gekommen, aber zweckmäßig, und immerhin haben sie einen Gastro-Herd mit Profibackofen. Lambaste hat außerdem einen Kombidämpfer und sogar einen Salamander zum Gratinieren, Glasieren und Karamellisieren bereitgestellt, um morgen vor Ort letzte Hand an seine Kreationen legen zu können.

»John kommt gleich mit Rezepten für das Kaninchenragout, die Confits und Fruchtgelees«, sagt Tara hinter ihm. »Später wird er Ihnen zusammen mit dem Jäger auch beim Häuten des Wildschweins helfen.«

Helmut dreht sich um und nickt. »Und was haben Sie heute noch vor?«

»Keine Bange, ich werde Ihnen später helfen. Ich muss nur erst ein paar Adressen wegen der Kostüme abklappern. Es gibt hier ein paar Rollenspielvereine, die einiges haben, und John hat über die BBC einen Draht zur Kostümabteilung einer Filmfirma in Mainz. Klingt vielversprechend. Die haben im Rahmen des Lutherjahrs viele passende Gewänder für diverse Dokus und Spielfilme angeschafft.«

Helmut merkt, dass er ins Schwitzen gerät, dabei ist noch gar kein Ofen an. »Müssen wir uns morgen Abend wirklich verkleiden?«

Tara grinst. »Also, die Frauen können es kaum abwarten. Keine Bange, es wird auch Ihnen Spaß machen.«

»Glaube ich kaum«, murmelt Helmut. »Bin nicht so der Typ für Karneval.«

»Ich muss los«, sagt Tara, steckt ihr Tablet weg, geht zur Tür und gibt sich mit Schuknecht die Klinke in die Hand.

»Morgen«, begrüßt sie ihn. »Ausgeschlafen?«

»Nicht wirklich«, grummelt Schuknecht und schlurft in die Küche.

»Kaffee ist gleich klar«, will Helmut ihn aufmuntern.

Klappt aber nicht. Schuknecht lässt sich mit finsterer Miene auf einem Hocker nieder und stiert missmutig in die Gegend.

Herrjemine, sieht der übernächtigt aus, registriert Helmut. *Dabei hat er auf der Baustelle im alten Klosterhof nur in Maßen mit angepackt*. Na ja, dafür war er regelmäßig bei Henry im Krankenhaus. Dem geht es Gott sei Dank wieder richtig gut. So gut, dass er heute entlassen wird und seine Mechthild ihn abholen kann.

Schuknecht hat also keinen Grund, so schlecht gelaunt zu sein. Oder ärgert ihn die Anwesenheit seiner aufdringlichen Kollegin immer noch? Als die vorgestern Abend im Klosterhof aufgetaucht ist – noch dazu verkleidet wie die Buhlschaft aus *Jedermann* – ist er beinahe geplatzt. Helmut setzt einen Kaffeebecher vor Schuknecht ab.

»Ich nehme am Morgen gewöhnlich eine Tasse Earl Grey«, knurrt der, statt Danke zu sagen. Er schiebt den Becher mit angewiderter Miene von sich weg. »Und? Was gibt es heute in der Küche zu tun?«

»Jede Menge, wir sollen literweise Fond für Lambastes diverse Suppen und Soßen ansetzen, Schweinepfoten für Johns Fruchtgelees auskochen – er will sich da komplett an ein Originalrezept halten –, und vor allem gilt es, das Wildschwein zu häuten. Darauf freue ich mich schon, habe so was jahrelang nicht gemacht.«

»Was für eine barbarische Beschäftigung!«, schnappt Schuknecht und schüttelt sich.

»I wo«, winkt Helmut ab. »Seien Sie mal froh, dass Lambaste keinen gefüllten *boars head* plant. Wildschweinkopf war – soweit ich das weiß – bei Hof jahrhundertelang eine Delikatesse, serviert mit Hauern und Zähnen. Ein Schaustück auf jeder Renaissance-Tafel. Die britischen Royals essen ihn zu Weihnachten noch heute, hat John erzählt.«

»Verschonen Sie mich mit derartig abscheulichen Details!«, blafft Schuknecht. »Ich habe mich nicht freiwillig als Ihr zweiter Mann gemeldet.«

Ha, das ist es! Der ärgert sich immer noch darüber, dass er nicht bei Lambaste im *Monastère* mitkochen darf, sondern bei ihm anpacken muss. Als ob es in der Küche des *Monastère* weniger handfest und blutig zugehen würde! Na, er wird dem Herrn Staatsanwalt schon zeigen, was ein gelernter Kombüsenchef so alles draufhat. Richtiges Kochen ist was für harte Kerle. Nichts für Zimperlinge, die ihre Kenntnisse ausschließlich albernen Gourmetmagazinen mit Meisterwerken der Speisefotografie verdanken.

Und darum wird er Schuknecht erst einmal zum Zwiebelschälen und Suppengrünputzen abkommandieren.

38.

Die Glocke zur zweiten Vesper um sieben hat vor einer Viertelstunde geläutet. Langsam wird's bedrohlich eng in der Küche. Und hektisch. Geschäftig drängen sich die drei Frauen vom Hauswirtschaftsteam Sternthal an Schuknecht vorbei, der am Stahltisch eine Kiste Karotten an sich heranzieht.

Hinter ihm werden Servierwagen mit Thermoskannen, Geschirr und Brotkörben bestückt. Endlich klirren sie zur Tür, die über einen langen Gang zum neuen Refektorium der Schwestern führt. Um halb acht muss ihr Frühstück auf dem Tisch stehen.

»Nur keine Hektik, die Damen. Das Frühstück im Gästehaus servieren wir wie versprochen heute selber!«, ruft Helmut den davoneilenden Frauen munter hinterher. »Rosa, wir brauchen zweiundzwanzig Gedecke. Gerd, schnapp dir die Käseplatte, und Sie, Ilse, füllen bitte die Kaffeekannen und den Müslispender nach«, kommandiert er umwabert von Dampfschwaden seine freiwilligen Helfer.

»Ich bin nur hier, weil ich Dieter suche«, schnappt Ilse.

»Mir egal«, kontert Helmut knapp. »Wer hier ist, hilft auch. Wir müssen uns erkenntlich dafür zeigen, dass wir die Küche benutzen dürfen. Und bringt John, Hildchen und den anderen ein paar Brote und Kaffee in den Klosterhof, die sind seit vier Uhr auf den Beinen und verputzen noch die letzten Fächer.«

»Ist mein Dieter darunter?«, fragt Ilse, die zum ersten Mal eine Hore schwänzt. Die Suche nach ihrem Gatten, der inzwischen dauerhaft bei Helmut eingezogen ist, scheint auf einmal

Vorrang zu haben. »Er hat doch heute Nacht wieder bei Ihnen geschlafen, oder etwa nicht?«

Ah, daher weht der Wind, kombiniert Schuknecht. Ilse fürchtet Konkurrenz von Lucrezia-Veronika, die seit ihrer Ankunft vor zwei Tagen heftig mit Dieter flirtet und sich vorgeblich für sein Projekt einer regionalen Gemeinwohlbank interessiert hat. Ilses Idee von Kommunismus, dabei ist Dieter ganz einfach ein engagiertes Mitglied der katholischen Arbeitnehmerbewegung, die dem fatalen Hang zum Eigenwohl, der sich mehr und mehr durchsetzt, wieder die Idee des Gemeinwohls entgegenstellen möchte.

»Schmieren Sie die Brote, und finden Sie es selbst heraus«, befiehlt Helmut Ilse genervt. »Und wenn Sie schon mal im Refektorium sind, könnte es nicht schaden, eine Putzkelle in die Hand zu nehmen und richtig mitanzupacken.«

»Ich wühle doch nicht in Kuhmist herum!«, empört sich Ilse, greift sich aber immerhin ein Messer und beginnt, Brote zu streichen. Noch dazu stumm.

Ein Segen, findet Schuknecht. Er köpft mechanisch Karotten, pellt sie mit dem Sparschäler und zerstückelt sie. Ziemlich stupide Tätigkeit, aber immerhin erlaubt sie ihm, seine Gedanken zu ordnen. Und Pläne zu schmieden.

Er muss eine lückenlose Überwachung organisieren, auch während des Banketts. Und das, ohne irgendeinen Verdacht zu erregen. Nur mit wem? Äbtissin Lioba ist eine unschätzbare Hilfe und tut, was sie kann, muss aber ihrem Klosteralltag gerecht werden. Helmut kann schweigen und wäre seine erste Wahl, aber der hat zu viel zu tun. Diskretion ist in diesem Fall – dem möglichen Mordfall – von oberster Priorität. Niemand darf Verdacht schöpfen, am allerwenigsten natürlich die Betroffenen selbst, aber auch der Rest des Ora-et-labora-Teams muss so ahnungslos bleiben, wie es derzeit noch ist. An erster

Stelle die unberechenbare Veronika, die sich ärgerlicherweise hier einquartiert hat und ihre Nase in lauter Dinge steckt, die sie nichts angehen.

Es ist wirklich eine vertrackte Sache mit der Geheimhaltung.

Apropos, wo steckt die selbsternannte bergische Miss Marple eigentlich? Er hätte sie gerne im Blick.

Von der Kirche her wird die Vesper ausgeläutet. Am Gottesdienst wird sie sicher nicht teilgenommen haben, oder? Schuknecht wendet sich kurz Helmut zu, die anderen Helfer sind fort, sie haben die Küche momentan ganz für sich. »Haben Sie eine Ahnung, wo Frau Dornbusch steckt?«, fragt er.

Helmut zuckt mit den Schultern. »Nein, aber hoffentlich weit weg von hier. Die steht und sitzt ja doch nur im Weg herum, shoppt im Klosterladen, lenkt unsere Jungs mit albernen Gesprächen von der Arbeit ab und bringt die Ehefrauen reihenweise auf die Palme.«

Schuknecht wendet sich wieder den Karotten zu. In der Tat, Veronika schwatzt und flirtet wie der Teufel. Eine ihrer üblichen Taktiken, um Menschen – in diesem Falle Männer – zu unbedachten oder aufschlussreichen Bemerkungen zu verleiten.

Aber müsste sie in diesem Fall nicht eher versuchen, die Damenwelt zu bezirzen und zu beschwatzen? Schuknecht schüttelt verärgert den Kopf. Ordnung in die wirren Handlungen und möglichen Gedankengänge dieser Frau zu bringen ist ein sinnloses Unterfangen. Wenigstens befindet sie sich allem Anschein nach auf völlig falscher Fährte. Würde es sich um eine Runde Topfschlagen handeln, müsste man ihr »Kalt, ganz kalt! Nordpol!« zurufen.

Zurück zu seinen eigenen Problemen. Spätestens ab dem Mittag wird er sich an die Fersen seiner Verdächtigen heften müssen. Unauffällig, wie gesagt. Schließlich könnte er sich ja auch irren. Gewaltig irren, und das wäre mehr als peinlich. Für ihn und für die Hauptbetroffenen. Am besten wäre es, sie in diesen Bankettzirkus einzubeziehen. So, dass er sie immer im Auge behalten kann. Aber wie kann er sie überreden, an dem Trubel teilzunehmen?

Bevor er eine Antwort findet, öffnet sich die Tür vom Gang zum neuen Refektorium. Schwester Lioba steht im Rahmen und schaut sich suchend um. *Nanu, was will denn die Äbtissin hier? Und warum schaut sie so besorgt, fast schon ein wenig panisch?*

Ihre Blicke kreuzen sich.

»Herr Schuknecht, könnte ich Sie kurz sprechen?«, fragt sie und schaut ihn eindringlich an. »Allein?«

Das klingt nicht gut, gar nicht gut. Sie waren doch erst für zehn Uhr verabredet. Schuknecht lässt sein Messer fallen und eilt ihr entgegen.

Lioba lässt ihn vorbei in den Gang und schließt energisch die Tür zur Küche. Still geht sie ein paar Schritte voran in Richtung des neuen Nonnenrefektoriums, dann dreht sie sich um. »Ich habe gerade einen Anruf von der Pforte im Klosterladen erhalten«, sagt sie leise. »Es ist etwas Besorgniserregendes geschehen. Wir müssen sofort etwas unternehmen.«

39.

Veronika umrundet in gebückter Haltung und im letzten Morgennebel das Gewächshaus im Klostergarten. Sie umrundet es bereits zum zweiten Mal. Leider ist das Glashaus längst wieder instandgesetzt, und alle Scherben sind weggeräumt. Zwischen den neuen Glasscheiben blinkt der frische Kitt, und auch im Inneren ist alles picobello aufgeräumt. Entsprechend ergebnislos war ihre Suche nach Indizien zwischen Blumentöpfen, Setzlingsschalen und anderen Pflanzutensilien. Alles war sorgfältig gereinigt.

Männer! Sind doch sonst nicht so gründlich, wenn es um Ordnung und Sauberkeit geht.

Hier waren sie es.

Sogar die Harken und Spaten sind frisch geputzt und eingeölt. Das muss dieser Bohnen-Gerd gewesen sein. Der hat ihr gestern stundenlang Vorträge über die richtige Pflege von Gartengeräten mit Waffenöl gehalten und seine gemeinsame Aufräum- und Reparaturaktion mit Helmut und Dieter minutiös geschildert.

Wie konnte Schuknecht das nur zulassen? Damit wurden alle möglichen Spuren vernichtet und sind nun für immer verloren. Oder doch nicht? Was, wenn dieser Geheimniskrämer etwas entdeckt und Beweise für das mysteriöse Vergehen, das hier in der Sturmnacht begangen wurde, an sich genommen hat?

Dann wäre er ihr einen Schritt voraus. Zu ärgerlich!

Veronika kniet vor ausladenden, noch nicht gestutzten Himbeerranken nieder, die seit dem letzten Sturm kahl neben dem

Eingang zum Glashaus stehen. Zwischen dem wirren Geäst leuchtet am Boden etwas Rotes.

»*Ma petite*, Sie machen Ihre Hosen ganz schmutzig«, mahnt hinter ihr Madame Lambert.

»Sind nur Jogginghosen, die ich noch nie gebraucht habe«, erwidert Veronika und nähert ihr Gesicht dem Gesträuch, um besser hindurchschauen zu können.

»Je comprends«, schwatzt hinter ihr Madame Lambert unbekümmert weiter. »Sport ist so plebejisch! Ich verstehe gar nicht, dass eine Mode daraus geworden ist. Daheim im Klettenbergpark drehen die Leute ständig ihre Runden in diesen unförmigen Lumpenklamotten. Frühmorgens und am Abend. Wie die Hamster im Rad. Sie tragen dabei Knöpfe im Ohr, um sich mit Musik von dieser totlangweiligen Tätigkeit abzulenken, und rennen alte Damen wie mich fast um.«

Veronika hört nicht weiter hin.

Madame Lambert ist heute Morgen eine fürchterliche Nervensäge. Und das, wie es scheint, mit voller Absicht. Die will nicht, dass sie hier Untersuchungen anstellt. So viel ist klar. Einem Verhör bei einer Flasche Sherry aus der Teeküche hat sie sich gestern Abend auch entzogen. Diese Ex-Diplomatin versteht es leider wie keine Zweite, den Mund zu halten. Sie hat ihn nur geöffnet, um den Sherry zu trinken und anschließend im Bett zu schnarchen.

Ha, da leuchtet tatsächlich was! Ein Stück Pappe oder Papier – oder ist es eine kleine Postkarte? Veronika streckt vorsichtig die Hand aus. Leider hat der Strauch Stacheln. Blöde Sache, dass das leckerste Obst sich immer bewaffnen muss.

Egal, sie biegt eine Rute beiseite und ruft entzückt auf. »Bingo! Ein Volltreffer. Da ist was. Wahnsinn.«

»Was ist da denn?«, ruft Madame Lambert aufgeregt und – wie Veronika meint – ein wenig entsetzt.

»Etwas, das hier bestimmt nicht hingehört.«

Rasch greift sie zwischen den Ruten hindurch nach dem Pappkärtchen. Sieh an: Es ist eine Karte, eine Spielkarte. Oder, halt, nein, da ist ein Engelbild drauf. In leuchtendem Rot und Gold und Pastellkreide ausgeführt. Am unteren Kartenrand ist ein Sinnspruch aufgedruckt: »Ohne Liebe ist der Mensch ein Engel mit nur einem Flügel.« Ziemliche Binsenweisheit, aber todsicher eine Spur!

Triumphierend dreht sie sich zu Madame um und hält die Karte hoch.

»Oh«, stößt Madame Lambert mit Blick auf die Karte aus. »Ist das Tarot?«

Veronika wiegt zweifelnd das Haupt. »Nicht direkt, aber es könnte religiösen Weissagungsspielen dienen. Meine Großmutter hat jeden Morgen ein Bibelorakel gemacht, Augen zu, das Heilige Buch aufschlagen und blind den Zeigefinger auf einen Vers legen. Das war dann ihr Trost- und Leitspruch des Tages. Zu was Ähnlichem könnte die Karte dienen. Man kann sie im Klostershop kaufen. Ich frage mich, wer sie hier verloren hat.«

Madame Lambert überlegt mit gerunzelter Stirn. »Eine der Nonnen, *je pense*. Ich meine, es ist schließlich ein Engel. Vielleicht gehört sie dieser Johanna?«

Veronika erhebt sich mit leisem Ächzen und schüttelt energisch den Kopf. »Blödsinn. Nonnen legen sich nicht die Karten. Die vertrauen ganz auf Gottes Wort, und zwar im Original. Und Gartenschwester Johanna wäre die Letzte, die solchen Kokolores im Sinn hätte. Nein, meine Liebe. Ich glaube, dass unser Vandale – besser gesagt: unsere *Vandalin* – die Karte bei ihrer Wüterei mit dem Beil verloren hat.«

»Das ist aber eine weit hergeholte Annahme«, erwidert Madame Lambert spitz.

»Die ich zu verifizieren gedenke«, sagt Veronika, zippt ihre graue Joggingjacke auf, steckt die Karte ein und stapft entschlossen in Richtung Gartentor los.

»Wie wollen Sie denn herausfinden, wem die Karte gehört?«, fragt Madame Lambert und trippelt hinter ihr her. »Ich meine, wenn tatsächlich die Täterin sie verloren hat, wird sie das kaum zugeben.«

»Überlassen Sie das nur mir.« Als ob sie ausgerechnet Madame in ihre Methoden einweihen würde! Die enthält ihr schließlich auch jede Menge Informationen vor.

»Haben Sie denn bereits jemanden in Verdacht?«, will Madame leicht atemlos wissen, während sie sich dem Tor zum Parkplatz nähern.

Interessant, die gerät anscheinend langsam in Panik.

»Oh ja«, sagt Veronika.

»Ich nehme an, eine der Frauen hier, *n'est-ce pas?*« Madames Stimme klingt jetzt wirklich alarmiert.

»Sogar zwei«, entgegnet Veronika finster.

»Und welche?«

Veronika stoppt ab und stutzt. »Hallo, was ist denn da auf dem Parkplatz los?«

Tatsächlich herrscht dort ein ziemliches Gerenne. Helmut und Dieter rasen auf Dieters Mercedes zu. Schuknecht stürmt in einer Küchenschürze hinter ihnen her. »Wir brauchen mehr Autos und müssen uns aufteilen, um das Gelände systematisch abzusuchen!«, schreit er. »Tara ist schon unterwegs und wird von Süden aus mitmachen. Verdammt, wo ist Veronika? Ihr Wagen ist unverzichtbar.«

Oho, da muss was passiert sein.

Etwas sehr Spannendes.

Etwas, das eine Verfolgungsjagd erfordert.

Vielleicht der von Schuknecht avisierte Mordversuch? Oder steht er noch bevor, und er ist der Täterin auf der Spur und auf dem Weg, ihn zu verhindern?

Hach, sie liebt Verfolgungsjagden. Ihr SUV mit Geländegetriebe ist in der Tat wie gemacht dafür. Sie auch.

»Ich komme sofort!«, ruft sie Schuknecht zu.

In der Kastanienallee wird das Tuckern eines Traktors laut. Gartenschwester Johanna steuert ihn mit grimmigem Blick in Richtung Klostertor. Hinter dem Traktor laufen mit angespanntem Gesichtsausdruck und angeführt von Hildchen Trautwetter weitere Ora-et-labora-Rentner her.

Wollen die etwa alle mitmachen?

Das passt Veronika gar nicht.

Eine Verfolgungsjagd ist schließlich keine Kaffeefahrt.

40.

Dies wird sein letzter, sein wirklich allerletzter Waldspaziergang nach Sternthal sein. Und sein schwerster. Niederlagen ist Alexander nicht wirklich gewohnt. Schon gar nicht eine so beschämende und selbst verschuldete. Alles, was er noch tun kann – tun muss –, ist, sich zu entschuldigen. Aufrichtig zu entschuldigen und um Verzeihung zu bitten. Wenigstens das.

Sonst verliert er den letzten Funken Selbstrespekt.

Er hätte nie gedacht, dass ihn mal eine Frau komplett in die Knie zwingen könnte. Tara ist es gelungen. Nachhaltig – um eine der Lieblingsvokabeln aus der Kraut-und-Rüben-Szene zu verwenden. Kein Grund für Selbstmitleid. Sein größter Feind war schließlich er selbst. Davon abgesehen passt eine Frau wie sie überhaupt nicht zu ihm. Noch weniger passt er zu ihr. Was sollte jemand wie Tara schon von einem wie ihm wollen? Was könnte er ihr bieten?

Nichts.

Jedenfalls nichts von dem, was sie wirklich will und bereits hat. Alexander presst die Lippen aufeinander, stößt die Hände in seine Hosentaschen und wählt eine strammere Gangart. Mit entschlossenem Blick biegt er vom *Monastère* kommend in die schmale Waldstraße nach Sternthal ein.

Wenigstens ein Gutes hatte die Verlängerung seines Aufenthalts im Westerwald: Die geschäftlichen Hausaufgaben hat er in den letzten beiden Tagen ungestört erledigt. Der Deal mit London ist unter Dach und Fach. Nächste Woche muss er zur Vertragsunterzeichnung auf die Insel. Es galt nur noch, die Übernahme sämtlicher Mitarbeiter zu sichern.

Im Grunde eine reine Formalie. Seine IT-Leute – darunter medizinjuristische Berater, Softwareingenieure, Mathematiker und Abrechnungsexperten – sind derart spezialisiert, dass ihr künftiger Arbeitgeber sie mit Kusshand nimmt. Schon um die Updates und die stete Weiterentwicklung seines Produktes zu sichern. Man wird ihnen sogar mehr Geld anbieten, um sie zu halten und ihren Weggang zur Konkurrenz zu verhindern.

Selbst Dinah, seine aufmüpfige Assistentin, wird ein Angebot bekommen, dafür hat er gesorgt. Am Standort Wermelskirchen muss die neue Holding auf seinen Wunsch hin ebenfalls festhalten, es werden weitere im europäischen Ausland hinzukommen.

Jetzt ist er also ein wirklich freier Mann, hat das Erbe der Familie Gier gesichert und vermehrt. Vermutlich wären sein Großvater und seine Eltern stolz auf ihn. Gut so, wenn es auch nie sein entscheidender Antrieb war, wie sein Onkel anzunehmen scheint.

Wichtiger war und ist es ihm, nun endlich das zu tun, was er immer schon vorhatte: sich die Welt ansehen. Mit leichtem Gepäck und spontaner Zielsuche und nicht als ein Passagier von Businessfliegern, der von anderen Ländern hauptsächlich Flughäfen, Landebahnen und Geschäftsrestaurants kennt. Er hat wirklich eine Menge nachzuholen.

Das letzte Jahrzehnt hat er praktisch nichts anderes getan als zu arbeiten und zu schlafen und wieder zu arbeiten. Alles andere war belangloses Hintergrundgeräusch. Freundschaften flüchtig und Beziehungen zweitrangig. An Geselligkeit bestand kein Mangel, im Gegenteil war er dank Meetings, internationalen Konferenzen, Teambesprechungen und dergleichen ja ständig unter Menschen. Immer zweckgebunden, versteht sich. Der Algorithmus seines Lebens war denkbar schlicht, aber erfolgreich.

Sein Ziel, bis spätestens Mitte dreißig finanziell so unabhängig wie möglich zu sein, ist nun endlich erreicht. Exakt nach Plan und dank großer Disziplin.

Freude kommt trotzdem nur zaghaft in ihm auf.

Hoffentlich stellt sie sich später ein. Nachdem er sich bei Tara für seine Überheblichkeit, seine Arroganz und seine beschämende Dummheit entschuldigt hat. Dass er ein Hornochse ist, haben ein paar simple, aber diesmal intensive Recherchen bei Google, Xing und LinkedIn ergeben. Statt mit dem Suchwort »Waldschrat Saatgut« hat er es diesmal mit Johns Namen versucht: John Farlane, *Sir* John Farlane, wie er jetzt weiß.

Ja, verdammt! Der Kerl hat schon mit knapp dreißig von der Queen einen Titel verliehen bekommen. Nicht aus diesem Grund ist er allerdings Taras perfekter Märchenprinz, sondern weil er genau das tut, woran ihr ganzes Herz hängt. Und zwar auf höchstem Niveau.

Der Mann ist kein Rummelplatzhistoriker, sondern ordentlicher Professor für Archäologie und Geschichte an der Universität von Edinburgh. Außerdem entwickelt und präsentiert er als Moderator ungemein erfolgreiche historische TV-Formate für die BBC. Unter anderem hat er eine vierteilige Serie über Guédelon gedreht. Dabei wird er Tara kennengelernt haben. Sie wird auf Farlanes diversen Websites ein paarmal erwähnt, genau wie das von ihrem Vater übernommene »Saatzuchtprojekt Sternthal« für historische Gemüse- und Obstsorten.

Tja, auch so was gehört anscheinend in die Kategorie »seriöse Forschung und Wissenschaft«, Abteilung Food History. Ernährung ist nicht nur geschichtlich gesehen ja auch tatsächlich kein nebensächliches Detail menschlichen Lebens. Unter den Stichworten »Sternthal« und »Saatzucht« statt »Waldschrat Saatgut« hat Alexander dann am Ende auch Taras Betrieb entdeckt.

Es ist ein erfolgreiches kleines Unternehmen mit zwanzig festen Mitarbeitern plus regionalen Saisonkräften, samt Geschäftsbüro nahe Asbach, Vertrieb und selbstverständlich auch mit einer Internetseite und einem Onlineshop, der mit jeder Menge Fairtrade-Kooperativen vernetzt ist und Taras Samen mittlerweile weltweit vertreibt. Dass ihr Vater kurz vor seinem Herztod geschäftliche Schwierigkeiten hatte, lag nicht – wie er sofort angenommen hatte – an der Erfolglosigkeit seines Betriebs, sondern im Gegenteil daran, dass er boomte, ihm sozusagen über den Kopf wuchs.

Er war wirklich ein Hornochse. Vollkommen ignorant und eher selbstverliebt als verliebt in Tara.

Nein, das stimmt nicht ganz – oder doch?

Vor Alexander werden in einiger Entfernung Motorengeräusche laut. Und das Tuckern eines Traktors. Er blickt kurz auf und macht einen Schritt zur Seite. Was ist denn das für ein Konvoi?

Drei Fahrzeuge, besetzt mit Ora-et-labora-Rentnern, die ihre Köpfe Ausschau haltend durch die Seitenfenster stecken und in den Wald spähen, halten auf ihn zu. Suchen die mal wieder was? Oder jemanden? Etwa eine weitere imaginäre Leiche?

Scheint ganz so.

Er selbst will lieber nicht entdeckt werden. Nur keine lästigen Fragen und Gespräche. Alexander drückt sich in ein Gebüsch. Der Trecker biegt jetzt in Richtung jener Weiden ab, die er vor zwei Tagen mit Tara besucht hat, um dort Kuhmist zu sammeln. Sicherheitshalber springt Alexander in einen Graben. Kurz darauf fährt der SUV, der den Konvoi anführt, über ihm auf dem Weg im Schleichtempo vorbei.

Alexander duckt sich, als er Veronikas Rotschopf kurz durch

eine Lücke im Gestrüpp aufleuchten sieht. Ihrer Neugier wäre er momentan am wenigsten gewachsen. Die Begegnung mit ihr und Hildchen Trautwetter in der Kirche am Abend seines Streits mit Tara hat ihm gereicht. Immerhin konnte er trotz bohrender Fragen und Blicke der beiden alles für sich behalten, auch das seltsame Erlebnis im abgedunkelten Chorraum. Was er dort an diesem Abend belauscht hat – unfreiwillig belauscht –, geht niemanden was an.

Während Alexander die Böschung hochklettert, um seinen Weg nach Sternthal fortzusetzen, fragt er sich kurz, ob er sich damals hätte bemerkbar machen sollen? *Nein*, beruhigt er sich zum gefühlt hundertsten Mal, *der Moment war viel zu intim, das Selbstgespräch oder Gebet der Frau zu privat und* – er schluckt – *irgendwie verstörend.*

Was hat sie noch mal gemurmelt?

Allgütiger, ich kann mein Versprechen nicht halten. Bitte zeig mir einen besseren Weg, um ihn von seinen Leiden zu erlösen. Ich liebe ihn doch so sehr.

Irgendwas in der Art.

Wirklich seltsam, und die Frau klang völlig verzweifelt. Ob er doch etwas hätte unternehmen sollen, sie ansprechen, mit ihr reden?

Schon wieder werden Motorengeräusche laut. Diesmal hinter ihm und in Form eines hochtourigen Röhrens. Da scheint jemand vergessen zu haben, wo der vierte Gang liegt. Alexander dreht sich um.

Ein betagter Sprinter-Kastenwagen kommt auf ihn zu. Mit ziemlichem Tempo. Alexander will zur Seite springen, bleibt dann trotzdem stehen. Wie gebannt und mitten auf dem Weg. Aus gutem Grund. Auf der Motorhaube prangt das Firmenlogo von »Saatzuchtprojekt Sternthal«. Und am Steuer sitzt – die Räubertochtermähne ist unverkennbar – Tara. Die nun eine

Vollbremsung hinlegen muss, um ihn nicht umzumähen. Sie verzieht den Lenker nach rechts, der Lieferwagen gerät vom Weg ab, sein rechter Vorderreifen sinkt in einen Graben, der Motor stirbt ab.

Zornig stößt sie die Fahrertür auf. »Sag mal, spinnst du? Warum stellst du dich mitten in den Weg?«, schreit sie ihn an, ohne vom Sitz zu klettern.

Alexander geht nicht auf den Vorwurf ein. »Ich muss mich bei dir entschuldigen«, bringt er vor, was vorzubringen ist.

»Allerdings!«, faucht Tara. »Ich hätte dich fast auf die Kühlerhaube genommen.« Sie dreht den Schlüssel, der alte Lieferwagen springt hustend an. Sie will die Tür zuschlagen.

»Das meine ich nicht«, sagt Alexander. Er eilt hastig zur Fahrertür, hält sie so energisch fest, dass Tara sie nicht zuziehen kann. Er muss das jetzt zu Ende bringen, bevor ihn der Mut verlässt. Oder seine Arroganz und Selbstherrlichkeit obsiegt. »Es geht darum, dass ich ein Trottel war.«

»Ist mir nicht neu«, sagt Tara ungeduldig und schrecklich desinteressiert. Der Motor des Kastenwagens verreckt zum zweiten Mal, sie zündet erneut, tritt die Kupplung und legt unter Mühen den Rückwärtsgang ein. Die Schaltung muss eine Macke haben. Sie schaut ihn rebellisch an. »Was ist, lässt du mich endlich fahren, oder willst du mit?«

»Wohin?«

»Weiß ich nicht genau!«, faucht sie. »Wir müssen Henry finden! Und können jede Hilfe dabei brauchen. Sogar deine.«

»Henry?«, fragt Alexander verdattert.

Tara stößt einen Seufzer aus und nickt. »Und Mechthild. Sie hat ihn Knall auf Fall und entgegen einer Verabredung mit Schuknecht allein aus dem Krankenhaus abgeholt. Jetzt sind die beiden verschwunden. Genau wie eine auffällige Menge an Barbituraten und Physostig-irgendwas, ein Mittel gegen postoperative Aufwachstörungen von der Intensivstation. Anscheinend haben sie das mitgehen lassen, als die Nachtschwester Stationsübergabe hatte. Weiß der Teufel, wie sie das angestellt haben.«

»Du meinst Physostigmin?«, fragt Alexander alarmiert.

»Ist doch egal, jedenfalls wohl ein tödliches Gift.«

»Genaugenommen ist es eher ein Gegengift«, sagt Alexander. »Für Parkinsonpatienten allerdings ein hochgefährliches, vor allem in Kombination mit Schlafmitteln. Es führt in zu hoher Dosierung mit Sicherheit zu Muskellähmungen, Atem- und Herzstillstand, intravenös verwendet ist es garantiert letal.«

Tara reißt erschrocken die Augen auf. »Scheiße, woher weißt du das?«

»Hab mal ein paar Semester Pharmakologie und Medizin studiert.«

»Gut«, sie schaut ihn an, »aber wir haben jetzt keine Zeit für ein medizinisches Proseminar. Der ahnungslosen Krankenschwester hat Mechthild gesagt, sie würden sofort ins Kloster zurückfahren, doch da sind sie nicht. Schuknecht und Äbtissin Lioba befürchten, dass Henry in Lebensgefahr schwebt. Seine Frau will ihn offenbar umbringen. Jetzt steig schon ein!«

Alexander läuft um den Wagen herum, stakst entschlossen über die schlammige Böschung zur Beifahrertür, die Tara bereits geöffnet hat.

Er klettert zu ihr in den Wagen. »Das kann nicht stimmen«, sagt er entschieden. »Das kann hinten und vorne nicht stimmen. Mechthild will ihn nicht umbringen.«

»Was willst denn du darüber wissen?«, fragt Tara völlig erstaunt, so erstaunt, dass sie ihren Zorn und das Zurücksetzen des Wagens vergisst.

»Ich weiß es eben, und jetzt fahr los. Ich habe da eine Idee, wo die beiden sind!«

41.

Verdammt, das hat so doch alles keinen Sinn!

Helmut starrt missmutig aus dem rechten Seitenfenster im Fond von Veronikas SUV. Er starrt sich seit fast vierzig Minuten die Augen aus dem Kopf. Sie drehen auf der Suche nach Henrys und Mechthilds Auto – einem grünen Volvo – bereits die zweite Runde über Stock und Stein im Wald von Sternthal. Ohne Ergebnis. Der Wagen kann doch Gott weiß wo geparkt sein. Hier im Wald, an irgendeiner gottverlassenen Landstraße zwischen Asbach und Sternthal oder auf einem einsamen Rastplatz an der Autobahn. Zwei Rentner, die im Auto eine kurze Pause einlegen, augenscheinlich ein Nickerchen halten, das fällt doch niemandem groß auf.

Hoffentlich haben Dieter, Gerd oder Schwester Johanna auf den umliegenden Weiden und im Westteil des Waldes mehr Glück. Oder die Polizei, die die Strecke von der Klinik bis nach Sternthal mit mehreren Einsatzwagen abfährt. Das Krankenhaus hat sie sofort alarmiert, Anzeige wegen Medikamentendiebstahl erstattet, darauf hingewiesen, dass Gefahr in Verzug ist. Das hat schließlich den Ausschlag gegeben.

Zu Recht, denn bei den Medikamenten, die die beiden haben mitgehen lassen, handelt es sich um Teufelszeug, dessen Ausgangsstoff – die Samen einer afrikanischen Liane – auch »Gottesurteilsbohne« genannt wird. Wie Schuknecht erläutert hat. Schön, dass er so viel über Gifte weiß, nur leider hat er keinen blassen Schimmer, wo das Gottesurteil vollstreckt werden soll.

»Versuchen Sie es noch mal auf dem Forstweg links vor uns«, weist Schuknecht vor ihm Veronika gerade an. Will der etwa den ganzen Tag im Kreis rumfahren?

Helmut klammert sich wütend an den in der Tür neben ihm eingelassenen Griff. Es muss doch was anderes geben, das sie tun können. Nachdenken etwa. Ob es nicht irgendeinen klitzekleinen Hinweis gibt, der ihnen verrät, wo die beiden abgeblieben sind. Er zermartert sich das Hirn, ruft Bilder des Paares auf, versucht, sich an Bemerkungen der beiden zu erinnern. Ihm fällt nichts Verdächtiges ein. Gar nichts. Sie waren für ihn der Inbegriff des liebenden Paares.

Schuknecht fällt ebenfalls nichts Neues ein. Er mag ja die Sache mit Nicoletta und von Donaths Finanzbetrügereien clever gelöst und auch die Umstände von Henrys Unfall in der Sturmnacht rasch richtig eingeordnet haben, aber jetzt handelt er völlig kopflos. Die pure Panik hat ihn gepackt, nachdem sein Plan, Mechthild und ihren Gatten nicht unbeaufsichtigt aufeinandertreffen zu lassen, gescheitert ist. Schuknecht war sich außerdem sicher, dass sich Mechthild in der Obhut der Schwestern besinnen und von ihrem Vorhaben abkommen würde. Äbtissin Lioba, die in Schuknechts Vermutungen eingeweiht war, hat offenbar Ähnliches gehofft. Beide haben sich getäuscht.

Nun, wer würde sich nicht täuschen in einer Frau wie Mechthild, die so sanft, so gütig, so still und so fürsorglich ist – und so entschlossen. Verdammt, warum hat dieser Dämlack Schuknecht ihn nicht eingeweiht? Schließlich hat Mechthild bei *ihm* angerufen. Sogar zwei Mal.

Und darum fühlt Helmut sich schuldig, entsetzlich schuldig. Zumal er die Hotline-Anrufe der völlig falschen Person zugeordnet hat. Rosa mag zwar das Gewächshaus zertrümmert und Kürbisse geköpft haben, aber angerufen hat sie ihn nie. Sie hat es auch entsprechend heftig geleugnet, während sie alles andere sofort zugegeben hat. Er hätte ihr Glauben schenken sollen.

Ein Straßenbuckel hebt Helmut aus dem Sitz. Nicht der erste. Schuknechts Kollegin Veronika fährt wie ein Henker und lässt keine Grasnarbe, kein Schlagloch und keine Pfütze aus. Eben ist sie durch eine knietiefe Fahrrinne gepflügt, statt einfach darum herumzufahren. Offroad zu fahren macht ihr sichtlich einen Riesenspaß, aber das bringt sie auch nicht weiter.

Veronika nimmt einen weiteren Buckel, biegt in den von Schuknecht empfohlenen Forstweg ein, der – wie Helmut weiß – von hinten zurück zum Kloster führt.

Hinter hohen, halb kahlen Bäumen kommt bereits die Kirche von Sternthal in den Blick. Das hier war mal der Hauptweg zum Kloster. Er ist jetzt schrecklich vernachlässigt, die reinste Schlaglochpiste.

Erneut hebt Veronikas Fahrstil ihn vom Sitz. Nicht nur ihn.

»*Bon Dieu*, ich glaube, mir wird schlecht«, stöhnt neben Helmut Madame Lambert.

Rasch wendet er seiner Arbeitgeberin den Kopf zu. Die sieht wirklich totenblass aus, so als müsse sie sich gleich übergeben. Kein Wunder. Die Fahrt nimmt sie schrecklich mit.

Genau wie ihr schlechtes Gewissen, denkt Helmut grimmig.

»Ich hätte Mechthild niemals die Tarot-Hotline und Sandalphon empfehlen dürfen«, wimmert Madame neben ihm immer und immer wieder.

In der Tat. Schon gar nicht nach einem Abend mit einer Flasche Lillet und Kirschwasser mit Mechthild und in dem festen Glauben, dass ihr »Franzl« die Sache schon richten und ihrer Freundin den Plan ausreden könne.

Ihn so hereinzulegen und zu belügen! Soll der mal ruhig schlecht werden. Hätte sie eher geredet und mit der Wahrheit rausgerückt, müssten sie jetzt nicht sinnlos in der Gegend herumkurven, um tatsächlich einen Mord zu verhindern!

»Wir müssen anhalten. Madame geht es nicht gut!«, ruft Hildchen, die auf Madames anderer Seite sitzt. Veronika hört nicht hin.

Hildchens und Helmuts Blicke kreuzen sich. Zum ersten Mal schaut sie nicht weg, sondern mustert ihn eindringlich. »Tu was«, sagt ihr Blick. Das freut Helmut. Es freut ihn sogar außerordentlich, dass sie ihn endlich, endlich wieder zur Kenntnis nimmt und stumm um Hilfe bittet.

»Anhalten!«, donnert er mit seiner Decksstimme, die Tote wecken würde, und haut Veronika von hinten seine Pranke auf die Schulter. Mit vollem Erfolg.

Die Dame zuckt verschreckt zusammen und steigt kraftvoll in die Eisen. Wütend fährt sie herum. »Was soll das? Wir haben keine Zeit für Pausen!«

Madame stöhnt leise. »*C'est vrai*. Beachten Sie mich einfach gar nicht.« Sie tastet nach ihrer Handtasche, klappt sie auf, beugt sich darüber. Will sie die Tasche etwa als Spucktüte benutzen?

»Okay, raus mit Ihnen, aber nur ein paar Minuten«, knurrt Veronika.

Hildchen klinkt die Tür an ihrer Wagenseite auf, fasst Madame sanft, aber entschlossen am Arm und zieht sie vom Sitz. »Ein bisschen frische Luft wird Ihnen guttun«, versichert sie Madame. Die entsteigt unsicher dem Wagen.

»Es ist alles meine Schuld«, klagt sie und schluchzt. »Mein armer, armer Henry. Ich wollte doch nur helfen. Nur helfen.« Dann knicken ihr die Knie weg.

»Helmut, ich brauch dich hier!«, ruft Hildchen.

Das muss sie ihm nicht zweimal sagen. In Windeseile ist Helmut um das Auto herum, fasst Madame am anderen Arm, sie rappelt sich wieder auf. Gestützt von beiden atmet sie am ganzen Leib zitternd tief ein und aus.

»Können wir langsam mal weiter?«, fragt Veronika durch die heruntergefahrene Scheibe des Fahrerfensters.

»Noch nicht!« Helmut schaut sich suchend nach einer Bank um, auf der Madame sich ausruhen kann. Und entdeckt kaum hundert Meter hinter einem Gebüsch etwas, das ihm den Atem stocken lässt.

»Es geht schon«, sagt Madame Lambert matt. »Wir müssen doch weitersuchen, wir müssen –«

»Nein, das müssen wir nicht«, sagt Helmut und springt mit einem Satz über einen Graben hinweg, wischt Geäst beiseite und rennt los. »Pass auf Madame Lambert auf!«, schreit er Hildchen im Wegrennen zu.

»Wohin wollen Sie?«, schreit Schuknecht zurück, der flugs aus dem Wagen ausgestiegen zu sein scheint.

»Dahin, wo alles angefangen hat!«, bellt Helmut. »Vor fünfundvierzig Jahren.« Im Näherkommen erkennt er den Volvo, ebenso einen überwucherten alten Parkplatz, auf dem Henry und Mechthild als Brautpaar 1972 schon einmal geparkt haben dürften. Damals wahrscheinlich in zwei Wagen und getrennt voneinander, um den alten Weg zur Kirche von Sternthal entlangzuschreiten. Würde zu beiden passen, diesen Weg gemeinsam zu ihrem letzten zu machen.

Helmut beschleunigt seine Schritte. Passiert den Volvo, findet den Pfad, der an der Mauer der alten Klausur vorbei zur Kirche führt, rennt ihn entlang, findet eine alte Pforte. Er stößt ein lose in den Angeln hängendes Eisengitter auf, überquert den Hof der alten Klausur, ohne auf Johns fragende Rufe zu achten, die ihm hinterherhallen. Endlich, endlich erreicht er die Kirche, muss sie nur noch umrunden und ist am Ziel.

Schwer keuchend reißt Helmut den Torflügel zum Ostchor

auf. Er schnappt nach Atem. Schweiß rinnt ihm die Stirn hinab. Er muss ihn aus den Augen wegzwinkern, sie an die staubdurchtanzte Dunkelheit gewöhnen. Nach Luft ringend schaut er sich um und wird fündig.

Da sind sie!

Sein Herz krampft sich zusammen. Vorne, ganz vorne in einer Kirchenbank beim Trenngitter sitzen Henry und Mechthild. Völlig zusammengesunken und still, zu still. Mechthilds Kopf liegt an Henrys Schulter, Henrys Körper ist tief vorgebeugt und wirkt ganz schlaff. Ein unfassbar trostloses Bild, aber noch schlimmer ist das mühsam unterdrückte, erstickte Schluchzen, das die Szenerie untermalt. Ein herzzerreißendes Geräusch.

Es muss Taras Schluchzen sein. Erst jetzt nimmt Helmut sie wahr.

Tara hat sich knapp einen Meter entfernt von den beiden niedergelassen, sitzt mit völlig verkrampftem Rücken da, die Hände vor dem Gesicht. Sein Neffe Alexander hingegen steht aufrecht, stumm und wie festgefroren vor der Kirchenbank, nur seine Finger sind in Bewegung. Jetzt hebt er zögernd den Blick. Von einem Smartphone!

In so einem Moment spielt der mit einem Smartphone herum? Das darf doch nicht wahr sein! Was macht der da? Die Bestattung organisieren?

Wie geschmacklos!

»Helmut«, sagt Alexander. Seine konzentrierte Miene entspannt sich. »Gott sei Dank!«

Helmut jagt an den Bänken vorbei nach vorne, hört, dass hinter ihm erneut das Kirchentor aufklappt. Er erreicht das Paar auf der Bank, schiebt Alexander beiseite, wappnet sich für den letzten, alles klärenden Blick auf Henry und Mechthild.

Wieder schluchzt es, aber es ist nicht Tara, die so herzzerreißend bemüht ist, ihr Weinen zu ersticken. Es ist Mechthild.

»Ich konnte es nicht tun, ich konnte nicht«, stößt sie jammernd hervor und hebt ihren Kopf von der Schulter ihres Mannes. In ihrem Schoß liegen zwei Spritzen. »Ich liebe ihn zu sehr. Ich will, dass er weiterlebt.«

»Leider«, murmelt Henry und richtet sich mit Mechthilds Hilfe mühsam auf.

42.

»Henry geht es gut, er schläft jetzt. Der Arzt war bei ihm, und Schwester Amabilis kümmert sich weiter um ihn«, verkündet Äbtissin Lioba, während sie Mechthild in den Speiseraum des Gästetrakts führt. »Frau Steiger ist mit mir gekommen, weil sie Ihnen allen danken und etwas sagen möchte, das sie bereits der Polizei zu Protokoll gegeben hat.«

Mit ruhiger Hand führt sie die beschämt und todunglücklich dreinblickende Mechthild in den Raum. Alle Gesichter sind ihnen zugewandt, jedes Gespräch verstummt.

Das muss ein schwerer Gang für Mechthild sein, denkt Hildchen bedrückt. *Ein viel zu schwerer. Nach so vielen Jahren des Schweigens.* Damit kennt sie sich ja aus.

»Kommen Sie, setzen Sie sich hierher«, sagt Hildchen freundlich und um einen ermutigenden Ton bemüht. Sie springt rasch auf und zieht einen Stuhl für Mechthild unter dem langen Tisch hervor, an dem alle Teilnehmer der Suche nach Henry Platz genommen haben. Darunter auch Alexander, Tara, Madame Lambert und ausnahmsweise sogar Gartenschwester Johanna. Sie alle sitzen vor Abendbrottellern, die so gut wie unberührt sind.

Wer hat nach einem solchen Tag schon Appetit?

Lioba geleitet Mechthild zu dem angebotenen Platz. Helmut, der ebenfalls aufgestanden ist, zieht für die Äbtissin einen Stuhl hervor. »Möchten Sie Tee?«, fragt er sie und Mechthild und nimmt die Kanne entgegen, die Schuknecht ihm flugs über den Tisch zuschiebt.

Mechthild hebt kurz den Kopf und nickt langsam. »Ein Tee wäre nett, ja«, sagt sie leise.

Dieter und Gerd stehen simultan auf, um Tassen vom Büfett zu holen. Helmut schraubt die Kanne auf, schenkt ein. Alle Tischgäste schauen ihm dabei zu. Ganz so, als handele es sich um eine äußerst bedeutsame Handlung.

Sie wissen wohl nicht recht, wie sie mit Mechthild umgehen sollen, wollen sie nicht anstarren und nicht noch mehr verunsichern. Lieber fixieren sie die Teekanne. Alle, außer Ilse, die mit unverhohlener Neugier keinerlei Probleme hat und Mechthild voll selbstgerechtem Hochmut mustert, wie Hildchen missbilligend registriert. Vermutlich wünscht sie sich eine Art antikes Scherbengericht.

Nachdem Helmut sich wieder hingesetzt hat, herrscht abwartendes Schweigen. Lastendes Schweigen. *Was soll man jetzt auch sagen?*, fragt sich Hildchen, die nur zu gerne etwas sagen würde, um Mechthild den Beichtgang einfacher zu machen.

Mit einem tiefen Seufzer blickt diese schließlich auf.

»Ich wollte meinen Mann töten«, sagt sie schlicht und erstaunlich fest.

»Unfassbar, den eigenen Mann«, murmelt Ilse, erntet entrüstete Blicke und einen völlig vernichtenden ihres Mannes. Helmut fährt hitzig in seinem Stuhl hoch, öffnet den Mund, um auszusprechen, was Dieter vermutlich meint und einige denken: *Sagst ausgerechnet du!*

Hildchen zieht Helmut zurück auf seinen Stuhl. Er schaut sie kurz an, versteht und sagt nichts.

Besser so.

Äbtissin Lioba schüttelt den Kopf. »Nein, liebe Mechthild, Sie wollten ihn nicht töten«, widerspricht sie leise, aber bestimmt. »Dazu sind Sie gar nicht fähig.«

»Anfangs wollte ich das schon«, widerspricht Mechthild,

»das glaubte ich jedenfalls.« Sie macht eine kurze Pause. »Henry hat mir nach der ersten Diagnose vor fünfzehn Jahren das Versprechen abgenommen, dass ich ihm helfen würde, schmerzlos zu gehen, wenn er die Krankheit nicht mehr erträgt … Natürlich hatte ich immer meine Zweifel an der Richtigkeit eines derartigen Versprechens, habe gehofft, mir gewünscht, dass es nie dazu kommen müsste, dass ich ihm anders beistehen, ihn immer wieder aufrichten könnte, bis zum Schluss, aber …«

Wieder bricht sie kurz ab. »Henry wünscht sich den Tod seit einem halben Jahr so sehr, so sehr. Die Medikamente helfen kaum noch, überdies lösen sie Depressionen, Angst und immer stärkere Aufmerksamkeitsstörungen aus … Es ist ein Teufelskreis. Eine Hölle, die kein Mensch ertragen sollte. Schon gar nicht mein Henry.«

Ein erbarmungswürdiges Schluchzen stiehlt sich in ihre Stimme. *Mein Gott*, denkt Hildchen, *was muss diese arme Frau mit ihrem armen Mann gelitten haben*.

Von Ilses Platz aus ist ein ungläubiges, verächtliches Schnauben zu vernehmen.

Hat diese Frau nicht wenigstens einen Funken Anstand und Mitgefühl?, fragt sich Hildchen.

»Er wollte also, dass Sie ihm Sterbehilfe leisten, nicht wahr?«, hilft Hildchen der armen Mechthild mit sanfter Stimme aus.

»Das war tapfer. Sehr tapfer und mutig für eine gläubige Frau, wie Sie es sind«, sagt Helmut. »Und ein Zeichen ihrer wirklich großen Liebe.«

Lioba schließt still die Augen, greift jedoch nicht ein.

»Das ist eine Sünde«, zischt Ilse. »Das ist wider …«

»Schweigen Sie«, unterbricht Gartenschwester Johanna sie robust. »›Richtet nicht, auf dass ihr nicht gerichtet werdet‹, Matthäus 7,1. Schon mal gehört? Ich empfehle Ihnen das komplette Kapitel als heutige Nachtlektüre! Und danach sollten Sie um die Gnade der Einsicht beten. *Still* beten.«

»Sehr weise Worte«, stimmt ausgerechnet Staatsanwalt a. D. Schuknecht zu, der bislang nicht gerade als Bibelfreund aufgefallen ist. Eher im Gegenteil, wie Hildchen weiß.

Helmut, ebenfalls kein Freund von Gebeten, nickt neben ihr bekräftigend.

Mechthild greift mit zitternden Händen nach ihrer Teetasse, nimmt einen Schluck, dann richtet sie sich auf. »Ich habe Henry mein Versprechen nicht leichtfertig gegeben«, sagt sie mit Blick in die Runde. »Er war sein Leben lang ein solch aktiver, bewegungsfreudiger, neugieriger und umtriebiger Mensch ... Er hat das Leben geliebt und genossen, wir haben so viel von der Welt gesehen, hatten ein reiches, gutes Leben, all das wurde ihm genommen. Henry hat die Krankheit und viele Schmerzen lange tapfer ertragen, aber er wollte nicht als hilfloser, völlig bewegungsunfähiger, vor sich hin dämmernder Pflegefall dahinsiechen, der nur noch an Maschinen hängt.«

»*Oui, c'est vrai*«, schaltet sich unvermittelt Madame Lambert ein. »Noch weniger wollte er, dass Mechthild die letzten, schweren Pflegejahre auf sich nehmen müsste.«

»Könnten Sie uns bitte endlich verraten, woher Sie Henry kennen?«, verlangt Veronika zu wissen und schiebt ein spitzes »*S'il vous plaît*« hinterher.

Madame verzieht unglücklich das Gesicht. »Henry war jahrelang unser privater Botschaftschauffeur, schon auf Sri Lanka, später dann in Dakar und in Argentinien und ach, in so vielen Ländern waren er und Mechthild dabei. Wir waren eine Art Familie ...«

»Darüber können wir später noch reden«, bringt Helmut sie ungeduldig zum Schweigen. Er spürt, wie auch Hildchen es spürt, dass Mechthild ihre Beichte allein und so rasch als möglich hinter sich bringen will und muss.

Sie tut es, fährt fast nahtlos fort.

»Weil ich mein Versprechen dann doch nicht halten wollte, nicht konnte, hat er sich in der Sturmnacht in den Garten hinausgequält. Er wollte ein selbstbestimmtes Ende herbeiführen, so lange er dazu noch in der Lage war. Egal wie. Ich denke, er hoffte auf eine Lungenentzündung. Das ist eine häufige Todesursache für Parkinsonpatienten, wissen Sie. Es ist Teil der Krankheit, dass die Atemmuskeln irgendwann nicht mehr verlässlich funktionieren und …« Erneut gerät Mechthild ins Stocken.

Was könnte auch schwerer sein als über das Sterben eines geliebten Menschen zu sprechen? Hildchen kramt nach einem Taschentuch, findet keines, reicht ihr eine Serviette.

Mechthild nimmt sie achtlos entgegen, wischt sich flüchtig über die Augen.

»Mon pauvre Henry!«, ruft Madame Lambert. »Ich war in jener Nacht so froh, dass er noch lebte!«

Mechthild nickt. »Ich ebenso. Er hatte mir heimlich eines seiner Schlafmittel gegeben, damit ich nichts bemerke, wollte mich schonen, mich von meinem Versprechen entbinden …« Mit tränenerstickter Stimme macht sie weiter. »Ich … ich hatte keine Ahnung, wie tief verzweifelt er wirklich war, hatte immer noch gehofft, ihn hier auf Sternthal umstimmen zu können. Die Medizin ist heute schon so weit, macht immer wieder Fortschritte, und über Jahre ging es ihm ja auch immer wieder gut. Man verdrängt, wie grausam das Ende aussehen kann …«

Ihr versagt die Stimme.

Ihr Unglück stiehlt sich in die Mienen der anderen, Hildchen muss schlucken. *Was soll man dazu sagen, was kann man dazu sagen?*

»Aber nicht muss!«, begehrt unvermittelt Alexander auf. Er schlägt sogar mit der flachen Hand auf den Tisch. »Es gibt immer noch Behandlungsmöglichkeiten für Ihren Mann. Wenn oral oder per Spritze verabreichte Medikamente nicht mehr hinreichend anschlagen, blieben noch die Pumpentherapie per Darmsonde und die Implantierung eines Hirnschrittmachers.«

»Alexander hat die besten Kontakte zu Kliniken«, schaltet sich Tara lebhaft ein. »Er kennt die besten Chefärzte, er hat sogar schon Kontakt zu führenden Neuro- und Hirnchirurgen aufgenommen, sie könnten zeitnah einen …«

»Glauben Sie wirklich, dass ich das nicht alles selbst schon getan habe?«, fährt Mechthild jäh auf. »Was meinen Sie denn, wie oft ich auf Henry eingeredet habe, nicht aufzugeben. Ich habe so und so viele Termine bei Ärzten gemacht, Beratungsgespräche in Kliniken vereinbart, aber aus Angst vor den damit verbundenen Eingriffen hat er sich geweigert, sie wahrzunehmen. Das alles ist schließlich höchst invasiv und nicht ohne Risiko.« Sie unterbricht sich selbst, muss Luft holen, schüttelt endlich den Kopf. »Bitte verzeihen Sie mir meine Heftigkeit«, wendet sie sich an Alexander und Tara. »Es war wirklich wundervoll, wie Sie beide heute in der Kirche mit ihm gesprochen haben. Dass Sie überhaupt da waren. Ich kann Ihnen und Helmut gar nicht genug danken.«

»Sie meinen, Henry wollte sich lieber umbringen als sich einer Operation zu unterziehen, die zwar schief-, aber auch gutgehen könnte?«, fragt Hildchen verblüfft nach. »Das ist doch verrückt! Ich meine, mit der OP hätte er doch noch eine Chance.«

»Sogar eine gute«, bestätigt Alexander. »Wenn natürlich auch nicht die Chance auf Heilung, aber immerhin auf weitere gute Jahre.«

Mechthild nickt beipflichtend. »Ja, das alles stimmt, aber

vergessen Sie nicht, was Henry bereits durchgemacht hat, und er konnte schon immer ein Sturkopf sein.« Sie reckt das Kinn. »Bis … bis ich ihm heute in der Kirche klipp und klar gesagt habe, dass ich mich selbst töten würde, nachdem ich ihm zu seinem schmerzlosen Ausweg verholfen hätte.«

Am anderen Ende des Tisches macht sich wieder Ilse bemerkbar.

Veronika kommt einem Einwurf von ihr zuvor. »Brillant. Das war ein äußerst kreativer Ausweg. Und mal wieder ein Beweis für unsere überlegene weibliche Intelligenz.«

»Das hätten Sie wirklich getan?«, fragt Hildchen in Mechthilds Richtung. »Sich umgebracht?«

Mechthild reckt das Kinn: »Ich hatte zwei Spritzen dabei, und Sie alle dürfen mir glauben, ich hätte sie beide benutzt. Zumal damit auch der Gerechtigkeit genüge getan gewesen wäre.«

Helmut entfährt ein Laut des Widerwillens.

»In einer Kirche!«, ruft Ilse indessen vollends entsetzt aus.

»Halt du endlich mal den Mund!«, donnert Dieter so erzürnt, dass Ilse gehorcht. Die Donnerstimme hat er sich bei Helmut abgelauscht, schätzt Hildchen.

»Nein, natürlich nicht in der Kirche«, pariert Mechthild Ilses Einwurf. »Hätte Henry auf seinem Wunsch bestanden, wären wir weitergefahren. Zu irgendeinem einsamen Rastplatz. Kurz vor der Spritzengabe hätte ich die Polizei telefonisch über unseren Standort informiert, damit sie und nicht irgendwelche ahnungslosen Autofahrer oder Spaziergänger uns gefunden hätten.«

Helmut seufzt. »Gott sei Dank haben wir Sie gefunden – und das lebendig.«

»Gott sei dank, fürwahr«, sagt Äbtissin Lioba und erhebt sich. Die Glocke ruft sie zur Komplet.

»Ich schätze, ein Dankgebet wird allen guttun«, sagt Schwester Johanna und erhebt sich mit aufforderndem Blick.

»Schaden kann so was ja nicht«, erwidert ausgerechnet Staatsanwalt Schuknecht.

Ein allgemeines Stühlerücken ist die Antwort.

Helmut tastet nach Hildchens Hand. »Wollen wir auch?«

Hildchen nickt, fasst seine Hand ganz fest und steht auf.

Allein Ilse bleibt sitzen.

Epilog

Helmut ist ganz in seinem Element und gut gelaunt wie lange nicht. Er wiegt Kräuter, zermörsert Gewürze, schwingt das Hackmesser. Vor ihm auf dem mehrflammigen Profiherd brutzelt es in Pfannen, karamellisieren Zwiebeln in Süßwein, simmern raffiniert gewürzte Wildfleischbrühen, köcheln herzhafte und süße Pastetenfüllungen und mittelalterlich inspirierte Kornbreie in den Töpfen. Auf mehreren Etagen gehen im Großbackofen Taras Brote auf.

In wenigen Stunden wird Lambaste mit seinem Team hier in der Küche von Sterntal übernehmen, um alles mit seinen exquisiteren Kreationen zu einem Festmahl zusammenzuführen und die kostümierte Kellnerschar – also Helmuts Team – zu dirigieren. Das wundervolle Porzellan – kunstvoll mit Renaissancemotiven bemalte Teller, Terrinen und Platten und mehrere Kisten farbiger Kristallgläser – wurde bereits angeliefert und wartet im alten Refektorium darauf, entpackt und aufgedeckt zu werden. Das wollen die Frauen übernehmen, denn kochen kann seltsamerweise keine von ihnen. Außer vielleicht Ilse, aber die mag Helmut nicht an seine Töpfe lassen. Bei deren Anblick würde doch die sprichwörtliche Milch sauer.

Er schüttelt den Kopf. Unfassbar, wie viel Geschirr für eine Tischgesellschaft von nur zwanzig Personen gebraucht wird! Nur gut, dass das feine Zeug nach Gebrauch von Lambastes Team abgeräumt, abgeholt und abgespült wird.

Drüben im *Monastère* dürfte es gerade ähnlich geschäftig zugehen wie hier. Nun, auch wenn er und sein fleißiger Rentnertrupp nicht für die Sterneküche zuständig sind, erstaunlich professionell und zügig wird auch unter seinem Kommando gewerkelt, findet Helmut.

Immer wieder ruft er mit strenger Stimme knappe Befehle in die Küche des Gästetrakts. Anweisungen wie: »Mehr Pastinaken!«, »Jetzt Möhren schaben!« und, gerade eben, »Alexander, hol das Wildschwein aus der Kühlung. Das Tier muss langsam auf Zimmertemperatur und dann auf den Spieß!«. Abgedeckt und abgeschwartet hat es dankenswerterweise der erfahrene Jäger. Helmut unterdrückt ein Seufzen. Die gestrige Mörderjagd hat ihn leider um die Gelegenheit gebracht, dem Fachmann zuzuschauen und etwas über Wild dazuzulernen. Das gab's auf See schließlich nur selten.

So viel weiß er dank Tara und ihrem schottischen Food-Historiker inzwischen: Um das kapitale Biest auf Johns komplexem Drehgestell vor dem Feuer langsam zu rösten, braucht es um die acht bis zehn Stunden und reichlich Muskelkraft. Das Schwein gehört alle zehn Minuten gedreht und muss sorgfältig mit Würzbier und zum Abschluss mit Honig bestrichen werden. Ziemlich viel Aufwand für ein Schwein, das vor allem als kulinarisches Kulissenstück dient. Hinterher können es die Servicekräfte als Nachtmahl verzehren, hat Lambaste vorgeschlagen, der das nach alter Sitte zubereitete Schwein nicht seinen vornehmen Gästen auftischen will. *»Il cinghiale è solo per gli occhi«* – das Wildschwein ist nur für die Augen –, hat dieser Snob gemeint. Tja, und fürs Personal.

Das Drehen vor offener Flamme müssen Helmut und seine fleißigen Helfer ab elf Uhr im Schichtdienst erledigen, wobei sein Neffe selbstredend den Hauptteil der schweißtreibenden Arbeit übernehmen wird. Tara hat ihn darum gebeten. Soll der mal zeigen, was sein künstlich antrainierter Sixpack in lebensechtem Einsatz wirklich taugt. In längst versunkenen

Zeiten hieß es, dass es mehr als eine kräftige »Schwerthand« bräuchte, um ein Schwein fachgerecht zu rösten.

»Gerd, schau mal nach, wie weit John mit dem Kaminfeuer in der Halle ist!«, ruft Helmut und wendet kurz den Kopf zum Arbeitstisch hinter sich.

»Schon geschehen, das brennt prächtig und riecht toll nach Buche. Die Tische sind unter Schwester Johannas Kommando und dank tatkräftiger Hilfe ein paar befreundeter Bauern auch schon aufgebockt«, gibt Gerd zurück, ohne von den Bohnen abzulassen, die er mit Hingabe entfädelt und wäscht – oder vielmehr zärtlich badet. Gemüse ist für ihn wirklich eine Passion.

Nur gut, dass er noch immer nicht zu ahnen scheint, was seine Gattin vor einigen Nächten im Klostergewächshaus damit angestellt hat. Und so muss das auch bleiben. Denn nach einer deutlichen Gardinenpredigt von Helmut bemüht sich der Mann nun endlich wieder etwas mehr um seine Rosa, und die blüht unter seiner aufgefrischten Aufmerksamkeit sichtlich auf. Sie kichern sogar wieder miteinander. Ein sehr gutes Zeichen, denn eine Ehe, in der es nichts zu lachen gibt – gelegentlich auch übereinander – ist dem Untergang geweiht.

Das ist mal klar.

Herrje, sinniert Helmut, während er eine Fasanenbrühe für eine Saucengrundlage abschmeckt, *nur weil die zarte Rosa sich ein Mal, ein einziges Mal bei einem Sommerfest zu einer Knutscherei mit dem Vorstandsvorsitzenden des Kleingartenvereins hat verführen lassen, muss Gerd sie doch nicht mit ewiger Missachtung strafen.* Zumal dessen Passion fürs Gemüse Rosas kleines Techtelmechtel begünstigt haben dürfte – noch dazu mit dem Vorjahressieger des Bohnenwettbewerbs. Sie wollte gewiss ein unmissverständliches Zeichen setzen. Heute hat Gerd noch vor dem Morgengrauen eine Duftrose für seine Angetraute aus dem

Klostergarten gemopst. Wenn er will, dann kann er also mit Blumen und mit seiner Rosa.

Helmut runzelt kritisch die Stirn: *Worcestersauce oder nicht?*, fragt er sich nach seinem Probelöffel Fasanenbrühe und will bereits die Hand nach einem Fläschchen im Hängeregal neben sich ausstrecken.

»Wagen Sie es ja nicht!«, warnt ihn von hinten ein erboster Staatsanwalt Schuknecht. »Die Renaissanceküche hat wahrlich Besseres zu bieten als dieses zweifelhafte britische Gebräu.«

Zum Kuckuck! Manchmal hat dieser Selfmade-Detektiv die Augen wirklich überall. Helmuts Hand zuckt von der Flasche zurück.

Eins ist wahr: Auch ohne seine geliebte Worcestersauce umwabert Helmut und seine Mitstreiter Dieter, Gerd, Alexander und Schuknecht an den anderen Posten eine opulente Geruchssinfonie. So folgsam wie beherzt schnippeln alle Gemüse, kneten riesige Klumpen Pastetenteig – wobei Alexanders Muskeln tatsächlich von Vorteil sind – und richten erste kalte Platten an. Letzterem widmet sich Schuknecht mit Inbrunst und geometrischer Präzision. Der Mann ist ein Korinthenkacker, findet Helmut nach wie vor, und darum für diese Aufgabe haargenau der Richtige. Später darf er für den Dessertgang noch Engelwurz kandieren und einige von Lambastes Marzipandekorationen – Blüten, Glöckchen und Cherubime – vergolden, die in ihren Holzformen im Kühlraum ruhen und eine filigrane Nachbildung des venezianischen Dogenpalastes in Zucker schmücken sollen. Schreckliche Fisselarbeit, aber Schuknecht freut sich darauf wie ein Kind, zumal ihm die kunstsinnige Schwester Amabilis zur Hand gehen will.

Na, er hat seine Belohnung verdient, nach allem, was er zur Aufklärung und Verhinderung des angekündigten Tarot-Mordes beigetragen hat. Helmut hebt den Kopf. Eins ist mal klar:

Seine Zeiten als Tarot-Berater Sandalphon sind hiermit beendet. Überhaupt hat er von sämtlichem Telefonquatsch die Nase voll und ganz neue Pläne für seine Zukunft, eine Zukunft mit Hildchen. Alexander ist auch ein Teil davon. Helmut lächelt versonnen. Schön, dass er in seinem Alter noch an die Zukunft denken darf. Und sogar an Familie. Vielleicht sogar Enkel. Ein Großvaterdasein würde ihm eine Menge Spaß machen.

Ups, da brennt was an! Helmut zieht rasch einen Topf Gerstenbrei vom Feuer. Er kann dem Zeug nichts abgewinnen. Zu dumm, dass Kartoffelgerichte als Beilage ausfallen. Die gab's ja vor fünfhundert Jahren in Europa noch nicht und galten den Menschen lange als »Saat des Teufels«.

Schon vor dem Frühstück haben sie sich ans Werk gemacht, fest entschlossen, Lambastes Festbankett über oder besser: für ihn und das Kloster auf die Bühne zu bringen. Jetzt ist es zehn. Gerade hat Tara den weiblichen Teil von Helmuts Hilfskräften – sein Hildchen, die begeisterte Veronika, die zurückhaltende Rosa, die widerstrebende Ilse und sogar Madame Lambert – zur Kostümprobe abgeholt. Als gebürtige Kölnerin hat auch Madame gegen »ein bisschen Karneval« nichts einzuwenden.

Hoffentlich geht dieser Kelch an ihm selbst vorbei. In Strumpfhosen wird er sich keinesfalls zwängen lassen, da ist er sich mit Schuknecht einig. Ein paar Pluderhosen im Stil von John, okay, ein Leinenhemd und eine Weste, falls nicht zu eng, ließe er sich auch noch gefallen, aber …

Ein lauthals ausgerufenes »Tatatataa!« unterbricht Helmuts Überlegungen. Veronika hat die Küchentür aufgerissen und präsentiert sich in voller Renaissancemontur. Alle wirbeln herum. Schuknecht fällt vor Schreck ein Messer aus der Hand.

Kein Wunder! Veronika ist eine wahrlich atemberaubende Erscheinung. Wie hat sie sich nur in ein so enges Mieder hineingezwängt? Goldbestickter flammroter Brokat umschließt hauteng ihre nicht eben schmale Taille und zwingt ihr Dekolletee aufreizend nach oben. Nur ein Hauch von Spitze umschmeichelt die erstaunlich zarte Haut ihres Ausschnitts. Ihr Gesicht ist ausführlich – zu ausführlich für Helmuts Geschmack – geschminkt, und ihre roten Locken ringeln sich schlangenähnlich ums Gesicht.

»Ich bin die Buhlschaft!«, verkündet sie triumphierend. »Tara hat den Kostümfundus einer *Jedermann*-Aufführung geplündert und meinte, das passe ausgezeichnet zu mir. Die Darstellerin war ziemlich proper. Wir mussten nur ein klitzekleines bisschen Stoff auslassen und einige Nähte verschieben.«

Sie dreht sich mit Schwung, und der gefältelte Glanzsamtrock des Ensembles bauscht sich auf.

»Was hat die Buhlschaft als Bedienung bei einem Renaissancebankett verloren?«, verlangt Schuknecht streng zu wissen und hebt empört sein Messer auf. »Das Stück stammt von Hugo von Hofmannsthal und aus dem Jahr 1911! Soweit ich weiß, haben außerdem bei solchen Festbanketts niemals Frauen aufgetragen. Männer waren die teureren Arbeitskräfte und bewiesen den hohen Status des Gastgebers! Weibliches Personal war nur unsichtbares Beiwerk zum Wasserholen oder Spülen.«

Tara schiebt sich lachend und gefolgt von den anderen Damen an Veronika vorbei. »Das ist historisch zwar korrekt, aber ein bisschen Glamour und erotisches Flair können bei so einer Veranstaltung nicht schaden«, erwidert sie. »Schließlich ist auch das Fernsehen dabei, zwar nur die *Regionalschau* und ein drittes Programm, aber die brauchen eindrucksvolle Bilder, und wir müssen Werbung für die angedachte Mittelalter-Doku machen.«

»Genau.« Veronika nickt eifrig. »Hier geht es um Kultur.«

Oh, wow! Einen Moment lang ist Helmut wie paralysiert,

als er sein Hildchen entdeckt. Sie kommt nicht als Buhlschaft daher – das würde auch nicht passen –, aber die Kleider einer Magd samt züchtigerem Mieder, weißer Bluse und gröberem Rock stehen ihr ganz ausgezeichnet. Und irgendetwas hat Tara mit Hildchens Haaren gemacht, sie hochgesteckt, mit einem Häubchen garniert und so ihr herzförmiges Gesicht zur Geltung gebracht. Ein so reizvolles Gesicht! Helmut erkennt die junge Hilde wieder, und die macht ihn regelrecht nervös, sehr nervös sogar.

Auch Rosa gibt eine äußerst hübsche Servierkraft ab. Zugegeben, die Frauen sind alle in die Jahre gekommen, aber ihre Gesichter leuchten fröhlich, blühen vor Aufregung, und das zieht viele Jahre ab! Selbst bei Madame Lambert. So vergnügt würde er sie gerne öfter sehen. Einzig Ilses sauertöpfische Miene verdirbt den Eindruck. Aber den macht Tara mühelos wett. *Gott, ist die hübsch in ihrer schlichten Tracht und mit dem von einem Tuch gebändigten Lockenkopf!*

Helmuts Blick wandert kurz zu seinem Neffen. So besoffen, wie der Tara anschaut, findet der das auch.

»Und jetzt die Männer«, sagt Tara und schaut sich grinsend um. »Einen hätte ich gerne als Hofnarren mit zweifarbigen Strumpfhosen, Kappe und geschlitztem Wams.« Ihr Blick verweilt auf Alexander, der grimmig die Arme vor der Brust verschränkt.

»Ich wäre für den Oberstaatsanwalt«, schlägt Veronika vor. »Er kennt sich mit asiatischen Kampfsportarten aus und kann mit seinem Tai-Chi-Schwert ausgesprochen witzige Kapriolen vorführen. Einmal wollte er mir sogar damit das Leben retten. Na ja, Gott sei Dank hatte ich einen Revolver dabei. War besser.«

Schuknecht duckt sich flugs hinter dem Arbeitstisch. Gerd konzentriert sich demonstrativ auf sein Gemüse. Einzig Dieter strafft den Rücken. »Den Narren kann ich geben. Ein wenig jonglieren kann ich.« Er wirbelt zum Beweis einen Holzlöffel durch die Luft, der klappernd zu Boden fällt.

»Unterstehe dich!«, mischt sich empört seine Ilse ein. »Du wirst hier nicht auch noch den Clown spielen!«

»Na, einer muss doch für gute Laune sorgen, wo du allen die Laune verdirbst«, blafft Dieter zurück.

»Keinen Ehekrach in meiner Küche!«, warnt Helmut laut. Bei den beiden ist eindeutig Hopfen und Malz verloren, aber immerhin gibt Dieter seiner Gattin mittlerweile lebhaft Kontra.

Tara hebt abwehrend die Hände. »War nur ein Spaß. Ich habe ein professionelles Team samt Musikern, Jongleur, einem Feuerschlucker und Stelzenläufern für eine kleine Show im Innenhof aufgetan. Ihr Team bekommt was Zurückhaltendes als Ausstattung. Arbeitskluft, so wie John sie trägt.«

»Also keine Strumpfhosen?«, vergewissert sich Schuknecht eilig und richtet sich hinter dem Stahltisch wieder auf.

»Keine Strumpfhosen«, verspricht Tara und geleitet die Frauen zur Hintertür. »Wir werden uns jetzt um die Tische im Refektorium kümmern und schauen, was die Wandverhänge und die Dekoration machen.«

»Haben John und die anderen schon aufgehängt. Sieht prachtvoll aus, genau wie ihr«, sagt Gerd und zwinkert seiner Rosa zu. Die zwinkert zurück, bevor sie durch die Tür verschwindet.

Als Letzte schlüpft Tara hinaus. Kurz bevor die Tür zufällt, hält sie sie noch einmal auf und wendet sich Alexander zu. »Du brauchst am Drehspieß übrigens so gut wie gar kein Kostüm. Nur halblange Hosen. So nah beim Feuer solltest du obenrum völlig nackt sein, wie es die Spitboys immer waren. Die Kameras werden dich und deinen Körper lieben. Benetzt von Ruß und Schweiß und übergoldet von Flammen. Gäbe ein prima Cover für einen dieser Nackenbeißer-Romane mit dem schönen Schurken auf der Jagd nach einer holden Unschuld.«

Alexander öffnet entgeistert den Mund. »Ich werde keinesfalls halbnackt vor dem Kamin posieren!«, protestiert er scharf. »Schon gar nicht vor einer Kamera und neben einem toten Schwein.«

Tara lacht spitzbübisch und reißt – ganz holde Unschuld – die Augen auf. »Ach, bitte, tu's für mich …« Sie macht eine kurze Pause. »Ich würde mich auch entsprechend revanchieren. Nach dem Fest. Vor meinem Kamin.« Sagt's und ist durch die Tür.

Peinlich berührt wenden sich die Männer wieder ihren Küchentätigkeiten zu. Alle haben verstanden. Alle außer Alexander. *Herrgott, ist der schwer von Kapee. Anscheinend völlig aus der Übung, was Amouren angeht.* Helmut schiebt sich zu seinem völlig verdutzten Neffen.

»Was sollte das denn heißen!«, zürnt der verwirrt.

Helmut schlägt ihm eine Pranke auf die Schulter. »Junge, ein eindeutigeres Angebot hab ich selten gehört. Du Glückspilz hast eine Eroberung gemacht. Und was für eine. Gratulation!«

»Aber … aber …«, stottert Alexander, »sie hat einen Freund. Ich meine, so was habe ich ihr gar nicht zugetraut, und …« Er pausiert kurz und verzieht widerwillig, fast angeekelt den Mund. »Es passt auch nicht zu ihr.«

»Haargenau«, sagt Helmut. »Genauso wenig wie John. Der ist nämlich glücklich verheiratet und hat einen ganzen Stall voll Kinder.«

»Du meinst«, sagt Alexander und klingt jetzt regelrecht entsetzt, »Tara ist eine … eine Ehebrecherin?«

Woher kennt ausgerechnet der so altmodische Begriffe?, fragt sich Helmut, der von Hildchen erfahren hat, wie viel weibliche Unterwäsche sich unter Alexanders Bett so angesammelt hat. Er griemelt. »Ich hätte dich für aufgeschlossener gehalten.«

Alexanders Miene schwankt zwischen Zorn, Abscheu und bitterer Enttäuschung.

Zeit, den dummen Kerl zu erlösen.

»Meine Güte, bist du begriffsstutzig!«, schimpft Helmut. »John ist nicht ihr Freund, sondern *ein* Freund. Ein väterlicher Freund. Der Mann ist doch viel zu alt für Tara. Sie ist solo und will dich, du Trottel. Was ein Wunder ist. Na ja, wo die Liebe hinfällt.«

***

Es ist geschafft – und die Rentner sind es auch.

Kurz vor Mitternacht ist das Spektakel zu Ende gegangen. Stilecht sind die Gäste bei Fackellicht von Pferdewagen abgeholt und zurück ins *Monastère* kutschiert worden. Eine leicht beschwipste, gesättigte und höchst zufriedene Schar wohlbetuchter Gäste, die im Frühling unbedingt zu einem Barockessen à la Lambaste zurückkehren will. Das soll in einem noch größeren Rahmen stattfinden und natürlich im *Monastère*, der zu dieser Epoche passenden Kulisse.

Nur gut, dass ich da nicht mitbedienen muss, denkt Hildchen. *Womöglich noch in Reifrock und Puderperücke*. Ihr schaudert. Dafür sind die Trinkgelder, die in einer Schale beim Eingang zum Refektorium abgegeben wurden, mehr als üppig ausgefallen. Lauter Scheine, keiner kleiner als ein Hunderter, die meisten größer. Ilse hat bereits nachgezählt und wirkt zum ersten Mal an diesem Abend gut gelaunt. Lambaste hat das Geld nämlich ganz dem Ora-et-Labora-Team zugedacht, seinen Leuten zahlt er eine Extraprämie aus eigener Tasche. Er rechnet fest mit enthusiastischen Reaktionen in Presse, Funk und Fernsehen. Das Seniorenteam in Kostüm und Maske hat besonders verzückt. War mal was anderes – darin waren die Medienleute sich einig –, und die Anekdoten und Erläuterungen von John und Tara waren ein Hit. Die geplante Mittelalter-Doku scheint in trockenen Tüchern zu sein.

Man könnte aus diesem Zirkus wirklich ein eigenes Geschäft machen, überlegt Hildchen, *und zugleich viel Gutes für den Erhalt von Sternthal tun*. Helmut hat in Sachen Arbeit, Geld und Sternthal aber andere Pläne angekündigt. Pläne, bei denen auch Alexander eine Rolle spielen soll. Oder nur dessen Geld? Die beiden haben am Nachmittag intensiv und recht geheimniskrämerisch miteinander konferiert. Dieter, der Banker, war auch kurz mit von der Partie.

Ob es um eine Ausdehnung und Finanzierung von Helmuts florierendem »Heinzelmännchen«-Haushaltsdienst ging? Motto: Noch mehr Rentner günstig abzugeben? Da könnte sie sich prima nützlich machen. Zu weiterhin zivilen Preisen, versteht sich, und nur so lange die Knochen noch mitspielen. Der Bedarf in Köln ist riesig, vor allem bei Senioren, hat Madame Lambert erklärt. Auf Helmuts Erläuterungen ist Hildchen jedenfalls gespannt. »Der Mensch braucht einen Plan und Arbeit, die sinnvoll ist und Vergnügen macht«, lautet Helmuts Credo. Es gefällt Hildchen. Stillsitzen und verliebte Blicke tauschen wollen sie auf Dauer nämlich beide nicht. Jedenfalls nicht nur. Auch wenn ihr Helmuts Blicke im Laufe des Abends sehr gefallen haben, vor allem die unbedachten.

»Jetzt setz dich bitte endlich mal!«, wiederholt Helmut, guckt schon wieder so und will sie energisch auf die Bank neben sich ziehen. »Das Schwein wird gleich serviert«, setzt er nicht eben übermäßig romantisch hinzu. »Bin gespannt, ob meine Marinade für den richtigen Wumms gesorgt hat.«

Nun ja, so ist Helmut eben.

Hildchen zögert, greift nach einer Serviette, die der Service beim Abräumen übersehen hat, und faltet sie zusammen. Einmal Putzfrau, immer Putzfrau. Sie kann nicht anders. Ein unordentliches Refektorium wäre ihr ein Gräuel. Es steckt doch so viel Arbeit in der wunderschönen Halle. Der Rest der Ora-et-labora-Gruppe hat sich bereits um die Festtafel versammelt, plaudert munter bei Kerzenlicht, tauscht kichernd Klatsch und Anekdoten über die entschwundenen Gäste und über Beinaheunfälle beim Servieren aus oder klagt über wehe Füße, unbequeme Hosen und zu enge Mieder. Mechthild sitzt stillvergnügt dabei, wagt ab und an sogar einen kleinen Scherz. Sie und Henry waren auf Einladung Lambastes beim offiziellen Essen Ehrengäste, haben tapfer mitgehalten und sich – so Henry – prächtig unterhalten. Er ist bereits im Bett, hat seine Mechthild jedoch gebeten, sich so lange zu amüsieren, wie es ihr gefällt. »Du bist ja nicht mein Kindermädchen«, hat er noch gesagt. Die beiden sind auf einem guten Weg, auch wenn er schwer ist. Wenn ihn jemand zu meistern weiß, glaubt Hildchen fest, sind es diese beiden.

Galant, wenn auch mit leicht zitternden Fingern, lockert der Staatsanwalt gerade auf Veronikas eindringlich vorgetragene Bitten hin die Schnürungen ihres flammroten Prachtstücks.

Wie immer die Verführerin, schmunzelt Hildchen. *Soll sie mal.* Immerhin hat Veronika auf ihre clevere Art und mit ihren Tricks und Tipps dazu beigetragen, dass sich Gerd und Rosa wieder aufeinander zubewegen und Helmut sich auf sie besonnen hat.

Jetzt ist Veronika in Sachen Liebe wohl selbst an der Reihe. Es hat Hildchens alter Freundin nämlich gar nicht gepasst, dass Schuknecht mit Schwester Amabilis so vertraut und sichtbar verzückt am Nachmittag Marzipanfiguren vergoldet hat. Scheint, dass Veronika wieder Terrain gutmachen will.

»Hildchen«, mahnt Helmut, als sie sich nach einer weiteren zu Boden gefallenen Serviette bückt. »Du hast wirklich genug getan. Ich will auch noch was von dir haben. Ruh dich einfach mal aus.«

Sagt ausgerechnet der.

»Sollten wir nicht noch beim Aufräumen helfen und die Küche im Gästetrakt reinigen?«, fragt Hildchen, und ihr Blick wandert zu Lambastes Servicekräften, die unter den strengen Augen des Sternekochs mit geübten Griffen schmutziges Geschirr, Besteck und Tafelwäsche in Plastiktragen verstauen und nicht verwendete Lebensmittel und Zutaten in Kühlboxen verfrachten.

»Nein, das machen alles Lambastes Leute. Wir haben unseren Part erledigt«, sagt Helmut, »gut erledigt. Jetzt wird gefeiert. Wir haben mehr als genug Gründe dazu, meinst du nicht?«

Oho, jetzt guckt er doch tatsächlich romantisch, sehr romantisch sogar! Und lebenslustig. In etwa so wie das verunglückte Jesuskind in der Kirche von Sternthal, dessen Hoppla-jetzt-komm-ich-Lächeln sie von Anfang an an ein Kinderfoto von Helmut erinnert hat. Aber das wird sie ihm natürlich nicht sagen. Niemals. Es wäre Helmut sicher mehr als peinlich – und zudem blasphemisch, mit einer Heiligenfigur verglichen zu werden. Außerdem betet sie ihn ja nicht an. Sie liebt ihn nur. Und wie.

Mit einem glücklichen Seufzer nimmt Hildchen neben ihm Platz. Helmut legt ganz selbstverständlich den Arm um sie, was sich richtig und ganz erstaunlich vertraut und sehr sicher anfühlt.

Der große Tisch ist zwar bereits abgedeckt, aber das rohe Holz und die schlichten Teller und Gläser aus der Küche von Sternthal passen viel besser zu dem eher rustikalen Mahl, das sie erwartet. Tara, John und Alexander kümmern sich darum. Sichtlich beeindruckt beobachtet der Schotte, wie Helmuts Neffe das knusprig glänzende Wildschwein fachgerecht tranchiert und appetitliche Fleischstücke auf eine Platte legt, die Tara bereithält. Selbst Lambaste hat nichts zu mäkeln und schiebt mit dem Fuß eine Kiste Wein in Richtung ihrer Tafel.

»Endlich! Ich verdurste. Haben Sie auch Champagner, *mon ami?*«, verlangt Madame Lambert zu wissen. »Vorzugsweise Bollinger?«

»Nur meinen besten Prosecco, *Signora*«, erwidert Lambaste leicht indigniert und klaubt eine Flasche aus der Kiste.

»*Malheureux!* Aber nun, dann werde ich wohl eine Ausnahme machen müssen«, sagt Madame und schwenkt auffordernd ihr Glas.

»Wilde Schwein unde Prosecco, *impossibile.*« Lambaste schüttelt sich.

»Hat sich gelohnt, dass der Junge im Rahmen seiner paar Semester Medizinstudium in der Pathologie mit dem Chirurgenmesser üben musste«, bemerkt Helmut mit sichtlichem Stolz.

Igitt, denkt Hildchen kurz, sagt es aber nicht. Sie ist viel zu glücklich über die Versöhnung von Onkel und Neffe.

»Hätte nicht gedacht, dass dieser Internet-Junkie auch was Praktisches beherrscht«, fährt Helmut fort. »Na, von Tara wird er noch jede Menge dazulernen können und müssen.«

»Von Tara?«, fragt Hildchen verdutzt. »Ja, will er denn Samenzüchter werden?«

»Unter anderem. Ihre Hochzeitsreise planen sie zunächst nach Guédelon. Das ist ein archäologisches Projekt. Nehme an, da wird der Junge hart zupacken müssen – wahrscheinlich halbnackt. Jedenfalls, wenn es nach Tara geht.« Helmut grinst.

»Hochzeitsreise?«, jubelt Hildchen. »Du meinst …«

»Ihr heiratet!«, schaltet sich quer über den Tisch Veronika ein. Ohren wie ein Luchs hatte sie schon damals im Klassenzimmer, kurz vor dem Abitur. Die waren auch nötig, damit man ihr leise vorsagen konnte, was sie nicht gelernt hatte. Vor allem mathematische Formeln.

»Nein, nicht wir«, wehrt Hildchen rasch ab. »Tara und Alexander natürlich.«

»Champagner für alle!«, ruft Madame Lambert begeistert.

»Prosecco, *Signora*, Prosecco!«, protestiert Lambaste, während Gerd und Rosa, Dieter und Veronika sich flugs erheben, um zur Gratulation auf das Brautpaar loszustürmen. Allein Schuknecht bleibt sitzen. Alexander schaut angesichts der Gratulationen verlegen drein, zumal er nach wie vor kein Hemd trägt. Tara aber leuchtet.

»Ach«, sagt Hildchen fast benommen, »ist das herrlich. Einfach herrlich. Ich wusste immer, dass der Junge ein Herz hat.«

Helmut nickt. »Ja, da schlägt er aus der Art. Kein typischer Herr Gier. Heiraten werden sie natürlich in der Kirche von Sternthal, das wird schließlich ihr Lebensmittelpunkt sein«, sagt er. »Und ich darf den Brautführer spielen.« Was ihn ungeheuer glücklich zu machen scheint, wie Hildchen gerührt bemerkt.

»Also darüber habt ihr heute Nachmittag gesprochen?«

»Darüber auch, Alexander wollte wissen, wie er den Antrag machen soll. Er hatte Befürchtungen, dass er noch mal patzt. Bei dem Versuch, Tara ein Rendezvous abzuringen, ist er vor einigen Tagen nämlich kläglich gescheitert.«

Tipps für einen Heiratsantrag, und das ausgerechnet von Helmut, denkt Hildchen amüsiert. Der Neffe traut seinem Onkel wirklich Wunder zu. *Obwohl, eigentlich passt es*, korrigiert sich

Hildchen, *denn im Herzen ist und bleibt Helmut ein unverbesserlicher Romantiker.*

»Aber vor allem ging es um unsere Geschäftspläne«, fährt Helmut würdevoll fort.

»Unsere Geschäftspläne?«

»Natürlich nur, wenn du mitmachen willst!«, wirft Helmut hastig ein.

»Wobei?«

»Alexander wird demnächst über einen Haufen freies Geld verfügen und muss es investieren. Bringt ja nichts, das Zeug auf dem Konto zu lagern oder in irgendeinen Anlagequatsch wie den von von Donath zu investieren«, erläutert Helmut. »Alexander wird es in Taras Laden stecken. Er will ein richtiger, handfester Unternehmer werden, einer, der tatsächlich Arbeitsplätze schafft, auf die Umwelt achtet, Natur und Ressourcen schützt und all das. ›Kreislaufwirtschaft und Gemeinwohlökonomie‹ nennt Dieter das, und der hat von so was wirklich Ahnung. Er wird unserer Finanzberater und Buchhalter. Tja, und der von Sternthal. Das natürlich ehrenamtlich. Wir wollen nämlich das Kloster und seine Gärten miteinbeziehen. Ich will mich vor allem hier engagieren. In Sachen Sanierung und so.«

»Das heißt, du ziehst hierher?«, fragt Hildchen ganz praktisch.

»Nur, wenn du mitkommst«, sagt Helmut energisch, »Äbtissin Lioba hat vorgeschlagen, dass wir eines der alten Fachwerkhäuser am Refektoriumshof vom Kloster mieten. Dann wären wir immer vor Ort. Gäbe natürlich zunächst einiges zu renovieren. Gerd und ich wollen uns das morgen mal anschauen, das Dach ist ja immer besonders entscheidend und vielleicht sehr marode …«

»Oh, das macht nichts, das macht gar nichts!«, beteuert

Hildchen eifrig. »Wir können ja während der Sanierung in eine Pension ziehen oder ein Zimmer auf Sternthal mieten …«

»Wenn du nichts dagegen hast, würde ich nach der Hochzeit erst einmal im *Monastère* einziehen. Schon wegen Madame.«

Hildchen hebt staunend die Brauen. »Was hat Madame Lambert damit zu tun?«

Helmut verzieht in gespielter Qual die Stirn. »Sie kann sich nicht von ihrem Franzl trennen. Wir werden sie behutsam von mir und meinem Service entwöhnen müssen. Immerhin hat sie schon beschlossen, als Dauergast im *Monastère* Logis zu nehmen. Der Service und das Essen dort hat, vom Prosecco vielleicht einmal abgesehen, schließlich Sterneniveau. Geld genug für einen derart goldenen Lebensabend besitzt sie. Erst recht, wenn sie ihre Wohnung in Klettenberg verkauft oder gleich das ganze Haus. Allerdings müssen wir Lambaste noch von dem Plan überzeugen. Madame als Dauergast wird gewiss ein wenig, nun ja, anstrengend für ihn.«

Hildchen spürt, dass ihre Backen glühen. Dass man so glücklich sein kann, so unfassbar glücklich, noch dazu in ihrem Alter, nein, damit hat sie nicht gerechnet. Im Leben nicht!

»Ich stimme dir in allem zu«, sagt sie und schmiegt sich eng an Helmut. »Und was Lambaste angeht: Den kriegen wir schon rum.«

Helmut seufzt. »Mag sein, aber als selbsternannte Quasi-Schwiegermutter wird Madame bestimmt eine Plage.«

Hildchen löst sich verwirrt aus Helmuts Umarmung. »Wessen Schwiegermutter denn?«

»Na, unsere.«

»Unsere?« Hildchen fühlt sich einer Ohnmacht nahe, obwohl sie noch nie in ihrem Leben ohnmächtig geworden ist.

»Oh«, stößt Helmut wie ertappt aus. »Habe ich dir das noch gar nicht gesagt?«

»Was?«, stammelt Hildchen und muss sich zwingen zu atmen, sonst kippt sie wirklich um. Und das im schönsten Moment ihres Lebens.

»Na, dass wir selbstverständlich auch heiraten. Wir haben nun wirklich lang genug damit gewartet. Und unsere Enkel sollen später ganz genau wissen, wo sie in Sachen Familie hingehören.«

»Na dann, wünsche ich Gottes Segen«, sagt ausgerechnet Schuknecht und hebt sein Glas.

Dank

Gerne habe ich mich während des Schreibens im herrlich gelegenen Kloster Sternthal aufgehalten. Es ist ein einzigartig friedvoller, beglückender, spirituell bereichernder und inspirierender Ort – den es allerdings nur in meiner Fantasie gibt.

Ich liebe ihn trotzdem und hoffe, er erfreut Leserinnen und Leser.

Auch liebenswerten Originalen wie dem Ex-Matrosen Helmut, dem treuen Hildchen, der charmanten Madame Lambert bin ich nie begegnet, noch weniger der streitbaren Veronika Dornbusch oder dem Oberstaatsanwalt a. D. Lothar E. Schuknecht. Was sehr schade ist.

Allerdings: Es gibt durchaus Menschen, die mich in Grundzügen ein wenig an diese Figuren erinnern und die mich verleitet haben, sie in diesem Roman zum Leben zu erwecken.

Einen mir sehr sympathischen Ex-Schiffskoch durfte ich tatsächlich bei Besuchen in einem Altenheim kennenlernen. Es war ein beeindruckender Fahrensmann und ein ausgekochtes Schlitzohr von stolzen dreiundachtzig Jahren, dessen Abenteuer zu Wasser und zu Lande mir großes Vergnügen bereitet haben.

Gott habe ihn selig, sehr selig.

Kennengelernt habe ich über die Jahre auch verschiedene Klöster in Deutschland und eines in Italien und dort herrliche Wandertage verbracht, Meditationswochen und Workshops gebucht. Es waren samt und sonders unvergessliche Orte und Auszeiten der Besinnung und heilsamen Begegnung.

Die Schwestern, die sich dort umsichtig und liebevoll um ihre Gäste kümmern und an ihrem Leben teilhaben lassen, sind samt und sonders beeindruckende, höchst eigenständige und alles andere als weltfremde Persönlichkeiten.

Mit besonders herzlichem Dank erinnere ich mich an die Benediktinerinnenabtei Kloster Engelthal in der Wetterau, wohin ich mich im letzten Jahr zweimal zum Schreiben, Schweigen und für wunderschöne Gespräche zurückzog.

Nein, auch Engelthal ist nicht Sternthal, trotz verdächtiger Namensähnlichkeit.

Eins jedoch entspricht der Wahrheit: Wie auch andernorts bin ich in Engelthal Schwestern begegnet, die ihren christlichen Glauben glaubhaft leben – wie immer man selbst dazu stehen mag –, die im Leben zuhause sind und zugleich Freundlichkeit, Herzensgüte und tiefes Verstehen für alles Menschliche zu schenken wissen.

Ein Geschenk, das selten und unvergleichlich kostbar ist.

Wie meine junge Romanheldin Tara bin ich der Meinung, dass es überaus wichtig ist, diese besonderen und traditionsreichen Orte mit allen Mitteln zu bewahren.

Danken möchte ich schließlich auch dem Gastronomen Uwe Steininger, den ich im ehemaligen Kloster Marienthal in dem kleinen Weiler Seelbach bei Hamm im Westerwald besuchen und bei seinem köstlichen Essen interviewen durfte.